빛의
현관

빛의
현관

요코야마 히데오 지음 _ 최고은 옮김

검은숲

1

오사카의 하늘은 아침부터 우중충했다.

아오세 미노루는 숨을 죽이며 나갈 채비를 했다. 기척으로 보아 의뢰인 부부도 일어난 듯했다. 어젯밤 내 집 짓기 계획이 일단락된 것을 기념해 유명한 술을 양껏 대접받았다. 집으로 돌아갈 수 없는 상황이라 그대로 공단 아파트의 거실에서 잠들었지만, 하룻밤 지나니 세면대를 빌리기도 저어됐다. 급한 볼일이 있어서 그만 가보겠습니다. 주방에 그렇게 말하며 아침식사는 사양한 채 고개를 숙이고 현관에서 우산을 펼쳤다.

급한 볼일이 있다는 이야기는 사실이었다. 고노하나 구의 뉴타운에서 한신 전철 요도가와 역까지 빠른 걸음으로 10분 남짓. 거기서 우메다로 가서 JR열차로 갈아타고 신오사카 역으로 향했다. 9시 30분에 출발하는 노조미를 타면 정오에 도쿄에 도착한다. 조금 늦을 듯싶었지만 히나코와의 약속은 간신히 지킬 수 있을 것 같았다.

일요일이라서인지, 신칸센 승강장에는 가족과 커플들의 모습이 유독 많이 보였다. 길일인지 결혼식에 참석하는 정장 차림의 사람들도 있었다. 무거운 코트 반, 가벼운 차림 반, 뒤죽박죽 섞인 옷차림이 계절감을 드러냈다. 하늘도 그랬다. 겨울비도 봄비도 아닌, 3월 초순에 내리는 비는 애매하게 기분을 적셨다. 4천만 엔짜리 주택 설계를 따냈는데도 마음은 전혀 들뜨지 않았다. "선생님이 시나노오이와케에 지으신 집과 같은 집을 지어주십시오." 의뢰인의 요구가 너무나도 직접적이기 때문일지도 모른다. 입지 조건이나 가족 구성이 다른 상황에서 완전히 똑같은 집은 지을 수도 없고, 자기복제는 내키지 않기도 했다. 더군다나 시나노오이와케의 작업은 아직 아오세 스스로 평가를 내리지 못했다. 어느 날 아침에는 특별한 집이라는 생각이 드는가 하면, 어느 긴 밤에는 그 집을 지었다는 사실 자체를 머릿속에서 몰아내고 싶기도 했다.

아오세는 안내 방송에 고개를 들었다. 유체역학의 멋을 뽐내는 700계열의 차체가 승강장으로 미끄러져 들어왔다.

연결통로에서 휴대전화를 확인했다. 히나코는 아직 집에서 출발하지 않았을 터였지만, 휴대전화로 전화를 걸었다. 통화대기음이 몇 번 울리지 않고 연결됐다. 빠른 목소리로 조금 늦겠다고 말하자 돌아온 알았다는 답에 귀를 기울이며 전화를 끊었다. 짧은 숨을 내쉬었다. 한 달에 한 번 있는 부녀간의 만남. 센 불로 콩을 졸이는 듯한 시간이 기다리고 있었다.

품에 넣으려던 휴대전화가 다시 울렸다. 화면에는 도코로자와 사무실의 번호가 표시되어 있었다.

"지금 통화 괜찮아?"

소장인 오카지마 아키히코였다. 왠지 들뜬 목소리였다.

아오세는 닫힌 문에 기대 말했다.

"소장님께서 일요일 출근이야?"

"남 말 하긴. 아직 오사카야?"

"지금 올라가는 참인데, 왜?"

"어떻게 됐나 해서. 가능성 있어 보여?"

"순순히 오케이하던데. 맡기겠대."

"정말이야? 아직 계획 도면도 안 나왔잖아."

"전부 건너뛰고 바로 축하연부터 열어주시던데."

"놀랍네. 하지만 뭐, 잘됐어. 수고했어."

매번 겪는 일이지만, 노고를 치하하는 말을 들을 때마다 속으로 쓴웃음이 올라왔다. 마흔다섯 살 동갑. 같은 일급건축사에 대학 건축학과 동기지만 한쪽은 졸업, 한쪽은 중퇴. 그 차이가 소장과 월급쟁이 직원의 위치를 결정지었다고 하면 누구나 납득하리라.

"그래서 건축주의 계획은 어떻게 돼?"

"토지는 본인 소유고, 예산은 4천까지 생각한대. 유산을 물려받은 모양이야."

"좋은 부모님을 뒀네. 요구 사항은? 까다로울 것 같이?"

인테리어 설계에 까다로운 고객이 있으니 독자성을 강조하는 중소 설계사무소도 먹고살 수 있지만, 그 고집도 도가 지나치면 성가셔진다.

"까다롭지는 않아. 요구 사항은 딱 하나뿐이야."

"무슨 소리야?"

"한마디로 말하면 시나노오이와케의 복제품을 만들어달래."

"《200선》에 실린 Y주택?"

그래, 하고 아오세는 건성으로 대답했다.

대형 출판사가 연초에 발행한 《헤이세이 주택 200선》은 올컬러의 호화 장정본이었다. 지난 14년 동안 지어진 일본 전국의 개성 있는 주택을 엄선했다고 선전하는 그 책의 끝에 'Y주택'이라는 이니셜 표기로 시나노오이와케의 집이 실렸다.

"일이 그렇게 된 거군. 역시 그런 책은 영향력이 엄청나네."

야유와 질시가 반씩 섞인 말투였다.

"지난주에 우라가에서 온 부부도 《200선》을 보고 왔다고 했지. 아, 맞다, 그 부인에게 메일이 왔어."

"뭐라는데?"

"다녀왔대, 시나노오이와케에."

실물이 보고 싶다고 해서 약도를 그려 건네기는 했지만 실제로 찾아갔다는 이야기에 아오세는 다소 놀랐다.

"아무도 안 사는 것 같다던데?"

"안 산다고······?"

"사는 거 맞지?"

오카지마의 진지한 목소리에 아오세는 반사적으로 웃었다.

"매물로 내놓은 게 아니라면."

오카지마도 따라 웃었다.

"뭐, 잠시 집을 비운 거겠지. 하지만 우라가 사모님은 실제로 보니까 더 마음에 드셨다더군. 계약할지도 모르겠어."

"글쎄, 내부는 안 봤잖아."

"그야 그렇지만, 어쨌든 잘됐잖아. 우라가에도, 오사카에도 Y주택의 마법이 시작되는 건데."

Y주택의 마법…… 쑥스럽기도, 성가시기도 한, 아침부터 가슴속에 자리한 복잡한 감정에 이름표가 붙은 기분이 들었다.

"그래도 정말 괜찮겠어? 오사카잖아. 교통비도 무시 못 할 테고, 감리를 제대로 하게 되면 순이익은 얼마 안 될 거야."

"괜찮다니까. 그쪽에서 화제가 되면 사무소 이름도 널리 알려지겠지. 말해두지만 난 간토 지역에서만 놀 생각 없어."

입버릇처럼 하던 말을 듣고 나서 전화를 끊으려는데, 황급히 붙잡는 목소리가 들렸다.

"실력 좋은 CG 전문가를 급히 구하고 싶은데, 괜찮은 사람 있어?"

이쪽이 본론인 모양이다. 건물 투시도를 전문적으로 제작하기 때문에 '건축 CG'라 불리는데, 프레젠테이션에는 빼놓을 수 없는 존재다. 그들이 그림을 어떻게 그리느냐에 따라 건축주의 반응이 180도 달라지기도 한다.

"가토 씨는 바쁘대?"

"지금 작업 중인 일이 있어서."

"오미야의 고즈카는?"

"안 돼, 그 녀석 건 떨어질 게 뻔해."

떨어진다고……?

"설계 공모야?"

"조만간 공고가 뜰 것 같아. 말해두지만 지구대나 공중화장실처럼 자잘한 건이 아냐. 그러니까 공모에서 이길 수 있는 CG 전문가를 확보해두고 싶은 거고."

조만간 공고가 뜰 것 같다는 말이 마음에 걸렸다. 오카지마는 종종 '직원'이나 '보수계 인사'라는 정체가 애매모호한 인물을 입에 올렸다. 그 언저리에서 비밀리에 얻은 정보일지도 모른다. 들뜬 목소리며 휴일에도 출근한 걸 보면, 꽤 의욕적으로 매달리고 있는 건 분명해 보였다.

"니시카와 씨라면 맡아줄 것 같아."

"누구야?"

"니시카와 다카오. 아카사카에 있을 때 자주 부탁했어."

"아! 알아. 그 사람 투시도는 안 보이는 것까지 보이게 해서 가슴 설레지. 번호 알려줘. 직접 부탁하게."

"사무실을 옮겼어. 집에 가서 찾아볼게."

"휴대전화는?"

"몰라. 같이 일했을 때는 휴대전화 같은 거 없었거든."

너무 태평했던 걸까. 급한 일이니 오늘 안으로 연락처 알려줘. 끊기 전에 들린 목소리는 영락없는 고용주의 목소리였다. 차라리 이편이 속 시원했다. 전시행정을 펼치는 지자체에서 발주하는 공공건축물의 입찰을 노리는 모양이지만, 오카지마의 야심은 오롯이 그의 것이다.

부왕, 창문이 울리는 소리와 함께 하행선 열차가 스쳐 지나갔다.

객실로 들어가려던 아오세는 순간 가슴에 진 응어리를 느끼며 허공을 바라보았다. 안 산다고……? 연결통로로 발길을 돌려 다시 휴대전화를 꺼내 건축주들의 번호를 불러왔다. '야행의 끝까지 스크롤했다. '요시노 도타'. 눈이 슬쩍 아려왔다. Y주택이 완공된 건 작년 11월이었다. 요시노 가족에게 인도한 지 넉 달이 지났다. 더 밑으로 내리자 Y주택의 집 전화번호가 나왔다. 순간적으로 시야가 흐려졌다.

엄지손가락이 통화 버튼을 누르고 있었다. 손이 잘못 움직였다. 제 실수를 깨닫고 황급히 끊으려 하다가, 아니 잠깐, 하고 동작을 멈췄다. 볼일이 없지는 않다. 우라가의 부부가 집을 구경하고 싶다고 찾아갈지도 모릅니다.

부재중 전화로 연결됐다.

그렇다면 집을 비운 거겠지. Y주택의 전화는 살아 있다. 저도 모르게 안도의 한숨을 내쉬고 나서 아오세는 생각에 잠겼다.

현지에서 집 열쇠를 넘긴 뒤로 요시노 가족과는 연락하지 않았다. 《200선》에서 취재한 건 집을 넘기기 전이었고, 한번 집을 넘기고 나면 건축주가 먼저 연락을 취하기 전까지는 접촉을 삼가는 게 사무소의 규칙이었다. 집에 뭔가 불만이 있거나 실망했기 때문일 수도 있고, 혹은 '주제넘다'고 생각하는 것인지 완공되고 나서는 건축사*의 방문을 꺼리는 건축주도 적잖이 있기 때문

---

*건축 자격증을 취득해 건축물의 설계, 공사 감리 등의 일을 한다. 한국에서는 통상 '건축가'라고 하지만, 이 작품에서는 건축을 하는 이들을 모두 '건축사'로, 그중에서 인정받는 대가들을 '건축가'로 구분하여 쓰고 있다.

이었다. 시공사와 짝짜꿍이 맞아 건축사를 외면하는 경우는 차라리 낫다. 하자 보수나 개축을 저렴한 가격의 업자에게 맡겨버리는 경우도 드물지는 않았다. 건축사를 '친구'로 여기고 관계를 지속하는 건 온전히 건축주에게 달린 일이다.

요시노는 기별이 없었다. 실제로 살아보니 어떻더라는 감상도, 이런 부분은 불만이라는 전화도, 잘 입주했다는 엽서 한 장 보내지 않았다. 하지만…….

"전부 맡기겠습니다. 아오세 씨가 살고 싶은 집을 지어주세요."

마법에 걸린 듯, 뇌가 마비되는 순간이 있다. 책에 실렸기 때문에 특별한 게 아니라, 의뢰를 받았을 때의 마음이 특별했다. 그렇게 애틋한 집인데 '없었던 일' 취급당했다. 완공 후 요시노의 긴 침묵은 아오세의 마음을 흐리고 정열을 앗아가 굳게 만들었다.

빗소리에 고개를 들었다. 빗방울이 유리창을 두드리며 줄기를 만들어 흘러내리고 있었다. 그 너머에는 진회색의 하늘이 펼쳐져 있었고, 비에 젖어 빛나는 주택의 지붕들이 끝없이 이어져 있었다.

아무도 안 사는 것 같다던데.

아오세는 휴대전화를 다시 품에 넣었다. '부재중' 말고 다른 이유를 생각하려 했지만, 상상의 선을 확장할 만한 재료는 무엇 하나 떠오르지 않았다.

2

새끼를 부르는 직박구리의 꿈을 꾸었다.

눈발 흩날리는 세키가하라를 본 것까지는 기억이 나는데, 그 뒤의 풍경은 기억에 없었다. 아오세의 머리가 또렷해진 건 신요코하마를 지났을 즈음이었다. 구름 사이로 쏟아져 들어온 옅은 햇빛이 빌딩 숲의 고층을 비추고 있었다.

도쿄 역에서 주오 선을 타고 요쓰야로 나왔다. 신주쿠 거리를 교코 방면으로 따라 걸었다. 조금씩 진로를 바꿔 어슬렁거리며 걷는 사람들 사이를 빠져나왔다. 손목시계를 보면서 소매와 입에서 술 냄새가 나지 않는지 확인했다. 혼자 마실 때는 맥주 한 캔만 하기로 정했다. 술독에 빠져 살던 시절과 얼마나 달라졌는지 히나코는 알고 있을까.

발길을 재촉해 뒷골목으로 들어갔다. 그래, 먼저 기말고사 결과를 물어보자. 그리고 지금 배우는 전자오르간의 곡명을 물어보자. 그 전화의 전말도 물어볼 수 있으면 물어봐야지. 어느 시점부터 뚝 끊겼다고 듣기는 했지만, 애초에 누구의 전화였는지……. 맨션*이 빼곡히 들어선 일대를 지나 반사경이 달린 교차로에서 꺾으면 금방이다. '카페 호른'의 파란 간판을 힐끗 보고 나서 문에 달린 카우벨이 울리는 소리를 들었을 때에는 조금 숨이 차올라 있었다.

민트 그린 베이스의 상큼한 티롤풍 실내가 아오세를 맞이했다. 찾을 것도 없이 히나코는 여느 때처럼 안쪽의 2인석에 오도

---

*중고층의 공동주택. 일반적으로 철근콘크리트, 철골철근콘크리트구조의 건물을 가리킨다. 한국의 아파트에 해당.

카니 앉아, 사정을 아는 마스터와 부인의 어색한 미소에 보호받고 있었다.

부부에게 인사를 건넨 아오세는 미안한 표정으로 히나코의 맞은편 자리에 앉았다.

"기다렸지."

"기다리다 지쳐서 그냥 가려던 참이었어."

어느새 이런 대답을 하는 나이가 되었을까. 삐죽이는 입과 달리 눈가에는 웃음이 번져 있었다. 평범하기 그지없는 열세 살짜리였지만, 만날 때마다 작은 놀라움을 선사했다.

"아빠, 나 어떡해? 기말고사 망쳤어. 2학년 못 올라갈지도 몰라."

웃음기 어린 히나코의 눈동자를 가는 눈으로 바라보았다.

"큰일 났네."

"그렇지?"

"또 수학 때문이야?"

"수학 싫어! 점수는 죽어도 안 알려줄 거야."

"영어는 잘 봤지?"

"그렇지도 않아. 지금 위험한 상황이야."

"그렇겠네."

"어쩌지?"

"어떻게든 되겠지. 히나코는 하면 잘하는 아이니까."

"걱정돼. 선생님이 유급이라고 하면 어쩌지?"

대화가 미묘하게 어긋났다. 하면 되는 아이라는 말 때문이리라.

"뭐 먹을래?"

"난 먹고 왔어. 아, 아빠 배고프면 먹어."

"아빠도 먹고 왔어. 열차 안에서."

"그래?"

히나코는 고개를 기울여 아오세를 바라보았다. 어른의 거짓말을 모른 척 넘어가 주겠다는 표정이었다. 유카리를 닮기 시작했다. 표정이 풍부한 만큼 생략되는 말도 늘어났다.

카페오레를 주문했다. 히나코 앞에는 코코아가 담긴 컵과 핑크색 손수건으로 싼 휴대전화가 놓여 있었다. 방범용으로 가지고 다니게 하는 전화다.

"아빠, 혹시 아까 열차 안에서 전화한 거야?"

"그래. 오사카에 출장 갔다가 돌아오는 길이었어."

"오사카……?"

말꼬리를 올리기는 했지만 곧바로 머릿속에 떠오르는 건 없는 눈치였다.

"오사카 변두리 쪽에 다녀왔어. 음, 유니버설 스튜디오 근처야. 죠스랑 쥬라기 공원이 있는."

"아빠노 가봤어?"

히나코의 표정이 환해지는 걸 보고 내심 당황했다.

"아니, 그 근처에 다녀왔다니까."

"하긴 출장이니까."

주문한 카페오레가 나왔다. 마스터의 발소리가 멀어지기 전에 한 줌의 용기를 쥐어짜 입을 열었다.

"다음에 같이 가볼까?"

"어……?"

"유니버설 스튜디오."

히나코의 눈가에 그늘이 졌다.

전에는 종종 백화점이나 수영장에 함께 나들이를 갔다. 디즈니랜드나 산리오 퓨로랜드에 가고 싶다고 졸라대서 데리고 간 적도 있었다. 하지만 지난 2년 동안에는 함께 외출하는 걸 꺼리는 듯했다. 성장의 증표일까. 아니면 유카리가 내켜하지 않는 것일까.

"엄마한테는 아빠가 말해둘게."

"멀지 않아?"

"신칸센으로 가면 금방이야."

"그래도 자고 와야 하지?"

"좋지 뭐. 호텔에 묵는 것도 재밌어."

"다음에."

"그래? 가고 싶어지면 언제든 말해. 봄방학이나 여름방학 때는 시간 많으니까."

히나코는 시선을 돌리더니 이제 그 이야기는 그만하라는 듯 살짝 고개를 끄덕였다.

갑자기 눈앞이 아득해졌다. 어깨에 멘 유치원 가방을 좌우로 흔들며 새끼 오리처럼 뒤뚱거리며 걷는 뒷모습이 눈에 선했다. '사시스세소' 발음을 잘 못해서, 예뻐하던 사랑앵무가 훨씬 더 발음이 좋았다. 그즈음 이혼했다. 이혼하고 처음 만나던 날, 하나코는 다리가 긴 유아용 의자에 앉아 하릴없이 다리를 앞뒤로 흔들고 있었다. 작고 여윈 아이라, 아오세도 갓난아이 대하듯 하는 습관을 버리지 못하고 말을 걸었다. 그랬는데…….

벽에 걸린 조명의 부드러운 빛이 봉긋해지기 시작한 가슴 언저리에 그늘을 만들었다. 키도 훌쩍 커서 늘씬한 제 엄마를 닮기 시작했다. 겉모습만 달라진 게 아니었다. 감정의 봉오리가 하나, 또 하나씩 피어나기 시작했음을 알 수 있었다. 이렇게 한 달에 한 번씩 8년 동안 만남을 이어가는 동안, 성이 달라진 아버지를 대하는 방법을 익힌 듯한 느낌마저 들었다. 쑥스러운 기색 없이 아빠, 아빠, 하고 부르는 것도 어리광을 피운다기보다는 아오세의 내밀한 바람을 알아채고 하는 행동 같다는 생각이 머리에서 떠나지 않았다.

부모가 갈라선 이유도 다 안다는 듯한 얼굴이었다. 중학생이 되었다거나, 이제 반쯤은 어른이니까, 하는 이유로 어머니가 딸에게 털어놓았더라도 이상할 건 없었다. 작년부터 계속 그게 마음에 걸렸다. 유카리는 하나코에게 무슨 이야기를 들려주었을까.

"그러고 보니 그 전화는 어떻게 됐어?"

방금 생각난 듯이 물었다. 아버지다운 모습을 보일 수 있는 이야깃거리는 그리 많지 않았다.

"전화?"

"왜, 지난번에 만났을 때 했던 이야기 있잖아. 그 뒤로 또 전화 왔어?"

17

지난번, 히나코는 웬일로 상의할 일이 있다는 표정을 지었다. 집에 자주 걸려오던 전화가 뚝 끊겼다. 끝났다는 뜻이겠지? '끝'이라는 어감에 목덜미가 서늘해졌다. 남자애 전화야? 저도 모르게 되묻자 고개를 저었지만, 그럼 친구? 하고 물어도 대답하지 않았다. 그럼 누군데? 히나코는 망설이는 표정을 지었지만 그뿐이었다. 제가 먼저 이야기를 꺼내놓고는 아냐, 됐어, 하고 눈부신 미소로 방어막을 치며 아버지를 밀어냈다.

　"이제 안 와."

　히나코는 덤덤하게 대답했다. 이 이야기를 별로 반기는 눈치는 아니었지만, 그렇다고 다 지난 이야기를 다시 꺼내 기분이 상한 것 같지도 않았다.

　"한 번도?"

　"한 번도."

　"언제부터 왔는데?"

　"음, 1년 전쯤부터?"

　"그렇게 오래됐어?"

　"가끔 오던 거라서."

　가끔? 자주 오던 게 아니라?

　"말없이 끊는 전화는 아니지?"

　"아냐. 그런 거 아니라니까."

　"흐음, 그래……."

　누구 전화야? 질문은 혀끝에 걸려 있었지만, 물어보면 다시 방어막을 칠 것 같아서 아오세 나름대로 답을 추측해보았다.

"친구가 같이 들자고 했던 클럽이 뭐였지? 패치워크?"

"응, 그거. 거의 활동 안 하지만."

"왜?"

"다들 학원이다 뭐다 바빠서."

초등학교 3학년 때였다. 히나코는 영문도 모른 채 반에서 '투명인간' 취급을 당했다.

"친구들하고는 잘 지내지?"

"잘 지내."

아오세는 고개를 끄덕인 뒤 깍지 낀 손을 테이블 위에 올려놓았다.

"무슨 일 있으면 아빠한테 말하고."

"잘 지낸다니까. 그보다 아빠……."

히나코가 말문을 열었을 때, 테이블 위의 휴대전화가 울리기 시작했다. 〈사자에 씨〉의 주제가였다. 유카리 전용으로 설정해 둔 착신음인 듯, 이 멜로디가 울려 퍼지면 히나코는 늘 안도한 듯하면서도 조금 성가신 표정을 지었다.

"아, 응. 왔어. 괜찮아."

히나코는 장난스레 아오세를 바라보며 말했다. 응, 알았어, 이따 봐. 통화를 마친 히나코는 익살스럽게 어깨를 으쓱하며 앞으로 당겨 앉았다.

"아빠는 잘 지내느냐고 묻는데?"

아오세는 웃음으로 넘겼다. 이럴 때 히나코에게서는 세상을 떠난 아버지의 얼굴이 보인다. 거나하게 취해 기분이 좋아지면 허풍을 떨었다. 식구들에게 웃음을 주는 걸 좋아하던 아버지는 모두가 '거짓말!' 하고 웃음을 터뜨리면 더없이 기쁜 얼굴로 웃었다.

"아까 하려던 이야기는 뭐였어?"

"어?"

"아까 하다 만 이야기 있잖아."

"아, 맞다. 물어볼 게 있어. 아빠는 집을 짓는 사람이지?"

아오세는 순간 당황했다. 히나코가 일 이야기를 물어본 건 처음이었다.

"그렇긴 한데, 실제로 짓는 건 아니고. 아빠는 목수가 아니니까."

"알아. 설계 같은 걸 하는 거지?"

학교 과제나 그 비슷한 건가. 혹은 요즘 유행하는 중고생용 직업 사전을 읽고 관심이 생긴 걸까. 아니, 히나코 나름대로 이야깃거리를 준비해 온 건지도 모른다. 이유는 어쨌든 마음이 들떴다. 아버지가 하는 일에 관심이 있다는 건, 아버지에게도 관심이 있다는 소리니까.

"아빠가 일하는 설계사무소에는 일급건축사 자격을 가진 사람이 네 명 있는데, 그 사람들을 설계사나 의장(意匠)이라고 불러."

"의장?"

"의장 등록이라는 말 들어본 적 있어? 쉽게 말해 디자인을 하는 사람이야. 집의 형태를 생각하거나 방 배치를 고안하지. 설계도를 그리고, 모형도 만들어. 그러고 나서 집의 구조나 설비 전문가와 상의해서 세부 사항을 정해."

"구조하고…… 뭐?"

"설비. 디자인이 아무리 좋아도 살기 불편하거나, 잘 망가지는 집은 못 쓰잖아."

"응, 그렇지."

"그다음부터는 목수 아저씨들 몫이야. 아빠가 좋은 시공사를 찾아서 좋은 집을 지어달라고 부탁하지. 그러면 드디어 꿈꾸던 집이 완성되는 거고."

"그럼 오늘 출장도? 오사카에 집을 짓는 거야?"

"그래. 집을 짓고 싶다는 사람을 만나서 원하는 사항을 들었어. 그게 가장 중요한 일이지. 다 짓고 나서는 마음에 안 든다고 해도 어쩔 도리가 없으니까."

불현듯 Y주택의 전경이 뇌리를 스쳐 지나갔다. 하지만 공감한다는 표정으로 고개를 끄덕이는 사랑스러운 딸 앞에서 잡념은 눈 녹듯 사라졌다.

"질문 있습니다."

"뭔데?"

"아빠 회사는 텔레비전 광고 같은 거 안 하시?"

"작은 설계사무소라 그런 건 안 하지."

"그럼 멀리 오사카에 사는 사람들이 어떻게 아빠 회사를 알고 집을 지어달라고 한 거야? 인터넷에서 보고?"

"무슨 말인지 알겠다. 하긴 요새는 인터넷에서 알아보고 의뢰하는 사람들도 늘어났지만, 역시 가장 흔한 건 입소문이지."

"어? 입소문…… 인터넷 후기 말하는 거 아니지?"

히나코는 감이 잘 오지 않은 모양이었다.

"예를 들면 예전에 아빠가 지은 집에 놀러간 사람이 있겠지?"

"응."

"그 집이 아주 마음에 들어서 자기도 이런 집에 살고 싶다고 생각했어. 그러면 집을 지을 때 아빠 사무소를 찾아오겠지?"

"아, 그런 거구나."

"아니면 이번에 만난 오사카 의뢰인처럼 책이나 잡지에 실린 집 사진을 보고 연락하는 경우도 있고."

히나코의 눈이 휘둥그레졌다.

"아빠가 디자인한 집이 책에 실렸어?"

"아, 응. 얼마 전에."

"대단하다!"

"대단하긴. 많이 실린 집 중에 하나야."

"나도 볼래, 그 책."

"아이고, 그 책을 어디 뒀는지……."

"보고 싶어, 볼래."

얼굴은 웃고 있었지만, 내심 히나코의 적극적인 반응에 혀를 찼다. 이것도 오카지마의 말처럼 'Y주택의 마법'일까, 야릇한 감상에 사로잡혔다. 《200선》을 어디 두었는지는 알고 있지만, 히나코에게 Y주택 이야기를 하는 건 다소 꺼림칙했다.

"찾아는 볼게."

"찾으면 다음에 만날 때 보여줘. 꼭이야."

"알았어. 찾아볼게."

"엄마한테도 보여줘도 돼?"

순간 말문이 막혔다.

"상관없긴 한데…… 왜?"

"엄마는 맨션이 별로래."

안다. 유카리가 집에 어떤 생각을 갖고 있는지.

"다른 데로 이사하고 싶대?"

"그런 얘기는 안 하는데……. 지금 사는 맨션은 회사 다니기엔 좋대. 우리 학교도 가깝고."

"그렇지."

"하지만 가끔 장난처럼 외쳐. 아, 땅에 발 붙이고 살고 싶다! 하고."

말투가 너무 닮아서 순간 웃음이 나오지 않았다.

민트 그린 빛깔의 벽지가 갑자기 묵직한 존재감으로 다가왔다. 의자 다리에 한쪽 발을 올리고 생각에 잠긴 표정으로 컬러를 지정하는 유카리의 모습이 떠올랐다. 건축사 남편과 인테리어 디자이너 아내. 그렇지만 부부는 '내 집' 마련에 실패했다.

"그럼 약속한 거다?"

밝은 목소리와 함께 히나코가 자리에서 일어났다. 손안에서 〈사자에 씨〉의 멜로디가 울리고 있었다. 여기서 바로 전자오르간 학원에 가는 것이다. 황급히 물었다. 지금 배우는 곡은 뭐야? 돌아온 곡명은 처음 듣는 것이었다. 악보가 들었는지, 어깨에 멘 가방은 한껏 부풀어 있었다.

가게 밖으로 나와 히나코를 배웅했다.

인도를 내딛는 가벼운 발걸음은 멀어지면서 차츰 느릿해졌다. 겨울 코트가 아이에게 무거워 보였다. 그 아래로 내놓은 흰 다리도 추워 보였다. 귀에 이어폰을 꽂았다. 뭔가 떨어뜨렸다. 물건을 주우려고 숙인 찰나에 검은 긴 생머리가 바람에 흩날려 아직 앳된 티가 남은 발간 뺨이 슬쩍 드러났다.

뭐가 그리 성급한 거냐. 스스로에게 물었다. 히나코의 성장은 자신이 생각하는 것보다 훨씬 느릴 터인데, 만날 때마다 어른의 전조를 찾고 있었다. 그걸 바라는 것이다. 혼내지도, 안아주지도 못하는 딸을 어떻게 대할지 모른 채, 언제까지고 어린아이로 있을 수 없다면 차라리 하루라도 빨리 어른이 되어주기를.

히나코가 길모퉁이에서 돌아보더니 팔을 쭉 뻗어 손을 흔들었다.

아오세도 손을 들었다. 그러면서 생각했다. 아오세의 전용 착신음은 무엇일까. 엄마는 친숙한 〈사자에 씨〉로 설정했다. 히나코가 아버지에게 바라는 건 어떤 멜로디일까.

3

비 온 뒤 젖은 인도에 한 마리, 또 한 마리 참새가 내려앉았다.

가게에서 나온 아오세는 온 길과 반대 방향인 아카사카미쓰케 쪽으로 걸음을 옮겼다. 히나코가 사라진 길을 따라 걸으면 침울해지기 때문에 돌아갈 때는 늘 이 길을 택했다. 곧바로 사무소에

복귀할 수는 없을 것 같았다. 죄책감의 수위는 조절할 수 있었지만, 히나코와 함께 보낸 시간만큼 반동이 찾아왔다. 딸이지만 가족은 아니다. 약불로 조금씩 콩을 졸이는 듯한 관계를 어떻게 만들어나가야 한단 말인가. 알면서도 거듭되는 부녀 상봉의 부자연스러움에 탄식했다. 휴일에 2시간, 3시간이고 웃음이 끊이지 않고 대화하는 그런 아버지와 딸이 어디 있단 말인가.

히나코가 어릴 때에는 설령 대화가 끊기더라도, 아빠는 앞으로도 계속 네 아빠라는 사실을 전하고 나면 마음의 평정을 유지할 수 있었다. 만남의 가장 중요한 목적은 딸 앞에 위엄 있고 다정하게 앉아, 아버지의 부재를 느끼지 못하도록 하는 것이었다. 하지만 곧 다음 단계로 넘어가야 한다. 부모의 일방적인 마음만으로는 넘어갈 수 없으리라. 어떻게 대처할지 당혹스러운 건 아니다. 사춘기의 길목에 선 딸이 두려운 것이다. 얼른 어른이 되라고 바라는 마음은 죄가 아니다. 지금 이 시기를 아무런 풍파 없이 딸과 보내려는 나태함이야말로 죄임을 실감했다.

히나코는 어디까지 의식적으로 어린애 연기를 하는 것일까. 만날 때마다 유카리의 이야기를 한다. 부모가 헤어진 현실을 애매하게 덮으려 한다. 혹시나 하고 히나코의 눈망울을 들여다보기도 했다. 옅은 기대를 품고 있는 걸까. 밝고 꿋꿋하게 아버지와도, 어머니와도 잘 지내다 보면 언젠가는 기적이 일어날지도 모른다는 기대를.

그러는 한편 그 눈망울과 마주하면 굳어버리는 순간도 있었다. 물어보는 것 같기 때문이었다.

25

아빠, 왜 엄마하고 헤어졌어?

유카리는 나락을 보여줄 수 없다고 생각했으리라. 히나코가 자신의 뿌리에 열등감을 가지지 않도록, 다툼도, 갈등도 등장하지 않는 이혼 스토리를 만들어내 들려준 것이 틀림없었다. 불안이 드리운 작은 가슴에 서로를 위해서라거나, 각자의 길을 가기로 했다거나, 진취적으로 살아가는 아빠와 엄마의 이야기를 담아주려 했을 것이다. 어떠한 독도, 가시도 딸을 상처 입힐 수는 없다. 앞으로도 영원히 그럴 생각이라면 감사할지언정 유카리를 탓할 수는 없었다. 하지만…….

히나코는 믿지 않는다. 그 생각이 머리에서 떠나지 않았다. 언젠가 진실을 알려고 들 것이다. 부모의 심정이나 어른들의 사정과는 상관없이 히나코 자신이 진실을 필요로 하는 날이 분명 오리라. 누군가를 좋아하게 될 테니까. 누군가와 함께 살아갈 미래를 그려보려 한다면 가장 가까이 있는, 미래를 놓아버린 부모의 삶과 마주해야만 할 테니까.

참새들이 앞으로, 좌우로 경쾌한 스텝을 밟고 있었다. 오가는 사람들의 발길에 채여 금방이라도 푸드덕 날아오를 것 같았다.

마음의 준비를 해둬야 한다. 회한과 속죄의 바다에서 허우적대지 않고, 히나코의 미래를 위해 한 조각 진실을 이 가슴에 담아둬야 한다. 그것이 지금 아오세가 할 수 있는, 헤어진 아버지로서 다해야 할 유일한 의무이리라.

유카리는 뭐라고 할까.

가파른 언덕에서 굴러떨어지는 감각이 되살아났다. 완만한 언덕을 함께 오르던 시절의 감각도 잊지는 않았다. 결혼 생활은 10년 만에 끝이 났다. 무엇이 문제였을까, 어디서 잘못됐던 걸까. 부부 사이에 일어난 모든 일들을 남김없이 말하더라도, 그 각각의 일들을 어떻게 해석하느냐에 따라 진상은 표정을 바꾸겠지. 한 해가 지날 때마다 더욱 알 수 없어졌다. 모른 채 그 자리에 두고 왔다.

분명 유카리는 알고 있겠지. 아오세와 같은 시간, 같은 공간을 공유하면서도 수많은 갈림길을 의식했으리라. 묻고 싶었다. 언제 아오세를 포기했는지. 유카리가 진정 용서할 수 없었던 건 무엇이었는지.

아오세는 고개를 들었다. 호텔 뉴 오오타니의 타워가 보였다.

아, 땅에 발 붙이고 살고 싶다!

귓속에서 멋대로 재생되는 목소리. 그런 기억은 없는데도, 유카리에게 직접 들은 말처럼 느껴졌다.

지금도 그 성정은 여전한 것이다. 떠오른 생각을 바로 입에 담지 않고 꾹꾹 쌓아놨다가 뻥, 하고 터뜨리는 게 유카리의 버릇이었다. 은근한 표정을 슬쩍 내비치고, 무슨 일이냐고 물어도 대답하지 않고 잠자리에 들 때쯤 털어놓았다. 아오세의 두 손을 당기고 몸을 비틀며 애절하게 외치고는 했다. 아, 바싹 구운 꽁치가 먹고 싶어! 그 말에 아오세는 웃음을 터뜨리며, 나도 먹고 싶었다며 무릎을 탁 쳤다. 둘이서 군침을 삼키며 내일 저녁 반찬으로는 꽁치를 굽자고 맹세하는 하루의 끝. 그런 날들이 자주 있었다. '거품경기 전야'는 지금 생각해보면 욕망도, 불만도 지극히 제한된 행복한 시대였다.

아오세는 아카사카의 설계사무소에 다녔다. 밑바닥에서부터 시작해 성공한 거물 소장 밑에는 40명의 건축사들이 전쟁을 치르듯 사무실 한편에서 소규모 점포의 도면을 그렸다. 경기는 연일 상승곡선을 그렸고, 눈코 뜰 새 없이 바빠졌다고 느꼈을 때에는 이미 거품경기 한가운데였다. 즐거운 비명 운운할 수 있었던 건 처음뿐이었고, 엄청난 건수의 작업을 맡은 사무소는 전장을 방불케 할 정도로 살기등등했다. 젊은 건축사들은 불야성으로 변한 빌딩 안에서 기력과 체력, 잠재능력을 끊임없이 시험당했다.

이내 낙오자가 나왔다. 다른 사무소에 스카우트되어 이직하는 이도 있었다. 그런 사태를 막기 위해 매달 승진자가 나왔고, 파격적인 상여금을 뿌렸다. 아오세는 신들린 사람처럼 점포 도면을 그려댔다. 철과 유리와 콘크리트가 그의 전부였다. 옷 가게, 미용실, 레스토랑, 쇼룸, 예식장. 실물 크기의 모형을 만드는 느낌이었다. 외양이 무엇보다 중요했다. 아름다운 것만 살아남을 수 있는, 그 단순하고도 끔찍한 세상에서 어떠한 존재가 되려고 했다.

유카리도 인테리어 업계에서 막 두각을 드러내던 시기였다. 하라주쿠를 거점으로 삼은 신진 디자이너 집단에 소속되어 있었다. 일본 고유의 선염(渲染) 기법을 사용해, 유럽 각국의 국기나 문장을 모티프로 색채를 고르고 배열하는 실내장식이 시대 분위기와 맞아떨어져 주목받았다. 작업이 잡지에 자주 실렸고, 쉴 새

없이 일이 몰려들었다.

어느 샌가 고소득 맞벌이 부부는 2DK의 아파트에서 잠만 자고 출근하는 생활을 하고 있었다. 머릿속에서 뭔가 스파크가 튀었던 순간을 기억한다. 포효하듯 아오세는 결심했다. 있는 돈을 다 털어서 롯폰기의 맨션으로 집을 옮겼고, 카탈로그만 보고 시트로엥의 새 차를 뽑았으며, 조금이라도 짬이 나면 유카리를 끌고 문 닫기 직전의 고급 레스토랑으로 달려갔다. 유행하는 바나 펍에도 들락거렸다. 지친 몸에 술을 쏟아부었다. 어느 정도 일이 궤도에 오르면 아이를 낳아 우리 집을 짓자. 어느 날, 유카리에게 그렇게 선언했다. 프러포즈한 이후로 가장 고양된 순간이었다. 말하고 싶어서 오래전부터 입이 근질거렸다. 전도유망한 건축사와 인테리어 디자이너가 이마를 맞대고 '우리 집'을 설계한다. 그것은 부부가 함께 보내는 얼마 안 되는 시간을 지고의 행복으로 바꿔줄 터였다. 하지만…….

생각처럼 되지는 않았다. 유카리는 기다렸다는 듯 '목조 주택'을 제안했다. 아오세의 머리에는 시시각각 태양의 움직임을 따라 외벽의 표정이 변하는 서양식 콘크리트 주택이, 이미지라 하기에는 너무나도 선명한 그림으로 박혀 있었다. 그 '세월을 새기는 집'을 유카리는 아무렇지도 않게 내쳤다. 그런 집은 다른 사람에게 지어줘. 임시로 사는 거면 몰라도 평생을 콘크리트와 함께 살라니 말도 안 돼.

그 말을 듣고 아오세는 정신을 차렸다. 인테리어 디자이너의 직업적 감성이 '목조 주택'을 원하는 게 아니었다. 유카리라는 한 인간을 키운 유형무형의 요소들이 내 집은 목조여야 한다는 가치관을 그녀에게 심어준 것이었다.

건축을 하다 보면 안다. 인간이 집에 가진 고집들은 단순한 취미나 기호에 머물지 않는다. 개인의 가치관과 숨겨진 욕구가 드러난다. 그것은 미래지향적이라기보다 오히려 과거에 뿌리내리고 있다. 그 내력이 그의 귓가에 조용히 속삭이는 것이다. 무엇이 중요하고, 무엇이 중요하지 않은지. 무엇을 용납할 수 있고, 무엇을 용납할 수 없는지. 유카리는 명료한 답을 가지고 있었다. 중학생 때까지 살았던 하마마쓰의 집은 오래된 농가 안채에 일본 전통가옥을 증축한 집이었다. '마냥 넓은 집'이었다고 했다. 만난 지 얼마 되지 않았을 때, 유카리는 어린 시절 이야기를 자주 했다. 건조대에 올라가 바라보았던 일등성의 아름다움, 툇마루 밑에 둥지를 지은 개미지옥의 신비함, 처음으로 아버지에게 혼이 나 차가운 봉당에서 벌을 섰던 기억을 인생의 중대사라도 되는 양 그리움에 젖은 얼굴로 이야기했다.

'우리 집' 계획은 허공에 붕 떴다.

아오세는 그 후로 집을 짓지 않았다. 자신의 작업이 송두리째 부정당했다. 그런 단순한 분노가 이유였다면 차라리 나았다. 아오세는 유카리의 악의 없는 자신만만한 태도에 위축됐다. 저 자신이 이제껏 걸어온 인생이 짓밟힌 기분이 들었다. 고향의 품에 안긴 유카리가 고향이 없는 아오세의 세계를 하찮게 여겼다고 생각했다.

히나코가 태어나기 전의 이야기였다. 이혼한 이유를 꼽으라면, 거품경기 붕괴 후에 거쳐온 아수라장을 들 수밖에 없었다. 하지만 진정 그러할까. 단순히 돈 때문일까. 처자식과 헤어져 지금 이렇게 홀로 살아가는 현실이 아오세라는 인간을 키워낸 것들과 무관하다고 단언할 수 있을까.

늘 이랬다. 같은 곳에 멈춰서 호텔 뉴 오오타니의 타워 동을 올려다본다. 이 각도가 좋았다. 완만한 곡선을 그리는 벽면이 아치형의 거대한 댐을 연상시켰다.

오늘도 보인다.

지상 100미터의 댐 최상부에 붙어서 몸을 굽히고 콘크리트패널을 짜 맞추는, 자랑스러운 아버지의 뒷모습이.

4

세이부신주쿠 선은 한산했다.

아오세는 멍하니 차창을 바라보고 있었다. 히나코에게 '떠돌이' 시절 이야기를 들려준 적은 없었다. 유카리에게는 결혼 전에 털어놓았지만, 남들과 다른 성장 과정은 연애에 유리하게도, 불리하게도 작용하기에 실제로는 자신에게 손해될 것 없는 이야기를 들려준 거라고 봐야겠지.

가와마타…… 다카네다이이치…… 사메우라…… 호헤이쿄…… 도리…… 야기사와…… 시모쿠보…… 나가와도…… 야하기…… 신도요네…… 자오…… 구사키…… 미호…… 기류가와……. 댐의 이름 중에는 기억나지 않는 것도 있다. 어머니의 등에 업혀 있던 시절까지 치면 스물여덟 번 이사를 했고, 초중고 9년 동안 일곱 번 전학했다. 공사장 합숙소는 뱀장어 굴처럼 가늘고 길어서, 어느 방이든 비좁았다. 아오세가 갓난아이일 때에는 한 평 남짓한 단칸방에서 부모님과 누나 둘까지 다섯 식구가 함께 살았다는 이야기도 들으며 자랐다.

형편이 어려웠던 건 아니다. 댐 건설은 고도성장기를 상징하는 대표적인 공공사업이었다. 막대한 양의 콘크리트를 붓는 틀은 현장에서 짠다. 한 치의 오차도 용납하지 않는 정밀도가 요구되며 높은 곳에서 작업해야 하는 위험성도 있기에, 숙련된 틀 장인이었던 아버지를 부르는 곳이 많았다. 어머니도 건설 현장 식당에서 일했다. 집에는 잘 나오지는 않지만 18인치 텔레비전이 있었고, 책이든 장난감이든 값비싼 그림물감 세트든 조르면 대체로 사줬다. 하지만 식기는 그릇도 접시도 컵도 모두 싸구려 플라스틱이었다. 끊임없이 건설 현장을 떠도는 처지라 깨먹으면 아깝다면서 어머니는 결코 유리나 도자기 식기를 들이지 않았다.

어느 건설 현장이든 학교에서 돌아오는 길에는 기나긴 언덕길을 올라야 했다. 길을 걷다 보면 여기저기에 깔끔한 주택과 누추한 주택이 유독 대비되는 곳이 있었다. 누나에게 이야기를 듣고서 알았다. 보상금을 받아 고지대에 새로 지은 집과 퇴거하지 않고 길가에 버티고 있는 집. 새집의 현관으로 달려가는 자신의 모습을 꿈꿨다. 부엌으로 들어가 전용 유리컵에 멜론 맛 분말주스를 타서 벌컥벌컥 마시는 것이다.

동네 아이들 집에 놀러간 적도 거의 없었다. 어느 학교에서든

'댐 공사판 아이'를 반기지 않았다. 지금 생각해보면, 댐을 건설하는 과정에서 토지 매입을 위해 당근과 채찍을 사용하는 전략이 산촌에 격차와 반목을 불러왔고, 그 여파가 아이들의 기분까지 상하게 한 것이었다. 날아오는 조롱, 따돌림. 돌을 맞은 적도 있었다. 심각하게 고민한 적은 없었다. 어차피 곧 전학 갈 테니까. '떠돌이'의 삶밖에 모르는 어린 마음에 정주(定住)라는 개념은 피어날 수가 없었다. 새집으로 달려가 주스를 마시는 데서 상상은 막을 내렸다.

아오세는 눈을 감았다.

각 지역마다 추억이 있었다. 그곳에만 있던 새며 꽃, 나무들이 그리워질 때도 있었다. 하지만 이 나이를 먹을 때까지 한 번도 과거에 살았던 지역을 찾아가 보려는 생각은 한 적이 없었다. 불안정한 생활, 단절된 기억. 그것들은 서로 교차하는 일 없이 마음의 그늘에 맥락도 없이 드러누워 있었다. 인생의 기로에 섰을 때, 혹은 도무지 인생이 마음먹은 대로 흘러가지 않을 때, 절로 떠오르는 곳을 고향이라 부른다면 아오세에게는 숫제 고향이 없었다.

남은 건 빛의 기억뿐이다. 부드러운 빛 속으로 돌아가고 싶다는 갈망이 솟아오를 때가 있다.

떠돌던 건설 현장의 숙소에는 희한히게도 **북쪽** 벽에 큰 창이 나 있었다. 새어 들어오는 것도, 쏟아져 들어오는 것도 아닌, 왠지 조심스레 실내를 감싸 안는 부드러운 북쪽의 빛. 동쪽 빛의 총명함이나 남쪽 빛의 발랄함과는 또 다른, 깨달음을 얻은 듯 고요한 노스라이트(north light).

열차가 서서히 속도를 줄였다.

'아오세 씨가 살고 싶은 집을 지어주세요.'

아오세는 눈을 뜨고 자리에서 일어났다.

시나노오이와케에는 목조 주택을 지었다. 아사마 산이 보이는 그곳에, 북쪽의 빛이 한가득 들어오도록.

5

해는 이미 서쪽으로 기울고 있었다.

도코로자와 역의 서쪽 개찰구에서 나온 아오세는 '프로페'라고 불리는 번화가로 걸음을 옮겼다. 휴일에는 늘 사람들로 북적거리는 곳이다. 부딪히지 않도록 어깨를 움츠리고 마루이 쇼핑몰 A관과 B관 사이를 빠져나와 쇼와 거리로 나왔다. '오카지마 설계사무소'는 길가에 자리한 빌딩 2층이었다.

문은 열려 있었다. 있을 줄 알았던 오카지마의 모습은 안 보였고, 그 대신 이시마키 유타카의 수염 난 얼굴이 컴퓨터 책상 앞에 있었다. 설계 지원 시스템 CAD를 써서 내부 구조를 고안하는 중이었다.

"휴일인데 가족들과 안 보내고 회사에 나와 있어도 괜찮아?"

아오세가 말을 걸자 서른여덟에 벌써 네 아이의 아버지인 이시마키는 여봐란 듯 한숨을 내쉬며 의자를 홱 돌렸다.

"안 괜찮은데 오너가 하도 보채서요."

오너. 의뢰인. 건축주. 첫 직장에서 어떻게 교육받았느냐에 따라 건축사마다 고객을 부르는 호칭은 제각각이다.

"재촉할 만한 사정이 있어?"

"올해 미수*가 되시는 어머님이 시설에 계신데, 살아계시는 동안에 완성된 모습을 보여드리고 싶다고요."

"효심이 지극하군. 아직 걸을 수는 있으시대?"

"몇 년 전부터 휠체어를 타신대요."

"실력 발휘 좀 해야겠네."

"그러게요."

이시마키는 전방위로 충분한 실적을 올린 건축사지만, 그중에서도 배리어 프리** 주택 설계에 특화되어 있었고, 그런 의뢰가 들어오면 어느 집이든 '고령자 등 배려 대책 인증' 4단계 이상으로 완성시켰다. 거품경기가 붕괴한 뒤로 건축업계에서도 복지와 환경을 배려하지 않고서는 논의가 불가능해진 까닭에 이제는 사무소에 없어서는 안 될 인재였다. 원래는 대형 건설사의 설계 부서에 있었다. 정리 해고를 예상하고 독립했지만, 급격하게 줄어든 파이 쟁탈전에 이내 백기를 들고 아내의 친정인 비료 공장에서 몇 년 간 일하다가 친척의 소개로 이 사무소에 들어왔다.

남의 이야기가 아니다. 아오세 역시 거품경기의 '패잔병'이었다. 아카사카의 사무소에서 자리를 잃고, 이혼하고 나서는 비정규직으로 이름도 없는 설계사무소를 전전했다. 수입은 전성기의 3분의 1까지 줄었지만, 히나코의 양육비만 부칠 수 있으면 다른

---

*만 88세 생일.
**장애물 없는 생활환경.

건 아무래도 상관없었다. 일을 가리지 않고 시키는 대로 도면을 그리는, 그저 편리한 도구로 쓰이는 나날이었다. 가격 파괴를 내세우는 수상쩍은 후분양 주택 회사의, 기초와 구조가 동일한 일곱 채의 집 외관을 일곱 패턴으로 꾸민다. 그런 잔재주만 부리는 일에 뼛속까지 익숙해져 있었다. 밤에는 알코올 없이 시간을 보내는 방법을 알지 못했다. 잔뜩 취한 상태에서도 볼멘소리조차 나오지 않는 술이었다. 소문을 들었는지, 3년 전에 오카지마가 전화를 걸어왔다. 너만 괜찮으면 우리 사무소에서 일해보지 않겠느냐고…….

"그런데 문제는 배리어 프리가 아니에요."

이시마키는 손가락으로 O 자를 만들며 말했다.

"오너가 평당 40만으로 맞춰달래요."

"다 포함해서?"

"네. 거실 조명뿐 아니라 외부 급배수 시설이랑 정화조까지 포함해서요. 너무 억지죠?"

"억지네."

아오세가 딱 잘라 말하자, 이시마키는 다시 컴퓨터 화면으로 시선을 돌리고 난감한 표정으로 턱수염을 쓸었다.

"다케우치에게 상의해봐야 하나……."

"그렇게 해, 좋아할걸."

다케우치 겐고는 이 사무소에서 가장 젊은 건축사다. 4년 전에 대학 건축과를 졸업해 아직 학생 티를 완전히 벗지 못했지만, 어린 만큼 연구에 대한 열의는 누구보다 강했다. 특히 저비용 주택 건축에 범상치 않은 의욕을 불태웠는데, 최근에는 친환경 주택으로 관심의 폭을 넓히고 있었다.

"그나저나 소장님은?"

"소장님은 왜요?"

"나오셨지?"

"아, 네. 30분 전쯤에 나가셨어요. 어디 들를 데가 있다고 하신 것 같은데."

흐음, 하고 아오세는 대답했다. 설계 공모를 준비하고 있는 건지도 모른다.

"아, 맞다. 소장님한테 들었어요. 오사카 건, 잘됐다면서요?"

"음…… 아직 구두 약속이긴 하지만. 이번 달 안에는 계약을 할 것 같아."

"Y주택의 복제품을 원한다고요?"

"뭐, 비슷해."

"보셨어요? 우라가의 오너도 Y주택 건으로 메일을 보냈는데."

그 메일을 읽으려고 사무소에 들른 것이다.

아오세는 창가 자리에 앉아 공용으로 쓰는 통칭 '컴1'의 전원을 켰다. 사무소 직원은 경리 담당인 쓰무라 마유미까지 포함해 모두 다섯이지만, 일의 특성상 아홉 대의 컴퓨터가 여섯 개의 책상을 점령하고 있었다.

우라가의 요다 세쓰코가 아오세 앞으로 보낸 메일은 업자들이 보낸 업무 연락 메일 속에 묻혀 있었다.

아오세 선생님, 일전에는 바쁘신 와중에······.

시선은 서두를 건너뛰어 본론으로 내려갔다.

선생님이 주신 지도를 보고 시나노오이와케의 Y주택을 찾아갔
습니다. 예상했던 대로 외관이 아주 근사하더군요! 별장 같으면
서도 무척 복잡한 형태의 집이라, 책에서 사진으로만 보았을 때와
는 또 다른 매력을 여럿 발견했습니다. 야트막한 구릉 위에 자리
하고 있는 게 참 좋았습니다. 남편도 무척 마음에 들어 해서 열심
히 떠들었답니다. 실례인 줄은 알지만 내부를 꼭 구경하고 싶어서
초인종을 눌렀는데, 아쉽게도 집에 아무도 안 계셔서 보지는 못했
습니다. 이건 제 느낌이지만 왠지 사람이 살지 않는 것 같았는데,
집주인은 주말에만 오시거나 별장처럼 쓰고 계시는 걸까요? 실내
에 펼쳐진 빛의 세계를 꼭 한 번 보고 싶은데, 선생님께서 집주인
께 말씀 전해주실 수 없을까요? 부디 잘 부탁드립니다.

미간이 절로 찌푸려졌다. 별장이라고? 집을 그런 식으로 이용
한다는 이야기는 요시노의 입에서 한 번도 나온 적이 없었다. 요
시노 일가는 다바타의 월셋집에서 나와 그날 바로 시나노오이와
케의 새집에서 새로운 생활을 시작했을 터였다.

아오세는 컴퓨터 전원을 끄고 의자 등받이에 몸을 기댔다.

요시노 부부의 얼굴이 번갈아 뇌리에 떠올랐다. 꼭 작년 이맘
때였다. 아오세가 아게오에 지은 2층집에 한눈에 반했다며 사무

소를 찾아왔다. 마흔 언저리의, 둘 다 체구가 자그마한 부부로 처음에는 긴장한 기색이 역력했다. 아오세도 뜨뜻미지근하게 대했다. 아게오의 그 집은 점포가 포함된 모퉁이로, 독특한 모양의 협소한 부지에 상당히 무리해서 지었다. 그래서 이것저것 아이디어를 짜내 공을 들이기는 했지만, 불평만 늘어놓는 의뢰인과 관계가 어색해진 탓에 완성한 집에서도 왠지 생동감이 느껴지지 않았다.

요시노는 그 집을 두고 조형이 아름답다, 작지만 놀라우리만치 존재감이 느껴진다며 찬사를 늘어놓았다. 아내인 가리에도 채광이 부족한 단점을 보완하는 지붕창의 배치와 주방 주변의 편리한 동선을 들며 연신 감탄했다. 그와 같은 칭찬은 설계한 아오세를 향한 찬양에 가까웠다. 그러면서도 아오세를 선생님이라 떠받들며 따르는, 흔해빠진 맹목적인 숭배의 감정은 느껴지지 않았다. 이야기를 나누다 보니 온화하고 호흡이 착착 맞는 부부에게 호감이 갔다. 중학생 두 딸과 초등학교 1학년인 아들이 있다고 했다. 가족 구성이 아오세의 어릴 적과 같아서인지 친근감까지 솟아올랐다. 걸려 온 전화에 대화는 잠시 중단됐다. 자리로 돌아오자 부부는 자세를 바로 하고 고개를 끄덕였다. 요시노가 가족을 대표하듯 말했다.

'시나노오이와케에 땅이 80평 있습니다. 예산은 최대 3천만 엔입니다. 전적으로 일임하겠습니다. 아오세 씨가 살고 싶은 집을 지어주세요.'

요시노의 눈을 들여다보았을 때 이미 마음 어딘가에서 스위치가 켜진 것일까.

　내가 살고 싶은 집…….

　눈을 깜빡이는 찰나에 '목조 주택'이 보였다. 아니, 집의 구체적인 형상을 본 게 아니다. 그것은 나무들이었고, 수풀이었으며, 숲이었다. 아침 안개와 지저귀는 새소리, 뺨을 간질이는 바람, 오감의 기억이라고 할 수 있는 편안한 형태들이 눈꺼풀에 모여들어 흔들리면서도 분명하게 '목조 주택'의 이미지를 아오세에게 전달했다. 놀라울 따름이었다. 콘크리트 외벽은 침묵하고 있었다. 오랫동안 온존해온 계획, 햇살과 그늘이 어우러져 세월을 새기는 서양식 콘크리트 주택은 머릿속에 나타나지 않았다. 며칠이 지나도 마찬가지였다. '세월을 새기는 집'은 아이러니하게도 세월에 지고 만 것이다. 먼지를 뒤집어쓴 채 힘없이 스러져, 고개를 들려는 기척조차 없었다.

　아오세는 '목조 주택'을 받아들였다. 그 직감이 굴복도, 과거 청산도 아닌 무구한 충동이라 믿고 유카리와의 인연에 베일을 씌웠다. 애초에 그녀의 생가처럼 전통적인 일본식 가옥을 짓는다는 발상은 머릿속에 없었던 까닭에 마음이 흐트러지는 일 없이 자문에 빠질 수 있었다. 재래 공법의 틀에 갇히지 않는, 양식미에 구애받지 않는, 진정 '내가 살고 싶은 집'이란 어떤 집인가.

　열심히 시나노오이와케에 발걸음했다. Y주택 건축 예정지에 서서 '부조'라 불리는 부지 조사를 하며 상상의 나래를 펼쳤다. 착상을 얻고 나서는 밤을 새워 안을 짰다. 초안을 몇 장, 몇십 장씩 그렸다. 음주량은 극적으로 줄었다. 그 사실도 알아채지 못

할 정도로 일에 몰두하고 있었다. 사무소를 옮기고 나서 처음 있는 일이었다. 신경 써준 오카지마에게는 미안하다 생각하면서도, 열정을 담아 일하지는 않았다. 거품경기의 패배 경험은 자존심의 문턱을 낮췄다. 단순한 후유증의 영역을 넘어서, 삶의 태도를 좌우하는 정신력까지 뒤흔들어 놓았다. 머릿속에는 사무소에 들어오는 의뢰를 적당히 처리하자는 생각밖에 없었다. 마찰이나 트러블을 피하기 위해서라면 자신의 주장도 굽혔다. 일급건축사의 체면을 가까스로 유지하면서도 실제로는 의뢰인의 낯빛을 살피며 비위를 맞춰 도면을 그리는 패잔병 시절과 그다지 다를 바 없는 마음가짐을 은밀히 감추고 있었다.

그렇게 죽어가던 자신의 모습을 요시노 도타의 눈동자 속에서 보았다. 그 의뢰는 역시 마법이었다. 네가 살고 싶은 집을 지어보라는 암시에 걸려, 사라진 것이나 마찬가지였던 건축에 대한 열정이 새로운 세포를 얻은 듯 솟구쳤으니까.

'북향 집'을 짓는다. 그 발상이 강렬하게 뇌리에 떠올랐을 때, 아오세는 천천히 두 주먹을 그러쥐었다. 찾았다. 확신이 들었다. 시나노오이와케의 대지는 아사마 산을 향해 뻗은 언덕 끝의, 사방이 탁 트인 곳에 자리하고 있었다. 주거 환경은 더할 나위 없었나. 이곳에서라면 도심에서는 터부시되는 **북향** 창을 원하는 만큼 낼 수 있다. 노스라이트를 채광의 주역으로 삼고 다른 빛은 보조로 돌리자. 가슴이 뛰었다. 채광 부족에 골치를 썩인 적 없는 건축사가 있을까. 집을 설계하는 이들에게 남향과 동향은 신이나 다름없다. 그 신앙을 버린다. 향을 돌려 노스라이트를 가득 머금고 숨쉬는 '목조 주택'을 짓는다. 북쪽에서밖에 빛이 들어오지 않는 입지 조건이라 어쩔 수 없이 그러는 게 아니라, 욕심을 내면 얼마든지 남쪽과 동쪽에서 빛을 끌어올 수 있는 장소에서 북향 집을 완성시킨다. 궁극의 발상 전환. 그야말로 그 이름에 걸맞은 집이었다.

아오세는 무엇에 홀린 사람처럼 도면을 그렸다. 평면도. 입면도. 전개도. 단면도. 그리고는 버리고, 그리고는 고치기를 반복했다. 채광 콘셉트가 집의 외형을 결정했다 해도 좋다. 북면의 벽 높이가 처마 높이의 최고치가 되는 부분 복층 구조. 북향의 한 변을 혁신적으로 길게 뽑고, 남측 변을 대담하게 좁힌 사다리꼴의 외쪽지붕. 25분의 1크기의 커다란 모형을 만들어 내부에 빛이 들어오는 모습을 관찰했다. 계절과 시간에 따른 입사각을 계산해서 실내 구조와 창의 위치, 모양을 정했다. 그래도 부족한 빛의 양을 보충하기 위해, 아니, 이 집을 진정한 '노스라이트의 집'으로 만들기 위해 고심 끝에 고안한 '빛의 굴뚝'을 지붕에 달았다.

공사 기간은 넉넉하게 네 달로 잡았다. 이레가 멀다 하고 감리를 하러 현장을 찾아 세세한 부분까지 지시를 내렸다. 폭설에도 견딜 수 있는 튼튼한 집을 목표로, 상수리나무와 떡갈나무 등 단단한 활엽수 목재를 아낌없이 썼다. 현관 주변과 공간이 나뉘는 구역에는 편백나무 원목을 썼다. 그 은은한 향기는 부드러운 노스라이트와 멋지게 어우러졌다. 할 수 있는 일은 전부 했다. 스스로도 납득할 수 있는 집을 지었다. 요시노 부부도 같은 생각이었으리라. 'Y주택'이 '요시노 주택'이 된 그날, 부부는 감개무량한 표정으로 집을 올려다보았다. 집 안에 들어가 투명한 늦가을 빛이 가득한 공간에 서서, 대단하네요, 정말 멋져요, 하고 감탄을 터뜨렸다. 부부의 얼굴에 함박웃음이 번졌다. 요시노는 울먹이면서 웃었다. 죄송합니다, 너무 감격해서. 완공된 Y주택이 집주인의 축복을 받은 건 의심할 여지없는 사실이었다.

"그건 나도 알지."

이시마키의 목소리가 귓가에 들렸다. 다케우치와 통화를 오래 하고 있었다. 그러니까, 부자재의 급을 낮춰서 비용을 절감하는 방법은 나도 알아. 그러고 싶지 않으니까 너한테 묻는 거잖아…….

아오세는 시선을 돌려 창문을 보았다.

그로부터 넉 달이 지났다. 결과적으로 아오세는 사무소의 규칙을 준수했다. 한동안은 요시노의 연락을 손꼽아 기다렸다. 집에 살아본 감상을 금방이라도 들을 수 있으리라 생각했기에, 고작 보름이 지나자마자 한없이 불안해졌다. 아무리 외관과 내장이 좋아도, 실제로 사람이 살아보지 않으면 집의 좋고 나쁨은 알수 없다. 결과를 아는 게 서서히 두려워졌다. 몇 번이고 수화기를 들었다 내려놨다. 그날 부부가 보여주었던 그 환한 얼굴에 그늘이 드리웠다면? 그런 생각을 하니 도저히 용기가 나지 않았다. 쌓인 다른 일들을 처리한다는 명목으로 불안을 방치했다. 자유롭게 설계해달라는 특별한 의뢰가 이어질 리도 없어서, 예전처럼 의뢰인이 쏟아내는 요구 사항에 골머리를 썩이는 일상으로 되돌아갔다.

향수가 자아낸 환상이었다. 특별할 것 없는 집이다. Y주택이 머릿속을 스쳐 지나갈 때마다 스스로에게 그렇게 말하는 버릇이 생겼다. 일부러 전화를 하거나 엽서를 보내 소식을 알릴 정도의 장점도 없지만, 굳이 사무소에 불평을 하러 올 단점도 없는 평범한 목조 주택일 뿐이다. 남북을 역전시킨, 자기만족으로 지은 집을 요시노 일가에게 떠넘긴 건 자신이다. 집주인으로서 하고 싶은 말은 산더미처럼 많지만, 전권을 위임한 건 사실이기에 싫은 소리도 못 하고 속앓이만 하는 것일까. 지은이의 자기애에 질려서, 이런 집을 원한 게 아니었다고 부부가 함께 한숨만 내쉬고 있는 걸까. 부정적인 상상은 끝이 없었고, 긍정적인 상상은 모두 첫걸음에서 좌절했다. 어찌 되었든 요시노 부부는 건축사와 관계를 이어가기를 원하지 않았다, 아오세를 친구로 여기지 않았다. 열에 달떴던 나날들이 지긋지긋하게 느껴졌다. 사무소로 배송된 《200선》은 제대로 펼쳐보지도 않고 책상 서랍에 넣고, 자만은 이제 질렸다는 양 봉인했다. 하지만……

'제 느낌이지만 왠지 사람이 살지 않는 것 같았는데.'

이 말이 사실이라면, 대체 무슨 상황이지?

"아오세 씨……."

통화를 마친 이시마키가 아오세를 부르고 있었다.

"왜?"

"식사 안 하십니까?"

그 말에 벽에 걸린 시계를 보았다.

"너무 이르지 않아? 아직 5시 반인데."

"늦게까지 있어야 할 것 같아서요."

"난 됐어. 다녀와."

순간 이시마키는 의아한 표정을 지었지만, 이내 씩 웃었다.

"돈코쓰 라멘이나 먹을까. 와이프 몰래."

툭 튀어나온 배를 문지르는 모습에 휙 등을 돌렸다. 삐기는 것처럼 느껴진 건 아마 기분이 별로 좋지 않아서겠지. 같은 패잔병이라도 이시마키는 다섯 식구를 단단히 붙들어두었다.

"그래도 부럽습니다."

눈을 휘둥그레 뜨며 돌아봤다. 나간 줄 알았던 이시마키가 반쯤 열린 문 앞에 있었다.

"뭐가?"

"Y주택 말이에요. 계속해서 사람들 눈에 들고, 좋은 평을 얻고. 대표작이라는 건 이렇게 만들어지는 건가 봐요."

"너무 거창하네."

"그래도 좀 의외였어요. 아오세 씨는 뼛속까지 현실주의자인 줄 알았거든요."

현실주의자?

"저는 그런 기발한 집을 제안할 낭만도, 배짱도 없거든요. 건물은 지을 수 있지만 작품은 만들어낼 수 없다고 할까."

아오세는 건성으로 대답하며 이시마키를 내보냈다. 바깥 복도로 발소리가 사라지기를 기다렸다 품 안의 휴대전화를 꺼내 Y주택의 번호를 눌렀다. 이러다 요시노 본인이 전화를 받으면 헛웃음만 나오겠지.

여전히 부재중이었다.

그래서? 고작 하루, 아니, 반나절 집을 비웠을 뿐이잖아. 속으로 그렇게 말하면서도 요시노의 휴대전화 번호를 눌렀다. 귀에 익은 안내 문구가 흘러나왔다. 전원이 꺼져 있거나 전파가 닿지 않는 곳에…….

그렇다면, 하고 다바타 집의 번호를 눌렀다.

지금 거신 번호는 없는 번호입니다. 다시 확인하시고 걸어주십시오. 순간 맥이 풀렸다. 요시노 가족은 원래 살던 월셋집을 정리했다. 당연하지. 시나노오이와케의 새집으로 이사했으니까. 달리 생각할 거리가 있나? 새로 지은 집을 비워두고 다른 곳에 사는 멍청이가 있단 말인가?

아오세는 숨을 내뱉으면서 탁, 하고 가볍게 무릎을 치며 일어났다. 휴대전화를 다시 품에 넣고 가방을 들었지만 마음에 걸린 불안 한 조각은 여전히 꼬리를 끌고 있었다. 컴1을 바라보며 혀를 찬 뒤, 다시 휴대전화를 꺼내 시나노오이와케의 번호를 눌렀다.

"오카지마 설계사무소의 아오세입니다."

자동응답기에 메시지를 남겼다.

"그간 연락을 못 드려서 죄송합니다. 드리고 싶은 말씀이 있는데 전화 주십시오. 밤늦게라도 괜찮습니다."

6

바깥은 해가 저물기 전의 애매한 빛깔로 물들어 있었다.

사무소에서 대여한 주차장까지는 조금 걸어야 했다. 바람이 셌다. 봄이라 그런 것도 있지만, 빌딩 사이로 불어오는 바람도 한몫하는 것 같았다.

아오세는 눈을 들었다. 번잡한 거리다. 혼돈스럽다고 느낀 적도 있다. 상업지인지, 주택지인지도 판별할 수 없이 잡다하게 뒤섞인 지역에 거대한 타워 맨션의 뾰죽한 머리 서너 개가 하늘로 솟아 있었다. 그 발치에는 폭이 좁은 옛 점포들이 걸리버를 에워싼 소인들처럼 낮은 처마를 맞대고 있었다. 담배 가게, 신발 가게, 철물점, 고서점, 고가쓰 인형* 가게, 작업용품 전문점……. 같은 시야 끝에 오픈 카페풍의 크레이프 가게가 있었고, 고층 맨션 건설에 반대하는 현수막, 통유리의 세련된 미용실, 촌스러운 이나리 신사의 도리이**와 금방이라도 쓰러질 것 같은 도조신(道祖神) 석상이 보였다.

뒤죽박죽 섞인 어수선한 광경은 매혹적이기까지 했지만, 이 거리에서 살아간다는 실감도, 애착도 아직껏 들지 않았다. 되는 대로 집을 구한 탓이겠지. 오카지마의 사무소에서 일하게 되었으니 그 근처에 살면 되겠다는 생각밖에 없었다. 정처 없이 동네를 보며 걸었지만 아무 감흥도 얻지 못한 채, 우연히 눈에 들어온 '호시노미야'라는 동네 이름을 보고 부동산에 들어갔다. 결국 부동산에서 권하는 대로 옆 동네인 니시도코로자와의 낡은 맨션을

---

*단오에 장식으로 쓰이는 무사 차림의 인형.
**신사 입구에 세워져 신의 영역임을 상징하는 문. 두 개의 기둥이 서 있고 기둥 꼭대기를 연결하는 가로대가 놓인 형태이다.

계약했다. 강제로 깨달았다. 오랫동안 건축업계에 몸담고 있었으면서도 막상 자신이 어떤 곳에 살 것이며, 어떻게 살고 싶은지 알지 못했다.

아오세는 헛웃음을 흘렸다.

가슴속 정체 모를 불안은 어느새 옅어져 있었다. Y주택의 자동응답기에 메시지를 남겼을 뿐인데도 한 고개 넘은 기분이 들었다. 이제 요시노의 연락을 기다리면 된다. 지난 넉 달 동안의 응어리가 오늘 밤 안으로 풀리기만 한다면 어떤 불쾌한 이야기를 들어도 전부 받아들일 수 있을 것 같았다.

길모퉁이를 돌아 유료 주차장에 세워둔 시트로엥에 올라탔다. 아카사카 시절의 유일한 흔적이라 해도 좋다. 이제 낡았고 혼자 타기에는 너무 커서 차를 새로 살 생각도 안 해본 건 아니지만, 그때마다 마음이 극단으로 치달으며 이대로 아카사카의 기억과 함께 수명이 다할 때까지 타고 폐차시키자는 난폭한 감정이 샘솟고는 했다.

맨션까지는 차로 몇 분 거리였다. 편의점에 들러 김말이 초밥과 캔 맥주를 하나 샀다. 현관을 지나 엘리베이터 앞에서 손수레에 의지해 걷는 노부인과 마주쳤다. 서로 인사를 건넸다. 아오세와 같은 편의점 비닐봉지가 손수레 손잡이에 걸려 있었다. 노부인은 10층에서 내렸고, 아오세는 12층까지 올라갔다. 가방이 묵직한 건 사무소에서 나올 때 서랍에서 《헤이세이 주택 200선》을 꺼내 왔기 때문이었다.

방바닥은 서늘했다. 전화기만 눈에 띄었다. 깜빡거리는 빨간색 램프를 눌렀다. 메시지는 한 건. 유카리의 메시지인 줄 알면서도 귀는 요시노 도타의 목소리에 대비했다.

'오늘은 고생 많았어요. 히나코도 무척 좋아했고요. 다음 달에도 첫째 주 일요일에 봐요.'

아오세는 짧은 숨을 내쉬었다. 빠른 어조의 틀에 박힌 말 구석구석에서 어떠한 감정을 읽어내려는 자신을 느꼈다. 유카리와 전혀 통화를 하지 않는 건 아니었다. 히나코가 왕따를 당하던 시절에는 그야말로 날마다 연락을 주고받았다. 하지만 직접 만난 적은 없었고, 전화로 서로의 근황을 이야기하지도 않았다. 규칙은 명쾌했다. 히나코를 위해 부모로서 상의할 일이 생겼을 때에만 서로의 목소리를 듣는다.

언젠가 히나코는 진실을 알려고 할 것이다.

요건은 갖췄다. 그 언젠가에 대비해 유카리와 이야기를 나눠야 할 일임에는 틀림없었다. 아오세의 생각을 전하고, 유카리의 생각을 듣는다. 말은 쉽지만 실제로 어떻게 이야기를 꺼내야 할지 망설여졌다. 이혼의 경위에 대한 것이니만큼, 말 한 마디만 잘못해도 히나코를 위한 게 아니라 아오세와 유카리의 이야기로 번질 테니까.

아오세는 맥주 캔의 고리를 따서 한 모금 마셨다. 창가의 소파로 가서 김말이 초밥 팩을 뜯었다. 새시 창문 너머에 그럭저럭 봐줄 만한 야경이 펼쳐져 있었다.

집 짓는 이야기는 어느새 쑥 들어갔고, 그 일을 계기로 부부의 대화는 미묘하게 엇갈렸다. 하지만 거품경제기에는 서로의 생활

그 자체가 엇갈렸던 건 아니어서 표면적으로는 그때까지와 별다를 것 없는 나날이었다. 유카리가 그중 어떤 엇갈림에 부부의 위기를 느꼈는지는 모른다. 어느 날, 빈혈로 병원 진료를 받은 걸 계기로 일을 줄이겠다는 말을 꺼냈다. 실제로 그렇게 했다. 아침과 밤에는 반드시 집에 있었다. 묘한 의욕이 넘쳤다. 신혼 때처럼 잘 웃었다. 맞벌이 부부 사이에 흔히 생기는 사무적이고 무뚝뚝한 공기를 방에서 몰아내고, 푸짐한 식탁을 차리고 자녀 계획을 세웠다.

자, 코 막고 간을 먹어볼까?

히나코가 가져온 빛은 절대적이었다. 유카리의 환성과 절규를 몰고 집 구석구석을 비추었다. 아무리 지친 상태로 귀가해도 보송보송한 누에고치처럼 잠든 히나코의 얼굴은 꼭 들여다보았고, 하루의 싸움이 끝나고 해가 저문 뒤 아이 옆에서 잠든 유카리를 바라보며, 어디에나 있지만 여기 말고는 없는 가족의 현재를 실감했다.

그렇지만 집을 짓는 이야기는 피했다. 유카리가 말을 꺼낸 적은 있지만 다음에 이야기하자며 얼버무렸다. 아오세 자신조차 그다음이라는 게 얼마만큼의 시간을 가리키는지 모른 채 계절이 지나갔고, 이내 거품이 붕괴했다. 불도저에 밀리는 나무들처럼 순식간에 일이 사라졌다. 진행하던 일조차 중단됐다. 건축주들은 야반도주했고, 공사를 방치했으며 파이프로 연결한듯 이어진 모든 일들이 엉망진창이 되었다.

사무소는 사람을 자르기 시작했다. 보스와 눈이 마주쳤을 때 그가 슬픈 표정으로 고개를 끄덕이면 짐을 싸야 했다. 상업건축 담당자들은 벼랑 끝에 선 것이나 다름없었다. 그나마 남아 있을 수 있는 사람은 소규모이긴 하지만 앞으로도 수주를 받을 수 있는 공공부문의 전문가뿐이었다. 노세 다쿠미도 그중 하나였다. 확실한 재능의 소유자였으며, 유카리에게 반해서 끈질기게 따라다녔던 남자이기도 했다. 덕분에 아오세는 두 달 반쯤 프러포즈 시기를 앞당겼다. 노세의 눈앞에서 해고 통보를 받는다면? 상상만 해도 머리에 피가 솟구쳤지만, 그것이 현실이 되는 건 시간문제였다. 보스가 고개를 까닥하기 전에 사표를 썼다. 면목이 없다, 언젠가 다시 함께 일하자며 붙잡는 손을 뜨겁게 맞잡을 여유가 그때는 아직 있었다. 너무 쉽게 본 것이다. 자격도, 경력도 있으니 무슨 방법이 있을 거라고.

당신이 먼저 그만둔다고 했다고?

결국 아무 방법도 없었다. 오라는 사무소는 없었고, 어디를 찾아봐도, 누구에게 부탁해도 설계 일은 얻을 수 없었다. 정리 해고된 대다수의 동료들이 같은 처지였다. 반년, 1년. 늦은 밤에 전화벨이 자주 울렸다. 계약을 따낸 만큼 수입을 얻는 영업직, 패밀리 레스토랑의 종업원, 빌딩 청소부. 전공과는 상관없는 일들로 입에 풀칠하는 사내들의 불평과 원한에 찬 전화였다. 끊을 때마다 그들은 꼭 이렇게 물었다. 넌 어때? 아직도 설계만 고집해?

아오세는 지역정보지를 손에서 놓지 않았다. 빨간 펜을 들고 오늘도 내일도 수도권의 설계사무소에 전화를 걸었다. 점포 설계라면 자신 있습니다. 지금이 유능한 인재를 영입할 좋은 기회가 아닐까요. 오사카나 나고야까지 반경을 넓혀 일자리를 찾았다. 통화만 해서는 소용없다는 걸 깨닫고 약속도 없이 불쑥 찾아갔다. 저축은 점점 줄어들었다. 그래도 포기할 수 없었다. 도면과 사진을 보여주면 알아줄 것이다. 경기도 조만간 상승곡선을 그리겠지. 문전 박대의 연속이었다. 분했다. 분노에 떨었다. 끝내 분통을 터뜨렸다. 웃기지 마. 이런 허접한 사무소, 오라고 해도 안 가. 그런 밤이면 술로 도피했다. 주량은 늘어만 갔다.

우리 그 집으로 돌아가자. 방 두 개짜리 집이라도, 차 없어도 재밌게 살았잖아.

유카리의 간절한 말을 등 뒤로 흘려 넘겼다. 사는 집을 나올 생각도, 차를 팔 생각도 들지 않았다. 그저 속이 뒤틀렸다. 화려한 생활에 집착했던 건 아니다. 실제로 물욕 같은 건 없었다. 당신까지 날 우습게 보는 거야? 내가 왜 이러는지 몰라? 난 그저 내 전공을 살리고 싶을 뿐이라고. 열심히 일자리를 찾아다니는데 왜 신경 거슬리는 소리를 하는 거지? 처음으로 언성을 높였다. 주먹으로 벽을 쳤다. 유카리는 겁에 질려 있었다. 험악한 표정을 지을 때도 있었다. 아오세에게 항의하듯 여기저기 전화를 걸어 자신의 일을 늘리려 했다. 그것은 또다시 다툼의 씨앗이 되었지만, 인테리어 업계도 일이 없기는 마찬가지라 집안 형편이 피는 일은 없었다. 말다툼이 끊이지 않았다. 히나코 앞에서는 큰 소리를 내지 않는다. 그것이 부부가 정한 마지막 규칙이 되었다. 히나코는 유독 제 엄마를 따랐다. 유카리가 어두운 표정을 짓기만 해도 훌쩍거리며 울음을 터뜨렸다.

돈이 없어. 정말 없어.

딱 한 번, 직업소개소를 찾아간 적이 있었다. 우중충한 낯을 한 남자들이 가득했다. 언젠가 텔레비전에서 본, 러시아인지 어딘지의 배급 줄을 생각나게 했다. 그 사이에 섞여 줄을 섰다. 뒤에도 금방 줄이 생겼다. 숨쉬기가 괴로웠다. 위가 경련하는 걸 느끼며 입을 뻐끔거렸다. 시큼한 가스가 목을 타고 오르락내리락했다. 구인 창구까지 도저히 걸어갈 수 없었다. 자신의 나약함이 저주스러웠던 건 찰나에 불과했다. 줄에서 빠져나왔을 때, 주변 남자들의 놀란 표정이 뭐라 형언할 수 없는 우월감을 선사해서 돌아오는 발걸음은 가벼웠다. 그 후로 유카리의 웃는 얼굴을 본 적이 없었다. 우는 얼굴이라면 매일같이 보았고, 악쓰는 소리도 들었다. 돈의 무서움을 깨달았다. 뼈저리게 실감했다. 하지만 그즈음에는 대낮부터 술을 마시기 일쑤였다.

이거 봐.

그날 아침의 목소리는 조용했다. 이혼 서류가 새하얀 식탁 위에 놓여 있었다. 모든 항목이 공란이었다. 아무것도 적혀 있지 않았다. 유카리의 서명조차 없는, 단순한 종이였다. 진심은 아니다. 헤어질 생각은 없을 것이다. 아오세를 재기시키려는 일념이, 절박한 심정이 담긴 두박이라는 건 알고 있었다. 알면서도 마음은 얼어붙었다. '이혼신고서'라는 글자만이 눈에 들어왔다. 보복의 말들이 혀끝에 걸려 있었다. 그것을 입 밖으로 낸 뒤의 그 광막한 세계를 쉬이 상상할 수 있었다. 그래서 말하지 마, 말해서는 안 된다고 뇌가 반복해서 명령했다. 그런데도 말했다. 왜 말한 걸까.

집을 안 짓기를 잘했네.

젓가락은 멈춰 있었다. 아오세는 김말이 초밥 팩을 덮고 고무줄로 봉했다. 그 소리가 싫었다. 팔을 뻗어 가방 안에서 《200선》을 꺼냈다. 표지를 장식한 사진은 무명 건축사가 설계한, 반지하에 석조 정원이 자리한 집이었다. 참신한 아이디어였다. 살짝 질투심을 느끼며 남은 맥주를 들이켰다.

아빠는 집을 짓는 사람이지?

히나코만 할 때에는 이미, 아니, 그전부터 건축가가 되기를 꿈꿨다. 분교 도서실에는 세계의 대표적인 건축물을 소개한 낡아빠진 사진집이 딱 한 권 있었다. 몇 번을 봐도 질리지 않아서, 종국에는 몰래 집으로 가지고 왔다. 그 책에 감화되어 건물 그림을 자주 그렸다. 아오세의 손끝에서 건설 현장의 임시 숙소도 코끼리나 기린이 노닐 수 있을 정도로 으리으리한 대저택으로 변신했다. 누나들은 앞다투어 놀려댔고, 어머니는 이런 집에 살고 싶다며 웃었다.

건축에 대한 열정은 중학교에 진학한 뒤로 더욱 불타올랐다. 동네 서점에서 〈카우프만 저택〉의 사진을 보았을 때 받은 충격이 잊히지 않는다. 20세기에서도 손꼽히는 건축계 거장, 프랭크 로이드 라이트가 설계한 '낙수장'이라는 별명을 가진 그 저택은 눈부신 신록이 우거진 언덕 중턱, 폭포 위에 걸친 형태로 지어졌다. 자연과의 융합과 조화. 그런 설명이 붙어 있던 게 기억난다. 하지만 아오세의 눈에는 집이 자연을 깔고 앉은 것처럼 보였다. 집이,

인간이, 자연을 제어하고 지배한다. 그런 고양감을 느꼈다.

아버지의 영향이 컸으리라. 댐 건설은 자연을 제압하는 행위 그 자체였다. 치수. 전원 공급. 수자원 확보. 국가 전체가 인프라 설비 구축에 힘을 쏟던 시대에 그 최전선에서 대자연과 정면 승부하는 틀 장인 아버지는 아오세의 영웅이었다. 아버지에게 무등을 태워달라고 자주 졸랐다. 울퉁불퉁한 바위처럼 다부진 어깨 위에서 곧 완성될 댐을 바라보고 있노라면 저도 영웅이 된 기분이었다. "미노루야, 댐은 하느님의 손 같은 거란다. 산에 내리는 빗방울도, 눈송이도 한 방울 남기지 않고 모두 모아서 사람들에게 퍼주거든."

공업고등학교 건축과 입시를 봤다. 아버지는 목수를 키워내는 학교라고 생각했는지 합격 발표일에 "좋은 톱을 사줘야겠네" 하고 신이 나서 술잔을 기울였다. 어머니와 누나들처럼 웃지는 못했다. 장인의 세계밖에 모르는, 현장과 숙소에서만 살아온 아버지의 고단함을 처음으로 의식했다. 날아오르고 싶었다. 이제 건축가는 꿈이 아니라 목표였다. 배움이 너무나도 즐거웠다. 제도와 측량에 몰두했다. 3학년에 진급하자마자 전국 고등학생 콘테스트에서 입상했다. 교외의 한적한 풍경을 도입한 저층 집합주택을 제안한 작품이었다. 건설 현장 숙소의 '뱀장어 굴'을 어떻게 하면 쾌적한 주거 환경으로 만들 수 있을지 고심한 끝에 번뜩인 아이디어였다. 건축사 자격이 있는 선생이 아오세를 눈여겨봤다. 제도뿐 아니라 데생도 곧잘 한다는 칭찬을 자주 들었다. 선생님은 그림 센스 없이 건축가가 될 수 없다고 했다. 어린 시절

조르는 대로 화구를 사준 아버지에게, 그리고 절대로 같은 무리에 끼워주지 않았던 마을 아이들에게 감사했다.

아오세는 《200선》을 넘겼다. 이 책을 제대로 보는 건 처음이었다. 제목과 설명문보다 사진이 많은 것을 말해주고 있었다. 자신. 도전. 체면. 발돋움. 작품마다 지은이의 마음속 소리가 들려오는 것 같았다. 호흡을 가다듬고 나서 Y주택이 실린 페이지를 펼쳤다. 하늘색의 외쪽지붕이 눈길을 사로잡았다. 나머지는 보지 않아도 선연하게 떠올랐다. '빛의 굴뚝'이라 이름 붙인 타원형의 커다란 채광창 세 개가 같은 간격으로 지붕에서 솟아나 있다. 천창과 지붕창의 기능을 결합해서 고심 끝에 만들어낸 역작이었다. 투과성이 높은 폴리카보네이트 소재로 만든 스크루 형태의 반사판을 조절함으로써 노스라이트를 오롯이 실내로 끌어들이고, 다른 빛들은 통 내부의 곡면에 반사시켜 천장과 벽에 분배한다.

눈을 감고 《200선》을 덮었다.

언젠가 나의 집을 세우리라. 여드름투성이 소년 시절의 포부와 간절한 바람이 살아남아 있었던 까닭에 요시노의 말은 마법이 될 수 있었다. '북향 집'이라는 발상도, '목조 주택'이라는 선택도 필연이었다고 다시금 생각했다. 댐 건설의 위용만 보고 자란 건 아니었다. 발파되어 스러지기 직전의 울창한 숲을 기억한다. 인조 호수 밑으로 수몰되어 사라질 운명의 가옥들과 밭, 돌다리를 아버지는 조금 미안한 얼굴로 가리키며 아들에게 가르쳐주었다. 전국을 떠돌며 보아온 그 모든 것이 필시 아오세의 원풍경(原

風景)이었다. 본래 없었던 고향은 노스라이트로 다정하게 포장되어 세월을 뛰어넘었다. 가족과의 생활을 잃고, 자신의 마음까지 잃어버린 채 어둠 속을 방황하다가 요시노의 의뢰에서 빛을 느끼고, 조심스레 포장을 풀었을 때 나타난 아오세의 세계는 유카리를 길러낸 세계를 거부하지도, 부러워하지도 않았다.

아오세는 벽시계를 보았다. 7시 30분이었다. 전화기는 기둥 옆 어둠에 가라앉아 있었다. 아마도 이쪽으로 연락을 주겠거니 생각한 휴대전화는 눈앞의 테이블 위에서 대기하고 있었다.

대체 무슨 일이지? 소리 없는 물음을 던졌을 때, 요시노 가족의 막내 얼굴이 뭔가 나쁜 징조처럼 뇌리를 스쳐 지나갔다. 초등학교에 갓 입학한 남자아이였다. 터울이 진 두 누나가 있다는 이야기를 들었을 뿐, 여러 번 만난 것도 아닌데 아이에 대해 잘 안다고 생각했었다. 지진제*를 올리는 날에 가리에의 뒤에 반쯤 몸을 숨기고 꼼지락거리는 아이를 보고 말을 걸었다. 새집 기대되니? 대답은 없었다. 올려 뜬 두 눈만이 아오세를 보았다. 사람을 의심하는 법을 이미 아는 눈이었다. 아버지를 어려워하는지, 요시노 옆에 있는 모습을 본 기억은 없었다.

8시가 되고, 9시가 지나도 두 전화는 묵묵부답이었다. 아오세는 소파에서 꿈쩍도 하지 않았다. 빈 맥주 캔을 힘껏 우그러뜨렸다. 순간 편의점으로 향하는 자신의 모습을 상상했다. 텔레비전

---

*토목 공사를 할 때에 지신(地神)에게 지내는 제사. 건물의 안전을 비는 뜻으로 터를 닦기 전에 지낸다.

을 켜서 채널을 한 번 돌려본 뒤에 껐다. 요시노는 아직 집에 돌아오지 않은 걸까. 가리에도 집을 비운 건가. 부부의 딸과 그 막내아들은? 있을 터였다. 아니, 가족이 아오세에게 전화를 할 리는 없다. 요시노는 일 때문에 귀가가 늦어서, 아직 자동응답기의 메시지를 듣지 못했겠지.

설마 버린 건가? 갑자기 감정이 격해졌다. 버릴 정도로 나쁜 집인가? 그러면 그렇다고 빨리 말해주면 좋았잖아.

10시가 되는 순간에는 휴대전화의 대기화면을 바라보고 있었다. 손가락이 Y주택의 번호를 누르고 있었다. 걸 생각은 없었다. 상대방이 여전히 부재중이라면 세 번째 착신 이력을 남기게 될 테니까. 급한 일이 있는 것도 아닌데 혼자 전전긍긍하는 우스운 꼴만 보이게 될 테니…….

벨소리가 울렸다. 집 전화였다. 손안의 휴대전화에는 여전히 Y주택의 번호가 표시되어 있었다. 나쁜 짓을 하다 들킨 것 같아 소파에서 벌떡 일어났다. 심장이 쿵쾅거리면서 무엇에 대한 것인지도 알 수 없는 사과의 말이 머리를 스쳐 지나갔다.

"아오세입니다."

"집에 있었어?"

오카지마의 목소리라는 걸 인식하기까지 몇 초가 걸렸다.

"무슨 일인데 집 전화로 걸어?"

빗나간 기대에 가시 돋친 목소리가 튀어나왔다. 지지 않겠다는 양 뾰족한 대답이 돌아왔다.

"집에 가서 알려준다면서."

아, 하고 신음했다.

"미안, 찾아올 테니 잠깐 기다려."

아오세는 전화를 보류로 돌려놓고 옆방으로 달려가 편지꽂이 대신으로 쓰는 숄더백을 낚아챘다. 바닥 위에 엽서 다발을 쏟자 금방 찾는 이름이 눈에 들어왔다. 니시카와 다카오. 새 주소와 전화번호, 휴대전화 번호까지 있는 걸 확인하고 다시 수화기를 들었다.

오카지마는 고맙다는 인사도 없이 전화를 끊었다.

아오세는 한숨을 내쉬며 자리에서 일어났다. 맥주 캔과 김말이 초밥 팩을 정리하고 나자 시계를 보는 것 말고는 할 일이 없었다. 사고는 계속 돌고 돌아 원점으로 왔다. 요시노는 아직 집에 돌아오지 않은 건가. 아오세에게 전화할 마음이 없는 건가. 아니면 시나노오이와케의 그 집에는 정말 아무도 살지 않는 건가.

고요함이 한층 파고들었다. 창문 너머의 야경이 하잘것없이 느껴졌다. 도쿄와는 다르다. 날짜가 바뀌는 자정 즈음에 불빛 수가 눈에 띄게 줄어든다. 불현듯 엘리베이터를 같이 탔던 노부인의 모습을 떠올렸다. 잠들지 못하고 창문 너머를 바라보고 있다. 아오세와 같은 야경을 보고 있다. 왠지 그런 예감이 들었다.

아오세는 자정으로 넘어가는 순간에 휴대전화 통화 버튼을 눌렀다. 상대의 목소리보다 시끄러운 노래방 소리가 고막을 찔렀다.

"어, 왜?"

오카지마의 목소리는 아까와 달리 쾌활했다.

"네가 알려준 번호로 연락했더니 바로 승낙하더라고. 몇 번이나 고맙다고 인사를 하는지……."

"오카지마."

아오세는 그 목소리를 끊고 말했다.

"내일 멀리 좀 다녀와도 될까?"

"멀리? 어디를?"

"시나노오이와케에. 어떻게 된 건지 좀 들여다봐야겠어."

7

이튿날은 아침부터 화창했다.

드라이브하기에 딱 좋은 날씨였지만 아오세는 그럴 기분이 아니었다. 게다가 일행도 있었다. 아까 시트로엥 조수석에 오카지마가 올라탔다. 어젯밤 통화할 때 같이 가겠다는 말을 꺼내서, 소장이 걱정할 정도의 일은 아니라고 거절했지만 끝까지 고집을 꺾지 않았다. 걱정 안 해. 다시 보고 싶어졌어. 그 집을…….

엔진 상태는 그럭저럭 괜찮았다. 어떻게 갈 거냐는 오카지마의 물음에 이루마 인터체인지에서 간선도로를 타고 간에쓰 자동차도, 조신에쓰 자동차도까지 고속도로로만 갈 생각이라고 대답했다. 도로에 쌓인 눈은 걱정하지 않아도 될 것 같았다. 일어나자마자 가루이자와 정 관공서에 전화를 걸어 확인했다.

"중간에 졸아도 뭐라 하지 마. 어젯밤에 너무 마셨어."

오카지마는 시트를 뒤로 조금 젖히며 말했다. 설계 공모 이야기를 할 생각은 없는 것 같았다. 아오세도 물어볼 생각은 없었다. 한 사무소에서 일하는 동료라도 업무 내용에 간섭하지는 않는다. 아카사카 시절에 익힌 습관이었다. 야심에 찬 마흔 명의 건축사가 한 사무소에서 부대끼며 일했다. 무슨 아이디어가 있는지 떠보는 건 일상다반사였고, 사무소 안에서는 늘 누군가가 다른 누군가를 의심했다.

"먼 길인데 정말 가려고?"

첫 신호 대기에 걸렸을 때 아오세는 다시 물었다.

"이제 와서 왜?"

"바빠 보여서, 요즘 계속."

"말했잖아. 주가 급상승 중인 Y주택을 보고 싶다고."

설계 공모를 앞두고 영감을 얻을 만한 건물을 봐두겠다는 심산인가. 완공되었을 때 본 Y주택의 디자인이 마음에 깊이 박혔다는 방증일 테지만, 솔직하게 인정하지는 않았다. '건축가'라 자처하는 데 주저하는 수많은 무명 건축사들의 내면은 복잡했다. 대다수가 굴절된 자존심으로 속을 태웠다. 자신은 다른 이와 다르다는 강렬한 자부심. 배타적이고 이기적이지 않으면 건축디자인 같은 건 할 수 없다고 널뛰는 감정. 하지만 한편으로는 타인이 만들어낸 좋은 작품을 좋다, 아름다운 것을 아름답다 인정하지 못한다면 건축사라 자처할 자격조차 잃어버린다는 것을 누구나 알고 있다.

오카지마는 달라졌다. 그 사실을 번번이 실감했다.

학창 시절에는 콧대 높은 남자였다. 태만하고 건방진 데다, 여자관계가 한없이 헤펐다. 대학을 졸업하고 부모의 지원으로 사무소를 차렸고, 결혼하고 나서도 보험 외판원인 부인의 벌이가 좋은 것을 핑계로 아침부터 저녁까지 파이프를 물고 건축 잡지를 획획 넘겼다. 별다른 실적도 없었지만 태도만큼은 거장이었다. 대학 동창의 말로는 지역 상공회보에 '신진기예의 건축가'로 종종 등장해서 활기 넘치는 지역 만들기라는 종합구상을 뻔뻔하게 개진했다고 한다.

그런 오카지마가 몇 년 안 본 동안 딴사람이 되었다. 한마디로 표현하자면 현실에 발붙이고 살게 되었다. 초년의 성공한 건축가 행세는 더는 찾아볼 수 없었고, 건실한 일 처리로 신뢰를 얻으며 사방팔방으로 인맥을 넓혔다. 무엇보다 놀란 건 상대를 얕보는 말과 행동은 사라지고, 여전히 기분파이기는 했지만 평범하게 교유할 수 있는 인간으로 바뀌었다는 점이었다. 이유는 상상에 맡길 수밖에 없다. 거품경기를 겪으며 남들처럼 쓴맛을 보았기 때문일까. 부모가 연이어 세상을 떠난 것과 늦게 얻은 외동아들의 존재가 큰 계기가 되었는지도 모른다. 어느 쪽이든 예전의 오카지마라면 입이 찢어져도 아오세가 지은 건물을 보고 싶다는 소리는 하지 않았을 것이다. 숨겨둔 야심이 무엇이든 겸허해진 것이다. 특히 건축에 대해서는.

"잇소는 잘 지내?"

고개를 돌리지 않고 물었는데도 조수석에 앉은 얼굴이 헤벌쭉해지는 걸 알 수 있었다.

"너무 기운이 넘쳐서 탈이지. 내가 나가토로 놀러갔을 때 사진 보여줬나?"

"아니. 지금 몇 살이지?"

"열한 살. 이제 6학년이야."

"벌써? 애들은 참 빨리 자란단 말이야."

"히나코는 중1이었나?"

쓸데없는 소리를 한다고 기분이 상한 것도 잠시였다.

"기말고사를 망치지 않았으면 곧 2학년이 될걸."

"지금 요쓰야에 살지?"

"그걸 어떻게 알아?"

"음? 전에 네가 말했잖아. 저층 맨션에 산다고."

"목조 아파트보다 조금 나은 정도야."

"유카리 씨하고는 연락 안 해?"

유카리와 면식이 있는 오카지마는 이따금 그런 소리를 했다. 과거 대학 건축과에 꼼꼼하고 성실한 만년 간사가 있어서 1년에 한 번씩 친목 모임을 열었다. 중퇴한 아오세에게도 매번 연락이 왔고, 배우자를 동반해도 되는 모임이라 인맥을 쌓는 데 도움이 될까 해서 몇 번 유카리와 함께 나갔다. 오카지마는 아오세와 절친한 사이라며 뻔뻔하게 유카리에게 다가가 허풍을 늘어놓으며 그녀를 웃겼다. 이제는 까마득한 기억이다. 거품경기가 붕괴하자 친목 모임은 자연스레 사라졌고, 성실한 만년 간사는 몇 년 후에 스스로 목숨을 끊었다.

"이번 달에도 만났지?"

기회를 놓치지 않겠다는 양 오카지마는 다시 히나코 이야기를 꺼냈다.

"어제."

"아, 어제였어? 어때?"

"잘 지내는 것 같았어. 그나마 다행이지."

"그런 소리 마. 잘 지내면 됐지."

"여자애잖아. 앞으로 더 대하기 어려워지겠지."

가벼운 투로 말했지만, 입 밖으로 꺼내자 엄청난 비밀을 털어
놓은 기분이었다.

"그렇겠지. 남자애도 어려운데. 하지만 그게 또 즐거움이지."

"Y주택을 보고 싶대."

"호오, 기분 좋겠네. 보여줄 거야?"

"사진으로."

"보여줄 거면 실물이 낫지. 네가 자부심을 갖고 만든 작품이잖
아."

"자부심……."

"아냐?"

"뭐, 비슷하다고 해두지."

"그렇지? 그렇게 열심히 작업했는데."

"그렇지 뭐."

"너 개인적으로도 만족스러운 집이지?"

"뭐 그렇지."

"말투가 왜 그래."

"문제는 상대도 만족했느냐는 거지."

"때마침 부재중이었나 보지. 걱정 마."

"안 해."

"알았어, 알았어. 그래도 좀, 그렇긴 해……."

부자연스러운 목소리가 튀어나왔다.

"그렇긴 뭐가?"

"뭐가?"

"할 말 있으면 해. 말 돌리지 말고."

오카지마는 쯧, 하고 혀를 찼다.

"그냥 일반론이야. 너무 공들인 집은 살기 불편하다고들 하잖아."

그런 것이다. 오카지마도 일말의 불안을 느끼고 있었다. Y주택을 보고 싶다는 말은 사실이겠지만, 반쯤은 경영자의 마음가짐으로 따라온 것이다.

도착하면 깨워. 대화에서 도망치듯 눈을 감는 오카지마를 힐끗 보며 아오세는 꾹 힘주어 액셀을 밟았다.

8

조신에쓰 도로의 우스이가루이자와 인터체인지를 빠져나온 건 정오가 다 되어서였다.

와미 고개를 향해 직진하면 전방에 우뚝 솟은 바위에 절로 눈길을 빼앗긴다. 고개의 상징은 한 쌍의 바위 봉우리로, 기암석 부류이리라. 다갈색의 암벽은 매서우리만치 위엄 있게 솟아올라 주변의 한적한 경관에 위화감과 긴장감을 안겨주었다.

아오세는 시트로엥의 힘이 달리는 걸 느끼며 연이은 고갯길의 커브를 따라 핸들을 돌렸다. 현장 감리를 위해 여러 차례 이 길을 오갔지만, 희한하게도 지겹다는 감각은 없었다. 생각해보면 당시에도 도코로자와에서 시나노오이와케까지의 거리가 멀다고 느낀 적은 없었다.

카스테레오에서 정오의 뉴스가 흘러나왔다. 어딘가에서 또 아이가 어머니의 내연남에게 목숨을 잃었다고 한다. 조수석의 오카지마는 술 냄새를 풍기며 잠들어 있었다. 요금소에서 한쪽 눈을 슬쩍 떴지만 그뿐이었다.

'너무 공들인 집은 살기 불편하다고들 하잖아.'

'왠지 사람이 살지 않는 것 같았는데.'

자신이 설계한 집에 사람이 살지 않을지도 모른다는 상상은, 이내 그런 황당한 상상을 하는 건축사가 어디 있느냐는 자조에 밀려 사라졌다. 불길한 일이라고는 일어날 것 같지 않은 풍경이 차창 뒤로 흘러갔다. 고개를 넘어서도 길은 한산했다. 갓길의 눈은 들은 이야기보다도 적었다. 신호를 기다리는데 근처에서 지저귀는 새 소리가 들렸다.

찌─잇찌…….

모습은 보이지 않았지만 아마 진박새이리라. 박새 울음소리도 비슷한 패턴이지만, 박새보다는 지저귀는 템포가 빨랐다. 다른 소리도 냈다. 쭈잉, 쭈잉.

아오세는 다시 액셀을 밟으며 운전석 창문을 살짝 내렸다. 바깥의 찬 공기가 뺨을 어루만졌다. 자작나무 숲 쪽에서 아스라이 울려 퍼지는 고운 울음소리가 들렸다. 겨울새인 검은머리방울새다. 늦은 봄까지 마을에 남아 있다가, 드디어 떠날 시기가 임박한 것이리라. 평소보다 새된 울음소리가 이곳을 떠나겠노라는 결의에 찬 표명처럼 들렸다.

마음이 부대꼈다. 새에 얽힌 기억들이 하나둘 떠올랐다. 노스탤지어는 아니다. 그 기억들은 아오세 일가의 '떠돌이' 생활과 한데 겹쳐 모형 정원 속 세상을 들여다보는 느낌을 동반했다.

학교 등하굣길에는 하늘에서 내려온 새들이 지저귀는 소리가 쏟아져 내렸다. 마음이 편안해지는 한편, '댐 공사판 아이'를 야유하는 심술궂은 소리처럼 들리기도 했다. 임시 숙소에 가까워질수록 새소리는 점차 멀어져 갔다. 산골짜기에 위풍당당하게 자리한 거대한 댐은 야생 새들의 낙원인 숲을 집어삼키며 준공을 앞두고 있었다.

날개를 다친 긴꼬리홍양진이를 발견한 적이 있었다. 15센티미터쯤 되는 몸길이에 머리가 하얗고 꼬리가 긴 사랑스러운 새다. 하굣길에 낙엽 속에 웅크리고 있는 걸 발견했다. 내버려 둘 수가 없어서 두 손으로 조심스레 안아, 그 온기에 가슴이 뛰는 걸 느끼며 곧장 집으로 돌아왔다. 겨드랑이에 난 상처에 빨간약을 발라주고, 종이 박스에 숨구멍을 뚫고 지푸라기를 깔아서 잠자리를 만들어주었다. 가족들의 반대를 예상하고, 이대로 두면 죽을 테니까 집에서 키우겠다고 단호하게 선언했다. 어머니는 안 된다며 들은 척도 하지 않았고, 계속 애원하자 산새는 집에서 키우면 안 되는 새라는 정론으로 반박했다. 누나들도 어머니 편을 들었다. 세 평짜리 집에서 다섯 식구가 먹고 자던 시기라, 당연하게도 새는 불청객일 뿐이었다.

아버지는 못 들은 척하며 술잔만 기울였다. 어머니가 당신이 말로 타일러보라고 닦달해도 음, 그렇지, 하고 말을 흐렸다. 아오세는 아오세대로 아버지를 제 편으로 만들려 애를 썼다. 내가 잘 돌볼게, 낮에는 밖에 내놓으면 되잖아, 하고 듣기 좋은 소리를 늘어놓다가 결국 아버지의 목에 매달려 새장을 사달라고 졸랐다.

며칠 뒤 휴일, 마을에 다녀온 아버지가 새장을 들고 돌아왔다. 아오세는 놀라서 눈이 휘둥그레졌다. 새장 안 횃대에 새까만 새가 앉아 있었다. 구관조였다. "미노루, 이 녀석이 훨씬 똘똘해. 가르치면 사람 말도 한단다." 그러더니 목소리를 낮춰 속삭였다. "철새는 떠나지 않으면 죽어버린단다. 우리처럼."

아버지는 아들의 미움을 사고 싶지 않았던 것이리라. 연이은 전학에 친구 하나 변변히 사귀지 못하는 아들을 안쓰러이 여겼음이 틀림없었다. 어찌 되었든 산새를 계속 키울 수는 없으니, 곧 찾아올 이별의 날에 아들이 우는 얼굴을 보고 싶지 않다는 부모 마음이 아버지의 머릿속에 갑작스러운 선물을 떠올리게 한 것이겠지. 어머니와 누나들은 단단히 토라졌지만, 아버지는 솔로몬이라도 된 양 흡족한 얼굴로 아오세의 가슴에 새장을 안겨주었다. 일단 이름부터 지어주라면서.

아오세는 펑펑 울었다. 그때의 심정이 떠오르지 않는다. 긴꼬리홍양진이와의 작별을 각오했기 때문일까. 아니면 그 대신이라며 다른 새를 가져온 아버지의 무신경함에 화가 난 것일까. 어쩌면 '우리처럼'이라는 그 말 한 마디에 담긴 설움을 이해하지 못했던 어린 마음이 혼란에 빠진 것일까.

그런데도 아오세는 '규타로'라는 이름을 붙인 그 구관조에 푹 빠졌다. 가출을 감행해서라도 지켜줄 작정이었던 긴꼬리홍양진이에 대한 애틋한 정은 어디로 사라졌는지, 그 기억 또한 없다. 숙소에 아버지가 아끼던 '도시오 씨'라는 젊은 틀 장인이 있었는데, 그가 날개가 다 나으면 숲으로 돌려보내라고 잘 타일렀던 게 희미하게 기억이 날 뿐이다. 참으로 박정한 꼬맹이다. 지금 생각해보면 쓴웃음만 나지만, 규타로는 친구 없는 외톨이 소년을 금방 사로잡을 정도로 매력적이었다. 집에 온 그날 '잘 자'란 말을 익혔고, 이튿날에는 벌써 '안녕', '어서 와', '미노루'라고 말했다.

실제로 규타로는 다른 구관조보다 더 영리했던 게 아닐까. 어느 샌가 식구들뿐 아니라 이웃 사람들의 얼굴과 이름까지 외워서 모두를 놀라게 했다. 말을 백 개, 이백 개 익히고 가요의 후렴구를 흥얼거리기도 했다. 아오세를 가장 따랐던 건 말할 것도 없다. "미노루, 어서 와." "학교는 어땠어?" 자기소개를 시키면 "아오세 규타로, 입니다. 댐 건설 현장에 삽니다. 잘 부탁해요"라고 답했다. 장난기가 있는 한편, 제 기분이 나쁘면 본체만체할 때도 있어서 꼭 사람 같았다. 어머니와 누나들노 언세 만대했냐는 듯 예뻐했고, 7년 뒤 규타로가 수명을 다했을 때에는 아버지를 제외한 모두가 울음을 터뜨렸다.

요샛말로 펫 로스라고 해야 할까. 가족들이 그런 시기를 보내고 몇 년 뒤에, 무슨 생각인지 아버지가 다시 구관조를 데려왔다.

당시 가족들은 가나가와의 미호 댐 건설 현장에 있었고, 큰누나가 야마나시로 시집간 지 얼마 안 됐을 때였다. 아버지는 밥을 먹을 때도, 외출할 때도 식구 모두가 함께 움직이지 않으면 기꺼운 낯을 하지 않았으니, 큰누나의 빈자리를 메우려 했던 건지도 모른다.

아버지가 '구로'라 이름 붙인 그 구관조를 아오세는 그다지 신경 쓰지 않았다. 규타로보다 지능이나 붙임성이 훨씬 떨어졌고, 무엇보다 이미 고등학교 3학년이 된 아오세의 머릿속에는 대학 입시 생각밖에 없었다. "이봐, 아오세 미노루." 창가에 앉은 구로의 목소리는 공부에 방해가 될지언정 기분 전환에 도움이 되는 일은 거의 없었다.

그런 구로 때문에 아버지가 죽었다. 미호 댐 건설이 끝나자 아버지와 어머니는 당시 건설 중이었던 군마의 기류가와 댐으로 떠났다. 아오세는 따라가지 않았다. 대신 가와사키 시내의 일본 음식점에 취직이 정해진 작은누나를 찾아가, 가게에서 얻어준 방에서 더부살이 생활을 시작했다. 입시가 막바지에 접어들자, 도서관을 오가는 시간조차 아까웠던 것이다. 구로는 아버지가 군마로 데려갔다. 아오세가 그러기를 바랐다.

제1지망으로 쓴 건축과에 무사히 합격한 아오세는 도내에 저렴한 자취방을 얻었다. 그로부터 2년이 지났을 때였다. 아버지의 죽음은 갑작스레 찾아왔다. 새장 문을 열고 탈출한 구로를 찾으러 근처 숲을 헤매다 벼랑에서 떨어졌다. 수화기 너머 어머니의 오열 섞인 목소리를 듣고도 아오세는 도저히 믿을 수가 없어서 망연자실할 따름이었다. 아버지는 사흘 동안 구로를 찾아 헤맸다고 했다. "미노루가 슬퍼할 텐데"라며 아들을 걱정했다. "아무래도 미노루를 볼 낯이 없어." 사흘 뒤의 저녁나절, 집에서 나가며 어머니에게 건넨 그 한마디가 아버지의 마지막 말이 되었다.

정신없이 장례를 치르고 눈 깜짝할 사이에 49일이 지났다. 그로부터 얼마 뒤, 아오세는 혼자서 기류가와 댐으로 이어지는 산길을 올랐다. 걷는 동안 해가 저물어 산은 어둠에 휩싸였다. 주변과 길조차 구별되지 않는 그 칠흑 같은 어둠 속을 구로의 이름을 부르며 걸어가는 아버지의 모습이 눈에 선했다. 눈물이 멈추지 않았다. 평생 아버지와 함께였다. 그 위대한 뒷모습을 보며 자랐고, 든든한 가슴에 비호받으며 자랐다. 꽃의 이름도, 나무의 이름도, 새의 이름도 모두 아버지가 가르쳐주었다. 이토록 사랑받은 아들이 또 있을까. 따라갈 걸 그랬다. 입시 공부 같은 건 어디서든 할 수 있었다. 조금 더, 최소한 대학에 들어갈 때까지라도 같이 있어야 했다. 아버지는 그걸 바랐을 텐데. 꿈꿨을 텐데. 누구 하나 빠지지 않고, 언제까지나 가족 모두가 유랑하는 인생을.

핸들의 진동이 격해졌다. 오카지마를 힐끗 보고 나서 바로 고개를 돌려 세차게 눈을 깜빡거렸다. 길은 여전히 똑바로 뻗어 있었다.

반년 후에 대학을 자퇴했다. 경제적인 이유 때문은 아니었다. 아버지가 세상을 떠난 뒤 아카사카의 설계사무소에서 아르바이트를 시작했다. 단순 심부름꾼이었지만, 휴식 시간에 르코르뷔지에의 전기를 읽었던 게 행운을 불러왔다. 소장이 다가와 "르코르뷔지에를 좋아하나?'라고 청년처럼 눈을 빛내며 물었다. 독학으로 밑바닥부터 시작한 입지전적인 인물이었다. 한번 이야기를 시작하면 끝이 없는 사람이라, 시간이 날 때마다 건축의 기초를 가르쳐주었다. 기회를 놓칠 수 없다 싶어서 질문 공세를 퍼부은 점도 마음에 들었는지, 소장이 '순찰'이라 부르던 건축 현장 감리에 동행하게 되었다. 대학 강의가 시간 낭비로 느껴질 정도로 실용적이고 흥미로운 배움의 장이었다. 르코르뷔지에를 방불케 하는 '필로티' 기법에 매료됐다. 기둥 위에 건물을 올리고 지상 면을 비워두는 양식은 당시로서는 대단히 미래지향적이었다. 자연스레 캠퍼스에서 멀어졌고, 학점 취득조차 위태로워졌지만 그즈음에는 이미 조급한 마음을 억누를 수가 없었다. 사무소에서 인턴 확약을 받고 자퇴서를 냈다. 아버지도 살아 계셨다면 기뻐하셨으리라. 제도대 말석에 앉아 일을 배웠다. 흡수할 수 있는 건 뭐든 흡수했다. 소장이 '3종의 신기'라 부르며 숭배하던 철과 유리, 콘크리트를 능숙하게 다루는 건축사가 되고 싶었다.

딱, 딱, 딱……

돌을 던지는 듯한 특징적인 울음소리에 아오세는 액셀을 밟은 발에서 힘을 뺐다. 이 시기에 이런 고지대에 딱새가 남아 있다니. 딱새는 초봄까지는 교외의 공원이나 민가의 정원에서 흔히 볼 수 있는 겨울새로, 참새보다 훨씬 작았다. 유카리가 맨 처음 좋아하게 된 야생 새였다.

홍작새 말이야, 딱새하고 좀 닮지 않았어?

신혼 시절, 유카리가 늘 그렇듯 뜬금없이 홍작새를 키우고 싶다는 말을 꺼낸 적이 있었다. 키우다 죽으면 슬프지 않겠냐며 아오세가 꺼려하자, 유카리는 토라진 표정을 지었다. "내가 누구 때문에 새 마니아가 됐다고 생각해?" 늘 나오는 레퍼토리였다. 사귄 지 얼마 되지 않았을 때 신주쿠교엔에서 아오세가 대여섯 종류의 새소리를 듣고 알아맞혔던 날의 추억을 잊지 않고 늘 꺼냈다. "그땐 정말 놀랐어. 이 사람하고 결혼해도 되겠다 생각했다니까."

그런 유카리도 일이 바빠지자 새를 키우겠다는 생각은 접은 줄 알았는데, 히나코가 태어나 두 살이 되었을 무렵에 상의도 없이 사랑앵무 한 쌍을 들였다. '우리 집'을 둘러싼 견해의 차이는 있었지만, 그 일로 서로 으르렁댄 것도 아니었고, 나날이 사랑스러워지는 히나코를 돌보며 부부 사이는 원만했다. 그렇게 생각한 건 아오세뿐이었나. 이 무렵 유카리의 입에서 집을 짓고 싶다는 이야기는 더는 나오지 않았다. 분명 아오세가 그렇게 만든 것이다. 사랑앵무 '부부'의 힘을 빌리려 했던 유카리의 심정을 지금이라면 헤아릴 수 있을 것 같았다. 홍작새가 앵무로 바뀐 건, 아오세가 했던 규타로와 구로 이야기를 기억하고 있어서겠지. 그래서 사람 말을 하는 새를 고른 것이다. 유카리 나름대로 모든 상상력을 총동원해 오랜 떠돌이 생활로 쌓아 올린 아오세의 내면세계에 다가서려 한 건지도 모른다.

발랄한 '삐삐'와 다소 신경질적인 '삐코'는 어린 히나코의 좋은 친구가 되었다. 삐삐는 간단한 단어를 외울 수 있었다. '히나코'라고 부르면 히나코는 신이 나 발을 동동거렸고, 그때마다 황록

색 깃털에 뺨을 비볐다. 그래서 아오세는 이혼이 정해지고 집을 나가게 되었을 때, 자신이 사랑앵무를 맡게 되리라고는 생각도 못 했다. 유카리가 그렇게 해달라고 부탁했다. 히나코에게 너무 가혹하지 않냐고 말하자, 삐삐는 아침부터 저녁까지 '아빠'라는 말을 한다, 그 말을 아이에게 들려주는 게 더 가혹한 게 아니냐고 대답했다. 히나코는 말 못하는 삐코도 귀여워했으니 적어도 한 마리만이라도 맡아달라고 할까 생각했지만, 차마 사랑앵무 부부까지 생이별하게 만들 수가 없어서 입이 떨어지지 않았다.

아파트로 이사해 채 한 달도 지나지 않아서, 아오세는 삐삐와 삐코를 근처 공원에 방사했다. 유카리가 걱정했던 일이 일어났기 때문이었다. 삐삐는 '엄마'와 '히나코'라는 말을 잊지 않았다. '엄마'는 참을 수 있었지만 '히나코'의 이름을 들을 때마다 정리했다고 생각한 감정이 사방으로 튀었다. 정적에 휩싸인 방에서 언제 튀어나올지 모르는 삐삐의 목소리는 공포가 되었다. 다른 주인을 찾아줄까도 싶었지만, 삐삐의 기억은 곧 가족의 내밀한 기억이었기에 결심이 서지 않았다.

새장 밖으로 날아오른 한 쌍의 새는 파닥파닥 힘없이 날갯짓해 근처 은행나무 가지에 앉았다. 서로 몸을 기대고 그 자리에서 꿈쩍도 하지 않았다. 맹렬한 죄책감에 휩싸였다. 그렇게 좋아하던 히나코와 억지로 떼어놓은 것도 모자라 겨울도 제대로 넘기지 못할 작은 생명을 외면하고 버렸다. 아오세는 휘청거리는 걸음으로 은행나무로 다가가 삐삐와 삐코의 이름을 번갈아 불렀다. 어두워질 때까지 나무 밑에서 기다렸다. 새들은 돌아오지 않았고 다음 날 아침에는 자취를 감추었다.

유카리가 어떻게 달랬는지, 히나코는 그 뒤로 한 번도 아오세 앞에서 삐삐와 삐코의 이름을 입에 올리지 않았다. 당시에는 싫다고 목 놓아 울었을 텐데, 그 일에 관해서는 입도 벙긋하지 않은 채 8년이 지났다.

"이게 그건가?"

조수석에서 목소리가 들렸다.

"택시 기사가 취객을 깨우는 비장의 기술."

내린 창문 사이로 불어오는 찬바람을 말하는 것 같았다. 차는 국도 18호선에 들어섰다. 아까 눈에 들어온 전광판에 표시된 바깥 기온은 2도였다.

"숙취에 좋은 약이지?"

아오세가 웃는 낯으로 창문을 닫자 오카지마는 찌뿌둥한 듯 기지개를 폈다.

"다 왔어?"

"조금만 더 가면 돼."

"점심은 어쩔까?"

"보고 나서 먹어도 돼?"

"물론이지. 모처럼 여기까지 왔으니 '기기모토야'의 메밀국수라도 먹을까?"

좋지, 하고 아오세는 대꾸했다. 나카가루이자와의 역 앞에 위치한 전통 있는 가게로, Y주택 공사 당시에 요시노 부부와 함께 몇 번 찾았던 곳이었다.

"이 근방을 잘 아나 보네?"

아오세의 말에 오카지마는 의기양양하게 고개를 끄덕였다.

"학생 때 별장 연구한답시고 하루가 멀다 하고 드나들었지. Y 주택은 비석 넘어서던가?"

"오른쪽 대각선으로 들어가면 돼."

"생각났다. 셜록 홈스 상 근처지?"

"지나서 조금 올라간 곳이야."

대답하며 아오세는 전방을 주시했다. 시나노오이와케에 들어서 있었다. 홋코쿠카이도 도로와 나카센도의 분기점에 선 '작별의 비석'은 자칫하면 지나치기 쉬웠다.

"오, 저기야, 홈스."

"하! 왓슨이라고 불러줘?"

아오세는 코웃음을 치며 속도를 줄이고 핸들을 꺾었다. 주변은 옛 여관 마을의 풍취가 남아 있는 풍경으로 바뀌었다. 오른편으로 지나가는 셜록 홈스 상을 보며 조금 달리다 북쪽 오르막길로 들어섰다. 이 일대에는 기업이나 대학 휴양 시설이 빼곡하게 자리하고 있었다. 그 건물들이 드문드문해지자, 양쪽이 숲으로 뒤덮인 길을 엔진 소리와 함께 올랐다. 아사마 산의 봉우리가 살며시 고개를 내밀더니 이내 그 자태를 드러냈다. 아오세는 목덜미가 뻣뻣하게 굳는 걸 느꼈다. 넉 달 만에 보는 Y주택이었다. 하늘을 향해 폭을 넓혀가는 사다리꼴 모양의 파란 지붕. 그 위로 튀어나온 세 개의 '빛의 굴뚝'.

호오, 하고 감탄을 터뜨린 오카지마는 자리에서 몸을 일으켰다.

"역시 저 굴뚝 세 개가 눈길을 사로잡네. 집이라기보다는 호화여객선 같아."

"그래?"

"《200선》에서도 극찬했지. 네 방향으로 들어오는 빛을 모아서 분배하는 데다 눈이 내려도 쌓이지 않는 기적의 디자인이라고 했나?"

"이 주변은 눈도 많이 내리니까. 굴뚝 단면의 북쪽 변을 좁혀서 눈물 형태로 만들었어."

"지붕 장인이 눈물깨나 흘렸겠네."

"정말 울더라고. 돈도 많이 들었고."

"그 덕에 노스라이트를 온몸에 모을 수 있었지. 톱날지붕에 필적하는 발명이라는데?"

"그렇게 써놨더라고."

"출창*이 많네."

"필요했어."

"음, 대각선으로 기운 벽과 출창의 조합으로 자유분방한 직사광선을 훌륭히 길들었다."

"그것도 《200선》의 설명이야?"

"그래. 읽었지?"

"대충."

---

*벽보다 쑥 내밀게 만든 창.

"우드테크는 누레엔*식이고."

"툇마루에서 아이디어를 얻었어. 외벽을 거의 한 바퀴 돌도록 설계했지."

"하얀 부분은 석회야?"

"비에 노출되지 않는 부분만."

"외벽 하부 마감재는 소나무 껍질이지?"

"단순 마감재가 아니라 방한용이야."

"음, 재래종인데 전혀 전통적인 느낌이 안 드네. 그렇다고 서양풍도 아니고, 절충형도 아니고. 무국적의 희한한 분위기의 외관이네."

Y주택에 눈길을 사로잡혔는지 오카지마는 웃음기 없는 눈을 깜빡거리지도 않고 말했다.

점점 Y주택에 가까워진다. 주변에는 민가가 없는 데다 따로 담이나 문을 만들지도 않아서, 건물 자체가 오롯이 제 모습을 드러내고 있었다. 요시노 가족은 집에 있을까, 없을까. 온몸의 피가 빠르게 돌고 있었다. 오카지마는 창문 밖으로 머리를 내밀었다.

"개성이 너무 강해. 소유욕을 자극하는 건물인 건 분명하지만……."

아오세는 브레이크를 꾹 밟아 오카지마의 입을 막았다. 눈과 귀는 눈앞의 Y주택과 그 주변의 인기척을 살피고 있었다.

---

*지붕 없는 쪽마루. 테라스.

9

발밑에서 자갈 밟는 소리가 났다.

집 정면에 선 아오세의 이마를 바깥 공기보다 서늘한 기운이 어루만졌다. 주차 공간에는 차가 없었고, 몇 줄기 나 있는 차바퀴 자국도 말라붙어 있었다. 거실 창에는 커튼이 쳐져 있었다. 여기서 보이는 1, 2층의 모든 창문이 그랬다.

"우라가 사모님의 예상이 맞는 것 같은데."

슬쩍 말하는 오카지마를 아오세는 모난 눈으로 보았다.

"여기 안 산다고?"

"별장으로 쓰는 게 아니냐는 말이야."

오카지마 나름의 배려였지만 지금은 역효과만 불러일으켰다.

"그럴 거면 설계를 의뢰할 때 언질을 줬겠지."

현관 옆에 달린 구리 문패에는 '요시노'라는 이름이 새겨져 있지 않았다. 아니, 일부러 확인하지 않아도 건축사라면 사람이 사는 집인지 아닌지는 한눈에 알 수 있었다.

"어떻게 된 일이지."

거친 숨과 함께 말이 입술 사이로 튀어나왔다.

오카지마도 미간을 찌푸리고 있었다. 초인종을 눌렀지만 대답이 없자 주변을 한 바퀴 돌아보자면서 서쪽을 향해 걸음을 옮겼다.

아오세도 뒤를 따랐다. 요시노 부부의 얼굴이 뇌리에 떠올랐다 사라졌다. 집 열쇠를 건네던 날, 연신 고개를 숙이며 공손하게 열쇠를 받았었다.

조사는 맥없이 끝났고, 두 사람은 다시 현관 앞으로 돌아왔다. 서쪽, 동쪽, 북쪽 창문 모두 커튼을 치거나 블라인드가 내려져 있어서 집 안이 어떤 분위기인지는 알 수 없었다. 집 바깥에는 잡동사니도, 빨래 건조대도, 자전거도 없었다. 전기미터의 원반은 희미하게 움직이고 있었지만, 생활에 필요한 수준에는 미치지 못했다. 아마 냉장고 전원조차 켜지 않은 상태이리라.

　"이사를 간 건가……."

　오카지마가 혼잣말처럼 중얼거렸다. 아오세의 생각은 달랐다.

　"애초에 이사를 안 한 게 아니고?"

　요시노 도타가 입주 준비를 하던 건 알고 있었다. 집 완공에 맞추어 전기, 수도, 전화 이전 수속을 마쳤었고 프로판가스통도 뒤뜰에 그대로 놓여 있었다. 일반적으로 생각하면 오카지마의 예상이 맞겠지. 요시노 가족은 이 집에 들어왔다가 나갔다. 그러나…….

　이 집은 아직 사람의 손을 타지 않았다. 그런 느낌이 들었다.

　아오세는 휴대전화를 꺼내 통화 버튼을 누르고 귀를 기울였다. 이윽고 집 안에서 전화 벨소리가 들렸다. 어제처럼 자동응답기의 안내 음성이 들렸다. 요시노의 휴대전화에 전화했다. 이쪽 역시 어제와 마찬가지였다. 음성사서함으로 연결조차 되지 않았다.

　"건축주가 원래 살던 집은 어디였지?"

　"다바타였는데, 전화는 이미 해약했을 거야."

　아오세는 휴대전화를 다시 품에 넣었다. 두려워하던 일이 현실이 되었다. 이 집에 요시노 가족은 없다.

"아오세……."

오카지마가 상기된 목소리로 아오세를 불렀다.

"이거 봐."

오카지마는 현관문의 열쇠 구멍을 가리키고 있었다. 아오세는 얼굴을 들이댔다. 흠집투성이였다. 열쇠 구멍뿐 아니라 그 주변의 나무 부분에도 긁어서 난 흠집 같은 것이 여럿 있었다. 드라이버 같은 것으로 억지로 열려고 한 것 같았다. 도둑인가. 생각할 틈도 없이 오카지마가 손잡이를 돌렸다. 찰칵 소리와 함께 문이 살며시 열렸다.

오카지마의 눈에 두려움이 번졌다.

"경찰에 신고할까?"

"일단 들어가 보자."

내가 지은 집이다. 남아 있던 감각이 아오세에게 즉각적인 판단을 내리게 했다.

"그건 좀 그렇지. 안에서 무슨 일이 벌어졌는지도 모르는데."

오카지마는 일가족 참살이라도 상상하는 표정이었다.

"들어가 보면 알겠지."

"잠깐만. 기다려봐. 건축주 직업이 뭐야?"

"사채업자 같은 거 아냐."

"진지하게 대답해."

"수입 잡화 도매상."

"회사에 전화해봐."

"몰라."

"전화번호를 모른다고?"

"넌? 고객에게 명함 달라고 해?"

내 집을 짓는다는 건 지극히 사적인 일이다. 직장에서 그런 이야기를 하고 싶어 하는 고객은 없다.

"회사 이름은? 내가 번호를 알아볼게."

"됐다고!"

아오세는 언성을 높이며 오카지마를 밀치고 문을 열었다.

편백나무 향이 코끝을 간질였다. 옅은 빛을 머금은 현관홀과 모자이크 타일을 깔아놓은 바닥은 문을 열기도 전에 눈에 선했다. 발밑에 작은 종이가 떨어져 있었다. 전기와 수도의 사용량 고지서였다. 문에 달린 우편함에 넣은 것이다. 안쪽에서 우편물을 받는 박스는 분리되어 신발장 위에 아무렇게나 놓여 있었다.

"위험한데."

오카지마는 허리를 굽혀 복도를 뚫어져라 바라보았다. 발자국이다. 옅게 쌓인 먼지 위에 찍힌 진흙 발자국이 집 안으로 이어져 있었다. 운동화 밑창 같았다. 하나가 아니다. 적어도 둘. 아니, 셋인가.

"역시 이런 상황에서는 경찰에 신고부터 해야 하는 거 아냐?"

"아직 도둑이 들었다고 단정 지을 수는 없잖아."

"도둑이면 차라리 낫지. 납치나 폭탄 제조면 어쩌려고?"

"그런 상황이면 먼저 확인하고 신고해야지."

아오세는 신발장 문을 열었다. 텅 비어 있었다. 한 켤레도 없었다.

"아오세……."

"집주인의 발자국일지도 몰라."

"그럴 리가."

겁먹은 목소리를 무시하고 아오세는 신발을 벗었다.

"진짜 들어가려고? 아직 안에 숨어 있을지도 모르잖아."

아오세는 현관에서 집 안으로 올라갔다. 솔직히 꺼림칙하기도 했지만, 그보다는 분노가 더 거셌다. 열과 성을 다해 지은 집이 빈집으로 방치된 데다, 낯선 남자들에게 흙발로 짓밟히기까지 했다.

복도 조명을 켰다. 다운라이트의 포근한 빛이 내려앉았다. 발자국이 또렷하게 드러났다. 똑바로 거실로 향하고 있었다.

쉐, 까악.

밖에서 날카로운 어치 울음소리가 들렸다. 오카지마는 나지막이 비명을 지르며 몸을 움츠렸다.

"새, 새소리야?"

"걱정 마. 까마귀처럼 불길하진 않으니까."

아오세는 고개를 돌리고 다시 걸음을 옮겼다. 바닥의 서늘한 감촉과 함께 까슬거리는 모래 먼지가 양말 속 발바닥을 자극했다.

"발자국 안 밟게 조심해."

등 뒤에서 오카지마가 속삭였다.

"조심해. 정말 아직 안에 있을지도 모르니까."

아오세는 듣는 둥 마는 둥 문을 열고 거실로 들어갔다. 걸음을 멈췄다. 뒤따라오던 오카지마도 옆에 우두커니 섰다.

스텝다운*식으로 만든 거실의 카펫 바닥은 휑하니 비어 있었다. 소파도, 테이블도, 텔레비전도 없었다. 집 열쇠를 넘길 때 이미 설치되어 있던 조명 기구와 커튼을 제외하고는 장식품도 전무했다. 있는 건 전화기뿐이었다. 카펫 바닥 위에 덩그러니 놓인 전화기의 자동응답 램프가 깜빡거리고 있었다.

"빈집털이가 다녀간 건가?"

"그렇게 보여?"

발자국은 거실 카펫은 거의 밟지 않고 그 옆의 주방 겸 식당으로 이어져 있었다. 처음부터 훔칠 만한 게 없었다는 뜻이다. 아오세는 불을 켜고 카펫 겉면을 살펴봤다. 한 번이라도 입주를 했다면 소파나 테이블 다리나 사이드보드가 카펫에 자국을 남겼을 것이다. 하지만 아무 흔적도 찾을 수 없었다. 이제 의심의 여지가 없었다. 요시노 가족은 처음부터 이 집에 입주하지 않은 것이다. 텔레비전조차 없는 걸 보면, 별장으로 쓰려던 것도 아니라고 단언해도 좋으리라.

아오세는 고개를 돌렸다. 실내와 실외의 경계를 지나는 세 개의 큼지막한 통이 천장 높은 곳에서 아래를 향해 뻗어 나와 있었다. 설계 시 계산했던 대로 노스라이트가 새하얀 규조토 벽을 더욱 환하게 비추었다. 이해할 수 없는 사태와 그 부조리함을 더욱

*다른 곳보다 바닥을 낮춘 스타일.

부각시키는 것 같아서, 고심 끝에 확보한 넓은 공간이 지금은 원망스럽게만 보였다. 완공을 손꼽아 기다리던 새집에 입주하지 않고, 넉 달이나 방치해둔 이유가 대체 무엇일까? 이유가 아니라, 피치 못할 사정. 그렇게 해석해야 하는 건가.

고개를 저으며 주방 쪽으로 몸을 돌렸다. 대형 원형 테이블과 의자 다섯 개가 전부였다. 아오세가 선물한 가재도구였지만, 침입자는 손도 대지 않은 것 같았다. 애초에 테이블의 굵은 통나무 다리는 바닥에 고정되어 있었다. 맞춤 가구 전문가를 찾아, 건설 현장에서 살 때 썼던 밥상의 이미지를 설명해서 주문 제작한 물건이다. 다섯 식구가 둥근 밥상을 에워싸고 앉아서 먹는 저녁 식사 자리가 그토록 즐거웠던 건, 모두가 옆에 앉아 얼굴을 보게 되는 밥상의 곡선이 가져온 마법 덕분이기도 하겠지. 아오세의 가족처럼 요시노 일가의 다섯 식구가 시끌벅적하게 이 둥근 테이블을 에워싸고 앉은 모습은 아오세의 설계 의욕을 자극했다. '자신이 살고 싶은 집'은 당연하게도 '자기 혼자 사는 집'을 뜻하는 말이 아니었다. 집과 가족은 떼려야 뗄 수 없는 관계에 있다. 하지만 이 집은 아직 단란한 가족의 목소리를 듣지 못했다.

아오세는 가슴이 먹먹해졌다.

"오카지마."

"왜?"

"역시 살기 불편한 집인가?"

"뜬금없긴. 빨리 끝내고 나가자."

오카지마는 이미 주방에 들어가 있었다. 찬장의 문이 훤히 열려 있었다. 식기는 보이지 않았다. 냉장고도 없었다. 세제나 수세미 등 각종 주방용품도……. 싱크대의 수도꼭지에서 물은 나왔다. 가스레인지에도 불이 들어왔다. 그 맞은편에 있는 아일랜드식 조리대의 서랍도 반쯤 열려 있었는데, 안을 뒤집어엎었는지 급탕 시스템이나 식기세척기의 사용 설명서가 난잡하게 쌓여 있었다. 그 사이로 '뒷문'이라는 꼬리표가 붙은 열쇠가 보였다. 집에 침입한 도둑에게는 쓸모없는 물건이겠지만, 이대로 방치해 두기도 꺼림칙해서 열쇠를 집어 바지 주머니에 넣었다.

세탁기가 없는 다용도실은 휑했다. 욕실 주변도 쓱 둘러봤다. 세면실과 화장실에는 일용품은커녕 작은 병 하나 없었다. 욕실도 마찬가지였다. 포기하고 물색조차 하지 않은 것인지 캐비닛 문은 죄다 닫혀 있었다. 복도를 지났다. 실내를 반 바퀴 돌아 현관으로 돌아오는 구조였다. 발자국에 익숙해진 눈이 침입자는 둘이라고 판단을 내렸다. 계단을 올라간 건 한 명뿐이었다. 당시 나누었을 대화가 들리는 것 같았다. 일단 2층도 보고 올게.

비슷한 말을 오카지마에게 건네고 계단을 올랐다. 스트립 구조*의 돌음계단으로 설계한 건, 노스라이트가 실내 구석구석까지 비추도록 하기 위한 방책이었다. 벽과 구획에 벽감과 복잡한 틈새를 넣은 것도 모두 빛을 효과적으로 연출하기 위해서였다. 그러한 의미에서 Y주택은 '세월을 새기는 집'까지 포괄한 집이라 할 수 있었다.

---

*따냄측판계단. 챌판 없이 뚫려 있는 계단.

86

아이 방 세 개를 모두 둘러봤다. 역시나 텅 비어 있었다. 책상조차 없었다. 세 방 모두 로프트를 설치했지만, 사다리꼴 모양의 집 구조상 온전히 직사각형으로 빠진 건 하나뿐이었다. 아이들이 방을 가지고 싸우지는 않을까 조금 걱정했는데, 지금 생각하면 기우였던 모양이다.

침실 앞에 서서 문을 밀었다. 실내가 어스름한 건 커튼이 쳐져 있어서였다. 도둑도 그랬을 테지만, 이제 아오세는 무언가를 발견할 수 있으리라고는 기대하지 않았다. 그래서일까, 다섯 평 남짓한 방 한가운데에 낡은 의자가 놓여 있는 모습을 목격하고도 곧바로 위화감을 느끼지 못했다. 전화기를 제외하면 요시노가 이 집에 들여놓은 것으로 추정되는 유일한 물건이었다. 팔걸이가 달린 특별할 것 없는 소박한 나무 의자였다. 그 의자 하나가 창문을 향해 덩그러니 놓여 있었다. 앤티크 제품이다. 잘게 쪼갠 대나무를 짜 넣은 등판과 좌판은 뒤틀려 있었다. 하지만 희한하게도 조야한 만듦새라는 생각은 들지 않았다. 타고난 고상함이 있다. 그런 느낌이었다.

아오세, 뭐 좀 찾았어? 밑에서 오카지마가 부르는 소리가 들렸다.

아무것도. 대답하고 나서 아오세는 열려 있는 문을 지나 붙박이 옷장 안으로 들어갔다. 서랍이 하얀 나뭇결을 드러낸 채 열려 있었다. 어지럽게 찍힌 발자국이 보였다. 분해서 발을 동동 구르는 침입자의 모습이 보이는 것 같았다.

긴 한숨을 내쉬었다. 이제 도둑 같은 건 아무래도 상관없었다.

창가로 다가갔다. 사실은 들어오자마자 바로 그쪽으로 가고 싶었다. 가슴께에서 거의 천장 부근까지 크게 낸 북향 창. 커튼 줄을 힘껏 당겨 커튼을 젖혔다. 빛이 실내로 내려앉았다. 선도, 다발도 아닌, 지극히 얇게 짜낸 베일 같은 빛이 슬며시 실내 전체를 감싸 안았다.

집을 짓는 동안 몇 번이나 이 자리에 서서 창 너머로 펼쳐진 웅장한 파노라마에 감탄을 흘렸는지 모른다. 가까이서 보는 아사마 산의 장엄함은 말로는 표현할 수 없었다. 온화하게 흐르는 구름에 휘감겨 은백으로 물든 산머리에서는 신성한 기운마저 느껴졌다. 하지만 저 장관조차 이기지 못하는, 이 공간의 진정한 주인공은 노스라이트였다. 지금 이 순간도 그랬다. 창문은 경관을 한 폭의 그림으로 꾸미는 액자가 아니라, 이 집의 '빛의 현관'으로써 존재하고 있었다.

해님도 우리 집 손님이니까. 그렇게 말한 건 아버지였다. 요시노의 아내 가리에가 그림에 재능이 있다는 사실을 알게 된 것도, 잠들어 있던 빛의 계획을 불러일으키는 계기가 되었다. 다바타의 집을 방문했을 때, 거실 벽에 걸려 있던 유화 소품에 눈길이 갔다. 화병에 꽂힌 수국을 옅은 붓 터치로 그려낸 정물화였는데, 그림이 좋다고 칭찬하자 뜻밖에도 가리에가 얼굴을 붉혔다. 고등학교 시절에는 미술부 부장이었답니다. 옆에 선 요시노가 놀리듯 말하자 아마추어가 멋모르고 좋아하는 거죠, 아이들이 크면 다시 그리고 싶어요, 하고 대답했다.

천창과 고창(高窓)을 통해 노스라이트를 들이는 채광법은 옛날부터 예술가들의 아틀리에에서 이용되던 수법이다. 회화나 조각을 제작하는 데 가장 적합한 자연광 환경을 얻을 수 있기 때문이다. 아틀리에를 모티프로 부부 침실을 디자인하고 싶다, 언젠가 아이들이 독립하면 작업실로 쓰는 게 어떻겠느냐는 아오세의 제안에 가리에뿐 아니라 요시노도 기뻐하며 꼭 그렇게 만들어달라고 했지만, 처음의 요구 역시 잊지 않았다. 아오세 미노루라는 건축가가 살고 싶은 집을 지어주세요. 저희는 신경 쓰지 마시고요. 아오세는 말했다. 제가 그러고 싶습니다. 언젠가 만들고 싶었습니다. 빛을 환대하고, 빛에게 환대 받는 집을.

그것은 백일몽이었나.

현실이 눈앞에 나뒹굴고 있었다. 요시노 일가는 자취를 감췄다. 아무런 실마리도 남기지 않고 사라졌다.

아니, 아무것도 없는 건 아니다.

아오세는 고개를 돌려 등 뒤의 의자를 보았다. 창문을 향해 놓인 의자 하나. 왜 이런 물건을 이곳에 둔 걸까. 앉기 위해서다. 요시노가 이 의자에 앉았으리라는 건 쉬이 상상할 수 있었다. 계단을 올라 2층으로 가지고 와서 방 한가운데에 놓고, 앉아서, 그래, 창 너머를 바라보았다.

의자에 나가았나. 세월의 흔적이 느껴졌다. 앉아도 되는 건가. 부서지는 건 아닐까. 아오세는 조심스레 의자에 앉았다.

시야에서 산이 사라지고 구름이 사라졌다. 완전히 엉덩이를 붙이자, 새파란 하늘만이 거대한 창문 안에 펼쳐졌다. 순간 머리가 어질했다. 신비한 시각적 체험이었다. 푸르다. 경치도, 공간도 아닌 그저 푸른빛이었다. 원근감을 빼앗겼다. 빨려 들어가는 감각에 휩싸였다. 불쾌하지는 않았다. 언젠가 본 것 같은, 어딘가에서 본 듯한. 우주에서 지구를 내려다보는 듯 아름답고, 그리운, 마음이 해방되는 것 같은 감각.

의자의 부드러운 감촉도 아오세를 놀라게 했다. 허리와 등받이가 착 달라붙듯 편안했다. 나무 제품 특유의 등뼈와 꼬리뼈를 압박하는 딱딱한 느낌이 이 의자에서는 느껴지지 않았다. 한동안 몸을 맡기자, 처음에 '뒤틀림'으로 보였던 등받이와 좌판의 구부러짐이 사실은 '휘어짐'이라는 사실을 깨달았다. 탄력이라 바꿔 말해도 좋다. 앉는 사람의 무게에 따라 휘어진다. 그 비밀을 손끝이 찾아냈다. 좌판과 본체를 못으로 고정하지 않고, 구리선으로 연결해둔 것이다. 팔걸이 부분에도 비밀이 있었는데, 전방을 향해 다소 비스듬히 하향곡선을 그리고 있었다. 팔꿈치를 올려놓고 앞으로 걸친 손에서 힘을 뺐을 때 가장 편안한 각도로 설계한 것이다.

편안했다. 의자가 몸에 전달하는 감촉은 어디까지나 조심스러워서, 시야를 가득 채운 푸른 하늘로 떠오르는 듯한 느낌에 휩싸였다.

눈을 감아도 푸른 하늘이 펼쳐졌다. 유유히 헤엄치는 고이노보리*가 보인다. 시모쿠보 댐 건설 현장에서 아버지와 어머니가

---

*종이나 천으로 만든 잉어 깃발로, 남자아이가 건강하게 성장하기를 바라며 단오에 장대에 높이 단다.

쌀 봉투 여러 개로 고이노보리를 만들어주었다. 누나들의 히나 인형도 어머니의 작품이었다. 조른다고 전부 사주는 건 아니었다. 소박하지만 포근한 감촉으로 가득 찬 것들이 늘 주변에 있었다. 매화 향기가 난다. 매화나무 숲이 펼쳐진 언덕길을 걸어 학교에 다녔다. 누나들이 번갈아 손을 잡아주었다. 나가와도 댐에서는 케이블카 다니는 소리에 보폭을 맞췄다. 그덕그덕그덕. 목재 운반용 케이블이 산기슭을 기듯 올라갔다. 분교는 초등학교와 중학교가 함께였고, 1학년은 열 명밖에 없었다. 한 번은 무너져 내린 바위가 통학로를 막아서 반년쯤 집에서 공부한 적도 있었다. 자오 댐 건설 현장에서 난생 처음 배라는 과일을 맛봤다. 어찌나 달콤했는지 글짓기 시간에 썼다. 학교에서 돌아오는 길에 산나리며 달맞이꽃 뿌리를 캐서 창 밑에 옮겨 심었다. 겨울은 고됐다. 허리까지 쌓인 눈을 헤치고 날마다 2킬로미터는 더 걸어야 했다. 임시 숙소의 수도는 꽁꽁 얼어서 쓸 수 없었다. 아버지와 산기슭의 냇가까지 내려가 얼음을 깨고 추위에 곱은 손으로 통에 물을 담았다. 무거운 물통을 들고 돌아가는 길은 팔이 빠질 것 같았다. 아버지는 그런 아들의 머리를 쓰다듬어 주었다. 고생했다, 장하다, 커서 울트라맨이 되겠네. 떠 온 물은 숙소의 통에 저장했다. 그 냄새 나는 물을 마시며 간절히 봄을 기다렸다. 규타로는 통에 담았던 물을 싫어했다. '냄새 나, 냄새 나. 주스를 줘' 하며 소란을 피워서 식구들을 웃겨댔다.

밑에서 오카지마가 부르는 소리가 들렸다.

빛은 야하기 댐에서 진정 손님이었다. V 자 형태의 계곡 밑에

91

숙소가 있었는데, 태양이 오전 10시에 떠서 오후 3시에 졌다. 산기슭이 아침햇살로 붉게 물들었나 싶으면, 이내 검푸르게 변하며 까마귀 떼가 검은 눈보라처럼 하늘을 휘저었다. 햇볕이 들지 않는 긴 오후에는 누나들과 카드놀이를 하며 보냈다. 하루 중 딱 5시간만 쏟아지는 노스라이트가 너무나도 애틋했다.

"있으면 대답 좀 해."

비난 섞인 목소리에 이어 오카지마가 흠칫거리며 올라왔다.

"뭐야? 지금 앉아서 여유 부릴 상황이야?"

"여유는 무슨."

건조한 목소리로 대꾸하며 아오세는 자리에서 일어났다.

오카지마의 매서운 눈빛이 붙박이장 안을 훑었다.

"뭐 좀 찾았어?"

"아무것도. 이 의자뿐이야."

오카지마가 의자를 보았다.

"네가 들여놓은 의자는 아니고?"

"아냐."

"그럼 집주인이 들여놓은 건가."

"도둑이 두고 간 게 아니라면."

"지금 농담할 때야?"

오카지마의 미간에 잡힌 주름이 이내 풀렸다. 눈동자에 호기심이 어른거렸다.

"아, 이 의자 혹시……."

오카지마는 무릎을 꿇더니 의자로 손을 뻗었다. 아오세가 무슨 일이냐고 묻자, 상기된 표정으로 고개를 돌렸다.

"이거, 타우트의 의자 아냐?"

"타우트……? 브루노 타우트?"

"다른 타우트가 있어?"

한때 타우트에게 심취했었는지, 오카지마는 어처구니없다는 표정으로 대꾸했다.

브루노 타우트는 독일의 건축가다. 쇼와* 초기, 나치스 정권의 박해를 피해 베를린을 탈출, 일본으로 망명했다. 가쓰라 별궁의 건축미를 '재발견'했고, 일본의 공예품 보급과 디자인 향상에 이바지한 인물. 그 정도의 지식은 있었지만, 학창 시절 르코르뷔지에나 조사이아 콘돌에게 푹 빠져 살았던 아오세에게 타우트의 존재는 근대건축사 연표에 기록된 이름 중 하나에 불과했다. 타우트가 일본에서 건축 설계 실력을 발휘할 기회가 거의 없었다는 사실이 그의 존재감을 희미하게 한 이유이리라. 대조적으로 콘돌은 일본 체류 중에 〈로쿠메이칸〉이나 〈니콜라이 성당〉, 〈이와사키 저택〉 같은 저명한 작품을 남겼다.

하지만 오카지마가 던진 '타우트의 의자'라는 키워드를 접하고 나니, 그런 이야기를 어딘가에서 들은 것 같은 기분이 들었다.

"엔디크 숍에서 구할 수 있는 물건이야?"

아오세의 물음에 예상대로 날 선 대답이 돌아왔다.

"그럴 리가. 현존하는 작품은 모두 어딘가에서 관리하고 있을

---

*1926년 12월 25일부터 1987년 1월 7일까지 일본의 연호.

텐데."

"그럼 모조품이라고?"

"상식적으로 생각하면 그렇겠지. 그런데 왠지 진짜 같아."

진지한 표정으로 말하더니 오카지마는 의자에 앉았다.

"진품을 본 적이 있어?"

"앉아도 봤어."

목소리에 살짝 자랑스러운 기운이 감돌았다.

"아타미 별장에 있더라고. 유명한 휴가 별장 알지? 지금은 모회사가 소유하고 있는데, 몇 년 전까지는 직원 휴양 시설로 이용했던 모양이야. 타우트가 일본에 있을 때, 한 사업가가 자기 별장 개축을 의뢰했는데, 그때 가구도 직접 디자인했다고 하는군. 대학 졸업한 직후에 가봤는데, 의자는 분명 홀에 놓여 있었어. 맞아, 앉았을 때 느낌도 딱 이랬어."

생각이 났다. 이야기를 들은 게 아니라 신문 기사에서 봤다. 타우트가 설계한 의자가 수십 년 만에 어딘가에서 발견됐다는 내용이었다. 딱히 관심이 없어서 대충 읽고 넘겼지만.

아오세는 의자 등받이를 손으로 쩔었다.

"이 의자가 진품이라면, 이야기가 어떻게 되는 거지?"

"어떻게라니……."

오카지마가 생각에 잠긴 표정을 지었다.

"집주인이 들여놨다면 타우트와 뭔가 관계가 있을지도 모르겠네."

아오세는 애매하게 고개를 끄덕였다. 요시노 일가가 이곳에 없는 이유와 마찬가지로, 생각한다고 답을 알아낼 수 있는 이야기는 아닌 것 같았다.

"이제 어쩔 건데?"

오카지마가 자리에서 일어나며 물었다. 어느 샌가 불안한 표정으로 돌아와 있었다.

"예정대로 점심 먹어야지."

아오세의 말이 떨어지자마자 오카지마의 눈이 휘둥그레졌다.

"경찰에 신고 안 하고?"

"도둑맞은 게 없는 것 같잖아."

"무슨 소리야. 엄연한 주거침입인데."

"엄밀히 따지면 우리도 그렇지."

"사람 말 좀 진지하게 들어. 현관문을 억지로 따고 들어온 사람이 있다고."

"나중에 업자를 불러서 고쳐놓으면 돼."

"너 말이야……."

"성가신 일은 사양이야."

목소리에 힘이 들어갔다. 지금은 그저 주인 없는 이 집이 가엾을 따름이었다. 여기서 또다시 경찰에게 짓밟혀, 사연 있는 집이라는 꼬리표가 붙는 선 견딜 수 없었다.

오카지마는 대답 대신 노골적으로 긴 한숨을 내쉬더니 다시입을 열었다.

"도둑은 그렇다 쳐도, 있어야 할 집주인이 없다는 이야기는 경찰에 안 해도 되겠어?"

"너도 발자국 봤잖아. 그냥 좀도둑이야. 몸싸움한 흔적도 없고. 그냥 이사를 안 했겠지. 따로 알아볼 필요가 있으면 내가 알아볼게."

"어떻게?"

"그걸 점심 먹으면서 상의하자고."

"짜증 내지 마."

"너야말로 답지 않게 소시민처럼 굴지 마."

오카지마는 입을 삐죽거렸다.

"난 일반적인 상식을 말한 것뿐이야."

"졸업자와 중퇴자의 상식은 달라."

"야, 원래 콤플렉스 없으면서 있는 것처럼 말할 거야?"

"그럼 소장님과 일개 직원의 책임감 차이라고 해두지. 가자, 밥 먹으러."

"의자는 이대로 두고? 업자가 올 때까지 누구든 드나들 수 있는데?"

"그럼 들고 가자고? 도둑이 따로 없군."

"타우트의 작품일지도 모르는 의자잖아."

"그렇더라도 좀도둑에게는 그냥 고물 의자겠지."

결국 의자를 붙박이장 안으로 옮겨두었다. 농담 아냐, 만에 하나라도 진품일 수 있으니까. 의자를 다루는 오카지마의 손길은 더없이 정중했다.

아오세는 먼저 복도로 나가 있었다. 오카지마가 나오지 않아서 발길을 돌리자, 북향 창을 바라보며 우두커니 서 있는 뒷모습이 눈에 들어왔다. 한동안 그는 미동도 하지 않았다.

"그래도 천만다행이지, 불이라도 질렀으면 어쩔 뻔했어."

계단을 내려가며 오카지마가 중얼거렸다.

말투로 미루어 보아 타우트의 의자가 무사한 것만을 두고 하는 소리는 아닌 것 같았다.

10

이미 점심시간은 지난 시각이라 '가기모토야'는 한산했다. 명물인 수타 메밀국수와 제철 재료로 튀겨낸 튀김을 주문한 뒤, 그것이 예의라도 되는 양 둘이서 후루룩 소리를 내며 국수를 먹었다.

오는 길에 열쇠업자에게 전화를 했다. 저녁에는 도착할 거라고 했다. 속일 생각은 아니었지만, 업자는 아오세를 Y주택의 주인이라 생각한 눈치였다.

현관 바닥 타일에 널브러져 있던 우편물은 모두 확인했다. 공공요금은 거르지 않고 납부했다. 전기, 가스, 수도세는 매달 기본요금을 넘지 않았고 계좌에서 자동이체되고 있었다.

"거주할 생각은 있었다는 거네. 전화도 정지시키지 않은 걸 보면."

오카지마가 잔에 면수를 따르며 말했다.

아오세는 잠자코 고개를 끄덕였다. 배가 불러서인지 말씨름할 마음이 들지 않았다.

"그래도 걱정은 걱정이네. 집주인과 연락이 닿지 않아서야."

"음."

"먼저 주민등록표를 떼어봐. 다바타에서 이쪽으로 전입했는지 알아보게."

"그래."

"요새는 주민과에 직접 신청해도 안 해줘. 확인 신청할 때 건축지도과에 안면을 터둔 사람 있어?"

"있기야 있지."

"그 사람한테 잘 말해서 주민과에 물어봐 달라고 해. 전입신고가 안 되어 있으면 기타 구 구청에서 알아봐야지. 그쪽에 아는 사람 있어?"

"이따가 명함 좀 뒤져보고."

"아, 마쓰이 계장님 아직 계시려나. 그쪽은 나한테 맡겨."

"그래? 그럼 부탁할게."

"관청에서 안 된다고 하면, 애들 학교에 알아보는 수밖에. 다바타하고 이곳, 양쪽 다 알아보면 어디 있는지 알 수 있지 않을까."

모두 오는 길에 차 안에서 생각한 방법이었다. 하지만 가장 먼저 할 일은 원래 살던 다바타 집에 가보는 것이리라. 전화는 해약했지만 그것이 요시노 일가가 이사했다는 확증이 될 수는 없었다.

"설마 그럴 리는 없겠지만 일단 등기부등본도 떼어봐. 소유자가 바뀌지는 않았는지."

"그래야지."

"집주인이 어디서 일하는지 정말 몰라?"

"모른다고 했잖아."

오카지마는 알았다는 투로 받아넘기더니 말을 이었다.

"상장기업 같은 데서 일하는 사람들은 안 물어봐도 줄줄 불던데……. 수입 잡화 도매업체랬나? 규모가 크지는 않을 테고, 그런 회사는 도쿄에 수도 없이……."

아니, 하고 아오세가 말을 끊었다.

"어쩌면 그만뒀을지도 몰라."

"어?"

"조만간 독립한다는 식으로 말했거든."

"독립? 언제?"

"조만간이라고 했잖아. 인터넷으로 판매하고 싶다, 공부하는 중이다. 그런 이야기를 했어."

"그걸 먼저 말했어야지."

"공부하는 중이라고 했다니까. 언젠가는 해보고 싶다는 정도의 뉘앙스였어."

오카지마는 듣는 둥 마는 둥 하더니 그나저나, 하는 표정으로 말했다.

"이미 그만두고 수입 잡화 인터넷 쇼핑몰을 시작했을 가능성이 있다는 거네."

"가능성은."

"인터넷 쇼핑몰이라. 실제로 찾으면 회사를 찾는 것보다 훨씬 어려울 텐데."

"그렇겠지."

"애초에 수입 잡화의 범위가 너무 넓어. 어디의 어떤 상품을 취급하는데?"

"못 들었어. 뭐든 취급하는 회사라고 들었어."

오카지마는 두 손 두 발 들었다는 포즈를 취했다.

"그래도 돈은 좀 있겠지, 독립한다는 걸 보면. Y주택도 융자 없이 전액 지불했잖아. 부자야?"

아오세는 고개를 갸웃했다.

"그렇다고 하기에는…… 다바타 집은 지은 지 40년 된 월셋집이었고, 사는 것도 썩 부유해 보이지는 않았는데."

"그렇게 돈을 모은 거 아냐? 나이는 몇이랬지?"

"우리보다 다섯 살 어려."

"마흔? 젊네. 오사카 의뢰인처럼 부모 유산을 물려받은 건가."

"어디서 난 돈인지는 한 번도 말 안 했어."

"탕진했나? 독립했다 일이 잘 안 풀려서."

"빚지고 잠적했다고?"

"가능성은 있지. 우리는 그나마 설계비와 감리비 안 떼여서 다행인 건가?"

"다행? 《200선》에 소개된 집이야. 설계 공모도 얼마 안 남았는데 이상한 소문이라도 나면 곤란해지는 거 아냐?"

아오세가 경영자로서의 속내를 넌지시 떠보자, 오카지마는 고개를 돌리고 코웃음을 치더니 다시 정면을 보며 입을 열었다.

"그보다 왜 시나노오이와케래?"

"어?"

"왜 여기로 터전을 옮기려는 거냐고? 도쿄에서 이런 시골로. 일하기도, 생활하기도 불편할 테고 아이들 교육도 쉽지 않을 텐데."

아오세 역시 같은 질문을 요시노에게 넌지시 던진 적이 있었다. 어떻게든 되겠죠. 회사 근무는 유동적이고, 독립하면 집에서 일해도 되고요. 아이들은 자연 속에서 마음껏 뛰어놀게 하고 싶습니다. 초등학교도 가깝고, 중학교도 자전거로 통학하면 되니까요. 그렇게 힘들 것도 없죠.

그렇게 말하던 요시노의 표정은 가족의 미래상을 이야기하는 사람치고는 왠지 떨떠름했다. 아이 중 하나가, 아마도 막내아들이 지금 다니는 학교에서 심각한 상황에 처한 게 아닐까. 아오세가 그런 생각을 한 건, 히나코가 학교에서 따돌림을 당해 전학을 시켜야 하나 진심으로 고민한 시기가 있기 때문이었다.

"아마 아이들의 환경을 바꾸고 싶었던 이유가 가장 크겠지."

"아이들? 왕따라도 당했대?"

"말은 안 했는데, 왠지 그런 것 같았어."

"그랬군……. 여린 아이들은 도시에서 버티기 힘들지. 부모도 선부터 시골 생활을 동경했고, 그럼 치리리 ……. 이 패턴인가?"

"요즘 그런 집이 드물지도 않잖아."

"뭐, 유행이라면 유행이지."

오카지마는 납득했다는 표정으로 고개를 끄덕이더니, 갑자기 멍하니 허공을 바라보았다.

"수입 잡화와 타우트의 의자라……. 뭔가 이어질 것 같으면서도 안 이어지네."

"그렇지."

"궁금하네, 타우트는 어떻게 연결된 건지……. 아, 타우트 책 줄 테니까 읽어봐. 한 박스는 있어."

"책…… 일단 줘봐."

"혹시 아타미에 가게 되면 말해. 안내할 테니까."

"그래, 가게 되면 부탁할게."

"타우트 방면으로 알아볼 거면 다카사키와 센다이가 남았네. '센신테이(洗心亭)'라고 알아?"

빠르게 말하며 오카지마는 안주머니에 손을 넣었다. 휴대전화가 울리는 것 같았다.

"여보세요. 일부러 전화 주셔서 감사합니다. 오늘 밤에 제가 전화 드리려고 했는데."

아오세는 얼굴을 찌푸리고 턱을 까닥했다. 오카지마는 이미 엉덩이를 들고 있었다.

"네? 정말요? 하카마다 선생님도 오신다고요? 아이고, 영광입니다."

가게 밖으로 나가는 구부정한 뒷모습을 눈으로 좇았다. 하카마다라는 이름이 귀에 익었다. 오카지마가 선생님이라 부르는 걸 보니 틀림없다. 보수계열의 유력 현의원이었다.

아오세는 면수를 들이켰다. 혼자가 되니 가벼운 혐오감은 가슴속 분노의 원줄기에 집어삼켜져 사라졌다.

요시노.

무의식적으로 주먹을 쥐고 있었다. 유카리와 헤어진 뒤로 어디에 있는지, 진정 존재하는지도 알 수 없었던 맹렬한 감정이 분출할 장소를 찾았다는 듯 한데 모여들고 있었다. 이대로는 끝낼 수 없다. 반드시 결판을 낼 것이다. 요시노 도타를 찾아내, 그 집의 존엄을 짓밟은 이유를 물을 것이다. 경우에 따라서는…….

"아이고, 오셨어요."

아오세는 퍼뜩 고개를 들었다.

가게 주인으로 보이는 노인이 서글서글한 미소를 지으며 테이블 맞은편에 서 있었다. 예전에 아오세가 왔던 걸 기억하는 표정과 목소리였다.

그래서 단도직입적으로 물어봤다.

"사장님, 예전에 저랑 같이 왔던 자그마한 남자 손님, 그 후에도 들른 적이 있습니까?"

노인은 기쁜 표정으로 고개를 끄덕였다.

"네, 한 번 오셨습니다."

왔다고?

"언제 왔습니까?"

"글쎄요, 작년 12월이던가 아니, 11월이었던 것 같군요."

11월 말……. Y주택이 완공된 건 11월 3일이었다.

"혼자였습니까? 아니면 부인이나 가족과 함께?"

"두 분이셨습니다. 키가 큰 아내분과 같이 오셨더군요."

아오세는 표정을 바꾸지 않고 감사 인사를 건넸다.

백이면 백, 누구에게 물어도 대답은 똑같을 것이다. 어린애가 아닌 이상 요시노 가리에를 보고 키가 크다고 표현할 사람은 없다.

11

남아 있던 빛이 순식간에 땅거미로 변해갔다.

도코로자와의 거리가 보이기 시작하자 시트로엥의 전조등을 켰다. 도중에 들를 데가 있다는 오카지마를 S 시내에서 내려줬다. 그곳이 하카마다 현의원의 앞마당이라는 건 알고 있었지만, 아오세의 머리는 시나노오이와케에서 한 걸음도 나가지 못했다.

메밀국수 가게에서 나와 오카지마와 동사무소에 들렀다. 아오세를 기억하고 있던 건축지도과의 주임이 주민과에 이야기를 해주었다. 결과는 예상했던 것처럼, 요시노 일가가 이 마을에 전입한 사실은 없었다. 혹시나 해서 등기소에도 가봤지만, 주택 명의는 변경되지 않았고 저당권이 설정되어 있지도 않았다. 인터넷 쇼핑몰 사업에 실패하고 빚더미에 앉아 야반도주를 했다는 가설은 일찌감치 무너졌다.

실종된 고객을 찾는다. 결코 평범하지 않은 일을 시작해버린 이 상황에 대한 곤혹스러움이 가슴에서 소용돌이치고 있었다. 어젯밤에는 그나마 아오세의 머릿속에서 벌어진 일이었지만 지금은 아니다. 주인이 없는 Y주택을 뒤져보고, 몇몇 공문서를 직접 보고 나니 상상 속 수수께끼가 현실 세계의 수수께끼로 바뀌었다. 실제로도, 서류 위에서도 요시노 일가는 Y주택에 당도하지 못했다. 어째서 그렇게 된 것인가. 대체 어디를 떠돌고 있는 거지.

키가 큰 아내분과 같이 오셨더군요.

메밀국수 가게 주인의 이야기는 어떻게 해석해야 할까. 요시노 가리에의 키는 기껏해야 150센티미터 정도였다. 작년 11월 말에 요시노 도타와 함께 가게를 찾은 여성은 다른 사람이라 생각하는 게 타당하리라. 하지만 그 가게는 요시노 부부와 셋이 갔던 곳이다. 그런데 가게 주인은 키가 큰 여자를 요시노의 부인이라 착각하고 있었다. 셋이서 들렀을 때 주방에 있어서 가리에의 모습을 보지 못했던 건가. 아니면 아오세의 부인이라 착각한 건가.

뒤에서 클랙슨 소리가 났다. 어느 샌가 전방 신호가 파란불로 바뀌어 있었다. 이미 쇼와 거리에 들어섰다. 곧 주차장이다.

요컨대 이렇게 된 건가. 손꼽아 기다렸던 내 집이 완성됐다. 그런데 요시노는 입주도, 주소 변경도 하지 않았다. 한편 같은 가루이자와에 있는 메밀국수 가게를 부인이 아닌 여자와 함께 찾았다. 그 키가 큰 여자와 요시노는 부부처럼 보였는데……

아니, 잠깐. 꼭 그렇다고 단정 지을 수는 없다. 주인에게 요시노가 왔다는 이야기를 들은 아오세가 혼자였는지, 배우자니 가족과 함께였는지 물었다. 주인이 '아내분'이라고 말한 건 그 때문일지도 모르고, 서비스업이라는 점을 고려하면 중년 커플을 부부로 여기는 건 일종의 접객 매너여서, 무난한 대응이라고 생각하지 못할 것도 없다.

하지만 일단 고개를 쳐든 부정적인 상상은 쉽사리 사라지지 않았다. 두 사람 사이에는 누가 봐도 부부라 여길 만한 친밀한 기운이 감돌았던 게 아닐까. 요시노에게는 아오세가 모르는 모습이 있었고, 그것이 바로 일가를 Y주택에서 멀어지게 한 이유가 아닐까.

차에서 내려 걸어가다 국수 가게 주인에게 더 자세히 물어볼 걸 그랬다고 후회했다. Y주택의 자동응답기도 그렇다. 재생해봤으면 뭔가 단서를 얻었을지도 모르는데.

"오셨어요. 늦으셨네요."

조명을 반쯤 꺼둔 사무실에 경리인 쓰무라 마유미가 남아 있었다.

"소장님은 같이 안 오셨어요?"

"중간에 들를 데가 있다고. 쓰무라 씨야말로 유마 데리러 안 가?"

그녀는 늘 6시 정각에 자리에서 일어난다. 이혼하고 혼자 아이를 키우는 서른두 살의 마유미는 무인가 보육원에 세 살짜리 아들을 맡기고 일했다.

"엄마한테 부탁했어요. 애 데리러 가달라고 부탁하면 얼마나 좋아하는데요."

장난스러운 말투에 아오세는 쓴웃음을 지었다. 옛날에는 날라리였다고 본인이 직접 말한 적이 있지만, 다소 드세어 보이는 눈썹 모양을 제외하면 옛날의 흔적은 찾아볼 수 없었다. 통신교육으로 상업고등학교를 졸업했고, 연유는 알 수 없지만 오카지마가 사무소 경영에 적극적으로 임하기 시작했을 무렵부터 함께 일하고 있다.

"이시마키하고 다케우치는?"

"다케우치는 히가시무라야마에서 자고 온다고 하고, 이시마키 선생님은 현지에서 바로 퇴근하신대요. 사모님 생일이라네요."

"그래?"

어젯밤에는 돈코쓰 라멘, 오늘 밤에는 케이크라. 살이 빠질 틈이 없겠군.

이시마키가 부탁한 일인지 마유미는 고객들에게 보여주는 프레젠테이션 보드에 조명기구 사진을 붙이고 있었다. 신문지 크기의 보드에 평면도를 그리고, 방마다 추구하는 이미지를 색연필로 칠한 뒤 그 안에 사무소에서 제안하는 조명기구나 가구 카탈로그 사진을 붙인다. 컴퓨터로 만드는 것보다 훨씬 고객들의 반응이 좋다며 마유미는 자랑스레 말했다. 서당 개 3년이면, 이라는 말처럼 경리 일을 하면서 보조로 시작한 실내 코디네이트 업무 실력이 일취월장하는 모습은 절로 감탄이 나올 정도였다. 도면도 꽤 정확히 읽었고, 경력이 짧은 다케우치가 이상한 선을 그리려 하면 옆에서 톡 쏘듯 한마디를 넌졌다. "아, 이런 걸 스미마센*이라고 하죠?"

---

*일본어로 선(線)은 센이라고 읽는다. '미안합니다'라는 뜻의 스미마센의 '센'과 발음이 같은 것을 이용한 언어유희.

"그거, 급한 일이야?"

아오세의 물음에 마유미는 작업을 멈추고 결의에 찬 표정으로 돌아봤다.

"그건 아닌데…… 신경이 쓰여서요."

"뭐가?"

"가셨던 일은 어떻게 되셨어요? 요시노 씨는 만나셨어요?"

슬며시 가슴속으로 손이 들어온 기분이었다.

오카지마가 마유미에게 전한 출장 이유는 '시찰'이 아니었다는 건가. 물론 Y주택의 주인이 완공 후 소식을 끊었다는 건 모두 아는 바였지만, 아오세를 배려해서인지 평소에는 아무도 그 이야기를 꺼내지 않았다. 걱정되니까 들여다보고 오겠다고 오카지마가 말했다 하더라도, 영혼의 단짝이라도 되는 양 마유미까지 말을 얹는 모양새가 영 불쾌했다. 이럴 때면 이시마키가 던졌던 농이 뇌리를 스치고 지나갔다. 마유미하고 소장님, 분명 뭔가 있어요. 남자의 직감이…….

"오늘은 못 만났어. 자세한 사정은 모르겠지만 입주가 늦어지는 것 같아."

"정말요? 아직 입주도 안 했다고요?"

한 톤 올라간 목소리가 귀에 거슬렸다.

"내일이라도 물어보려고. 다바타 집으로 찾아가서."

"예전 집에 아직 사는 건가요?"

"이사를 안 했으니 그렇겠지."

"전화는 해보셨어요?"

"연결이 안 돼. 그래서 직접 찾아가 보려고."

"연결이 안 된다고요? 그렇다는 건……."

"전화만 먼저 이전했을 가능성도 있으니까."

돌아오는 길에 오카지마가 위로하듯 건넨 말이었다. 아오세가 그랬듯 마유미도 납득이 가지 않는다는 표정을 지었다.

"이거 프린트 좀 부탁해."

아오세는 가방에서 디지털카메라를 꺼내 아직 뭔가 할 말이 남은 듯한 마유미에게 내밀었다. Y주택의 침실에 있던 타우트의 의자를 찍어두었다. 집 앞에서 만난 열쇠업자에게 현관 잠금장치를 보여주자 다시 잠글 수 있다고 해서 그렇게 부탁했는데, 잠그기 직전에 오카지마가 "깜빡했다, 의자 사진 찍어둬야지!" 하고 아오세의 팔을 잡아끌었다.

"내일 줘도 돼."

직접 프린트할 생각이었지만, 숨죽이고 몰래 하는 것도 바보 같다는 생각이 들었다.

눈앞의 전화가 울렸다. 내가 받을게, 마유미에게 손짓하고 수화기를 들었다. 아오세가 설계한 아파트를 시공하는 가네코 공무점의 젊은 사장이었다.

"아오세 선생님은 들어오셨습니까?"

"아오세입니다. 무슨 일이십니까?"

"아, 선생님이시군요. 1시간 전쯤에 전화를 드렸는데……."

마유미를 보았다. 눈치챘는지 당황한 표정으로 두 손을 모아 미안하다는 시늉을 했다.

"뭔가 문제가 생겼습니까?"

"네. 실은 지난번에 말씀하신 외벽 ALC패널 말입니다만, 납기에 맞추는 건 불가능하답니다. 다른 회사의 비슷한 제품으로 변경해도 되겠습니까?"

"얼마나 늦어지는데요?"

"열흘에서 2주 정도입니다."

그러면 공사 기간을 맞추지 못한다.

"알겠습니다. 그럼 그렇게 바꾸죠."

"네! 한숨 돌렸습니다. 역시 선생님은 말이 통하는 분이시네요."

젊은 사장은 신이 난 목소리로 대체할 ALC패널의 제품명을 불렀다. 아오세는 비슷한 금액대의 브랜드 제품을 선택했고, 급한 용건이 있으면 휴대전화로 연락해도 된다는 말을 남기고 전화를 끊었다.

마유미는 여전히 죄송하다는 표정을 거두지 않고 아오세를 보고 있었다.

"괜찮아. 별일 아니었어."

목소리에 짜증이 배어났다.

역시 선생님은 말이 통하는 분이시네요.

따지는 게 없는 건축사. 젊은 사장의 쾌재에서 모욕적인 뉘앙스가 묻어났다.

퇴근하겠다는 말을 남기고 나가려는데 뒤에서 또각거리는 구두 소리가 쫓아왔다.

"선생님, 전 그 집 걸작이라 생각해요."

고개를 반쯤 돌렸다.

"건방지게 들리시겠지만, 사진밖에 못 봤는데도 정말 대단하다고 생각했어요."

고마워. 튀어나오려던 솔직한 감사의 말을 요시노 일가를 떠올리고 다시 삼켰다.

마유미는 살짝 표정을 굳히며 말을 이었다.

"정말이라니까요. 독창적이고 아무도 모방할 수 없는 집이에요. 소장님도 얼마나 부러워했는데요. 나도 한 번이라도 좋으니까 그런 집을 설계해보고 싶다고요."

아오세는 굳은 미소를 남기고 사무소에서 나왔다.

나도 한 번이라도 좋으니까 그런 집을……. 만일 오카지마가 정말 그런 말을 마유미에게 했다면, 이시마키의 추측도 더는 억측이라 할 수 없겠지.

12

저녁을 밖에서 해결하고 집으로 돌아오자 자동응답기가 깜빡거리고 있었다. 아오세는 신발을 벗어던지고 재생 버튼을 눌렀다. 요시노일 거라는 기대는 보기 좋게 빗나갔다.

마음을 다잡고 무선전화기의 다시 걸기 버튼을 누르며 소파에 앉았다. 건축 CG 전문가인 니시카와 다카오였다. 몇 번쯤 통화 대기음이 울린 뒤에 본인이 전화를 받았다.

"아오세? 살아 있어? 몇 년 만이지? 10년은 됐나? '캔디'에서 같이 마신 뒤로 처음이지? 그 소식 들었어? 작은마담인 가나 씨가 그 느끼한 아르마니 영감하고 결혼했대."

니시카와는 말문을 열자마자 화려했던 시절의 기억을 부채질했다.

"잘 지내셨어요?"

"그냥 그렇지. 그리고 먹고, 먹고 그리고 반복하면서……."

디자인 전문학교를 졸업한 뒤 건축 투시도 외길을 걸어온 남자였다. 투시 기법을 이용한 완성 예상도는 렌더링이라고도 불리는데, 니시카와는 그 명칭이 더 마음에 드는지 '렌더러'를 자칭했다.

"오카지마한테 연락은 받으셨죠?"

"그래서 전화했어. 고마워, 좋은 건 소개해줘서. 정말로."

아오세는 순간 말문이 막혔다. 니시카와답지 않은 말투였다.

"별말씀을요. 저희야말로 바쁘신데 귀찮게 한 게 아닌지 모르겠네요."

"무슨. 일 없어서 놀고 있었어. 있어도 괜찮은 일은 거의 없었고. 정말 고마워. 집사람도 좋아하더군."

"그러셨습니까. 그럼 다행이고요."

"야마네라는 렌더러 기억해?"

"아, 네. 니시카와 씨 파트너였죠."

"그래. 이런저런 사정으로 동업은 그만뒀는데, 지금 뭐 하고 사는지 알아?"

"그만두셨습니까?"

"신주쿠 근처에서 택시 운전해. 내가 전에 우연히 그 차를 탔지 뭐야. 다른 사람들처럼 거품이 터진 뒤에 형편이 점점 나빠져서 목구멍이 포도청이 됐다면서 웃는 거야. 지금은 그럭저럭 먹고살 만하다면서. 그런데 길을 하나도 몰라서, 내비게이션을 만지작거리더군. 아직 프로가 아니란 거지. 그럼 하나는 기가 막히게 잘 그리는 놈이었는데."

순간 잘게 떨리는 입술이 뇌리에 떠올랐다.

당신이 먼저 그만둔다고 했다고?

수많은 설계사무소가 잠정 폐업 상태나 다름없었다. 관청에 달라붙어 공공건설 설계로 수의계약을 맺어온 중견 사무소조차 계약 건수가 줄어들어 경영난에 빠졌다. 자연스레 건축 CG 사무실들도 도태되었지만, 업계에서 '일류', '1.5류'라 평가받았던 니시카와와 야마네까지 실직선상에 설 줄은 상상도 못 했다.

"자네 사무소 소장님, 상당한 수완가던데?"

"어떤 면에서요?"

"심미안이 있어. 잘될 거야. '후지미야 하루코 기념관'은 분명 성공해. 따내기만 하면 사무소 이름도 알려질 테고."

아, 저도 모르게 탄성이 나왔다. 후지미야 하루코. 선명한 기억이 떠올랐다.

"이 지역 출신의 화가 말입니까?"

"그렇다니까. 어? 자네는 소장님이 기념관 건설 노리는 걸 몰랐어?"

"아, 네, 서로 좀 일이 바빠서요……. 그럼 기념관 건설이 확정

113

된 겁니까?"

"그런 모양이야. 가까운 시일 안에 설계 공모 공고가 난다는 정보를 그쪽 소장님이 어디서 입수한 거 아냐?"

아오세는 소리 없이 숨을 내뱉었다.

말해두지만 지구대나 공중화장실처럼 자잘한 건이 아냐.

분명 그러했다. 후지미야 하루코의 프로필이 하나둘 머릿속에 떠올랐다. 3년 전, 파리 교외에서 일어난 버스 사고로 세상을 떠난 S시 출신의 화가였다. 일흔 평생 독신으로 살면서, 거의 작품을 공개하지 않고 거리에서 그림엽서를 팔며 생계를 이어갔다고 하는데, 세상을 떠난 후에 파리 시내의 아파트에서 800여 점의 유화와 데생이 발견됐다. 대부분 길거리의 가난한 노동자와 아이들을 모델로 그린 인물화였다. 프랑스 미술계의 중진 화가가 극찬했다며 일본 언론에서도 대대적으로 보도했고, 유족이 도내에서 개최한 추모전은 장사진을 이루었다. 그 인기에 편승하고자 S시의 시노즈카 시장이 '기념관' 건설 구상을 발표한 게 작년 봄이었다. 회견에서는 유작을 보존해야 한다고 역설했지만, 이렇다 할 관광자원이 없는 지역에서 관광객 유치를 위한 중점 사업으로 키우고 싶다는 게 솔직한 심정이겠지.

한때 사무소에서도 화제가 되었지만, 시와 유족 사이의 교섭이 결렬되었다는 속보가 보도되었고, 건설 계획이 구체화되더라도 억 단위의 프로젝트일 테니 도쿄의 유명한 설계사무소를 대상으로 한 지명초청공모가 될 거라고 오카지마도 흥이 깨진 표정으로 말했다.

"앞으로도 잘 부탁해. 나도 최선을 다할 테니까. 그럼 소장님 한테 말 좀 잘 전해줘."

"아, 니시카와 씨."

아오세는 황급히 니시카와를 불렀다.

"저하고 통화했다는 건 비밀로 해주셨으면 합니다."

"왜?"

"오카지마에게 기념관 얘기를 들었을 때 놀란 척하려고요."

웃음으로 포장하며 말했지만, 건축사의 내면에 통달한 니시카와에게는 통하지 않았다. "그래, 알았어"라는 명랑한 대답이 돌아오기 전에, 아오세와 오카지마의 관계를 재빨리 고찰하듯 찰나의 침묵이 흘렀다.

아오세는 맥주 캔을 들고 베란다로 나갔다. 잠시 바람을 쐬고 싶은 기분이었다. 멍하니 야경을 바라보았다. 거리의 불빛이 유독 깜빡거리는 것 같았다. 대기가 불안정한 것이다.

유족과 이야기가 잘 풀린 건가. 엎어진 줄 알았던 기념관 건설에 다시 활기가 돌고 있었다. 남들보다 일찍 정보를 입수한 오카지마는 지명을 받기 위해 물밑에서 움직였다. 이 지명초청공모에 침기하기 위해서는 먼저 S시의 지명 업체에 선정되어야만 했다. 현이나 시 공무원들과 빈번하게 만나 '오카지마 설계사무소'를 홍보했다. 연줄을 동원해 S시가 기반인 하카마다 현의원에게 접근한 것도 시장이나 위원회에 잘 말해달라고 청탁하기 위해서겠지. 아카사카의 사무소에서 심부름꾼으로 일하던 시절이 떠올랐다. 지명 업체 선정을 위한 '밑밥 작업'이라는 명목으로 행정기

관을 순회하던 아오세에게 건축과 직원들은 모두 "의원님 소개
장 같은 건 없고?"라며 싸늘한 태도를 보였다.

아오세는 맥주로 목을 축였다.

외부인인 니시카와를 통해 오카지마의 꿍꿍이를 듣고 적잖이
심사가 뒤틀렸다. 그러는 한편, 다른 사람이었다면 분통을 터뜨
릴 일이라는 생각도 했다. 억 단위의 지명초청공모 건은 건축사
한 명이 감당할 수 없다. 사무소가 일치단결하여 아이디어를 짜
내 도면을 그리지 않으면 출발선상에도 서지 못하는 싸움이다.
그런데도 오카지마는 건축 CG 전문가를 소개시켜 달라는 말을
끝으로, 아오세가 굳이 묻지 않는 걸 핑계 삼아 기념관에 대해 운
조차 떼우지 않았다. 오늘은 종일 함께 있었는데도 말이다. 원체
서프라이즈를 좋아하는 성격이라는 건 안다. 당당하게 지명 업
체에 선정되면 샴페인이라도 터뜨리며 발표할 작정인 건가. 그
게 아니라면……

아오세를 빼고 진행할 심산인가.

소장님도 얼마나 부러워했는데요.

오카지마가 사무소 경영에 열과 성을 다하고 있다는 건 옆에
서 보면 안다. 이 기념관 건설 사업은 절호의 기회다. 도쿄의 쟁
쟁한 사무소를 상대로 수주를 따내고, 나름대로 괜찮은 작품을
선보이면 다른 지자체의 지명도 기대할 수 있고, 공공기관 설계
공모 실적을 차곡차곡 쌓다 보면 액수는 적어도 정기적으로 수
의계약을 맺을 수 있다. 거품경기의 후유증이 온갖 업종의 말단
에까지 스며들어, 너나 할 것 없이 도태되는 현 상황에서는 그런

공격적인 자세가 필요할지도 모른다. 하지만 오카지마의 속내가 과연 그뿐인 걸까.

아오세는 별이 없는 밤하늘을 올려다보았다. 상상이 한 방향으로 뻗어 나갔다.

아마 발화점이 있었으리라. 기념관 사업이 오카지마의 마음에 불을 붙였다. 경영자로서가 아니라, 건축사의 마음이 벌떡 고개를 쳐든 순간이 있었으리라. 사무소의 이름을 알릴 선전탑이 아니라, 오카지마는 '오카지마 아키히코의 작품'을 만들 작정인 것이다.

말해두지만 난 간토 지역에서만 놀 생각 없어.

경영자로서의 야심인 줄만 알았는데, 오카지마를 너무 얕잡아본 건가. 하지만 설마 오카지마가 마흔다섯 나이에 '건축가 인생 게임'의 주사위를 굴리려는 건 아닐 터였다. 대형 사무소에서 상업건축 경험을 쌓고, 독립해서 설계 공모를 따내 승승장구한 뒤에 국제적 대형 프로젝트 공모에 초청되어 1등으로 입선, 역사에 남을 건축물을 만들어 부와 명성을 거머쥔다. 그런 '성공 신화'를 꿈꿨던 건 이제는 얼굴을 붉히지 않으면 기억나지도 않을 정도로 까마득한 옛날 일이었다. 오카지마뿐 아니라, 아오세도, 그리고 날마다 현업에 시달리는 수많은 건축사들도 예외는 아니리라.

그렇다면…….

마법인가. 아오세가 그랬듯 오카지마도 마법에 걸린 건가. 불의의 사고로 사망한 고독한 화가에게. 그녀가 영원한 생명을 얻을 기념관에……. 후지미야 하루코 기념관. 죽어서도 영원토록 살아 숨쉬는, 그 감미로운 울림이 오카지마를 움직이게 한 주문 이라면?

아오세는 안으로 들어왔다. 바람에 체온을 빼앗겼는지 이마에서 미열 같은 온기가 느껴졌다.

그 길로 옆방으로 가서 책장에 있는 잡지를 한 움큼 꺼냈다. 홍보비 명목으로 무명의 설계사무소나 지역 시공사의 '회심작'을 실어주고 칭찬 일색으로 도배하는 PR 잡지였다. 아오세는 바닥에 책상다리를 하고 앉아 그중 한 권을 펼쳤다. 형태가 일정하지 않은 비좁은 토지에 지은 협소주택 특집호였다. 접착식 메모지를 붙여놓은 페이지에 요시노 부부가 한눈에 반했다고 했던 아게오의 집이 실려 있었다. 물어보는 걸 깜빡했지만, 짐작하건대 이 잡지에 실린 사진을 보고 현지에 찾아간 것이리라.

'시나노오이와케에 땅이 80평 있습니다. 예산은 최대 3천만 엔입니다. 전적으로 일임하겠습니다. 아오세 씨가 살고 싶은 집을 지어주세요.'

낮부터 계속 그 주문 너머의 기만을 찾고 있었다.

요시노 일가의 얼굴이 반복해서 떠올랐다. 오랜 세월 동고동락한 부부는 생김새까지 닮는다고 하던데, 요시노와 가리에가 꼭 그랬다. 두 사람의 중학생 딸도, 초등학교 1학년이라는 막내아들도, 역시 부모를 닮았다. 행복한 가족처럼 보였다. 내 집을 장만한 기쁨과 고양감이 가족을 감싸고 있었다. 의심에 찬 눈으로 아오세를 바라보던 그 앳된 눈동자를 제외하고는…….

가면을 쓰고 연기했던 걸까. 실상 가족들의 마음은 뿔뿔이 흩어졌는데도 현실을 감추고 배우 뺨치는 연기를 한 것이다. 막내 아들만이 진실을 호소하고 있었다. 절규하고 있었다. 이제 이런 건 싫다고.

등골이 오싹해지는 상상이다.

당초에는 학교에서 괴롭힘당하는 게 아닐까 의심했지만 우연히 기분이 나빴던 거겠지, 그저 응석받이일지도 모른다고 생각하려 애쓰기도 했다. 지금은 다른 원인이 떠올랐다. '키 큰 여자'가 가족의 일상을 파괴했다. 달리 정보가 없었기에 사고는 그 비좁은 항만을 표류하고 있었다.

아오세는 맥주를 들이켜고 펼쳐놓은 잡지 위에 캔을 내려놓았다. 아게오의 협소주택 사진이 물방울에 젖어 들었다. 이 집이 시작이었다. 이 작은 집과 요시노 부부의 우연한 만남이 마법을 낳았다.

아오세는 자신의 손을 보았다.

뭔가 달라진 걸까.

Y주택을 짓기 전과 짓고 나서, 제 안에서 뭔가가 달라졌을까.

달라졌을 터였다. 도망쳐 숨었던 패잔병의 소굴에서 기어 나와, 자학하는 태도를 벗어던지고, 새로 얻은 생명이 이끄는 대로 자신이 만들고 싶은 집을 희구했다. 마음은 날개가 돋아난 것처럼 가벼웠다. 과거와 미래를 자유롭게 오갔다. 경험과 지식, 감성과 영혼 모두를 쏟아부었다. 완성된 집 앞에 서서 가슴 한가득 공기를 들이마시며 끝없이 펼쳐진 하늘을 올려다보니 만감이 교차했다. 아버지에게 보여드리고 싶었다. 유카리에게 알리고 싶었다. 나무와 빛이 어우러진 '아오세 미노루의 작품'이 완성됐다고. 그날, 그 순간, 아오세는 '건축가'였다. 두 발로 대지를 단단히 디디고 서서, 당당하게 가슴을 펴며 세상을 향해 나 여기 있노라고 외친 것이다.

이내 마법은 풀렸다. 요시노에게 기별 없이 시간이 흘렀고, 옅은 외피를 한 겹씩 벗겨내듯 자신감은 날로 빈약해졌다. 특별한 집이 아니었다. 스스로 내뱉은 말에 사로잡혀 가슴에는 시커먼 의심이 먹구름처럼 드리웠고, 끝내는 마음을 좀먹어 다시 예전으로 달아났다. 일개 건축사로 돌아와 숨죽인 채 살아가고 있었다. 고객의 낯빛을 살피며, 시공사에 싫은 소리도 하지 못한 채, 그래도 괴로움을 느끼지 못하는 불감증의 건축사로 다시 돌아왔다. 허나……

지었다, 그 집을.

자신의 이상을 실현했다. 분명한 형태로.

아무것도 달라지지 않았을 리 없다. 이 몸의, 이 혈기의, 이 정신의, 어딘가에 달라진 증거가 있을 것이다.

아오세는 주먹으로 무릎을 내리쳤다. 두 번, 세 번 연속해서.

퍽, 퍽, 퍽.

아무것도 일어나지 않는다. 아무것도 보답받지 못한다. 아오세가 손을 멈춰버리면, 이 광막한 공간에 남는 건 정적뿐이리라.

13

며칠간은 고객 미팅과 사무 수속으로 쉴 새 없이 바빠서 꼼짝

할 수가 없었다.

아오세가 다바타에 걸음한 건 주말이 되어서였다. 주소는 다바타였지만, 고마고메 역이 더 가깝다. 고가도로 아래의 동쪽 출구 개찰구를 나와 '아자레아 거리'를 따라 조금 걷다가 '다바타긴자'라 불리는 상점가를 빠져나왔다. 옛 서민 주거지의 풍취가 짙게 남아 있는 동네였다. 구불구불 이어진 비좁은 길가에 옛날부터 자리한 잡다한 상점들이 늘어서 있었다. 점원이 기운찬 목소리로 손님을 잡았고, 닭꼬치며 각종 반찬 냄새가 코를 자극했다. 활기가 넘쳤다. 장날이나 축제날이라고 착각할 정도의 인파와 열기였다.

이곳을 지날 때마다 댐 건설 현장 숙소가 떠올랐다. 그곳 또한 사람과 사람 사이의 거리가 가까웠다. 농밀한 대화가 오고 갔다. 하지만 이곳에는 영속적인 시간의 흐름이 존재한다. 건설 현장은 댐이 준공되자마자 시간도 인간관계도 그날로 단절된다. 하나의 공동체가 소멸한다. 물 밑으로 가라앉는 건 비단 '고향 마을'만이 아니었다.

경단을 포장하는 동안 아오세는 가게 앞에서 오가는 노인들의 얼굴을 멍하니 바라보았다. 이 지역에서 나고 자랐으면 어떤 삶을 살아왔을까. 떠나고 싶지 않은 것을 떠나지 않아도 되는, 도망치고 싶은 것에서 도망치지 못하는, 그런 삶이 주어졌더라면…….

아오세는 거스름돈을 받고 걸음을 옮겼다. 이 지역도 서서히 변화하고 있었다. 상점가 끝 모퉁이를 돌아 조금 더 가니, 옛 주

121

택지 사이로 맨션이며 아파트의 좀먹은 것 같은 허연 외벽이 눈에 띄기 시작했다. 거품경제기에 상속세를 감당하지 못하고 땅을 매각한 사람들이 많다고 들었다. 옛것과 새것이 뒤섞인 거리 풍경의 한구석에 낡은 단독주택 두 채가 이웃하고 있었다. 북쪽에는 세련된 목조 아파트가 자리했고, 남쪽의 공터는 월정액 주차장이었다.

'요시노'라는 문패는 이미 보이지 않았다.

아오세는 긴 한숨을 내쉬었다. 마음 한구석에서 쓸데없는 걱정이었다며 비웃을 준비를 하고 있었다. 인맥을 통해 구청에 알아봐 준 오카지마에게 전출 신고는 안 했다는 연락을 받고 한 가닥 희망을 품었던 것이다. 그러나 문패는 없었다. 시나노오이와케에도, 이곳에도 없는 걸 확인하고 나니 그제야 '일가족 실종'이라는 말이 현실감을 띄었다.

초인종을 눌렀지만 반응은 없었다. 현관 미닫이문은 잠겨 있었다. Y주택과 마찬가지로 모든 창문에 커튼이 드리워져 있었다.

하는 수 없이 옆집으로 갔다. 길가와 접한 방의 유리문은 활짝 열려 있었다. 얇은 요 위에 누워 있던 덥수룩한 수염의 노인이 활동보조인으로 보이는 중년 여성에게 뭐라고 볼멘소리를 하고 있었다. 아오세는 고개를 뻗어 노인의 눈이 이쪽을 볼 때까지 기다렸다 말을 걸었다.

"말씀 좀 묻겠습니다. 옆집에는 아무도 안 삽니까?"

"글쎄 모른다니까!"

호통이 날아왔다.

"이웃이고 뭐고 남처럼 살았어. 그보다 이 할망구한테 냄새 나니까 좀 씻으라고 말해줘. 내가 불결하다고? 허튼소리는 집에 가서 제 서방한테나 하라고!"

알아낸 건 집주인의 주소뿐이었다. 노구치라는 이름의 집주인은 여기서 네 번째 모퉁이에서 오른쪽으로 꺾어 조금 더 간 곳에 있는, 정원이 딸린 빨간 지붕 집에 산다고 했다. 어렵지 않게 찾을 수 있었다. 50줄의 뚱뚱한 남자가 호스를 잡고 집 앞 도로에서 지붕보다 더 빨간 BMW를 세차하고 있었다.

아오세는 명함과 경단 꾸러미를 내밀었다. 이곳에서 요시노를 만나면 차와 함께 먹으려고 산 선물이었다.

대강 사정을 설명했다. 새로 지은 집에 입주를 하지 않아서 걱정스러운 마음에 찾아왔다고.

노구치는 놀란 기색도 없이 말했다.

"아, 그러고 보니 요시노 씨한테 나가노로 이사한다고 들은 것 같군요."

"그렇게 말했다고요?"

저도 모르게 재차 확인하는 말이 튀어나왔다.

"시나노오이와케나, 가루이자와처럼 구체적인 지명도 말했습니까?"

"아뇨, 나가노라고만."

"나가노라고만……. 그게 언제였습니까?"

"이사하기 조금 전이었죠."

"여기 살림은 언제 정리한 겁니까?"

"음, 작년 11월 중순이었죠. 이사라고 해도 홀몸이니 별 살림 살이도 없었지만."

홀몸? 순간 잘못 들은 줄 알았다.

"다른 가족들이 있지 않았습니까?"

"이혼했다고 들었습니다, 오래전에."

이혼? 오래전에? 머리가 헛도는 느낌이었다.

"저기, 그 이혼 얘기는 언제 들으셨습니까?"

"글쎄요, 언제였더라. 세입자에 관한 건 어머니가 전부 관리하셨거든요. 그런데 최근에 입원하셔서……. 제가 들은 얘기는 부인이 아이들을 데리고 친정으로 가버렸다는 정도였습니다."

"친정으로 가버렸다……. 그럼 이혼이 아니라 별거일 수도 있겠네요."

"하긴 그럴 수도 있겠네요."

눈앞의 중년 남자가 갑자기 아이처럼 보였다. 머리숱이 빠지기 시작하는 이 나이까지 계속 부모 그늘 밑에서 살아온 건가.

"어쩌다 그렇게 된 겁니까?"

"뭐가 말입니까?"

"부인이 친정에 가버린 이유 말입니다."

머릿속 한가운데에 '키 큰 여자'가 있었다.

"모릅니다. 어머니도 전혀 모른다고 하셨고요."

"부인의 친정이 어딘지 아십니까?"

"글쎄요, 그런 것까지는."

도움이 되는 답은 하나도 얻지 못했다.

"부인이 오래전에 아이들을 데리고 나갔다……. 그럼 그때부터 요시노 씨는 혼자 그 집에 살았던 겁니까?"

"그럴 겁니다."

그럴 겁니다?

"오래전이라면 구체적으로 언제입니까?"

"아, 저는 잘 모릅니다. 세입자에는 관여를 안 해서."

"어머님께 여쭤봐 주실 수는 없겠습니까?"

"그게 말이죠, 치매 증세로 입원하신 겁니다. 그 때문에 기분이 널을 뛰는지 집사람에게 물건을 던지지를 않나, 그러다 현관에서 심하게 넘어져서……."

"그러셨군요."

"요시노 씨가 이혼을 했든 안 했든 저희와는 상관없는 일이니까요. 저는 월세만 제대로 치르면 일절 참견하지 않습니다. 예전과 달리 요즘은 워낙 말이 많잖아요, 개인정보니 사생활이니."

혐오감을 감추며 고개를 끄덕였다.

쉽게 머릿속이 정리되지 않았다. 이혼인가, 별거인가. 어찌 되었든 요시노 일가는 뿔뿔이 흩어져 살았다. 오래전이라는 걸 보면 반년이나 1년, 아니, 그보다 더 예진일지도 모른다. 그렇다면 영 상황이 이상해진다. 아오세에게 집 설계를 의뢰하러 왔을 때는 이미…….

안주머니에 넣어둔 휴대전화가 진동했다. 아오세는 순간 흠칫했지만 노구치에게 짧게 인사하고 발길을 돌렸다.

"아, 가네코 시공사의 가네코입니다. 외부에 계신데 번거롭게 해드려서 정말 죄송합니다. 일전에 급할 때는 휴대전화로 걸라고 하셔서……."

젊은 사장의 공손한 태도는 이내 풀어졌다.

"아이고, 일이 복잡하게 됐습니다. 또 미스가 나서요. 창틀 새시가, 말씀하신 그레이가 아니라 블랙으로 들어왔습니다. 그쪽에서 잘못 발주한 거라 대처하겠다고는 하는데, 아시다시피 공사 기간이 촉박하지 않습니까. 이번에는 그냥 넘어가고, 다른 부자재 견적을 잘 좀 뽑아달라고 하면 어떨까 싶은데, 선생님 생각은 어떠십니까?"

아오세는 눈을 감고 그 이야기를 듣고 있었다.

"선생님……? 아오세 선생님? 듣고 계십니까?"

"지정한 대로 그레이로 갑니다."

"네……?"

"지정한 대로요."

분노는 아니었다.

Y주택을 지키려 했다. 흔들리는 시나노오이와케의 언덕에, 자신의 마음에, 땅을 다지듯 말뚝 하나를 박아 넣었다.

14

민가의 지붕 너머로 학교 같은 건물이 보였다.

아오세는 발걸음을 재촉했다. 마음이 급했다. 그와 대조적으로 사고는 제자리걸음이었다. 놀라움은 이내 경악으로 번졌다.

요시노는 부인과 헤어졌다고 했다. 그 말이 사실일까?

오늘이 토요일이라는 걸, 초등학교 문에 채워진 자물쇠를 보고 떠올렸다. 아니, 요시노의 막내아들이 어디로 전학했는지 학교에 물어보려 한 것 자체가 제정신이 아니라는 증거였다. 아들은 초등학교에 갓 입학했다고 했다. 부부가 오래전에 헤어졌다면 당시에는 아직 미취학 상태였겠지.

아오세는 발길을 돌렸다. 하지만 채 몇 걸음도 가지 못해서 다시 자신의 머리가 제대로 돌아가지 않는다는 사실을 깨닫고 혀를 찼다. 중학생 딸도 있잖아. 오래전이 몇 년 전이든, 가족이 뿔뿔이 흩어지기 전까지 적어도 둘째 딸은 이 초등학교에 다녔을 터였다. 어디로 전학했는지 알면 자연스레 가리에의 친정도 알아낼 수 있으리라.

슬라이드식 정문 너머로 교정을 둘러보았다. 아무도 없었다. 4층 건물을 뚫어져라 바라보았다. 1층에 교무실인 듯한 큰 공간이 있었지만 실내는 어두웠다. 눈앞의 철문을 잠가놓은 자물쇠는 녹슬어 있었다. 단단히 잠긴 고리에 별생각 없이 손을 올린 순간 등 뒤에서 굳은 여자 목소리가 들렸다.

"무슨 볼일이시죠?"

놀라서 뒤를 돌아보자 자전거 손잡이를 잡은 중년 여자가 안경 너머로 수상쩍은 시선을 보내고 있었다. 이 학교의 선생이라는 건 방금 전의 목소리가 아니더라도 쉬이 짐작이 갔다.

"아뇨……."

아오세는 말끝을 흐렸다. 노골적으로 경계심을 드러낸 선생의 모습에서 요즈음 학교에 남자가 침입해 벌인 각종 사건들이 떠오른 까닭이었다.

"볼일이 있으신 거면 말씀하시죠."

순간적으로 아오세는 안주머니의 명함 케이스를 꺼냈다. 일급 건축사의 명함을 꺼내면 대다수의 사람들은 신뢰하는 표정을 내비치지만, 오늘은 현지답사를 나와서 미심쩍은 시선을 받을 때와는 상황이 달랐다.

선생은 명함을 힐끗 보았지만 굳은 표정을 거두지 않고 아오세를 올려다보며 물었다.

"학부모는 아니시죠?"

확신에 찬 말투에 아오세는 살짝 충격을 받았다.

"아, 그게. 실은……."

수상한 사람이 아니란 걸 증명하고 싶은 마음도 동해서 아오세는 지극히 정중한 태도로 사정을 설명했다. 요시노라는 가족의 집을 나가노에 지었는데 입주를 하지 않았다. 아직 다바타에 사는가 싶어서 예전 집을 찾아갔지만 이미 이사하고 없었다.

"그래서 아이들이 어디로 전학했는지 알아내면 부모님과도 만날 수 있을 것 같아서요."

아오세의 말에도 선생은 꿈쩍하지 않았다.

"요시노라는 성을 가진 여학생을 아십니까? 자매가 같이 학교에 다녔을지도 모릅니다. 어찌 되었든 도중에 전학을 갔을 겁니다."

"이상한 이야기군요."

단호한 대답이 돌아왔다.

"왜 그 요시노 씨라는 사람을 찾으시는 거죠? 집을 지어준 고객일 뿐인데."

"그건······."

"돈 때문인가요?"

"네?"

"집을 지었는데 돈을 받지 못하신 건가요?"

하기야 갑자기 이런 이야기를 꺼내면 그쪽으로 생각이 기울 법도 했다.

"아닙니다. 아무 문제도 없습니다."

"그럼 무슨 이유로 찾는 거죠?"

"걱정이 되어섭니다."

자연스레 튀어나온 말이었다. 선생은 순간 어처구니없다는 표정을 지었다.

"어디 갔는지 걱정이 됩니다. 행방을 알아낼 실마리가 필요합니다. 어떻게 좀 알아봐 주실 수는 없겠습니까?"

다그치듯 말한 게 잘못이었을까. 누가 부탁하는 입장인지 일깨워 주려는 양 그녀는 눈을 뾰족하게 떴다.

"그렇게 친한 사이면 여기 와서 묻지 않아도 얼마든지 알아볼 수 있을 텐데요."

"친하다는 말은 적절하지 않습니다. 어디까지나 고객과 설계사의 관계였으니까요."

"그럼 경찰에 물어보시든가요."

"그 생각도 해보지 않은 건 아닌데, 만일 아무 일도 아니라면 요시노 씨의 입장이 난처해지니까요."

"그렇다고……."

선생은 말문이 막힌 눈치였지만, 그 사실이 그녀를 더 자극한 모양이었다.

"저희는 뭐 안 그런가요? 다 믿을 수 없는 이야기뿐인데. 사람을 섣불리 믿어서는 아이들을 지킬 수 없어요. 얼마 전 일인데, 이상한 남자가 학생 명부를 입수하려고 학부모들을 찾아다녔어요. 인쇄 실수가 있어서 회수해야 한다는 그럴싸한 거짓말을 하면서요. 차에 탄 남자가 3학년 여학생에게 이름이며 전화번호를 물어본 적도 있었고요. 예전에는 차 안으로 끌려갈 뻔한 학생도 있었죠. 어쨌든 간에 보통 위험한 세상이 아니에요."

낙담한 아오세는 한숨을 내쉬었다.

"선생님은 이 학교에 오래 계셨습니까?"

"그렇습니다만 그건 왜 물으시죠?"

"요시노라는 여학생을 아십니까?"

"그러니까……."

"교장 선생님이나 교감 선생님께 말씀 좀 전해주실 수 없습니까?"

"학부모가 아닌 분의 말씀은 전달할 수 없습니다."

선생은 딱 잘라 거절하더니 손가락 끝으로 잡고 있던 아오세의 명함을 되돌려줬다.

머리에 피가 쏠렸다.

"말씀하신 것처럼 조만간 경찰이 나설지도 모르겠습니다. 경찰이 찾아오면 말씀해주시겠죠?"

소용없었다. 그녀의 머릿속에는 이미 눈앞의 남자를 쫓아내야 한다는 생각밖에 없는 듯했다.

"그건 뭐라 말씀드릴 수가 없네요. 경찰을 사칭하는 나쁜 사람도 있으니까요."

15

잎이 없는 나무들은 바람도, 시간도 알려주지 않았다.

아오세는 온 길을 되돌아가지 않고 좁은 골목길을 빠져나와 시노바스 거리로 나왔다. 도자카시타의 길가에 요시노 도타와 예전에 함께 갔던 카페가 있다는 사실이 떠올랐다.

기억하고 있던 것처럼 카페 '가도'는 교차로 모퉁이에 있었다. 가게 안에는 제법 손님이 있었다. 4인용 자리로 안내를 받은 아오세는 커피를 주문했다. 요시노는 이 카페의 단골이었을지도 모른다. 그걸 확인하러 왔는데, 왠지 바로 입이 떨어지지 않았다.

탐정 행세를 하며 상관도 없는 사람의 신변을 캐묻고 다니면 의심을 받기 마련이다. 아까 그 선생이 좋은 예가 아니던가.

학부모는 아니시죠?

자식을 둔 부모로는 보이지 않았다는 건가. 그게 아니라면 교육 환경에 부적절한 인물로 간주했거나. 입고 있는 검은 가죽 반코트 때문인가. 차림새가 아니라 분위기 때문인가. 아오세가 봐도 평범한 회사원과는 풍기는 분위기가 다른, 예사롭지 않은 풍모의 동료 건축사들이 차고 넘쳤다. 어떠한 면에서든 개성이 있어야 한다는 강박관념에 가까운 자의식이 이 일을 하는 동안 늘 따라붙었다.

아니, 그런 건 상관없다. 단순히 아오세라는 남자의 정체며 본성을 꿰뚫어 보았을 뿐인지도 모른다. 아버지로서의 애정도, 책임도 월에 한 번 만나는 것으로 때우고, 나머지 시간에는 족쇄 따위 없는 것처럼 뻔뻔한 얼굴로 세상을 대한다. 그런 삶에서 풍기는 수상쩍은 냄새를 처음 만난 그 선생은 본능적으로 감지한 건가.

여윈 체형의 마스터가 주문한 커피를 가져왔지만 아오세는 그를 그냥 보냈다. 나는 홈스도 왓슨도 아니다, 라고 속으로 되뇌었다. 실제 탐정이라면 어떻게 행동할까. 분명 아직도 예전 집 근처를 어슬렁거리고 있겠지. 근처 집들을 하나도 빼놓지 않고 찾아가 요시노의 아이들의 동급생을 찾아내리라. 이사 업자도 찾아내겠지. 예전 집에서 어디로 이삿짐을 옮겼는지 알아냈을 게 분명하다. 하지만…….

일단은 좀 진정하자. 머리를 식히고 사태를 파악해야 한다. 메밀국수 가게 주인의 증언과 방금 들은 집주인의 이야기를 교차시키면 어떤 실상이 드러날까?

아오세는 커피를 한 모금 마신 뒤 찻잔을 받침에 내려놓고 팔짱을 꼈다.

꽤 오래전에…… 요시노 가리에는 아이들을 데리고 친정으로 들어갔다. 그 후로 요시노 도타는 다바타 집에서 혼자 살았다. Y

주택의 열쇠를 넘긴 건 작년 11월 3일이었다. 그달 중순에 나가노로 이사한다는 말을 집주인에게 남기고 셋집을 정리했다. 하지만 Y주택에 입주하지는 않고, 하순에 키 큰 여자와 함께 나카가루이자와 역의 메밀국수 가게에 나타났다.

뇌가 그 사실을 거부했다. 악의에 찬 거짓말이라는 생각밖에 들지 않았다. Y주택의 열쇠를 넘기던 날의 기억이 선명했다. 요시노 부부는 진심으로 집이 완공된 걸 기뻐했었다. 그때 두 사람이 이미 부부가 아니었다고? 어떻게 그런 이야기를 믿을 수 있겠는가.

하지만……. 하지만 그들은 Y주택에 입주하지 않았다. 지금도 소재불명이다. 그건 엄연한 사실이었다.

아오세는 눈을 감았다. 눈꺼풀에 경련이 일었다.

꽤 오래전부터 별거했다고 가정하자. 그 상황은 Y주택이 완공된 시점까지 계속되었다. 거슬러 올라가 설계를 의뢰한 시점에는 어떠했는가. 부부가 처음 아오세를 찾아온 건 작년 3월이었다. 그것은 '꽤 오래전'보다 더 이전이었을까, 아니면 나중이었을까.

이전이겠지. 그 시점에서는 부부 사이에 별다른 문제가 없었고, 때문에 새집을 짓기로 한 것이다. 요컨대 부부 사이가 험악해진 건 설계를 의뢰하고 나서였다. 아오세가 도면을 그리고, Y주택을 짓고 완공하기까지의 여덟 달 동안에…….

언제지? 여덟 달 동안의 어느 시점에 부부 관계가 파탄에 이른 거지?

딱히 짚이는 게 없었다. 부부는 처음 의뢰했을 때부터 완공했

을 때까지 줄곧 변함없는 모습을 보여주었다. 깨가 쏟아질 정도
는 아니었지만 많은 것들을 공유하고, 적당히 서로의 말을 흘려
넘기는, 딱 좋은 정도로 서로를 이해하는 부부처럼 보였다. 유카
리와 자신의 관계를 떠올리고는, 왜 이렇게 되지 못했을까 생각
하며 두 사람의 얼굴을 바라본 적도 있었다. 아오세의 눈에 단단
히 뭐가 씌었던 걸까. 아니, 부부싸움이라면 몰라도, 별거나 이
혼이라면 뭔가 이상 징후를 알아챘을 법도 하다. 파탄의 징조는
없었다. 불협화음을 느낀 적조차 없었다. 부부 모두 새집이 완성
되기를 손꼽아 기다렸다. 지금도 그것만큼은 틀림없다 단언할
수 있다.

그렇다면 나중인가? 꽤 오래전에, 한때 부부 사이에 위기가
찾아왔다. 하지만 그래, 다시 화해한 것이다. '비 온 뒤에 땅이 굳
는다'고 하지 않는가. 가족의 유대감은 더욱 강해졌기에 내 집 마
련 계획이 실현된 것이다.

앞뒤는 맞는다. 하지만 집주인의 이야기와는 다르다. 살던 집
을 정리할 때, 요시노는 홀몸이었다고 했다. 그리고 부부 사이가
원만해졌다면, 왜 완공되고 나서 넉 달 동안이나 Y주택을 방치
했겠나? 화해를 하고, 집이 완공된 뒤에 키 큰 여자가 나타나서
도로아미타불이 된 건가.

석연치 않았다. 이전이든 나중이든 납득할 수 있는 이야기의
흐름이 만들어지지 않는다. 그렇다면…….

집주인의 추측을 의심해볼 필요가 있다. 분명히 별거는 했다.
하지만 그 이유는 부부 사이가 소원해졌기 때문이 아니었다. 뭔

가 남에게 말할 수 없는 사정이 있어서 가족이 같이 살 수 없게 된 것이다. 이를테면 그래, 거액의 빚을 진 요시노가 빚쟁이들의 추심에서 식구들을 지키기 위해 긴급 피난시키듯 처가로 보냈다. 혹은 서류상으로만 위장 이혼해서 식구들에게 피해가 가지 않도록 했다. 그렇다면 집주인의 이야기와 모순되지 않는다. 그렇지만…….

고작 여덟 달 동안에 그만큼 궁지에 몰렸다는 건가? 아오세에게 설계를 의뢰한 시점에서 요시노가 형편이 어려웠던 것 같지는 않았다. 대출을 받지 않고 건축비 3천만 엔을 준비했다. 시나노오이와케의 80평 대지도 본인 소유였다.

그것이야말로 남에게 말할 수 없는 사정을 불러온 원인이 아닐까. 마흔 살의 회사원치고는 가진 게 너무 많았다. 부모의 유산이겠거니 하며 깊이 생각하지 않았지만, 바로 그것이 맹점이었는지도 모른다. 수입 잡화 도매. '뭐든 취급하는 회사'……. 의심하려면 의심할 수 있었다. 뭔가 숨기는 게 있는 듯한 수상쩍은 직업 같다는 생각이 들었다.

글쎄 모른다니까! 이웃이고 뭐고 남처럼 살았어.

불현듯 노성이 생각 사이를 비집고 들어왔다. 옆집에 살던 덥수룩한 수염의 노인…….

뭔가에 홀린 듯한 기분이었다. 마음속에 그런 생각이 있었으니 머릿속에도 떠오른 것이리라. 괴팍한 노인임은 틀림없었고, 활동보조인에게 있는 대로 짜증을 부리고 있었다. 그래서 단순히 불똥이 튄 거라 생각했는데, 머릿속에서 재생된 노인의 험상 굳은 표정과 험악한 태도는 왠지 연기처럼 과장되어 보였다. 나는 아무것도 모른다. 엮이고 싶지 않다. 예전에도 똑같이 언성을 높여 귀찮은 일을 피했던 적이 있는 게 아닐까.

'어떤 일'을 둘러싸고 갈등이 생겼고, 질 나쁜 이들이 집을 찾아왔다. 거기까지 상상이 뻗어 간 건 어지럽혀진 Y주택의 광경이 머릿속에서 교차한 까닭이었다. 단순한 빈집털이의 흔적이었을까? 녀석들의 진짜 목적은…….

아오세는 미간이 욱신거리는 걸 느끼며 눈을 떴다.

손님들의 웃음소리가 들렸다. 커피는 식어 있었다. 끊은 지 오래인 담배 생각이 간절했다. 자포자기에 가까운 감정이 솟아올랐다. 일반인이 감당할 수 있는 문제가 아니다. 차라리 진짜 탐정에게 조사를 의뢰할까.

황당한 소리. 가당키나 한가. 상대는 고객이다. 남의 손을 빌려 개인정보를 뒤지는 건 신의를 저버리는 일이다.

하지만…… 정말 그런가. 이 상황에서도 고객이라 할 수 있나. 이 일의 진상이 어떻든 간에 요시노 부부는 아오세의 뒤통수를 쳤다. '친구'이고자 했던 건축사를 완전히 거부했다. 속사정이 있다는 낌새는 조금도 내비치지 않고, 아오세에게 마법을 걸어 집을 짓게 했다.

모르겠다. 몇 번이고 다바타로 찾아가 거실에서 부부와 어떤 집을 지을지 상의했었다. 좌탁 위에 도면을 펼칠 때마다 두 사람은 엉덩이를 들고 뚫어져라 들여다봤다. 기대되네. 정말 그렇죠. 눈을 반짝이며 웃음을 나눴다. 이상한 일은 아무것도 없었다. 거

136

실은 늘 정돈되어 있었다. 구석구석 깔끔하게 청소되어 있었고, 화려한 장식품이나 쓸데없는 물건도 없는…….

아오세는 순간 숨을 삼켰다.

아이가 셋이고, 막내아들은 초등학교에 막 입학했다. 그런데도 거실은 판에 박힌 듯 질서정연했다. 옷이나 장난감, 책이나 학용품 등 아이가 있으면 숨길 수 없는 어지러운 광경을 본 기억은 없었다. 깔끔한 걸 좋아하는 주부. 가리에의 인상은 그러했다.

그랬다. 애초에 그 집에서 아이들과 마주친 적이 없었다. 안쪽 방이나 2층에 있겠지 막연히 생각한 적도 있었지만, 모습은커녕 목소리도 들은 적이 없었다. 현관의 신발은 어땠던가. 우산이나 자전거, 세탁물은…… 생각나지 않는다. 하지만 그런 것들을 본 기억이 없다는 것만은 분명했다.

온몸에 소름이 돋았다.

그 집에 살지 않았던 것이다. 아이들은 아오세가 처음 그 집을 찾아갔을 때부터 줄곧 그곳에 없었다. 이미 별거 중이었기 때문이다. 별거 중이었으면서 요시노와 가리에는 함께 아오세의 사무소를 찾은 것이다. 이제야 실감이 났다. 쉽게 이해되지 않았던 집주인의 증언이 굵은 글씨로 그 실체를 드러냈다. 더불어 생각이 났다. 집으로 전화를 하면 반드시 요시노가 받았다. 가리에가 받은 적은 한 번도 없었다. 그녀는 요시노에게 연락을 받고 아오세가 오는 날에 맞춰 그 집을 찾은 것이다. 서둘러 다과를 준비하고, 요시노는 요시노대로 여유롭게 수제 파이프를 물고 연기

137

를 뱉었다. 기괴하기 짝이 없었다. 당시에는 화기애애하게만 느껴졌던 분위기였는데, 지금 돌이켜 보니 으스스하기까지 했다.

아오세는 숨을 내쉬며 사고의 곁가지를 쳐냈다.

요컨대 사이가 나쁜 게 아니면서 별거하고 있었을 공산이 크다는 것이다. 그 집에서는 가족이 같이 살지 못하는 사정이 있었다. 역시 그 점이 핵심이다. 숨겨진 사정이 이번 일가족 증발과 무관하지 않으리라.

덥수룩한 수염의 노인이 다시 뇌리를 스쳐 지나가서 아오세는 자리에서 일어났다.

계산대에서 주인에게 요시노에 대해 물었다. 이름과 인상착의를 설명하며, 전에 한 번 같이 온 적이 있었다고 말했다. 아, 가끔 오셔서 니혼게이자이신문을 읽고 계시던 분이군요. 입수한 정보는 그뿐이었지만, 고개를 끄덕이는 아오세의 가슴에는 탐정으로서 명료한 의지가 깃들어 있었다.

16

10분 뒤, 아오세는 다바타 집으로 돌아왔다.

큰길과 접한 유리문은 열려 있었다. 놀랍게도 노인은 아까 호통을 치던 활동보조인과 생글거리며 이야기를 나누고 있었다. 수염도 없었다. 얼굴도, 차림새도 모두 깔끔했다. 그렇게 싫다고 난리를 쳐놓고는 얌전히 목욕탕에 들어간 것이다.

"아까는 실례가 많았습니다."

아오세가 말을 걸자 노인은 순간적으로 겁에 질린 표정을 지었다.

"글쎄 모른다고 했잖아."

금세 기운을 되찾아 큰소리를 쳤지만, 아오세는 아랑곳하지 않고 다가가며 말했다.

"시간을 많이 뺏지는 않을 겁니다. 잠시 여쭙고 싶은 게 있습니다."

"그러니까……."

"옆집 아이들을 보신 적이 있으십니까?"

"아이?"

"최근 1년 동안 보신 적이 있습니까?"

"글쎄, 기억이 안 나는데."

노인은 시치미를 뗐다. 활동보조인은 아무것도 모르는지 의아한 듯 고개를 갸웃거리더니 이만 가보겠다며 자리를 떴다.

노인은 원망스러운 눈빛으로 여성을 보냈다. 생각보다 소심한 성격일지도 모른다. 아오세에게는 잘된 일이었다.

"하나만 더 여쭙겠습니다."

"그러니까 난 아무것도……."

"저보다 먼저 요시노 씨를 찾아온 사람이 있었죠?"

예상이 들어맞았다. 노인의 낯빛이 변하는 걸 보면 알 수 있었다.

"다, 당신…… 그 남자랑 아는 사이야?"

"아닙니다."

단호하게 부정하고 나서 아오세는 명함을 꺼냈다. 동요한 노

139

인의 마음이 가라앉을 때까지 기다렸다가 말을 이었다.

"저는 요시노 씨 친구입니다. 찾아온 남자와는 잘 모르는 사이지만, 그 사람이 요시노 씨가 어디로 이사했는지 알 것 같아서요."

"모를걸. 그 남자도 이웃집 남자를 찾고 있었으니까."

불길한 예감이 적중했다. 역시 누군가가 요시노 도타를 쫓고 있었다.

"언제 찾아왔습니까? 작년 말입니까?"

"아니, 연초였어."

"혼자서요?"

"그래."

"무슨 일이랍니까?"

"이웃집 남자를 찾았다니까. 집에 없느냐, 어디로 이사를 갔느냐고만 물어봤어. 험악한 표정으로. 하지만 모르는 걸 어째. 정말 왕래가 없었는데."

"어떤 남자였습니까?"

"일반인은 아니었어."

"일반인이 아니라고요? 야쿠자 같은 겁니까?"

"그 정도는 아니고. 하지만 얼굴이 벌겋고 눈매가 사나웠어. 럭비 선수처럼 몸도 좋았고. 아, 맞다. 손가락에 깁스를 하고 있었어, 세 개나."

손가락에 깁스…….

"몇 살쯤으로 보였습니까?"

"쉰은 넘었을걸. 그냥 봐도 평범한 회사원은 아니었지."

"사채업자 같던가요?"

"그건 모르지. 당신도 그런 쪽 사람처럼 안 보이진 않아."

아오세는 쓴웃음을 지었다. 머리로는 경찰에 신고해야 할지 생각하고 있었다.

"내가 아는 건 이게 끝이야. 그만 돌아가 줘."

"하나만 더요. 요시노 씨가 무슨 일을 하는지 아십니까?"

황급히 물었다.

"가구 수입업자 아냐?"

허를 찔렸다. 가구……?

"요시노 씨가 그렇게 말하던가요?"

"아니, 전에 집주인이 그러던걸. 테이블이나 의자를 싸게 해준 적이 있다고."

가구와 잡화는 다른 카테고리로 분류되지 않나?

또다시 요시노의 비밀스러운 부분을 접한 기분이었다. '뭐든 취급한다'고 했지만, 요시노가 가구에 관한 이야기를 한 적은 없었다. 집에서 수입 가구를 본 기억도 없고, Y주택에 놓을 주문 제작 가구에 대해 이야기가 나왔을 때에도 요시노는 모두 맡기겠다는 태도였다.

때문에 유일한 예외가 뇌리에 번뜩인 찰나 사고가 멈췄다. Y주택의 2층에 있던 타우트의 의자. 그게 가구가 아니면 무엇이겠는가.

17

시트로엥의 엔진이 지병을 앓듯 가쁜 숨을 내뱉기 시작했다.

아오세는 액셀을 밟는 발에 신경을 집중하며 국도 17호선을 따라 북쪽으로 향하고 있었다. 이미 다카사키 시내에 들어섰다. 목적지인 '센신테이'는 행운의 달마로 잘 알려진 쇼린 산 다루마지 경내의 한구석에 있다. 일본으로 망명한 타우트가 파트너인 에리카와 함께 2년 남짓 살았던 집이다. 어제 책과 인터넷으로 사전지식을 얻었다. 경내에 위치한 '타우트 전시실'에서는 타우트가 디자인한 의자도 볼 수 있다고 했다.

같이 가자는 말도 안 했는데, 오늘은 사정이 있어서 못 간다며 오카지마는 아쉬워했다. 다바타에서 뭐 좀 알아냈느냐고 물어보기에 대충 설명하려고 했는데 이야기가 길어졌다. 오카지마는 자못 놀라워했지만, 지명 업체에 선정되기 위한 계획을 짜내는 데 온 신경이 쏠려 있어서인지, 딱히 사이가 나쁘지도 않은 부부가 별거하는 이유를 한마디로 일축했다.

"아이 학교 때문이겠지. 부인 친정 근처에서 다니는 거 아닐까?"

"왜 그렇게까지 하는데?"

"그 집 막내가 왕따를 당하는 것 같았다면서. 그래서 전학시켰 겠지."

"누나들은?"

"집에 있던 거 아냐? 서클이나 다른 일로 귀가가 늦어서 너와 마주칠 기회가 없던 것뿐이고. 그게 아니면 정말 사이가 틀어져서 별거했고, 셋 다 전학시켰겠지. 부모는 재결합했지만, 아이들은 다니던 학교에 계속 다니고 싶다고 해서 아버지는 기러기 아빠 신세가 된 거야. 아냐?"

벌건 얼굴의 남자에 대해서는 어떻게 생각하느냐고 묻자, 바로 키 큰 여자의 남편이 아니겠느냐고 답했다. 오카지마의 추리도 모두 하나의 가능성일 수 있겠다고 생각했지만, 혀에 뇌가 달린 듯 가벼운 말투가 거슬려서 알았어, 너는 네 일 봐, 하고 이야기를 마무리하고 사무소에서 나왔다.

차 내비게이션은 한동안 침묵을 지키고 있었다.

아오세의 상상에서는 여전히 요시노 관련 문제와 벌건 얼굴의 남자 건이 뒤섞여 있었다. 어젯밤에 요시노의 이웃집 노인과 헤어진 뒤, 다시 집주인을 찾아갔다. 예상대로 새빨간 BMW와 차 주인은 모두 자리를 비우고 없었지만, 현관 앞을 쓸던 부인과 잠시 이야기를 나눌 수 있었다. 역시 벌건 얼굴의 남자는 연초에 집주인을 찾아왔었다. 그때 나와본 게 부인이었는데 화난 것 같아서 무서웠다, 어느 지방인지는 모르겠지만 억양에서 조금 사투리 티가 났다, 이름을 물어봤지만 가르쳐주지 않았다 등등 다소 분개한 듯 당시 상황을 말해주었다. 테이블과 의자 건에 대해서도 물었지만, 요시노를 통해 구입했다는 사실은 모르고 있었다. 새로 산 북유럽 가구였다니 타우트와는 무관한 것 같았다. 그 가구 이야기가 방아쇠가 되었는지 부인은 시어머니에 대한 불만을 쏟아냈다. 어머님은 옛날부터 나한테는 아무것도 말씀 안 하세요. 병에 걸리시고 나서는 내가 월세 수입이나 재산을 욕심내는

143

것처럼 말씀하시는데…….

아이 학교 때문이겠지.

오카지마의 낙관적인 예측에 마음이 흔들리고 있었다. 그랬으면 좋겠다고 생각했다. 하지만 아마 아닐 것이다. 요시노에게서는 여전히 연락이 없었다. 연락을 못 하는 사정이 있을 것이다. 오래전부터 요시노 부부는 남에게 말할 수 없는 문제를 안고 있었다. 벌거지지 않으면 안 되는 상황에 내몰려 있었다. 그 와중에 새집을 짓기로 하고 아오세를 찾아왔다.

그 점이 가장 큰 수수께끼였다.

은둔인가. 도쿄에서 멀리 떨어진 시나노오이와케로 이주해 궁지에서 벗어날 작정이었나. 혹은 사태가 호전될 징조가 있었던 건가. 집이 완성될 때까지는 문제를 해결할 수 있으리라, 다섯 식구가 새로운 생활을 시작할 수 있다고 생각했다. 하지만…….

생각은 더욱더 미궁으로 빠졌다.

'아오세 씨가 살고 싶은 집을 지어주세요.'

상상할 수 있는 어떤 사정과도 교차하지 않는 말이었다. 주문이 아니라 기도였던가. 일가족의 명운을 점치듯 무명의 건축사가 그리는 미래도에 걸었다는 건가.

내비게이션이 '대각선 왼쪽 방향'이라는 지시를 내렸다.

아오세는 "오케이"라고 답하며 핸들을 꺾었다. 거기서부터 채 3분도 안 되어 우스이 강에 놓인 다리를 지나자 바로 쇼린 산의 산문이 눈앞에 나타났다.

차에서 내리자 정적에 휩싸였다. 삼나무 그늘이 드리운 돌계

144

단을 올려다보았다. 계단은 꽤 길었다. 원근법의 견본처럼 계단 끝으로 비좁은 하늘이 보였다. 종루일까. 계단이 끝나는 곳에는 구름다리처럼 만들어놓은 작은 건물이 있었다.

경내 안내도에 따르면 그 '대석단'의 3분의 2 정도의 지점에서 왼쪽으로 난 오솔길을 따라가면 '센신테이'가 나온다고 했다. 따로 '타우트 사유의 길'이라고 적힌 안내판도 설치되어 있었다. '센신테이'를 중심으로 타우트가 즐겨 걸었던 산책 코스라고 했다.

사찰 관계자를 찾아 타우트의 의자와 요시노의 관계를 알아본다. 목적은 그것이었지만, 거장 건축가와 유서 깊은 사찰의 기연(奇緣)에 절로 마음이 동해서 다소 정신이 산만해졌다.

돌계단을 올라갔다. 정밀(靜謐). 그런 단어가 떠올랐다. 100계단을 올라 무거워진 다리가 원망스러워질 즈음에야 오솔길 입구가 보였다. 그 길로 들어선 지 얼마 지나지 않아, 울창한 나무들로 에워싸인 시야가 갑자기 트였다. 아마도 아카기 산이나 하루나 산으로 보이는 부드러운 능선들이 파노라마처럼 한눈에 펼쳐졌다. 저도 모르게 걸음을 멈췄다. 고작 100계단의 높이차가 이토록 웅장한 광경을 선사할 줄은 몰랐다.

오솔길은 완만한 경사를 이루며 뻗어 있었다. 아오세는 고개를 들었다. 검은 벽돌 지붕의 집이 보였다. 가벼운 충격에 휩싸였다. 저것인가. 센신테이는 집이라 부르기에는 너무나도 작고 허술한 오두막처럼 보였다.

하지만 가까이 갈수록 인상이 달라져 허술함은 정갈함으로, 작다는 조신함으로 바뀌었다. 전통적인 일본 가옥의 양식을 따른, 세월의 흔적은 있었지만 풍격이 느껴지는 주택이었다. 누가 청소하러 들어갔는지 문과 장지문은 모두 활짝 열려 있었다. 방은 두 칸인 것 같았다. 툇마루는 육조방의 두 변을 L 자로 이어놓은 형태였다. 도코노마*도 있었다. 안쪽 방 한가운데에 있는 건 이로리**인가.

보는 것만으로 마음이 푸근해지는 느낌이었다. 그리움. 한 마디로 말하자면 그랬다. Y주택에서 '타우트의 의자'에 앉은 순간, 가슴에 솟아오른 감각과 비슷했다.

그 감각에 자극받아 Y주택을 설계했을 당시의 기억이 꼬리를 물고 되살아났다. 툇마루에서 영감을 받아 우드데크를 떠올린 순간의, 후련했던 심정이 떠올랐다.

아오세는 집 주변을 천천히 둘러봤다.

과거 이 외딴집에 20세기를 대표하는 건축가가 살았다. 의외성으로 가득 찬 역사라는 직물이 보는 이에게 특별한 감동을 선사하는 것이야 당연하겠지만, 그러한 경위를 모르더라도 늠름한 모습에서 이 집의 내력을 능히 느낄 수 있으리라. 한편으로 주인을 잃고 생활감이 사라진 집에서 공통적으로 나타나는 애수도 느껴졌다. 댐 건설 현장의 길가에 드문드문 자리한 빈집들의 모습이 눈에 선했다. Y주택도 같은 길을 걷게 될지도 모른다. 그늘

---

*일본식 방의 상좌(上座)에 바닥을 한층 높게 만든 곳. 벽에는 족자를 걸고, 바닥에는 꽃이나 장식물을 꾸며 놓음.
**일본의 전통적인 난방 장치. 농가 등에서 방바닥의 일부를 네모나게 잘라 내고, 그곳에 재를 깔아 취사와 난방을 위해 불을 피운다.

이 드리운 마음으로 이 집을 바라보니, 고풍스러운 외벽에 둘러싸인 두 칸짜리 어스름한 공간이 요시노 일가의 수수께끼를 오롯이 품은, 수상쩍은 마술 상자처럼 보이기도 했다.

하지만 그러한 사감은 어느 정도 이상으로는 들끓지 않았다.

이곳은 틀림없는 타우트의 성지였다. 근처에 세워진 비석에 타우트의 말이 독일어로 새겨져 있었다. 책에서 본 내용이라 그 뜻이 바로 머릿속에 떠올랐다.

나는 일본 문화를 사랑한다.

참으로 기구한 운명이라 할 수밖에. 시대가 독일 태생의 건축가를 이 땅으로 이끌어 이 말을 남기게 했다. 제2차 세계대전 전야였으니 벌써 70년도 전이다. 히틀러가 이끄는 나치스의 대두…… 사상 탄압……. 독일 건축계의 선구자 중 하나이자, 종종 군국주의화되는 국가 정책에 비판적인 발언을 했던 타우트는 블랙리스트에 올라 지위와 명예를 모두 잃었다. 출국이 며칠만 늦었더라도 체포됐을 것이라고 했다. 궁지에 몰린 타우트는 일본 인터내셔널 건축회에서 보낸 초대장을 들고 망명했다. 파트너 에리카 비티히와 함께.

"저기, 실례지만……."

조심스러운 목소리에 아오세는 뒤돌아봤다. 조금 떨어진 곳에 훤칠한 키에 블레이저를 걸친 남자가 서 있었다. 30대 중반일까, 어깨에 무거워 보이는 검은 가방을 메고 있었다.

아오세가 이야기를 듣고 있다는 표정을 짓자 남자는 서글서글한 미소를 지으며 다가왔다.

"선생님은 어디서 오셨습니까?"

사찰 관계자처럼 보이지는 않는데, 말하는 투는 꼭 그랬다.

"도코로자와에서 왔습니다."

"그러십니까. 타우트 팬이 다른 현에서 여기까지 찾아오시다니 기쁘네요."

활짝 웃으며 남자는 가방 옆 주머니에서 명함 지갑을 꺼냈다.

J신문 문화부 기자 이케조노 다카히로. 지역 신문 기자인 그는 오랫동안 타우트를 조사하고 있다고 했다.

"조만간 타우트 특집을 실을 예정이라 팬의 생생한 목소리를 취재하고 있습니다."

이케조노는 커다란 메모장을 펼치며 물었다.

"성함과 연세를 여쭤봐도 되겠습니까?"

아오세는 말문이 막혔다. 건축 잡지에서는 몇 번 취재 요청을 받은 적이 있지만 그와는 차원이 달랐다.

"죄송하지만 저는 타우트 팬이 아닙니다."

에둘러 거절하니 "그럼 왜 여기 오셨습니까?"라고 되물었다.

"좀 알아볼 게 있어서 들렀을 뿐입니다."

순간 이케조노의 눈이 번뜩이는 걸 보고, 괜한 이야기를 했다고 생각했다.

"알아볼 거라고요? 타우트에 관련된 겁니까?"

"그렇습니다만……."

"제가 어느 정도 도움을 드릴 수 있을 겁니다. 괜찮으시면 말씀해보시죠."

마침 잘됐다는 생각도 들었다. 이 기자는 타우트에 대해 꽤 잘 아는 것 같았다. Y주택에 있던 '타우트의 의자'의 출전과 진품 여부에 대해 물어보면 지금 이 자리에서 정답을 얻을 수 있을지도 모른다. 그렇지만 요시노 일가의 실종 사건을 섣불리 언급할 수는 없었다. 기자가 끼면 일이 복잡해진다.

"뭣하면 주지 스님을 소개시켜 드릴까요? 저보다 타우트에 대해 몇 배는 더 잘 아시는데."

이케조노는 환한 표정으로 여기서 카메라맨과 만나기로 했는데, 그가 오면 주지 스님한테 데려다주겠다고 말했다.

거절할 이유가 없었다. 사찰 관계자의 이야기를 들어보러 이곳에 온 것이니.

"성함을 알려주시겠습니까?"

"아오세입니다."

"실례지만 무슨 일을 하십니까?"

더는 도망칠 구멍이 없다고 생각한 아오세는 명함을 꺼내 내밀었다.

"이런! 건축가셨군요."

"건축가라고 불릴 정도는 아닙니다."

"의외의 수확을 얻었네요."

신이 난 표정의 이케조노는 조금 친근한 태도로 물어왔다.

"좀 알려주시죠, 현역 건축가가 타우트의 뭘 알아보시는 겁니까?"

"의자에 대해서입니다."

아오세는 순순히 대답했다. 더 이상 말을 돌리면 수상하게 여길 테고, 이 기자에게 해도 되는 말과 하면 안 되는 말의 선긋기는 머릿속에서 이미 끝나 있는 상태였다.

"의자……?"

이케조노는 뜻밖이라는 표정을 지었다. 알아보는 일이 건축에 관련된 게 아니어서겠지.

"타우트의 의자를 연구하십니까?"

"아뇨, 그건 아닙니다. 지인이 집에 두고 간 의자가 있는데, 그게 예전에 책이나 잡지에서 본 타우트의 의자 디자인과 흡사해서요."

"출처를 알아보시는 겁니까?"

"그런 셈이죠. 어디서 난 건지 궁금해서요."

이케조노는 음, 하고 나지막이 신음했다.

"쉽지 않을지도 모르겠군요. 타우트는 일본에 체류하는 동안 막대한 양의 가구와 공예품을 디자인했거든요. 물론 의자도 많이 만들었고요. 아무튼 어떤 의자입니까? 사진 같은 건 있으시죠?"

가지고 있다고 대답하자 이케조노는 "여기서 이럴 게 아니라 앉아서 이야기하죠" 하고 툇마루로 아오세를 안내했다. 나란히 앉아서 마유미가 프린트해준 의자 사진을 가방에서 꺼냈다. 정면에서 찍은 사진과 측면에서 찍은 사진, 두 장이었다.

이케조노는 사진을 번갈아 보며 말했다.

"오호, 딱 봐도 타우트의 작품 같군요."

"진품일까요?"

"글쎄요, 이 사진만 봐서는 뭐라고 말씀드리기가⋯⋯. 그리고 애초에 회화처럼 한 점밖에 없는 물건이 아니니, 진품이니 모조품이니 하는 표현은 적절치 않죠. 타우트가 디자인한 물건은 공업시험장에서 먼저 샘플을 제작한 다음에 다카사키 주변 마을의 수공업자들을 통해 제품화되었거든요. 아주 나중에서야 타우트가 그린 의자 데생이며 설계도가 당시 공장장의 집에서 발견되기도 했고요. 요컨대 타우트의 디자인은 엄중히 관리되었던 게 아니라, 애초부터 상품화되어 판매되었습니다. 조금 거칠게 말하면 어디 사는 누가 어느 시대에 타우트의 의자를 모방해서 만들었어도 이상할 건 없다는 뜻입니다. 그렇죠?"

동의를 구해놓고 이케조노는 불현듯 허공을 바라보며 작게 말했다.

"아, 하지만 그건 진품이라고 해도 되려나."

"뭐가 말입니까?"

"아오세 씨, 그 의자의 뒷면을 보셨습니까? '타우트 이노우에 인장'이 있으면 이른바 진품이라고 봐도 됩니다. 타우트의 지도하에 여기 다카사키에서 만들어졌다는 맥락에서요."

"'타우트 이노우에⋯⋯?"

"당시에 이곳에서 타우트를 돕던 이노우에 후사이치로라는 인물이 있었는데, 이노우에 씨가 긴자에서 경영하던 가게 '미라테스'에서 타우트가 디자인한 가구나 공예품을 판매했습니다. 그곳에 내놓은 물품에는 타우트와 이노우에 씨 두 사람의 이름을 도안화한 인장이 찍혀 있고요."

"아, 그건 몰랐습니다. 나중에 살펴보겠습니다."

아오세는 낙담한 기색을 감추며 대답했다. 인장 이야기는 처음 듣지만, 설령 Y주택에 있던 의자가 당시 제작된 '진품'이더라도, 일반 상점에서 판매된 것이라면 구매자를 추적하기란 어렵지 않을까.

"이케조노 씨, 진위 여부는 제쳐두고, 이 사진과 같은 의자를 보신 적이 있습니까? 조금 특이하죠? 팔걸이 부분의 좌판이 약간 구부러졌는데, 그 좌판과 본체를 나사로 고정하지 않은 점도 꽤 특이하다고 생각합니다만 어떠십니까?"

이케조노는 다시 사진을 유심히 보았다.

"그러게요……. 비슷한 의자를 본 것도 같은데, 딱 이 디자인이라고 자신 있게 말은 못 하겠네요."

"제 동료는 아타미의 휴양 시설에서 본 의자와 비슷하다고 하던데……."

"아, 휴가 별장 말이군요."

타우트가 설계한 건축물 중 일본에 현존하는 유일한 건물이다. 정확히는 이미 있던 저택의 지하실 디자인을 맡았다고 해야 하지만, 오카지마가 '그 유명한'이라고 표현한 것처럼 타우트의 디자인이 없었더라면 휴가 별장이 후세에 이름을 남기지는 못했으리라. 소유자가 바뀌어서 지금은 '구 휴가 별장'이라 불리고 있다. 건축사 책을 다시 읽어나가며 아오세는 그런 초보적인 지식조차 기억에서 누락되어 있었다는 사실에 당혹스러움을 느꼈다. 고등학교에서도, 대학에서도 '휴가 별장'이라는 이름을 들어본 적이 없었다. 저명한 건축가에 대한 선생들의 선호도는 저마다 다를 터였고, 대학을 중퇴한 탓에 지식이 편향되거나 부족한 면도 있을 터였지만, 건축가를 꿈꾸며 배워온 짧지 않은 세월 동안 타우트를 무심히 지나쳐온 자신이 참으로 의아할 따름이었다.

"아오세 씨는 가보신 적이 있습니까?"

"없습니다. 미리 자백하자면 지금까지 별로 타우트에 관심이 없었거든요."

"그러셨군요. 솔직히 조금 놀랍긴 하네요. 아무튼 휴가 저택에 이 의자가 있었다고요?"

"제 동료는 그렇게 말하더군요. 앉아본 적이 있다고요."

이케조노는 팔짱을 끼고 고개를 갸웃했다.

"저도 휴가 별장에 가본 건 한 번뿐이지만, 음, 이 디자인이 있었던가⋯⋯."

"없습니까?"

"지하실에는 아직 정리하지 않은 가구나 공예품이 많기도 해서⋯⋯. 아니, 하지만 휴가 별장에 있었다는 게 사실이라면, 그 의자는 한 점밖에 없는 물건일지도 모릅니다. 타우트는 건물 설계뿐 아니라 전용 가구나 장식품도 디자인했으니까요."

휴가 별장에서 사용할 가구를 디자인했다. 분명 오카지마도 같은 이야기를 했다.

"한 점밖에 없는 물건이라고 해도 세트겠죠. 의자 모양으로 봐서는."

일리 있는 말이라 생각하며 아오세는 고개를 끄덕였다. 원래
는 테이블과 의자 여러 개가 세트였을 공산이 크다는 뜻이다. 경
위는 어찌 되었든, 그중 한 개만 떨어져 나와 Y주택에 놓였다. 불
가능한 이야기는 아니다.

"당시 타우트의 제자였던 분 중에 아직 살아 계시는 분이 있습
니다. 그분에게 물어보면 어디에 있던 의자인지 알 수 있을 것 같
은데, 아니면 직접 휴가 별장에 가셔서 확인해보시겠습니까?"

아오세는 가보고 싶다고 생각했다. 그곳에 Y주택에 있는 것과
똑같은 의자가 있다면 출처가 확실해지고, 현지에 가면 의자가
한 개만 유출된 경위를 들을 수 있을지도 모른다. 다른 욕구도
있었다. 늦었지만 타우트의 작업을 직접 눈으로 보고 싶었다.

"맞다, 다음에 같이 가시겠습니까? 휴가 별장은 오랫동안 기
업의 휴양 시설로 사용되다가 지금은 폐쇄 상태입니다. 매각설
도 나왔습니다만, 보존 여부를 두고 지역사회에서 논의가 이루
어졌죠. 결국 건물의 역사적, 예술적 가치를 확인하기 위해 T대
에서 조사를 시작했습니다. 조만간 저도 취재차 가볼 생각이었
으니, 괜찮으시다면 그때 연락드리겠습니다."

잠시 생각하던 아오세는 부탁드린다고 대답했다. 보존 문제
가 얽힌 상황이라면 제아무리 건축사라고 소개해도 내부에 들여
보내 줄 리 없겠지.

"이케조노 씨, 절의 전시실에도 타우트의 의자가 있다고 들었
습니다만."

"있습니다. 전혀 다른 타입이지만요. 거기도 안내할까요?"

이케조노는 손목시계를 보며 일어나더니 "카메라는 어떻게 된 거지" 하고 오솔길 쪽으로 고개를 뻗었다. 센신테이 내부를 촬영한 자세한 사진이 필요해서 문을 열어달라고 했다고 한다.

"아오세 씨, 시간은 괜찮으십니까? 주지 스님을 만나보고 가실 거죠?"

"네……."

아오세는 애매하게 고개를 끄덕였다.

전시실에 있는 의자가 전혀 다른 타입이라면, 이 절과 요시노 도타의 접점은 없다고 봐야겠지. 그렇지만 헛걸음을 했다는 생각은 들지 않았다. 두 뺨을 스치는 바람을 느끼며 뭔가 심상(心象)의 핀트가 어긋난 듯한 기분이 들었다. 하늘이 끝없이 펼쳐져 있었다. 저 멀리, 밭에서 날아오른 백로가 조슈의 푸르른 산에 하얀 선을 그었다. 자신이 왜소한 존재처럼 느껴졌다. 인간 세상의 악한 기운들은 이곳에 올 때 올라온 돌계단에 차단되어, 타우트를 추모하는 이 구역에서는 시간의 흐름조차 정화되는 것 같았다.

마음을 씻는 집…….

"이 센신테이는 타우트를 위해 지어진 집입니까?"

자연스레 질문이 튀어나왔다.

이케조노는 "아뇨" 하고 고개를 저으며 다시 툇마루에 앉았다. 원래는 영농 지도를 하던 대학 학장을 위해 지은 집인데, 마침 비어 있어서 이노우에 후사이치로가 타우트의 거처로 삼게 해달라고 선선대 주지 스님에게 부탁했다고 한다.

"당초에는 100일 정도 머무르려고 했는데, 결국 2년 2개월이나 있었습니다. 일본에는 총 3년 반 동안 있었으니, 이곳에 오래 살았죠. 터키 정부에서 건축 기술 최고 고문으로 초빙해 일본을 떠날 때까지 계속 머물렀습니다. 송별회도 여기서 했으니까요."

"마음에 들어 했다는 겁니까?"

"망명 중이었으니까 여러 가지로 생각이 많았겠지만, 이곳에서의 생활을 마음에 들어 했던 건 분명합니다. 타우트가 남긴 일기 같은 걸 보면."

그건 본심일까. 아오세는 그런 생각을 했다.

타우트의 심중을 상상해보는 이들은 그걸로 족하겠지만, 당사자인 타우트는 어떤 심정으로 돌계단을 올랐을까.

"건축가의 눈으로 보시기에 어떻습니까?"

"뭐가 말입니까?"

"이 센신테이 말입니다. 감상을 듣고 싶습니다."

"음……. 간소한 분위기에 호감이 가는군요. 툇마루나 도코노마, 이로리도 그렇지만, 한정된 공간에 일본 전통가옥의 필수 요소가 모두 담겨 있어요. 하지만……."

"하지만?"

"이 집은 외국인 부부에게 좀 불편하지 않았을까요? 좁다고 느꼈을 것 같은데."

자신의 신세를 한탄하지 않았을까. 만년에 조국에서 쫓겨나 흘러 들어온 일본에서 이 외딴집으로 안내받은 거장 건축가는.

"그렇군요……. 하지만 타우트는 별로 개의치 않았던 듯합니다. 다소 볼멘소리를 하긴 했지만, 센신테이 자체에 대해서는 칭찬 일색입니다. 에리카는 벌레 문제로 골머리를 앓았던 모양이지만요."

"정식…… 호적상의 아내는 아니었죠? 에리카 부인은."

"네. 하지만 일부 사람들을 제외하고는 모두 타우트 부인이라 생각한 모양입니다. 독일 브란덴부르크에서 처음 만났고, 타우트가 군 입대를 피하기 위해 화약 공장에서 감독을 하던 시절에 친해졌다는군요. 그 후로 평생 함께했고요. 타우트가 터키에서 숨을 거둘 때까지."

마음이 술렁였다.

타우트는 부족할 것 없는 애정을 받았다. 이케조노는 그렇게 말하고 싶은 걸까.

"이케조노 씨."

"네?"

"휴가 저택을 제외하면 타우트는 일본에 머물던 중에는 거의 건축 작업을 하지 않은 거죠?"

"네. 타우트 본인이 '건축가의 휴가'라고 표현했습니다."

"당시 독일과 일본의 관계가 영향을 미쳤을까요? 최종적으로는 군사동맹까지 맺었으니까요."

이케조노는 미간을 찌푸리며 끄덕였다.

"일본에서 건축가로 화려하게 활약하면 히틀러의 얼굴에 먹칠을 하는 꼴이니까요. 당시 일본 정부는 그렇게 생각했겠죠. 아무

공직도 주지 않았고, 일본에 머무르는 건 허락하지만 제발 얌전히 지내달라는 게 본심 아니었을까요."

"서서히 말려 죽일 작정이었군요."

"분명히 그렇긴 합니다만……."

이케조노는 이쪽으로 무릎을 돌리며 말을 이었다.

"일본에게는 불행 중 다행이었을지도 모르죠."

"무슨 뜻이죠?"

"조금 어폐가 있긴 합니다만, 건축가로서 손발이 묶인 까닭에 타우트는 공예 운동을 지도하는 데 힘을 쏟을 수 있었거든요."

타우트의 목표는 농민들이 농한기에 만든 민예품이 아니라, 지역에 뿌리내린 전통적인 공예 문화를 국제적 수준까지 끌어올려, 전문 장인들이 익힐 수 있는 공예품 제작 기술을 보급하는 것이었다고 이케조노는 설명했다.

"타우트는 그 목적을 위해 가구처럼 대형 제품뿐 아니라 죽롱이나 우산, 단추, 뱅글 같은 소품까지 막대한 종류의 공예 디자인을 남겼습니다. 일본 근대 공예 발전에 타우트의 영향과 공적은 가늠할 수 없습니다. 한편으로는 일본 각지를 돌면서 가쓰라 별궁이나 이세 신궁, 시라카와고 같은 일본의 아름다움을 재발견해 서구에 알렸죠. 나아가 일상을 세세하게 기록한 일기를 비롯해 《일본문화사관》이나 《일본의 가옥과 생활》 같은 책도 집필했습니다. 본업인 건축에 매달렸다면 이루어낼 수 없었던 업적들이죠. 그래서 저는 타우트가 일본에서 건축가의 휴가를 보내서 정말 다행이라고 생각합니다."

거기까지 말하고 이케조노는 살짝 기침을 했다.

"실례했습니다. 아무튼 그 은혜에 보답하려는 건 아니지만, 이제는 일본이 타우트를 재발견할 차례라고 생각합니다. 타우트 연구자는 전국에 여럿 있고, 다카사키나 아타미, 센다이 등지에서는 타우트를 추모하며 그에게서 배우자는 긴 호흡의 시민 활동이 뿌리내리고 있지만, 그래도 전국적으로 봤을 때 타우트의 인지도는 그리 높지 않습니다. 그의 위대함이나 업적의 내용이 거의 알려지지 않은 채 잊혔죠. 대중적으로 주목받는 건축물을 일본에 남기지 못한 것이 원인이지만, 건축가라는 사실을 일단 내려놓고 봐도, 타우트는 희대의 사상가였으며 뛰어난 화가이기도 했습니다. 저 개인적으로는 타우트를 유례없는 저널리스트라고 생각하고요. 일기든 저서든 그가 쓴 글은 모두 수준 높은 르포르타주입니다. 일본인보다 더 일본 문화를 잘 이해하는 날카로운 통찰이 그저 놀라울 따름이죠. 브루노 타우트를 재발견해 다시 생각하는 것은 즉 일본을 다시 바라보는 일이나 마찬가지죠."

이야기는 끝난 것 같았다.

"타우트도 기뻐하겠군요. 이렇게나 자신의 가치를 알아주는 사람이 있으니까요."

아오세가 반절은 인사치레로 말하자 곧바로 반박이 돌아왔다.

"저는 오히려 묻고 싶군요. 아오세 씨는 왜 이제껏 타우트를 피해온 겁니까?"

죄송합니다, 하고 큰 소리가 났다. 카메라 가방을 멘 젊은이가 달려왔다. 이케조노는 왜 이렇게 늦었어, 라고 말하며 자리에서 일어났다.

두 사람은 촬영 회의를 시작했다.

타우트를 피해왔다고?

뜻을 이해할 수 없었지만, 아오세는 정곡을 찔린 기분으로 혼자 툇마루에 앉아 있었다.

18

돌아가는 길, 간에쓰도 도로의 차량 통행은 원활했다.

아오세는 반쯤 딴생각을 하며 차를 몰았다. 산에서 내려오자 센신테이는 천축마냥 아득한 존재 같았지만, 그럼에도 핸들에서 전해지는 진동처럼 가까이 느껴지기도 했다. 시공의 감각이 마비된 건 절에서 브루노 타우트의 데스마스크를 보았기 때문이겠지. 그 모습은 뇌리에 떠오른다기보다, 뇌에 강렬히 각인되었다고 표현해야 하리라.

이케조노의 취재가 끝난 뒤, 그의 안내로 절 안내사무소가 있는 즈이운가쿠라는 건물로 향했다. 마침 밖으로 나오던 주지 스님과 마주쳐서 그 자리에서 이야기를 나눴다. 온화한 미소를 지은, 한눈에 봐도 지덕이 뛰어난 승려였다. 이케조노에게 소개를 받은 아오세는 의자 사진을 꺼냈다. 어디 보자, 아주 훌륭한 물건이지만 유감스럽게도 처음 봅니다.

요시노의 이름도 언급했다. 실은 사진 속 의자의 소유자가 요시노 도타라는 인물인데, 어디로 이사했는지 알 수가 없어서 의자를 실마리 삼아 찾아보려 한다. 그런 궁색한 이야기로 둘러댔다. 주지는 고개를 갸웃하며 처음 듣는 이름이라고 했다. 이케조노도 마찬가지였지만, 역시 사람을 찾는 방법이 이상하다 여겼는지 주지가 떠난 뒤에 요시노와 무슨 사이냐고 아오세에게 이것저것 물었다. 사실은 소유자에는 별 관심 없고, 타우트의 의자가 맞는지 아닌지가 궁금할 뿐입니다, 라는 말로 타우트를 사랑하는 이케조노의 마음을 자극하며 슬쩍 화제를 돌렸다. 일가족 실종. 그 사실만 비밀로 하면 기자가 진심으로 달려들지 않는다는 사실을 깨달았다.

'타우트 전시실'은 즈이운가쿠 안에 자리했다. 자그마한 실내에는 여러 개의 유리 진열장이 놓여 있었고, 타우트가 센신테이에 거주하던 당시의 사진과 직필 단자쿠*, 편지류, 공예품 등이 전시되어 있었다. 찾던 의자도 있었지만, 이케조노의 말대로 공통점은 소박하다는 점뿐이고 디자인 자체는 전혀 다른 물건이었다.

데스마스크는 독립된 진열장 안에 오도카니 놓여 있었다. 전시실에 있던 시간의 대부분을 아오세는 그 진열장 앞에서 보냈다. 얼굴을 가까이 댄 채 지근거리의 데스마스크에서 눈을 떼지 못했다. 콧대가 놀라우리만치 높았다. 얼굴이 살짝 기울어진 데스마스크는 고인의 심오한 사고가 쉬이 연상되는 생전의 생김새를 온전히 보존하고 있었다. 생전 타우트는 자신이 죽으면 여기

---

*글씨를 쓰거나 물건을 매다는 데 쓰는 조붓한 종이.

쇼린 산에 유골을 묻어달라고 했다고 합니다. 그 바람은 이루어지지 못했지만, 타우트가 터키에서 숨을 거둔 뒤, 에리카가 먼 길을 와서 데스마스크를 전달했죠. 이케조노의 설명을 듣는 동안 아오세의 마음은 세차게 요동쳤다.

과연 사실일까?

정세가 바뀌면 망명 생활도 끝난다. 타우트는 센신테이를 한때의 피난처로 여겼을 것이다. 언제가 될지는 모르지만 언젠가는 떠나야 할 곳이다. 그건 '유랑'이다. '체재(滯在)'이지 '정주'와는 거리가 멀다. 하지만…….

살았던 건가, 이곳에.

이 땅에 은혜를 느꼈다. 인생의 가장 힘든 시기에 자신을 따뜻하게 맞아준 이곳에 감동했고, 감사했으리라. 하지만 죽은 뒤에 머나먼 이국땅으로 돌아가기를 원하다니, 상식적으로 납득하기 힘들었다. 한때의 고양된 감정으로 내뱉은 말은 아니었다. 타우트가 진심이었다는 건, 데스마스크를 가지고 이곳에 돌아온 에리카의 존재가 증명했다.

에리카가 있었기 때문일까. 아틀리에도, 테라스도, 서재도 없는 이국의 외딴집이었지만, 그곳에는 두 사람의 생활이 분명히 있었기에 센신테이는 타우트의 '마지막 집'이 될 수 있었다.

마음이 검게 물드는 것 같았다. 롯폰기의 호화 맨션이 머릿속에 떠올랐다.

우리 그 집으로 돌아가자. 방 두 개짜리 집이라도, 차 없어도 재밌게 살았잖아.

카메라맨이 이케조노를 부르는 소리에 아오세도 전시실을 나왔다. 돌아오는 길에 달마의 눈이 나왔다 들어가는 방울 열쇠고리를 샀다. 두 개를 샀지만 히나코를 만나면 분명 한 개만 건네겠지.

간에쓰도 도로를 타고 내려왔다.

순식간에 차량이 늘어나며 아오세의 고독은 어스름한 거리로 모습을 감췄다.

19

"아니, 의자는 하나가 아니었어. 내가 말 안 했나? 테이블과 세트로 같은 의자가 세 갠가 네 개였어."

"세 개야? 네 개야? 확실히 말해."

"거기까지는 기억 안 나. 하지만 일반적으로 테이블 세트의 의자가 세 개겠어?"

"원래는 네 개 이상이었다는 건가."

"그렇겠지. 아니, 잠깐만. Y주택의 의자가 원래 휴가 저택에 있던 물건이라는 추리는 제법 흥미로워. 휴양 시설은 문을 닫았으니, 그 과정에서 유출된 걸 수도 있고."

"네가 본 의자가 세 개였다면, 그 시점에서 이미 빠져 있던 건지도 모르지."

"그 의자가 돌고 돌아 시나노오이와케로 흘러 들어왔다? 그것도 흥미롭네. 아, 집주인 찾기로 이어지지 않으면 아무 의미가 없지만."

집에 돌아와 바로 전화를 해야겠다고 생각하던 찰나에 오카지마에게 전화가 왔다. 입에서 나오는 대로 말하는 듯한 아침나절의 말투는 슬그머니 사라지고, 묘하게 친근한 투로 이야기하는 걸 보니 그 뒤로 조금은 반성한 모양이었다.

아오세는 냉장고 문을 열고 무선전화기를 귀에 댄 채 맥주 캔의 뚜껑을 땄다.

"술 마셔?"

"한 캔만 마실 거야."

오카지마가 웃었다.

"누가 뭐래?"

"잊었어? 네가 작작 마시라고 못을 박았잖아."

"누군들 안 그러겠어. 우리 사무소에 처음 왔을 때 마시던 모습을 보면."

아오세는 코웃음을 치며 소파에 앉았다.

"그럼 휴가 저택에 가보려고? 그 기자랑 같이?"

"연락이 오면. 하지만 그전에 의자에 '타우트 이노우에 인장'이 찍혀 있는지 확인해야겠어."

"타우트…… 이노우에 인장?"

"몰라? 진위 여부를 가릴 수 있는 포인트라는데. 기자 말로는 그 인장이 있으면 진품이긴 하지만, 긴자 매장에서 판매되던 상품이니 휴가 저택용 가구는 아니라는 뜻이래."

"오호. 긴자에 전문 매장이 있었던 건 알지만 인장 이야기는 처음 들었어."

"너도 모르는 게 있군."

"뛰는 놈 위에 나는 놈 있다잖아. 적절한 타이밍에 타우트 마니아 기자를 잡았네."

"내가 잡힌 거야."

"어느 쪽이든 상관없는데, 눈치 못 채게 해."

말꼬리에 무게가 실려 있었다.

"휴가 저택에는 언제 가기로 했어?"

"그쪽에서 연락 오면 간다니까."

"조심해. 우리가 정보를 얻는 건 괜찮지만, 자칫하다간 긁어 부스럼 날 수 있으니까. 기자라는 작자들은……."

"통화 오래해도 돼?"

"뭐?"

"바쁜 거 아니었어? 지명 업체 선정 때문에."

잠시 침묵이 흘렀다.

"니시카와 씨가 그래?"

"아주 좋아하더라고."

"그럼 다행이고."

"엄청난 건이 되겠군, 기념관 사업은."

"지레짐작해서 설레발치지는 말아야지. 일단은 지명 업체에 선정되는 게 목표야."

"그렇지."

물꼬를 터줬는데도 오카지마의 속내는 흘러나오지 않았다. 모든 것을 털어놓든지, 아무것도 말하지 않든지. 양자택일밖에 머리에 없는 건 그 속에 숨겨둔 마음이 크기 때문이리라.

"오카지마, 하나만 물어봐도 돼?"

"자세한 얘기는 좀 기다려."

"죽을 때는 어디서 죽고 싶어?"

"그게 무슨 소리야."

"죽으면 어디로 돌아가고 싶냐고."

"취했어?"

"아직 반밖에 안 마셨어."

"집이겠지, 보통 누구나."

"다른 사람 말고 너 말이야."

"집이야. 안방에서 죽어서 무덤에 들어가고, 오봉*에는 집에서
보내고. 됐어?"

"어느 집?"

"반밖에 안 마신 거 맞아? 집은 집이지. 짓기는 아버지가 지었
지만, 내가 자란 집이기도 하니까. 공들여 손봐서 이제는 엄연한
내 집이야. 애착도 가고, 잇소도 있고."

"와이프도 있지."

"그래. 네 말이 맞아. 가족이 있는 곳이 집이지. 무슨 말이 하고
싶은 건데?"

"혹시⋯⋯."

멈추려 했지만 멈출 수가 없었다.

---

*일본의 명절로 조상의 영혼을 기리는 날.

"넌 마유미의 집에서 죽고 싶은 게 아닌가 해서."

탄식과 함께 침묵이 흘렀다.

"농담이야."

"⋯⋯."

"미안. 잊어줘. 오늘 절에서 데스마스크를 보고 나서 좀 제정신이 아니야."

그래, 하고 오카지마의 대답이 돌아왔다.

"타우트의 데스마스크 말이지. 강렬하긴 하지. 부인이 먼 길을 와서 전달했다는 이야기도 들었어?"

"그래. 에리카는 부인이 아니었지만."

"맞아. 타우트는 망명했을 때, 부인과 자식은 독일에 두고 왔지. 그 점이 못마땅했어? 버린 게 아냐. 독일에 남아 있는 게 좋겠다고, 힘든 결단을 내린 거라고 생각해."

"그럼 에리카는 뭔데? 길 안내인? 비서 겸 애인?"

"동반자겠지."

"하! 엔카 가사도 아니고."

"나치스가 지배하는 세상에서의 동반자 말이야. 동지나 전우라고 표현해도 좋아."

"그래서 더 불이 붙었다고?"

"나도 예전에는 그랬어. 에리카의 존재가 수수께끼처럼 느껴져서 도서관에서 조사해본 적도 있었지."

"결론은?"

"못 찾았어. 하지만 상상할 수는 있었지. 그 둘은 '동심매(同心

梅)'였던 거야."

"동심매?"

"중국의 매화야. 한 봉오리에 두 송이 꽃이 피지."

"일심동체라는 건가."

"그렇게 말하면 너무 진부하잖아. 동심이야. 같은 마음을 품은 두 개의 몸이지. 세상에는 그런 게 있어. 말로 이러쿵저러쿵 설명하지 않아도, 전기가 통하듯 마음이 동기화되는 상대가 있어."

"아, 그래."

"뭔가 오해하는 것 같으니 말해두는데, 나하고 마유미가 그래. 그 애가 꼬맹이였을 적부터 봐왔어. 부모님이 운영하던 시공사가 망해서 삐뚤어졌던 시기도 지켜봤고. 그 애가 생각하는 건 뭐든 알고, 마유미도 마찬가지야. 난 동심이 뭔지 알았어. 그래서 타우트와 에리카의 동심도 느낄 수 있었지. 속된 연애하고는 다른 차원의 이야기야."

연애하고는 다르다. 하고 싶은 말은 그것이었나.

"알았어."

"알았다고?"

앵무새처럼 돌아온 대답에 험악한 기운이 깃들어 있었다. 숨을 들이마시는 소리가 들렸다.

"넌 어떤데?"

예상했던 반전이었다.

"그 셋집에서 죽고 싶어? 죽으면 어디로 돌아가려고? 남에게 묻는 걸 보면 본인도 뭔가 생각이 있겠지?"

"생각은 해봤어."

"어디로 돌아가려고? 이혼하기 전에 살던 맨션? 떠돌던 댐 건설 현장들 중 한 곳으로?"

"구체적으로 떠오른 곳은 없어."

"내가 맞혀볼까."

"맞혀본다고?"

"Y주택이야."

되로 주고 말로 받은 기분이었다.

"남의 집이야."

"네 집이지."

"헛소리 집어치워."

"우리 모두 그렇다는 거야. 제 손으로 만든, 영혼을 담은 집에 돌아가고 싶은 게 인지상정이지. 데스마스크를 쓰기 직전에 의식이 향하는 집으로. 너에게는 있지만, 나는 없어. 그게 다야."

뚝, 전화가 끊겼다. 한없이 이어질 것 같았던 대화가 무(無)에 집어삼켜졌다.

아오세는 손에 쥔 무선전화기를 바라보았다.

벅차게 소리가 들렸다. 평소에는 들리지도 않았던 초침 소리가 분명한 형태를 갖춰갔다. 가슴속에서 소바심이 났다. 가만히 있을 수 없는 기분이었다. 오카지마의 이야기 중 무엇이 어떻게 마음을 흔들었는지는 알 수 없었다. 느닷없는 충동에 휩싸여 손가락이 바쁘게 열 자리 숫자를 눌렀다. 귓속에 다이얼 소리가 울려 퍼지자 심장박동이 단숨에 빨라졌다.

"여보세요, 무라카미입니다."

유카리의 목소리는 약간의 경계심을 품고 있었다.

"나, 야. 아오세."

"아, 응……."

애매한 대답 뒤로 침묵이 흘렀다. 텔레비전 소리가 멀어지더니 문 닫는 소리와 함께 사라졌다.

"무슨 일 있어?"

히나코 이야기야? 평소와 달리 목소리에서 당혹감이 배어났다. 전남편에게 전화가 올 줄 예상도 못 했던 걸까, 아니면 전화를 받고 바로 아오세의 상태가 이상하다는 걸 깨달은 걸까. 어두운 창문 너머를 보고 놀라서 벽시계를 보았다. 8시가 지났다.

"저녁 늦게 미안. 히나코는?"

"텔레비전 봐."

"저녁은 먹었어?"

"무슨 일 있어?"

같은 말이었지만 이번에는 빨리 용건을 말하라고 채근하는 투였다. 그래도 수화기 너머의 유카리는 여전히 아오세의 의중을 살피고 있는 듯한 기분이 들었다.

"히나코 일로…… 상의하고 싶은 게 있어서 전화했어. 지금 당장 어떻게 하자는 건 아닌데, 마냥 방치할 수도 없을 것 같아서. 히나코도 이제 열세 살이잖아. 더는 어린애가 아냐. 어린애지만 어른이 되어가고 있지. 그러니까 이혼에 대해 묻기 전에 우리가 뭐라고 이야기할지 생각해두는 게 좋지 않을까 해서 전화했어."

쉬지 않고 말을 이었다. 제 의사와는 달리 그렇게 말이 나왔다. 유카리는 말이 없었다. 말하고자 하는 바가 전해지지 않은 건가.

"왜 이혼했는지, 사실을 알고 싶어 하는 것 같은 기분이 들어. 요즘 들어 만날 때마다 그랬어."

"히나코가 뭐라고 해?"

"아무 말도 안 해. 하지만 느껴져. 알고 싶어 하는 건 분명할 거야. 그러니까 애가 물어봤을 때를 위해 준비해야 할 것 같아서. 때가 되면 물어보지 않아도 이야기해야 할 일일지도 모르고. 아무튼 히나코가 가슴에 응어리를 남긴 채 자라길 바라지 않아. 앞으로 연애도 할 테고, 본인이 서 있는 토대라고 할까, 구름판이라고 할까, 그게 엉망진창이면 막상 어른이 되어야 할 때 힘껏 도약할 수 없을 것 같아."

유카리는 살며시 한숨을 내쉬었다.

"무슨 말인지는 알겠는데…… 준비라고 했어?"

"어? 그래, 준비."

"히나코에게 어떻게 이야기할지 준비하자고?"

"그래."

"꼭 같으라는 법은 없잖아."

"무슨 소리야?"

"그러니까, 당신이 생각하는 이혼 이유와 내가 생각하는 이유. 같지 않은데 우리가 상의해서 답을 내놓는 건 좀 아닌 것 같아."

순간 의식이 어딘가로 튀는 것 같았다.

"미안해. 당신이 무슨 말을 하고 싶은지는 잘 알아. 히나코를 걱정하는 마음도. 하지만 나는 나대로 아이와 마주하고 있어. 그런 이야기도 나누고."

"무슨 이야기?"

"이야기하고 있어. 내 나름대로."

어떻게 말했는데? 그 물음이 목구멍까지 올라왔다.

"매일 같이 있어. 우리 둘뿐이야. 벌써 몇 번이나 물어봤고, 몇 번이고 대답했어. 그게 현실이야."

"히나코는……? 그래서 뭐라고……."

"걱정 마. 나쁜 얘기는 하나도 안 했으니까. 그런 걸 히나코에게 말할 순 없잖아. 하지만 당신하고 둘이서 이야기를 지어낼 수는 없어. 그러고 싶지 않아."

"알았어."

아오세는 허공을 바라보고 있었다.

"그건 알겠어. 하지만 오해하지는 마. 말을 맞추자고 전화한 건 아니니까. 그저 난 이대로 계속 히나코에게 진실을 이야기하지 않아도 되나, 고민이 돼서, 망설여져서, 당신 의견을 들어보려고 한 거야."

유카리는 한동안 침묵한 뒤 예전 말투로 말했다.

"요즘 세상에 이혼 가정이 드물지도 않잖아, 라고 하더라."

"히나코가?"

"그래. 반에도 그런 친구가 몇 명 있대. 그 애들하고 누가 제일

172

힘드냐고 얘기를 했는데, 힘들다는 사람이 아무도 없었다고 웃으면서 그러는 거야. 그렇게 나를 방심시키려고 해."

"방심시킨다고? 걱정을 끼치고 싶지 않은 거겠지."

"이런저런 수단을 동원해서 내가 이혼 얘길 꺼내기 쉬운 분위기를 만들려고 한다니까. 그게 뭐 큰 흠이라고, 라는 식으로. 그럴 때면 애가 너무 안쓰러워서 제대로 얼굴도 못 보겠어. 당신 말이 맞아. 히나코는 사실을 알고 싶어 해. 아는 게 너무 무서울 텐데도 알고 싶어 해. 자기 상처를 더 후벼 파는 것처럼 보여. 그래서 난 진실은 절대 말하지 않을 거야. 더 이상 가슴 아픈 일은 겪게 하고 싶지 않으니까. 당신도 그랬으면 좋겠어. 그렇게 해줘."

아오세는 고개를 떨궜다. 좁아진 기도에서 속내가 새어 나왔다.

"나는…… 한 번도 히나코에게 미안하다고 한 적이 없어. 당신한테도."

"그러지 마."

유카리는 웃었다.

"미안하니 뭐니 그런 말 마. 그거야말로 우리 둘 책임이잖아. 나도 늘 속으로 히나코에게 미안하다고 해. 하지만 입 밖으로 내면 그 애는 분명 울 것 같아서."

"그래, 그것도 그러네."

"나는 히나코에게 유 아 유(You are You)라고 말해."

"유 아……?"

"유. 너는 너다. 아빠도, 엄마도 너를 사랑하고, 너는 언제까지나 우리 자식이지만, 그래도 너는 너다, 계속 지켜볼 테니까 네 마음이 설레는 쪽으로 똑바로 걸어가라고."

아오세는 몸 깊은 곳에서 숨을 내뱉었다. 그렇구나. 그렇게 말한 건가.

"실은 요즘 영어 회화 배워. 히나코는 학교에서 배우니까 둘 중에 누가 먼저 영어를 잘하게 되는지 경쟁하는 중이야. 언젠가 뉴요커가 되겠다는 소리를 하면서."

"대단하네. 뉴욕에서 일하다니."

"희망 사항이지. 당신은 어때? 일은 잘되어가?"

"그럭저럭."

"그래? 이거다 싶은 집은 지었어?"

"글쎄."

아오세가 약한 모습을 보이니 기운을 북돋아주려는 것이다. 옛날부터 유카리는 누구를 대하든 늘 같은 태도였다.

아오세는 헛기침을 했다.

"그리고 하나 더 물어볼 게 있어. 히나코 일로."

"뭔데?"

"히나코가 연초에 그러더라고. 자주 오던 전화가 갑자기 뚝 끊겼다고. 끝났다는 뜻이겠지? 라고. 뭔가 의미심장하게 말해서 신경이 쓰였는데, 짚이는 거 있어?"

"……."

"여보세요?"

"응."

굳은 목소리가 돌아왔다.

"아마 남자애 전화 아닐까? 친구하고 무슨 일이 있었나?"

"나중에 물어볼게. 그럼 됐지?"

짚이는 데가 있구나 생각했다. 아오세에게는 말할 수 없는 이 야기인가. 의아해하며 미간을 찌푸린 찰나에, 아, 하고 생각했다. 그것은 희미한 목소리가 되어 수화기로 빨려 들어갔다.

히나코가 아니라 유카리에게 걸려 온 전화였다. 그게 아닌가? 분명 그렇다. 히나코는 아오세에게 사인을 보낸 것이다. 엄마에게서 남자의 그림자를 느끼고 불안해져서…….

어느새 전화는 끊어져 있었다. 끊으면서 유카리가 뭐라고 했는지 듣지 못했다. 그럼 끊을게, 였던가. 다음에 봐, 였던가.

아오세는 소파에 쓰러지듯 누웠다.

이혼하고 8년이 지났다. 아무 일도 없는 게 더 이상하다. 그럼, 주변 남자들이 유카리를 그냥 둘 리 없었다. 아오세도 마찬가지였다. 술에 찌들어 살던 시절에는 말해 뭐 할 것이며, 오카지마의 사무소에 들어간 뒤에도 밤을 함께 보낼 상대가 있던 시기가 있었다.

집을 안 짓기를 잘했네.

고개를 숙이고 눈을 감으니 데스마스크가 보였다.

그것은 타우트처럼도, 아버지의 얼굴처럼도 보였다. 숨을 거두기 직전의 광경이 서양의 고전 회화처럼 정지된 화면으로 떠올랐다. 아오세는 몸을 부르르 떨었다. 아까 가슴을 덮친 격한 초조함의 정체는 장차 자신에게도 찾아올 죽음을 의식했기 때문임이 분명했다. 이도 저도 무엇 하나 마무리를 짓지 못한 채 끝난다. 오카지마와의 통화가 그랬듯, 유카리와의 통화가 그랬듯, 별안간 뚝 끊겨 암흑 속으로 가라앉는다. 다음은 언제 연락이 될까. 다음이 있는지 없는지조차 모른 채 계속해서 가라앉는다. 히나코와는 앞으로 몇 번이나 만날 수 있을까. 무엇을 전하고, 무엇을 전하지 못한 채 나는 사라질 것인가.

아버지의 유골은 어머니가 전해준 생전의 바람대로, 군마 산중에 뿌렸다. 손을 떠난 가루는 바람에 흩날려 흙을 조금 하얗게 만들었을 뿐, 대부분은 바람을 타고 하늘로 여행을 떠났다. 참 고집불통이라니까, 라며 어머니는 웃었다. 그로부터 2년 뒤에 세상을 떠난 어머니의 유골은 바람이 불 때까지 2시간 기다렸다가 아버지 곁으로 보내드렸다.

수많은 얼굴이 보였다. 수많은 목소리가 들렸다. 유카리의 얼굴이 제일 가까웠다. 목소리도 그랬다.

이대로 잠들 것 같았다. 이유는 알고 있었다.

'끝났다는 뜻이겠지?'

20

요시노 일가의 행방은 여전히 오리무중인 채 시간만 흘러갔다.

아오세가 다시 시나노오이와케를 찾은 건 벚꽃이 질 무렵이었다. 해가 바뀌어 현장 감리 일이 쏟아진 데다, 이시마키와 다케우치가 연이어 감기로 결근해서 저녁나절에만 요시노를 찾는 데

시간을 낼 수 있었다.

그 의자에 '타우트 이노우에 인장'이 있는지…….

광막한 어둠에 가라앉은 Y주택은 자신이 설계한 집이 아니었다면 가까이 가지도 않았을 정도로 음산했다. 오카지마에게는 이야기하지 않고 왔다. 드디어 지명 업체 선정이 막바지에 접어들었는지, 아니면 그날 밤의 통화로 아오세를 대하는 태도를 다시 생각한 건지, 이따금 "요시노 씨는?" 하고 물을 뿐 이 건에는 관여하려 하지 않았다.

지난번에 가져온 뒷문 스페어 키로 문을 열고 집 안으로 들어갔다. 실내는 싸늘했다. 최소한의 조명을 켜고 계단을 올라갔다. 그사이에 사라진 건 아닐까. 그런 오컬트틱한 상상이 뇌리를 스쳐 지나갔지만, 의자는 오카지마와 왔을 때 그대로 옷장 안에 들어 있었다. 밖으로 꺼내서 옆으로 눕혀놓고 뒤집어 손전등 불빛을 들이대고 샅샅이 살펴봤지만, 어디에도 인장이 찍혔던 흔적은 없었다. 이로써 긴자의 '미라테스'에서 판매된 상품은 아니라는 사실이 밝혀졌고, 아타미의 '구 휴가 별장'의 가구로서 특별히 만들어진 의자일 가능성이 커졌다. 아니, 누군가가 타우트의 의자를 모방해 만든 가품일 가능성도 여전히 존재했지만, 새삼 의자를 관찰해보니 풍격이며, 정중한 만듦새로 보아 처음 봤을 때와 마찬가지로 근본 없는 의자 같지는 않았다.

아오세는 계단을 내려갔다. 일단 현관으로 돌아가 시작점부터 침입자의 발자국을 따라 걸었다. 지난번과 달리 지금은 벌건 얼굴의 남자의 존재를 알고 있다. 새로운 눈으로 보면 새로운 발견

177

이 있을지도 모른다. 단순 빈집털이인지, 아니면 다른 목적이 있어서 숨어든 것인지.

하지만 도무지 짐작이 가지 않았다. 금품이든, 다른 무엇이든, 숨겨진 물건을 찾는 작업이 틀림없을 테니, 도저히 아마추어가 감당할 수 있는 일이 아니라고 스스로를 납득시키는 수밖에 없었다.

발길이 거실로 향했다. 카펫 위에 놓인 전화기의 빨간 램프가 깜빡였다. 부재중 메시지를 들어봐야겠다고 마음먹고 있었다. 죄책감이 들지 않는 건 아니었지만, 요시노 일가를 위해서라고 스스로를 납득시키고 재생 버튼을 눌렀다. 다섯 건의 메시지가 녹음되어 있었다. 그중 네 건은 아오세가 '연락 바란다'고 남긴 메시지였다. 나머지 한 건에는 메시지가 없었지만, 숨소리인지 바람 소리인지 모를 희미한 잡음이 수 초 동안 남겨져 있었다. 착신은 4월 8일 오후 10시 15분. 5일 전의 전화였다. '발신 번호 표시 제한'이라 발신 번호는 알 수 없었다. 벌건 얼굴의 그 남자일까 생각하며, 착신 이력을 확인했다. 5일이나 6일 간격으로, 밤낮 구분 없이 발신 번호 표시가 제한된 전화가 왔었다. 마지막이 4월 8일이었다. 그때만 바로 끊지 않고 무언의 메시지를 남긴 건가.

다시 한번 4월 8일의 메시지를 재생해봤다. 귀를 기울였다. 숨소리인가…… 바람 소리인가…… 뭔가가 등줄기를 타고 올라오는 기분이 들었다. 요시노의 존재를 느꼈다. 머나먼 어느 땅의 쓸쓸한 곳에서 휴대전화를 귀에 대고 있는 요시노 도타의 모습이 눈에 선했다. 이 집으로 전화를 걸고 있다. 누가 와 있지는 않은지 동태를 살피려고······?

그렇다고 한다면, 요시노의 머릿속에 떠오른 방문자는 누구인가. 아오세인가. 벌건 얼굴의 남자인가. 경찰인가. 아니면 키 큰여자인가. 아니······.

키 큰 여자의 존재는 잊고 있었다. Y주택에 계속 전화를 거는게 요시노라면 그는 살아 있는 것이다. 이제는 그 사실이 중요했다. 요시노는 제 의지로 자취를 감춘 것이다. 요시노 일가는 무사하다고 믿고 싶은 마음이 야반도주했다는 상상을 떠받치고 있었다. 하지만 때로는 흔들렸다. 벌건 얼굴의 남자가 그렇게 만들었다. 이미 얽혔든, 얽히지 않았든, 남자와 일가족이 같은 보드게임 판 위에 있는 것은 틀림없었다.

요시노를 찾을 방법은 있었다. 휴대전화에서 나오는 미약한전파를 추적해 소유자의 위치를 특정할 수 있다는 사실은 뉴스를 통해 이미 알고 있었다. 하지만 그 방법을 쓸 수 있는 건 경찰뿐이다. 하루에 한 번은 그 생각을 했지만, 그렇다고 경찰에 가서 사건의 가능성이 있다고 말을 꺼낼 용기도 없었고, 추문을 두려워하는 오카지마를 배려하는 마음에 결심은 슬그머니 뒷걸음질을 쳤다. 그런 나날의 반복이었다. 하지만······.

아오세는 전화기를 내려다봤다.

오늘 밤 전화가 오지 않을까. 요시노의 목소리를 들을 수 있을지도 모른다. 마지막 전화가 8일이고, 오늘은 13일이다. 지금까지의 패턴으로 보면 가능성은 있다. 아오세는 손목시계를 보았다. 오후 9시 48분. 그래.

기다려보자고 마음을 정하고 나서, 남의 집에 멋대로 들어온 것에 죄책감을 느꼈다. 조명을 껐다. 거실에는 자동응답기의 빨간 램프만 남았다. 전화기를 끌어다 놓고 책상다리로 앉았다. 자동응답 설정을 해제했다가 잠시 생각한 끝에 다시 눌렀다. 전화벨이 울리고 녹음이 시작되면 수화기를 들기로 했다.

남은 건 시간과의 조용한 싸움이었다. 몇 번이고 길게 숨을 내뱉었다. Y주택에 있다. 있을 리가 없는 사람이 이곳에 있다. 집에 숨어들어, 안을 돌아다니다 올지 안 올지도 모를 전화를 기다리고 있다. 기묘한 운명을 느끼지 않을 수가 없었다. 어둠과 정적이 마음과 몸의 감각을 빼앗아 갔다. 자동응답기의 빨간 램프가 새의 눈처럼 보였다. 오리와 비슷하지만 그보다 다소 작은 검은 목논병아리의 눈. 피를 연상시키는 새빨간 눈이었다. 먼 옛날 습지에서 보았는데, 어느 습지였는지가 생각나지 않았다. 이름을 알고 있는 걸 보면 아버지와 함께 보았겠지. 어렸다. 참으로 어렸다…….

실내가 희미하게 밝아졌다. 동쪽 하늘에 달이 떠오르기 시작한 모양이다. 분명 아름답겠지. 건물 절반에 달빛을 받은 Y주택의 모습이 뇌리에 떠올랐다.

이거다 싶은 집은 지었어?

전화벨이 울렸다.

아오세는 경악했다. 상체를 젖히고 눈을 부릅뜬 채 물결치는 맥(脈)에 꼼짝도 하지 못했다.

두 번, 세 번 벨소리가 이어졌고, 다섯 번 울린 뒤에 자동응

180

답으로 전환됐다. 지금은 전화를 받을 수 없사오니 삐 소리 후에……. 화면이 발광하고 있었다. '발신 번호 표시 제한'. 아오세는 퍼뜩 고개를 들고 수화기로 손을 뻗었다. 다섯 손가락이 수화기에 닿았다. 아직이다.

삐.

아무 말도 없었다. 2초…… 3초……. 인내심이 한계에 다다랐다. 아오세는 수화기를 낚아채 귀에 대자마자 말했다.

"요시노 씨죠?"

대답은 없었다. 하지만 희미하게 소리가 들렸다. 바람인가. 바람이다. 외부에서 건 전화다.

"아오세입니다. 다들 무사하십니까? 지금 어디 계십니까? 가르쳐주십시오. 어디……."

전화가 뚝 끊겼다.

한동안 꼼짝도 할 수 없었다. 넋이 나간 기분이었다. 요시노였을 것이다. 틀림없이 요시노였다. Y주택에 아오세가 있었다. 아오세가 자신을 찾는다는 걸 알았다. 하지만 아무 말도 하지 않았다. 도움을 요청하지 않았다. 가느다란 실낱이 끊어졌다. 요시노가 끊은 것이다. 울고 있을지도 모른다. 차마 매달리지 못하고 요시노는 시금 울고 있을지도 모른다.

삐걱. 삐거덕.

아오세는 천장을 올려다보았다. 나무가 우는 소리가 들렸다. 새집에서는 울음소리가 난다. 자신에게 가장 적합한 균형을 찾아 미세한 조정을 한다. 하지만 울음소리는 집이 아니라 타우트의 의자에서 난 게 아닐까. 그런 생각을 했다. 자신이야말로 요시노 일가를 찾아낼, 유일한 이정표라고 말하듯.

21

이케조노 기자의 연락을 기다렸다.

다음에 구 휴가 별장에 갈 때는 아오세에게 연락하겠다고 했다. Y주택의 의자가 예전에 별장 전용 가구였다는 사실이 밝혀지면 별장과 요시노, 혹은 타우트와 요시노의 접점이 드러날지도 모른다. 한편으로 그 연결고리를 알아낸다고 해도 과연 일가족의 소식을 알 실마리가 될까 싶었지만 그 바깥으로 상상의 선을 긋지 못하는 상태였다. 오사카의 건축주가 의뢰한 도면도 난항을 겪고 있었다. Y주택과 같은 집을 지어달라는 의뢰는 예상보다 훨씬 아오세를 괴롭혔다. 입지 조건이 다른데 같은 집을 지을 수 있을 리가 없었다. 아니, Y주택의 복제품은 만들고 싶지 않았다. 거부감만 날로 커졌고, 제도판 앞에서 팔짱을 끼고 고민하는 밤이 이어졌다.

4월 셋째 주에 들어서도 이케조노에게서는 연락이 없었다. 약속을 잊은 건가, 즉흥적으로 나온 빈말이었나. 그의 명함을 바라보며 그런 생각을 했지만, 먼저 연락하기도 저어됐다. 너무 조사에 열심인 모습을 보이면 공연한 의심을 살 것 같아서였다. 그렇지 않아도 이케조노는 아오세에게 의문부호를 달아놓고 있었다.

아오세 씨는 왜 이제껏 타우트를 피해온 겁니까?

센신테이의 툇마루에서 그가 던진 질문이 가슴에 응어리처럼 남아 있었다. 타우트에 심취한 이케조노로서는 타우트에게 관심을 가져본 적 없이 건축사가 된 남자가 희한하기 짝이 없었겠지. '피해왔다'는 어감은 빈정거림이라기보다는 오히려 분개에 가까웠다. 갑작스러운 말에 뭔가 정곡을 찔린 것 같아서 당황했지만, 나중에 냉정히 생각해보니 그 자리에서 이케조노가 아오세의 내면을 꿰뚫어 보려 했을 리가 없었고, 애초에 아오세에 대해 아무것도 모르는 초면의 상대가 설령 마음 한 자락이라도 알아맞혔을 리가 없었다.

그럼에도 '피해왔다'는 그 말 한 마디가 계속해서 꼬리를 끌었다. 우연이 아니라, 일본과 인연이 있는 거장 건축가를 지금까지 거들떠보지도 않은 데에는 역시 어떤 이유가 있는 게 아닌가 하는 생각이 들었다. 운전할 때에도, 잠자리에 들어서도, 다루마지에서 본 데스마스크가 머릿속에 아른거려서 어느 날 밤 단념하고 오카지마가 준 박스를 열었다. 타우트에 관련된 연구서가 열 권, 타우트의 저서와 일본 체재 중에 쓴 일기도 있었다.

쉬이 발자취를 훑을 수 있는 인물이 아니라는 사실만큼은 금방 알 수 있었다. 제1차 세계대전 이후의 표현주의를 대표하는 건축가…… 알프스 건축을 제안한 이상주의자…… 대규모 주거난시의 실계사…… 색채의 마술사   뛰어난 화가이자 저가……. 사상과 철학이 복잡하게 뒤섞인 건축 이념은 눈부시긴 하지만 난해해서, 이해의 단초를 찾는 데만도 상당한 시간이 소요될 것 같았다. 이해한들 이제 와서 뭔가를 얻을 수 있을 것 같지도 않았고, 건축가와 건축사의 경계를 새삼 실감할 뿐이겠지,

하는 싸늘한 예감도 들었다. 의뢰인과의 관계에 정신을 소모해 온 세월은 물론, 공사 현장을 전전하던 어린 날의 기억까지 퇴색될 것 같았다. 언덕 위 새집을 얼마나 꿈꾸었던가. 당시에는 알아채지 못했지만, 소년이 꿈꿨던 건 정주의 상징으로서의 집이었다. 살아 있는 것들은 본능적으로 의지할 곳을 찾는다. 늘 그 자리에 있는 것이 있기에 인간은 어디든 갈 수 있는 것이다.

방랑의 경험은 '건축가의 원점'이 될 수 있다. 그래서 착각했다. 건축 이념과 이상을 품은 게 아니라, 아오세는 그저 자신이 살 집을 짓고 싶은 것뿐이었다. 타우트의 무한한 존재감은 그런 마음을 더욱 굳건하게 했다. 안다. 어느 수준까지는 경험이 재능이나 이념을 이길 수 있겠지만, 그것을 넘어서면 한 인간의 사소한 경험 같은 건 위대한 재능이 자아내는 이념과 이상 앞에 무릎 꿇을 수밖에 없다.

그래서 타우트를 피해온 건가. 화상을 입을까 두려워서 불을 피우지 않았다. 건축의 세계를 목표로 삼았을 때는 이미 그 비밀을 알고 있었으니까.

접점은 있었다. 연구서를 읽어나가는 동안 타우트의 작품 사진 몇 장에서 기시감을 느꼈다. 〈글라스 파빌리온〉은 중학 시절 도서관에서 빌린 책에서 보았다. 독일공작연맹에서 주최한 쾰른 박람회에 출품된 전위적인 조형물이었다. 박람회가 1914년에 개최되었으니, 서른넷에 설계한 작품이다. 철근콘크리트와 유리로 세공된 격자형의 돔. 능형다면체의 형상은 거대한 수정을 연상시켰다. 처음 사진을 보았을 때의 인상이 떠오르지 않았다. 아름답다고 생각했을까, 그 반대였을까. 경탄했을까, 덤덤했을까. 인상은 한없이 흐렸다. 아카사카 시절에도 〈글라스 파빌리온〉이 떠오른 기억은 없었다. 설계할 때마다 '3종의 신기' 철과 유리, 콘크리트를 즐겨 썼지만 타우트와의 교감은 전무했다.

'전원주택단지'를 까맣게 잊고 있었다는 사실에는 스스로도 놀랐다. 주변 자연과 어우러진 선진적인 공동주택단지로, '타우트는 도시의 주택을 교외로 유인했다'는 해설이 붙어 있었다. 고등학교 시절에 문헌을 보았을 터였다. '매력적인 소규모 공동주택'을 주제로 한 전국 공모전에 참가할 때, 사전에 많은 참고 자료를 살펴보았다. 테마의 정중앙에 위치한, 타우트의 대표작 중 하나인 '전원주택단지'를 보지 않았을 리가 없었다. 하지만 기억이 나지 않았다. 공사 현장 숙소의 '뱀장어 굴' 이미지를 산산조각 내고 싶다는, 당시의 풋풋하지만 뜨거운 열정이 되살아날 뿐이었다.

타우트는 저승에서 한탄하고 있으리라. 제 존재를 접하지 않고 건축 세계에 발을 디딘 아오세의 무지몽매함을. 공사 현장 숙소 창가에 둔 규타로의 새장 너머, 자신에게 주어진 사방 50센티미터 벽에 '전원주택단지'의 사진을 붙이지 않았던 것을. 가쓰라 별궁과 시라가와고에서 일본의 미를 발견한 타우트는 일본을 향한 그 깊은 애정으로 무명 건축사 앞에 다시금 나타난 것이다. Y주택에 의자를 두고, 데스마스크로 인도하고, 여기 와서 앉으라고 손짓하고 있다. 그런 매력적인 망상이 친근감을 낳았다. 소파에서, 침대에서, 밤마다 타우트의 연구서를 탐독했다.

무엇보다 흥미로웠던 건 세 권짜리 '타우트의 일기'였다. 일본 체재 중에 방문한 장소, 만난 사람, 느낀 것, 그리고 소소한 일상들이 상세히 기록되어 있었다. 이케조노가 센신테이에서 역설한 것처럼 일본 문화에 대한 날카로우면서 심도 있는 고찰에는 감복할 따름이었다. 시점은 미시와 거시를 자유자재로 오갔고, 펜 끝이 한번 건축론이나 문화론을 건드리면 정열이 솟아올랐다. 하지만 아오세의 관심은 본 줄기와는 다른 곳에 있었다. 만년에 국외를 떠돌 수밖에 없었던 타우트의 심정을 문장과 행간에서 읽어내려 했다. 페이지를 넘길 때마다 에리카의 이름을 찾는 자신의 모습을 깨달았다. 전 세계에 이름을 떨친 건축계의 거장은 생활인으로서 어떤 일상을 살아갔는가. 어떤 공간에서 어떠한 시간을 보냈는가. 그것은 어디까지 타우트 개인의 정신세계였는가. 에리카 없이는 존재할 수 없는 시간과 공간이었는가.

일기에 등장하는 에리카는 실로 담담한 필치로 묘사되어 있었다. 부부처럼 서로를 의지하며, 생사를 걸고 독일에서 함께 탈출을 감행한 상대인데도 타우트는 감정의 편린조차 내비치지 않았다. '나의 간호사이자 경찰인 에리카.' 그런 의미심장한 표현의 이면에 에리카를 향한 깊은 경의와 신뢰를 짐작해볼 따름이었다. 오카지마가 말한 '동심매'의 관계성은 여전히 수긍하지 못했지만, 일기를 상당 부분 읽어 내려갔을 즈음 아오세는 글에서 '우리'라는 주어가 종종 등장한다는 사실을 알아챘다. 그것이 타우트의 답인가. 에리카와 함께 있다. 같은 시간과 공간을 공유한다. 그 외에 무슨 말이 필요하단 말인가.

한숨이 입술 사이로 새어 나왔다.

센신테이에, 그 작은 임시 거처에 위기가 닥쳐온 적은 없었을까.

유카리에게 절망한 건 아니었다. 자신에게도 절망하지 않았다. 공간에 절망한 것이다. 유카리와 쌓아 올린 공간이 붕괴했다는 사실에 아오세는 절망했다. 세련된 맨션이 추위가 지배하는 땅에 세운 철 컨테이너로 탈바꿈했다. 그 공간은 비좁은 건설 현장 숙소보다 좁았고, 물을 뜨러 다녔던 한겨울의 시냇가보다도 추웠으며, 아무도 말을 걸어주지 않는 교실보다 숨이 막혔다.

그때, 처음 시작했던 그 아파트로 돌아갔더라면.

그때, Y주택을 '우리 집'으로 제안할 수 있었다면.

아오세는 타우트의 일기를 덮었다.

만일 집이 인간을 행복하게 만들거나 불행하게 만들 수 있다면, 건축가는 신도, 악마도 될 수 있으리라. 인간을 행복하게 만들거나 불행하게 만드는 건 인간이라는 사실을, 센신테이가, 그 소박한 공간이 가르쳐주었는지도 모른다.

타우트는 끝내 독일로 돌아가지 못했다. 에리카와 함께 일본에서 터키로 건너가 이스탄불에 지은 자택에서 숨을 거뒀다. 전생이 끝나기 7년 전이었다. 전쟁이 끝난 독일 땅을 보지 못한 채, 고향에 남겨둔 가족과도 다시는 만나지 못했다.

22

주말이 지나 사무소에 출근하자 다케우치의 흥분한 표정이 눈

187

에 들어왔다. 맞은편에 있는 이시마키의 덥수룩한 얼굴도 상기
되어 있었다.

"무슨 일 있어?"

아오세가 묻자 다케우치는 "있어요, 있죠!" 하고 외쳤다.

"소장님! 아오세 씨 나오셨어요!"

칸막이 구석에서 오카지마와 마유미가 머그컵을 들고 나타났
다. 둘 다 환하게 웃고 있었다.

"제가 말해도 됩니까? 괜찮죠?"

다케우치가 모두의 얼굴을 둘러보더니 대답도 듣지 않고 새된
소리로 말했다.

"우리 사무소가 지명 업체에 선정됐습니다!"

아오세는 오카지마를 보았다.

"정말이야?"

"그래, 방금 연락을 받았어."

S시에서 건설 예정인 후지미야 하루코 기념관. 그 사업의 지명
업체 중 하나로 오카지마 설계사무소가 선정되었다.

아오세는 손을 뻗어 악수를 청했다.

"해냈군."

"아직 기뻐하긴 일러. 낙선해서 엉엉 우는 다른 사무소 식구들
을 상상하면 마음이 무겁네."

장난스러운 말투였지만 감격과 굳은 결의가 느껴졌다.

"공모전입니다, 공모전! 불타오르네요."

본격적인 건축 설계 공모 경험이 없는 다케우치는 금방이라도

덩실거릴 것처럼 신이 났다.

"다들 부탁해. 우리 사무소가 마이너에서 메이저로 승격할 절호의 기회니까. 세상을 깜짝 놀라게 할 계획안을 내서 도쿄 녀석들 코를 납작하게 해주자고."

오카지마가 포부를 말하자 마유미가 학생처럼 손을 들었다.

"네! 저도 돕겠습니다!"

"좋았어! 열심히 해보자고요. 한동안은 집에 못 들어가겠네."

이시마키도 손가락 관절을 꺾더니 다케우치의 배에 주먹을 들이밀었다. 비명과 웃음소리가 실내에 울려 퍼졌다.

아오세도 체온이 오르는 걸 느꼈다. 문화시설의 설계 공모는 아카사카 시절에도 경험해본 적 없었다. 길거리에서 그림엽서를 팔며 생계를 이었던 파리의 고독한 화가. 70년의 생애를 마감할 때까지 그녀의 뛰어난 작품들은 세상 빛을 보지 못했다. 후지미야 하루코의 역사가 뇌를 자극했다. 그녀의 삶과 그림. 그 모두를 담아낼 기념관에는 대체 어떤 그릇이 걸맞을까.

그러나…….

선뜻 해보자고 말할 수가 없었다. 오카지마의 속내는 어떨까. 이 프로젝트에 아오세가 참가하기를 바라지 않는 게 아닐까. 타우트 건으로 봉화하며 언생한 뒤로 세대로 이야기를 해본 적이 없기도 해서, 자연스럽게 웃을 수가 없었다.

"아오세, 잠깐 나 좀 봐."

아오세의 내면을 훤히 들여다본 듯 오카지마가 말을 걸었다.

두 사람은 사무소를 나와 쇼와 거리의 카페로 향했다. 도중에 오카지마는 "먼저 가 있어"라고 하더니 휴대전화를 들고 인기척 없는 주차장으로 사라졌다. 현의회나 S시의 간부에게 감사 전화를 하려는 거겠지. 이시마키나 다케우치가 모르게 하고 싶은 것 같았다.

아오세는 카페에 들어와 안쪽 테이블에 앉았다. 이내 환한 얼굴의 오카지마가 들어왔다.

"다 잘 풀리는 것 같네."

아오세의 말에 오카지마는 얼굴을 구기며 고개를 끄덕였다.

"고생깨나 했어. 공모전이 시작되기도 전에 죽겠네."

"약한 소리는. 이렇게 된 이상 꼭 계약 따내야지."

"물론 이겨야지. 죽을힘을 다해서."

결의에 찬 대사는 역시 '아오세 없이' 하겠다는 속내를 내비치는 것 같았다.

"생각해놓은 콘셉트는 있어?"

"이제부터 해야지. 일단은 유족들을 만나보려고."

"유족들을?"

"후지미야 하루코의 그림을 보고 고민해보게. 뭐라 해도 주인공은 그림이니까. 직접 보지 않으면 아무 이미지도 떠오르지 않지. 그렇잖아?"

"그렇지."

"다른 사무소보다 먼저 봐야지. 유족이 우리 편이 되도록 S시 사람들에게도 부탁해놨고."

"제법인데."

"그럼. 할 수 있는 일은 모두 해야지."

열심히 해. 목구멍까지 나온 말을 다시 삼켰다. 함께 계획을 세워야 할 사람이 할 말은 아니다.

"아오세……."

드디어 본론인가 싶어 아오세가 긴장했을 때, 품에서 휴대전화가 울렸다. 요시노 도타인가. 요즈음의 습관처럼 순간 그런 생각을 했지만, 화면에 표시된 번호는 낯설었다.

"아오세 씨 전화죠? 얼마 전에 다루마지에서 뵈었던 J신문의 이케조노입니다."

"아, 연락 기다렸습니다."

무의식적으로 진심이 튀어나왔다.

아오세는 나가려고 자리에서 일어났지만, 둘러보니 가게 안에 다른 손님도 없어서 다시 앉았다. 이케조노의 목소리는 밝았다. 늦어졌지만 5월 10일에 시즈오카 지역 신문 기자와 구 휴가 별장에 가기로 했는데 같이 가겠느냐는 내용이었다.

"가겠습니다."

"알겠습니다. 그럼 어디서 만날까요? 도쿄? 아타미?"

순간 망설이다 "그럼 아타미에서"라고 대답했다. 말조심을 해야 하는 상대와 같은 열차를 타고 가는 건 너무 숨 막힐 것 같았다.

"알겠습니다. 만나는 시각은 아마 오전 중이 될 것 같은데, 다른 기자하고 상의해보고 다시 연락드리겠습니다. 타우트의 의자, 기대되네요. 저까지 두근거리는군요."

통화를 마치자마자 오카지마가 물었다.

"그 기자지?"

"그래. 휴가 별장에 가기로 했어."

"요시노 씨한테서는 여전히 연락 없지?"

오카지마의 목소리가 낮아졌다. 지명 업체에 선정되었다고는 해도, 공모가 끝날 때까지 Y주택 건은 묻어두기를 바라는 마음은 수긍이 갔다.

"걱정 마. 기자한테 안 들키게 할 테니까."

"부탁해. 여기서 문제가 생기면 모두 힘들어지니까."

은근히 폭탄 취급을 하더니 오카지마는 바로 수습하듯 말을 이었다.

"그나저나 대체 어디로 사라진 거야, 요시노 씨는."

"도망치고 있겠지."

"벌건 얼굴의 남자를 피해서?"

"아마도."

"키 큰 여자는? 벌건 얼굴의 남자하고는 상관없는 건가? 둘이 한패 아냐?"

말투로 보아 전에 두 사람을 부부로 추리했던 것도 잊어버린 모양이었다.

"가능성은 있지. 둘 다 정체를 알 수 없으니, 부부일 수도 있고. 여자를 미끼로 한 사기꾼일 가능성도 부정할 수 없지."

"부부라……. 일가가 갑자기 자취를 감춘 걸 보면 2인조 사기 꾼일 가능성에 더 무게가 실리지 않아?"

오카지마와의 거리가 느껴졌다. 이 건을 대하는 태도의 온도 차는 극복할 수 없을 것 같았다.

"그건 그렇지. 하지만 키 큰 여자를 봤다는 사람은 메밀국수 가게 주인뿐이고, 같이 있던 사람이 정말 요시노 씨였는지도 의심스러워."

"집주인은? 아예 가망이 없어?"

"아들한테 부탁해서 물어봐 달라고 했는데, 상태가 더 안 좋아져서 쓸 만한 정보는 거의 없어. 이사 업체도 마찬가지고. 업체란 업체에 다 전화했는데, 이사 간 주소는커녕 의뢰를 받았는지도 말 안 해주더라고."

"그렇겠지."

"결국 남은 건 타우트의 의자뿐이야. 현시점에서 눈에 보이는 유일한 단서니까."

"진품이라면 말이지."

"휴가 별장에 가보면 알겠지. 네가 앉았다는 의자를 찾아내서 짝이 맞으면 진품일 공산이 크겠지."

"그렇지."

타우트 이야기가 나왔지만 오카지마는 전처럼 장광설을 시작하지 않았다. 뭔가 다른 이야기를 하려는 것이다.

"할 얘기가 뭔데?"

아오세가 먼저 말을 꺼냈다. 기분 나쁜 이야기는 빨리 끝내고 싶었다.

오카지마는 고개를 끄덕이더니 눈을 내리깔고 한 번 감았다

뜨더니 아오세를 바라보았다.

"후지미야 기념관 건, 네 힘을 빌려줬으면 해."

예상이 빗나갔다. 의아한 속내가 표정에 드러난 모양이었다.

"들어봐."

오카지마의 목소리에 노기가 섞였다.

"분하지만 내 능력은 내가 잘 알아. 도쿄 녀석들하고 정면으로 붙어서 이길 자신이 없어. 하지만 너라면 이길 수 있을지도 몰라."

"과대평가야."

아오세가 시선을 피하자 오카지마는 몸을 앞으로 내밀며 말했다.

"난 우리 사무소를 일류로 키우고 싶어."

"알아."

"그러려면 기념관이 필요해. 다시없는 기회야. 꽤 무리해서 지명을 따냈어. 무슨 수를 써서든 이기고 싶어."

"안다니까."

"단기 결전, 플래닝* 승부야."

"당연히 도와야지."

"아니."

"아니라고?"

오카지마의 얼굴이 일그러졌다.

---

*기본설계, 평면설계를 뜻하는 건축 용어.

"너는 너대로 플래닝을 해. 완성되면 내 것과 붙여보자."

느닷없이 오카지마는 속내를 드러냈다.

"함께할 생각은 없다는 건가."

"최종적으로는 그래야지."

"일단은 내 플랜하고 붙여본다고."

"그래."

"네 시안이 월등하면, 내 시안은 폐기한다."

"그럴 가능성도 있지."

이야기는 예상을 빗나간 게 아니라 예상 이상이었다. 기본은 오카지마 안이다. 승산이 없을 것 같으면 아오세 안의 장점을 도입한다.

"어디까지나 네 작품이라는 소리군."

신랄하게 말해봤지만 오카지마는 미안해하는 기색도 없이 놀라울 정도로 청년 같은 눈으로 말했다.

"하나면 돼. 하나만이라도 남기고 싶어."

"남긴다고? 우리가 벌써 그런 말을 할 나이야?"

"넌 됐어. 이미 남겼으니까 조바심 내지 않아도 되지."

아오세는 눈을 뒤집으며 말했다.

"그런 예로 쓰지 마. 주인이 사라진 가엾은 집이야."

"인정해. 네가 데스마스크를 쓰는 순간, 마지막으로 머릿속에 떠오를 집이야. 나한테는 그런 집이 없어."

"그 이야기는 집어치워. 장난삼아 던진 헛소리니까."

"네가 먼저 시작한 이야기야."

"미안하다고 했잖아. 잊어버려."

"그뿐만이 아냐. 날 위해서만이 아니라고."

오카지마는 허공을 바라보았다.

"잇소에게 남겨주고 싶어. 내가 만들었다고. 그 애한테 당당하게 자랑하고 싶다고."

순간 끝없이 펼쳐진 푸른 하늘을 보았다. 웅장하고 장대한 댐. 그 꼭대기에 선 아버지의 모습을 보았다.

"아오세, 부탁이야. 이번에는 서포트로 남아줘."

"······."

"아오세."

손짓으로 오카지마의 말을 막았다.

"알았어. 난 오카지마 설계사무소의 직원이니까."

23

월말의 토요일은 화창했다.

아오세는 요쓰야의 '카페 호룬'에 있었다. 약속 시각인 2시가 5분 지났지만, 히나코는 아직 나타나지 않았다. 봄방학 중에 만나려 했는데 서로 스케줄이 맞지 않아서 계속 미뤘다. 2학년이 됐어. 통화는 몇 번 했지만, 이대로 5월이 되면 '4월분'의 만남을 어떻게 할지 미묘해지는 까닭에 유니버설 스튜디오 나들이와 드라이브는 단념하고 좌우지간 얼굴만이라도 보자고 황급히 오늘로 날을 잡았다.

유카리와 전화로 나눴던 이런저런 이야기가 도미노처럼 히나코에게 영향을 미친 게 아닐까, 오늘 아침부터 신경이 쓰였다. 히나코가 학교에서 따돌림당했을 때를 제외하면 이혼한 뒤로 유카리와 그렇게 오래 대화해본 적이 없었고, 서로의 속마음을 털어놓은 것도 처음이었다. 유카리가 히나코에게 뭐라고 이야기했을 것 같지는 않지만, 히나코가 뭔가를 느꼈을 가능성은 있었다.

아오세는 벽시계를 보았다. 2시 7분. 주인 부부가 안달복달하는 걸 멀리서도 알 수 있었다. 거친 숨을 내뱉으며 휴대전화를 꺼내 히나코에게 전화를 했다. 오지 않는 게 아닌가 하는 걱정은 무슨 일이 생긴 게 아닌가 하는 불안으로 바뀌었다. 어린 소녀를 노린 작금의 흉악한 사건들은 더는 남의 일이 아니었다.

통화 대기음이 두 번, 세 번 귓가에 울렸을 때 가게 문이 힘차게 열렸다. 히나코는 어깨에 멘 가방에 손을 넣고 뭔가를 찾으며 들어왔다. 〈사자에 씨〉의 멜로디가 흘러나오는 휴대전화를 잡고 전화를 끄더니 발갛게 달아오른 얼굴로 아오세를 보았다.

"늦어서 미안."

"방금 엄마 전화지? 안 받아도 돼?"

아오세의 말에 히나코는 고개를 갸웃거렸다.

"아닌데? 아빠 아냐? 나한테 전화했잖아."

히나코는 휴대전화를 조작하더니 아오세의 눈앞에 내밀었다.

"이거 아빠 번호잖아."

"〈사자에 씨〉 벨소리라서."

무슨 소리야, 하고 히나코는 웃었다.

"그룹에 설정해둔 벨소리야. 이거 봐."

197

히나코가 화면을 움직였다. '그룹 등록, 가족'. 그곳에 '아빠'와 '엄마'의 휴대전화 번호가 등록되어 있었다.

"봤지? 그러니까 아빠가 전화해도 〈사자에 씨〉 벨소리가 나와. 알았어?"

"알았어."

눈은 아직도 '가족'이라는 글자를 바라보고 있었다.

"그거 알아? 엄마는 휴대전화를 받을 때는 아오세입니다, 라고 말해."

"뭐라고?"

"그러니까……."

히나코는 기다렸다는 듯 '엄마 이야기'를 꺼냈다. 놀랄 이야기는 아니었다. 일할 때에는 계속 '아오세' 성을 쓰겠다. 이혼할 때 유카리는 그렇게 선언했으니까.

"정말."

히나코는 아오세의 반응에 입을 삐죽거렸다. 하지만 즐거운 뉴스로 바뀌었을 때의 아나운서처럼 삽시간에 웃는 얼굴로 돌아왔다.

"아빠, 약속 안 잊어버렸지?"

"응?"

"아빠가 디자인한 집, 보여준다고 했잖아."

"그래, 안 잊고 가져왔어."

아오세는 허리를 굽혀 발치의 커다란 종이봉투를 옆으로 밀었다.

"우와, 백과사전 같네."

히나코는 손을 뻗어 페이지를 넘겼다. 아오세는 숨을 죽였다.

북향으로 솟아오른 하늘빛 푸른 지붕……. 범상치 않은 풍모의 굴뚝 세 개……. 옅은 노스라이트에 안긴 하얀 거실……. 아사마 산이 한눈에 들어오는 커다란 창…….

히나코는 말이 없었다. 칭찬의 말을 죄다 써버린 사람처럼 침묵을 지키며 사진을 들여다보았다.

이내 작은 입술에서 한숨이 흘러나왔다.

"좋다."

"그래?"

"제일 멋져. 제일 좋아."

"아빠도 그래. 이 집이 제일 마음에 들어."

"아빠도?"

"그래. 이 집을 짓기 위해 건축사가 됐다는 생각이 들 정도로 마음에 들어. 의뢰를 받아 지은 집이지만, 아빠가 살고 싶은 집을 지었어."

하려고 마음먹으면 말 못 할 것도 없다. 그렇게 생각하니 왠지 마음이 가벼워졌다.

"히나코에게는 이야기한 적 없는데, 아빠는 태어났을 때부터 할아버지 할머니를 따라 이곳저곳 옮겨 다니며 자랐어. 일본 방방곡곡을 떠돌았지. 잠깐 살다가 이사를 하고, 또 잠깐 살다가 떠났어. 그래서 오랫동안 살 수 있는 집이 아빠의 꿈이었어."

갑작스런 고백이었지만 히나코는 놀라지도, 굳은 표정을 짓지도 않고 자연스레 들어주었다. 아무것도 묻지 않는 게 신기했다. 댐 이야기를 했다. 아버지와 어머니의 이야기를 했다. 건설 현장의 임시 숙소에서 살았던 이야기를 농담을 섞어가며 했다. 산과 숲과 새 이야기를 했다. 두서없는 이야기였다. 왜 지금인지 알 수 없었다. 엄마와 헤어지게 되었다, 이 결론에 이르는 장대한 이야기의 서막을 시작하려는 건지도 몰랐다.

"아빠, 미안."

히나코가 두 손을 모으며 미안하다는 포즈를 취했다.

"나 가봐야 해."

"간다고?"

"전화로 말했잖아. 교복 새로 맞춰야 해."

입학할 때 샀던 교복이 작아졌다고 했다. 처음부터 큰 사이즈로 샀는데 고작 1년 만에 10센티나 자랐다고.

"지금 뒤에서 두 번째 자리야. 싫어, 하나보다 더 크면 어쩌지."

볼멘소리를 하며 히나코는 자리에서 일어나더니 뭔가 생각난 듯 고개를 꾸벅 숙였다.

"미안해. 이번에는 더 큰 사이즈로 살게."

"그러지 마. 궁상떨지 말고 맞는 걸로 사."

"다음에 또 이야기해줘. 할아버지와 할머니 이야기 더 듣고 싶어."

"그래. 다음에 천천히."

아오세도 따라서 자리에서 일어났지만 히나코는 황급히 손사래를 쳤다.

"아빠는 있어. 커피 입에도 안 댔잖아. 천천히 마시고 나와."

"괜찮아."

"안 괜찮아. 그리고 요새는 좀 쑥스러워. 밖에서 배웅하는 거. 이제 어린애가 아니니까."

쓴웃음을 지으며 아이의 말을 따르는 수밖에 없었다.

"그럼 네 말대로 멀리 안 나갈게."

장난스레 커피잔을 들며 대꾸하자 히나코는 환한 표정으로 가게를 나섰다.

아오세는 긴 한숨을 내쉬었다. 여느 때와는 달랐다. 히나코의 모습이 사라져도 감정은 흐트러지지도, 사그라들지도 않았다. 뭔가가 움직이기 시작했다. 8년 동안 계속 변하지 않았던 풍경이 변하기 시작한 것이다. 옛날이야기를 했기 때문이리라. 히나코 덕분이다. 아슬아슬하게 물이 담겨 있던 컵에 "제일 좋아"라는 한 마디를 던져서 물을 흘러넘치게 했다.

"아, 이거."

등 뒤에서 목소리가 들렸다. 돌아보니 옆구리에 쟁반을 낀 주인이 Y주택이 실린 페이지가 펼쳐져 있는 《200선》을 들여다보고 있었다.

"이게 왜요?"

아오세의 말에 주인은 고개를 끄덕이더니 정신을 차렸다.

"아, 그게, 전에 히나코가 같은 책을 읽고 있던 걸 봤거든요."

히나코가…… 읽고 있었다고?

"이 책을? 여기서요?"

"네."

"그게 언제입니까?"

"음, 지난번이었나. 아오세 씨가 늦게 오셨을 때요."

《200선》을 가지고 있었다. 집에 있었던 것이다. 분명 유카리
가 샀을 것이다. 히나코는 그 책을 가져와 그날 아오세가 도착할
때까지 이곳에서 읽고 있었다. 그런데도 내색도 없이 책에 실린
아빠의 작품을 보여달라고 졸랐다…….

한 방 먹은 기분으로 허공을 노려본 건 주인이 코코아 컵을 치
우는 동안만이었다. 히나코가 앉아 있던 자리를 바라보았다. 열
세 살의 마음이 만들어낸 프리즘을 바라보았다. 《200선》을 읽고
나서 아오세에게 일 이야기를 물어본 것이다. Y주택을 '제일 좋
다'고 말해주고 싶어서, 그 말이 가장 효과적으로 전해지는 장면
을 고려해서 아오세에게 책을 보여달라고 한 것이다. 식은 커피
를 한 모금 마셨다. 이런저런 상상을 할 게 아니라, 그 의미를 곱
씹어볼 일이겠지.

아오세는 잠시 후 자리에서 일어났다. 일어나는데 품에서 딸
랑, 하고 방울 소리가 났다. 다루마지에서 기념품으로 산 열쇠고
리였다. 히나코에게 선물한다는 걸 깜빡했다는 사실을 깨닫고
겸연쩍게 웃었다. 히나코도 잊은 게 있다. "엄마한테 보여줘도
돼?"라고 했으면서 《200선》을 두고 간 것이다. 집에 같은 책이
있으니까…….

바깥에는 부드러운 볕이 내리쬐고 있었다.

이거다 싶은 집은 지었어?

202

유카리는 Y주택을 말한 건지도 모른다. 예스라는 답을 예상했을지도 모른다.

아오세는 쾌활하게 걸음을 옮겼다.

의도한 건 아니었지만 그 답은 히나코에게 들려 보냈다. 서로 짓고 싶은 집의 이상이 어긋났던 그날 밤 이후로 시간이 움직이는 소리를 처음으로 들은 것 같았다.

24

사무소는 축제 준비를 하듯 활기가 넘쳤다.

책상 배치도 대대적으로 바꾸어서, 빈 공간에 긴 벤치를 두 개 붙여 공모전용 공간을 만들었다. 그곳에 S시 건설부에서 가져온 서류를 펼쳐놓고 오카지마와 이시마키가 메모를 하며 기본사항을 확인하기 시작했다.

"이것저것 요구사항이 많네."

"그렇죠? 사양은 철근 2층 건물. 전시실 세 개, 그중 하나는 100에서 150평방미터. 소장고는 200블록 이상. 현관홀은 넓게 뽑으래. 사무실, 카페, 시민 예술가에게 개방하는 갤러리도 필수로 들어가야 하고."

"설계의 자유도는 낮다고 생각해야겠어. 외관은 몰라도 내부는."

"그렇죠……. 어? 대략적인 예산은요?"

"추후에 제시한다는데. 담당자 말로는 평당 최대 200만이라는군."

"음, 그럼 사전에 조정이 필요하겠네요. 돈을 들일 데는 확실하게 들이고, 안 들여도 되는 데는 빼고요."

대형 사무소에 있던 경험을 살려, 이시마키는 날로 존재감을 더해가고 있었다. 아오세에게는 바람직한 상황이었다. 사무소의 이인자이면서 한 걸음 떨어져 프로젝트에 임하는 그의 부자연스러운 태도가 부각되지 않을 테니까.

벽면 한가득 후지미야 하루코의 포스터와 스크랩한 신문 기사가 붙어 있었다. 마유미가 신이 나서 준비한 것들이다. 포스터는 작년 도내에서 개최되었던 추모전에서 쓰인 것을 입수했다. 후지미야 하루코의 사진은 환갑 즈음에 찍은 것일까. 일견 온화해 보이지만 통찰력이 깃든 눈빛과 강건한 기운이 느껴졌다. 추모전의 팸플릿에 실려 있던 사진들을 확대 복사했다. 길 위에 주저앉아 몽땅한 담배를 피우는 노인. 헌팅캡을 비스듬히 눌러 쓴 구두닦이 소년. 2층 창문에서 상반신을 내밀고 빨래를 너는 중년 여성. 흔히 볼 수 있는 일상의 풍경이지만, 결정적인 순간처럼 느껴지는 건 후지미야 하루코가 그들의 인생을, 왜 지금 여기서 이렇게 있는지를 깊이 이해하고 있는 까닭이리라.

다케우치와 마유미도 바빠 보였다. 옆으로 밀려난 책상에 나란히 앉아 '컴1'과 '컴2'를 이용해 자료를 모으고 있었다. 다케우치는 국내, 마유미는 해외를 맡아 오카지마의 지시대로 참신, 간소, 정적이라는 키워드에 부합하는 미술관이나 기념관 사진을 빠짐없이 프린트했다.

"다케우치, 이건 어때?"

"네? 아, 괜찮네요. 심플하지만 참신하고. 마유미 씨는 역시 센스 있다니까요."

"말은 잘해. 칭찬해도 아무것도 안 나와. 뭐 사러 갈 시간도 없고."

감이 좋은 이시마키도 알아채지 못한 것 같지만, 다케우치가 마유미에게 호감이 있는 건 확실한 것 같았다. 연애 감정까지는 못 되는 '친한 누나' 수준일지도 모르지만, 만일 마유미와 오카지마가 남녀관계가 아니라, 오카지마의 말처럼 '동심매' 같은 존재라면 다케우치가 끼어들 여지는 있지 않을까.

"아오세 씨, 이건 어떤가요?"

부르는 소리에 아오세도 허리를 굽히고 컴퓨터 화면을 들여다봤다. 스위스의 작은 도시에 있는 개인 미술관이라고 했다. 가파른 경사의 박공지붕 양쪽이 지면에 거의 닿을 정도로 뻗어 있었다. 어디서 본 듯한 디자인이었지만 두 사람의 의욕에 찬물을 끼얹기 싫어서 "나쁘지 않네, 프린트해봐" 하고 대답했다. 하지만…….

과연 시간에 맞출 수 있을까.

공모는 세 달 뒤, 7월 말이다. 그때까지 기본설계를 완성해야 한다. 평면도, 입면도, 단면도. 첨부해야 하는 실명시를 쓰는 데도 꽤 많은 시간이 든다. 역산할 것도 없이 가장 중요한 디자인을 구상할 시간적 여유는 거의 없었다. 한가하게 미술관 연구부터 하나씩 하고 있으면, 그 방면에 전문성을 갖춘 사무소에 이길 수 없다.

"여기 좋다. 가보고 싶어."

마유미가 황홀한 표정으로 말했다.

"우와, 멋진 호수네요."

"공모 끝나면 정말 가볼까. 아직 여권 유효기간도 남아 있으니까."

"남아 있다고요?"

"신혼여행 갈 때 발급받았거든. 이 얘기는 여기까지."

아오세는 컴1의 메일을 확인하고 싶었지만, 두 사람은 당분간 자리에서 일어날 생각이 없는 것 같았다.

"아오세, 잠깐 나 좀 봐."

오카지마가 부르는 소리가 들렸다.

"여기 소장이랑 옛날에 같이 일했지?"

이름을 보기도 전에 누군지 알아차렸다.

아카사카 사무소에서 같이 일했던 노세 다쿠미였다. 회사에서는 경쟁자였고, 유카리를 두고도 젊은 혈기를 분출했다. 현재는 독립해서 '노세 설계사무소'를 이끌고 있었다. 소문은 한 귀로 흘려들어서 어떤 일들을 해왔는지도 몰랐지만, 패잔병이 되지 않고 거품경기 이후를 헤쳐나온 강자임은 분명했다. 그 노세 사무소가 이번 공모의 지명 업체였다. 아오세로서는 얄궂은 운명이라고밖에 표현할 말이 없었다.

"어떤 친구야?"

"우리하고 동갑이야. 실력은 초일류고, 공공건축물 설계에 강했지. 지금은 어떤지 모르겠지만."

"저 알아요."

이시마키가 옆에서 말을 보탰다.

"직원을 서른 명은 더 두고 이것저것 사업에 손대던데요. 패션이나 명품 계열 점포를 여기저기 세웠고, 최근 작품은 기치조지의 라 아라송이죠."

"아, 거기군. 요즘 잘나간다는. 하지만 왜 그런 사무소가 기념관 사업을 노리지?"

"지방 미술관 사업에도 뛰어들었나 봐요. 그쪽 전문가를 빼 왔다고 들었어요."

"혹시 채플린 수염의 하토야마?"

"아, 그 사람요."

"그럼 이 오카치마치의 사사무라 사무소는 경쟁 상대에서 지워야겠네. 하토야마는 거기 오래 있었거든."

"아, 그랬죠. 다행이네요. 아닌가, 사사무라는 약해졌지만 그만큼 노세 사무소가 강해진 셈이니까요."

"나머지는…… 아, 도쿠다 요시히사의 알파스튜디오."

"강적이네요."

"도쿠다 소장은 거물이지만, 대표작은 딱히 생각이 안 나네. 있기는 해?"

"아뇨, 저도 모르겠어요. 하지만 규모가 큰 곳이니까요. 한 5, 60명은 되지 않을까요? 분명 미술관 전담도 따로 있을 거예요. 돈도 많고요. 들은 이야기인데 거품이 꺼지고 나서도 금고에……."

두 사람의 이야기는 끝날 줄 몰랐다.

아오세는 잠시 요리이의 현장을 둘러보고 오겠다고 마유미에게 말한 뒤 사무소에서 나왔다. 결코 도망치려는 건 아니었다. 이런저런 문제가 불거진 아파트 공사 현장에 들를 예정이었다. 도망친 건 아니었지만, 손을 뒤로 돌려 사무소 문을 살며시 닫고 나오자 세상이 달라졌다. 공모가 오카지마의 것이라면, 뺨을 어루만지는 이 바람은 아오세의 것이 틀림없었다.

도코로자와에 새는 없는 것일까.

문득 그런 생각이 들어서 주차장으로 가는 길에 하늘을 올려다보았다. 어제도 같은 생각이 들어서 집 창문을 열고 잠시 귀를 기울였었다. 막상 찾을 때는 눈에 들어오지 않는다고 했던가, 귀에 들리는 건 자동차와 실외기에서 나는 인공적인 소리뿐이었다. 오늘도 새는 없었다. 하지만 얼마 만일까, 하늘을 보며 새를 찾는 게.

아오세는 시트로엥을 몰고 주차장을 나왔다.

"오늘 도코로자와는 땀이 날 정도로 기온이 높지만, 내일부터는 차츰 낮아질 것으로 보입니다."

히나코는 삐삐와 삐코를 잊어버린 걸까.

'카페 호른'에서 옛날이야기를 했다. 규타로와 구로의 추억담도 히나코에게 들려주었다. '아오세 미노루'라고 부르던 소리를 흉내까지 냈다. 나중에서야 공연한 이야기를 했다고 자책했지

208

만, 기억을 더듬어보면 히나코는 백 점 만점을 줘도 될 만큼 사랑스러운 얼굴로 열심히 이야기를 들어주었다. 사실이든 아니든 예전이었다면 더욱 마음에 담아두고 고민했을 것이다. 역시 뭔가가 움직이고 있다. 안전이 보장된 곳에서 밖으로 발을 내디디려 하고 있다. 언젠가는, 그리 머지않은 어느 날 삐삐와 삐코를 공원에 놓아준 이야기를 히나코에게 해야겠다는 생각마저 들었다. 분명 죽었을 테지만, 어쩌면 살아 있을지도 모른다고 부녀끼리 이야기하는 건 죄가 아니겠지. '히나코'라고 부르는 소리, 따스한 깃털에 뺨을 비비던 어린 날의 기억이 부모의 이혼으로 금기가 되어, 어딘가에 묻어버린 것이라면 함께 파내주어야겠지.

"어떻게 좀 안 될까요. 분리수거 규칙을 지키지 않는 동네 사람들, 속에서는 천불이 날 거예요. 그렇죠?"

인간은 그리 쉽게 죽지 않는다. 인간은 허망할 정도로 쉽게 죽는다. 둘 다 사실이라면, 자신이 마음 가는 쪽을 택하면 된다. Y주택에 걸려온 전화를 받았을 때, 귓가를 스쳐 지나간 건 바람 소리였다. 요시노의 목과 등으로 불어와 그를 스치고 지나갔다. 그런 광경이 직접 목격한 것처럼 시상(視床)에 뿌리내리고 있었다. 무사하길 바란다. Y주택 일은 걱정하지 않아도 된다. 아오세에게 미안해할 것도 없다. 히나코의 "제일 좋아"라는 말이 Y주택을 진정으로 특별한 집으로 만들었다. 이제 흔들리지 않는다. 터널에서 빠져나왔다. 일가족 실종으로 인한 충격과 분노, 자학을 드릴

삼아, 무작정 뚫어대던 암흑의 터널에서는 빠져나왔다. 지금은
그저 연락을 기다릴 뿐이다. 전화 한 통이라도 좋다. 사정은 묻지
않겠다. 가족들은 모두 건강하다고, 그 한마디만 들으면 된다.

"청취자 여러분이 보내주신 메일과 엽서, 감사히 받았습니다.
이웃과의 갈등이라는 주제에 엄청나게 호응해주셔서, 다음 주에
도 계속 이어가려 합니다."

유카리는 어떤 반응을 보였을까.

히나코의 성격을 생각하면 아빠가 이렇게 말했다고, Y주택에
쏟은 아오세의 감정을 꼼꼼하게 전했을 것이 분명했다. 어쩌면
유카리는 당혹스러워하지 않았을까. 《200선》은 유카리가 구입
한 것일 테지만, 애초에 왜 그런 마음을 먹은 걸까. 카페에서 주
인의 이야기를 들었을 때에는 당연히 아오세의 작품이 실렸기
때문이라고 생각했지만, 집으로 돌아와 자아도취였나 하는 생
각이 들어서 얼굴이 화끈거렸다. 200채의 집에는 200 종류의 인
테리어가 있다. 직업상 서점에서 이 책을 주목하는 인테리어 플
래너는 많을 테고, 어쩌면 유카리가 인테리어를 담당한 집이 실
렸을지도 모른다. 설령 인테리어가 아니라 집 자체에 관심이 있
더라도, Y주택이 아니라 다른 작품이나 건축가를 보고 구입했을
199의 가능성이 있다. 《200선》에는 공모에서 경쟁하게 된 노세
설계사무소의 신인 건축사가 설계한 작품도 실려 있었다.

"맞아요! 몸에만 좋은 게 아니에요. 맛있으니까 많은 분들이 계속 찾으시는 거겠죠?"

알면 노세도 놀랄 것이다.

벌써 10년도 더 만나지 못한 전 직장 동료가 자신을 가상의 적으로 삼았을 줄은 꿈에도 모를 것이다. 히나코가 불안을 내비친 것을 계기로, 유카리에게 남자의 그림자를 느꼈을 때 가장 먼저 떠오른 인물이 노세 다쿠미였다. 그 말고는 어떤 남자의 이름도, 얼굴도 떠오르지 않았다. 이혼 후 유카리의 인간관계는 알 도리가 없었다. 그래서 언제까지나 노세는 가상의 적이었고, 머릿속에서 유카리와 세트로 붙어 다녔다. 그의 평판을 듣거나, 잡지에 실린 사진을 볼 때마다 제 처지를 떠올렸고, 유카리의 미래를 생각했다. 만나는 사람은 있을까. 노세가 아니면 좋겠다. 아오세가 모르는 사람이면 좋겠다. 유카리가 꿈꾼 '목조 주택'에서 여유롭게, 가슴 뛰는 나날을 함께 보낼 수 있는 사람이라면 축복할 수 있다고 생각했다.

요리이 역이 보이기 시작했다.

JR하치코 선 말고도 도부도조 선과 지치부 철도가 다니는 터미널이시만, 관청과 가까운 역 일대는 '양지바른 마을'을 연상케 하는 분위기로 번잡스러움과는 거리가 멀었다. 편의점에 들러 인부들의 간식을 샀다. 다세대주택 건설 현장은 역에서 멀지 않았다.

"아, 오셨습니까."

현장 앞에 차를 세우자 헬멧을 쓴 가네코 시공사의 젊은 사장이 종종걸음으로 다가왔다. 긴장한 표정이었다.

"선생님, 번번이 죄송합니다. 꼼꼼히 확인을 했어야 하는데요. 저도 카펫이 빨간색이라니, 이게 맞나 싶어서 긴가민가했는데 다시 볼 걸 그랬습니다."

전화로 보고를 받았다. 아오세가 색을 지정한 블루의 'B'를 레드의 'R'로 잘못 읽었다고 했다.

"저야말로 죄송합니다. 다음에는 더 깔끔하게 쓰겠습니다."

"당치도 않은 말씀이십니다. 제 불찰이죠. 곧 파란색 카펫이 도착할 테니 양해 부탁드립니다."

너스레를 떨며 말했지만 젊은 사장의 표정은 여전히 굳어 있었다. 얼마 전 새시 변경 요청을 딱 잘라 거절한 게 통한 모양이다. 변화는 그때부터 시작된 것이다.

아오세는 완공이 머지않은 다세대주택을 보았다.

바라보는 눈에 희미한 아픔이 느껴졌다. 건축주의 의뢰는 '젊은 부부들이 좋아할 세련된 주택'이었다. 한정된 예산 내에서 최대한 건축주의 희망 사항에 맞추려 애썼다고 생각했지만, 눈앞에 있는 건 공장에서 대량생산된 자재에 설계의 발목을 잡힌 최대공약수적인 2층짜리 공동주택일 뿐이었다.

"어떤 빨간색입니까?"

아오세의 질문에 젊은 사장의 작은 눈이 휘둥그레졌다.

"뭐가…… 말씀입니까?"

"카펫 말입니다. 오렌지 계열의 빨간색인지, 아니면 탁한 빨간

색인지."

"아, 그게 꽤 중후한 느낌의 빨간색입니다. 빨간색이라기보다는 보르도나 버건디 같은…….."

아오세는 웃음을 터뜨렸다.

"둘 다 B네요."

"네?"

"좀 봐도 되겠습니까?"

"네, 안에……."

젊은 사장의 듬직한 뒷모습을 따라 걸음을 옮겼다. 안에 들어가기 직전 다시 한번 건물을 올려다보았다.

만일 처음부터 카펫을 빨간색으로 해달라는 조건이 있었다면, 타우트라면 외관을 어떻게 수정할까. 뜬금없는 생각에 예상치도 못한 아이디어가 연신 번뜩여서, 아오세는 유쾌한 오후를 보냈다.

25

"4, 50분은 걸리겠네."

"내비게이션에서는 32분이라는데?"

"차에서 이상한 소리 나는 것 같지 않아?"

"걱정되면 네 랜드크루저를 내놓든지."

아오세는 시트로엥에 오카지마를 태우고 S시를 향해 달리고 있었다. '후지미야 하루코 기념관' 건설 예정지를 현장 조사하러 가는 길이었다. 룸미러에는 뒤따라오는 이시마키의 프레리가 보였다. 조수석의 다케우치는 무슨 일인지 신이 나서 떠들고 있었다. 두 사람은 현장 조사 전에 관청과 도서관에 들를 일이 있어서 따로 탔다. 말할 것도 없이 사무소에 남아 전화 당번을 하게 된 마유미의 표정은 밝지 않았다.

오카지마는 무릎 위의 서류를 넘기고 있었다. 어제는 후지미야 하루코의 유족들을 방문해 그녀가 그린 원화 일부를 보고 왔다고 한다. 잘 그려. 어두워. 무서워. 그것이 오카지마의 감상이었다.

"잘 그려와 어두워는 알겠는데, 무서운 건 뭐야?"

전방을 보며 아오세가 묻자 오카지마는 손을 멈추고 고개를 돌렸다.

"한마디로 살아 있는 것 같다는 소리야. 인물의 눈이 너무나도 많은 걸 말하는 것 같아서 무섭더라고."

아오세는 말없이 수긍했다. 팸플릿을 확대해서 화질이 그다지 좋지 않은 세 장의 그림을 보았을 뿐인데도 오카지마의 감상과 비슷한 느낌을 받았다. 몽땅한 담배를 문 노인의 눈동자에는 그의 굴곡진 인생 전부가 담겨 있었지만, 동시에 자신을 화폭에 담는 후지미야 하루코의 인생을 축복하는 빛이 어린 것처럼 보이기도 했다. 구두닦이 소년의 헌팅캡에 반쯤 가려진 눈에서는 삐딱한 속마음과 곧 구두를 다 닦은 뒤에 내보일 제 기술에 대한 자부심이 느껴졌다. 빨래를 너는 중년 여성의 눈빛은 한결 더 복잡했는데, 의지와 상관없이 반사적으로 움직이는 손과 팔뚝의 늘어진 살을 혐오하는 내면이 드러난 한편, 남편인지 아버지인지는 모르겠지만 안에서 부르는 누군가의 목소리를 무시하고 있을 거란 숨겨진 스토리까지 상상하게 만드는 힘이 있었다.

"전부 인물화야?"

"유족들 말로는 거의 대부분이 그렇다고 했어. 내가 본 원화도 노동자나 아이들, 고단한 삶을 살아가는 시정의 사람들을 그린 그림이었고. 벽돌 기술자나 청소차 운전기사, 길에서 술을 홀짝이는 노인처럼."

"전형적인 파리 느낌은 아니네."

"파리도 넓으니까. 후지미야 하루코가 살던 아파트는 북쪽 끝자락의 18구인데, 그중에서도 가장 끄트머리에 자리한, 오래전 폐업한 공장 건물과 주택이 뒤섞인 치안 나쁜 빈민가였다고 하더군. 그 유명한 〈프렌치 캉캉〉 물랭루주도 가깝고, 몽마르트르 언덕이나 그 위의 사크레쾨르 대성당처럼 인기 관광지가 있기는 하지만. 에펠탑과 개선문, 샹젤리제 거리에서는 멀리 떨어진 곳이지. 뭐, 화려한 파리와는 인연이 없었으니 그런 그림을 그릴 수 있었던 게 아닐까."

오카지마는 어처구니없을 만큼 표정이 밝았다. 아오세가 순순히 들러리를 맡아주어서 마음이 놓인 것인지, 아니면 공모에서 우승할 비책이라도 떠오른 것인지는 모르겠지만 본 공모에 앞서 사무소 내부에서 아오세와 예선을 치른다는 이야기는 당초의 긴장감을 잃은 듯했다.

결국 오카지마는 예전 그대로인가. 새사람이 된 것처럼 살았던 건 대외적인 전략일 뿐이고, 근본은 바뀌지 않은 거라면 실망이 이만저만이 아닐 것이다. 옛날부터 남을 우습게 보고, 이용할 수 있는 건 뭐든 이용하며 거물인 척 자기를 연출하고, 돈에도 여자에게도 헤펐다. 생각지도 못한 타이밍에 '동심매' 이야기를 꺼내서 뭐에 홀린 기분이었지만, 타우트와 에리카의 관계는 제쳐두고서라도 지금 오카지마와 마유미의 관계를 유추하라면 아오세는 아마 이시마키가 내린 결론을 따를 것이다.

그렇지만 이것만큼은 믿을 수 있었다. 외아들 잇소에게 쏟는 오카지마의 애정은 의심의 여지가 없다. 잇소에게 남겨주고 싶다, 아들에게 당당하게 자랑하고 싶다고 토로한 심정은 별다른 설명 없이도 마음에 와닿았다. 오카지마가 진정으로 회개하고 새사람이 되었다면, 그것은 올봄에 6학년이 된 잇소가 가져온 복음이라고 단정 지어도 좋을 듯싶었다.

"이것 좀 봐."

신호에 걸려 차를 세우자 아오세의 눈앞에 오카지마가 사진을 들이밀었다.

"후지미야 하루코의 방이야. 굉장하지?"

그 말에 아오세의 눈도 휘둥그레졌다.

어느 아파트의 방이었다. 설명을 듣지 않았다면 어두운 통로나 복도인 줄 알았을 것이다. 한 사람이 겨우 지날 수 있을 법한 비좁은 공간 안쪽에는 창이 하나 나 있었는데, 그 창가에 이젤로 보이는 실루엣이 찍혀 있었다. 방이 통로인 줄 알았던 건 창가를 제외한 바닥이란 바닥에는 전부 캔버스가 쌓여 있었기 때문이다. 대부분은 거의 천장에 닿을 높이였다.

"그림을 이렇게 쌓아둬도 돼?"

그런 사소한 의문이 튀어나왔다. 정말 하고 싶은 말은 놀라움에 삼켜졌다.

"그럴 수밖에 없었겠지. 그림이 800점 이상 있었다니까."

아오세는 액셀을 밟았다. 파란 신호가 순간 부옇게 보였다. 800점의 그림. 그 광경을 눈앞에 그려보려 했지만 떠오르는 건 없었다.

"대체 몇 년 동안 그린 거야."

"서른 전에 프랑스로 건너갔다니 약 40년은 되겠네."

입술 사이로 한숨이 새어 나왔다.

"아무에게도 보여주지 않고?"

"후지미야 하루코는 진짜 예술가였던 거지. 평가에도, 돈에도 연연하지 않고 묵묵히 그린 거야."

아는 척하는 오카지마의 말에 아오세는 쓴웃음을 지었다.

"응? 뭐가 우스워?"

"네 말대로라면 건축가 중에는 진짜 예술가는 있을 수 없겠군."

오카지마도 웃었다.

"우리 일은 방에 숨겨둘 수 없으니까. 그리고 건축주가 돈을 안 내면 아무것도 만들 수 없잖아."

"인정받고 싶은 욕구가 없는 예술가를 예술가라고 할 수 있는가, 라고 말할 수도 있겠지."

"후지미야 하루코를 말하는 거야?"

발끈한 목소리였다.

"그냥 일반론이야."

"아니."

오카지마는 딱 잘라 말했다.

"후지미야 하루코는 그런 게 아냐. 너도 그림을 보면 알 거야. 그녀는 진정한 예술가야."

"웬일로 푹 빠졌네."

"푹 빠졌다고?"

오카지마는 다시 웃었지만, 이내 혼잣말처럼 중얼거렸다.

"진짜 예술품을 평범한 상자에 넣어둘 수는 없잖아. 예술은 그에 걸맞은 예술로 포장하는 게 예의지."

뒤따라오던 프레리가 오른쪽 방향지시등을 켰다. 다케우치가 어린애처럼 손을 흔드는 모습이 미러에 비쳤다.

아오세는 눈치채지 못한 척했다. 오카지마의 진정성을 의심한 자신이 조금 부끄러워졌다.

26

S시 오카히라 정.

그 이름대로 기념관 건설 예정지는 완만한 구릉지를 등진 임야에 있었다. 남천나무 자생지라고 들었는데, 멀리서 봤을 때는 시골에서 흔히 볼 수 있는 넓기만 한 평원 같았다. 위치는 그럭저럭 괜찮았다. 조금 남쪽으로 자연 호수를 개발한 대규모 공원이 있었고, 주변에는 자전거 길이 정비되어 있었다. 기념품 가게를 제외하면 딱히 상점도 없었다. 서쪽으로 민가가 드문드문 보였고, 그 너머로 주택단지를 조성하는 중인지 불도저 여러 대가 검은 연기를 뿜어내며 흙을 고르고 있었다. 말 그대로 '교외'에 해당하지만, 도시 중심부에서 여기까지 자동차로는 15분, 버스로 20분이라 접근성은 나쁘지 않았다.

"아오세, 그냥 지나쳐."

"뭐라고?"

"먼저 온 손님이 있네."

시트로엥의 속도를 늦췄다가 일단 그대로 건설 예정지를 지나친 건 갓길에 시나가와 번호판을 단 포르쉐가 서 있었던 까닭이다. 그 근처에 두 사람이 보였다. 채플린 수염을 기른 훤칠한 남자와 튀는 노란 안경테밖에 눈에 들어오지 않는 둥근 얼굴의 남자가 손에 든 자료와 수풀이 무성한 건설 예정지를 번갈아 보며 대화하고 있었다.

"수염이 하토야마군."

조금 떨어진 곳에 차를 세우자 오카지마는 몸을 틀어 뒤를 보며 말했다. 사사무라 사무소에서 스카우트해 온 미술관 사냥꾼. 지금은 노세 설계사무소에서 삼인자로 자리매김했다는 추가 정보도 입수했다.

아오세도 고개를 돌려 그들을 보았다. 시찰은 끝난 것 같았다. 여유만만한 표정으로 드넓은 하늘을 과장된 동작으로 올려다보거나, 구두에 묻은 흙을 손수건으로 닦는 등 도시 사람의 행동거지가 눈에 거슬렸다.

"별거 아냐."

오카지마가 다시 몸을 돌려 앉으며 말했다.

"독일에 연수 겸 여행을 갔을 때는 저 채플린 수염을 깎고 갔다는군. 그 정도 그릇밖에 안 되는 사내야."

아오세는 대답하지 않았다. 그런 식으로 인신공격을 한들 무엇이 달라지겠냐마는, 공모에서 맞붙을 상대를 실제로 보니 피가 끓는 것이리라. 그 점은 아오세도 마찬가지였다. 룸미러의 각도를 조정했다. 두 남자는 여전히 그 자리에 있었다.

"콘셉트는 구상했어?"

아오세가 은근히 묻자 오카지마는 콧김을 내뿜었다.

"아직. 샘플을 좀 보고 나서 생각하려고."

"그래서 이길 수 있겠어?"

"못 이긴다는 거야?"

"꼬아서 듣지 마. 단순히 미술관 자체로 겨루려고 하면 경험이 많은 쪽이 유리하겠지."

"테마는 기념관이야."

"전시 공간이라는 점은 같으니까 노하우를 발휘할 수 있잖아."

"그럼 어쩌라는 건데?"

오카지마가 되물었다. 진지한 눈빛이었다. 아오세는 말을 골랐다. 여기서 대충 둘러댈 수는 없었다.

"전형적인 미술관의 발상을 버리라는 거군."

대답하기 전에 오카지마가 먼저 말을 꺼내서 아오세는 한숨을 내쉬었다.

"내 생각도 그래. 기존의 고정관념에 얽매이지 않는 게 좋을 거야."

"네 플랜은?"

말이 끝나기가 무섭게 오카지마가 물었다. 웃음기라고는 찾아볼 수 없는 목소리였다.

"아직. 아무 아이디어도 없어."

아오세는 다시 앞을 보며 말했다.

쯧, 하고 혀를 차는 소리가 들렸다. 흠칫해서 오카지마를 보았지만 그는 이미 룸미러를 뚫어져라 쳐다보고 있었다.

아오세도 미러를 보았다. 미러 속 두 사람이 이쪽을 바라보고 있었다. 얼굴을 맞대고 뭐라고 이야기하더니, 느릿한 걸음으로 다가오기 시작했다.

"이쪽으로 오는데? 어쩌실 겁니까, 소장님."

"썩 내키진 않지만 예의상 인사는 해야지."

허세를 부리며 오카지마는 조수석 문을 열었다.

하토야마는 옅은 미소를 짓고 있었다. 같이 온 노란 안경테의 남자는 브론즈 렌즈 너머로 차 앞부분을 들여다보는 시늉을 했다. 구형 시트로엥을 품평하는 걸까, 아니면 견제 차원에서 '도쿄 로자와 번호판'을 조롱하는 것일까.

"역시 맞네요."

영문 모를 첫마디를 내뱉더니 하토야마는 업계인들이 좋아할 법한 알루미늄 명함 케이스를 꺼냈다. 오카지마도 지지 않겠다는 듯 랑방 명함 케이스를 열었다. 그토록 하토야마, 하토야마

염불을 외었지만 실제로는 초면이었다.

"와, 소장님께서 친히 오셨군요. 너그러운 마음으로 봐주십시오. 지역 사무소만의 강점이 있으니까요. 정신 똑바로 차리지 않으면 저희는 명함도 못 내밀겠군요."

하토야마는 여유와 비아냥이 한껏 묻어나는 말투로 말하더니, 명함 교환이 끝나자 이번에는 아오세를 보았다.

"어, 아오세 씨? 혹시 우리 소장님하고 아는 사이 아니십니까?"

예상하고 있었다. 아오세는 시치미를 떼며 하토야마의 명함을 보았다.

"아하, 노세 씨 사무소 분이시로군."

"제가 잘못 짚은 건 아니죠?"

"맞습니다. 옛날에 아카사카 사무소에서 같이 일했죠."

"어, 최근에 그 책에 실리셨죠. 미야모토, 그 책 이름이 뭐였지?"

"《일본의 집 200선》 말입니까?"

노란 안경테가 아니라 오카지마가 대답했다. 아오세는 속으로 혀를 찼다.

"맞습니다, 그 《200선》이요. 우리 소장님이 아오세 씨 작품을 직원들에게 보여주면서 이런 참신한 집을 설계해보라고 닦달을 하셨거든요. 옛 친구가 설계한 집인데, 디자인의 완성도에 사무소 규모는 상관없다고요. 아, 실례했습니다. 소장님이 하도 열정적으로 말씀하셔서요."

오카지마의 웃는 낯이 굳는 게 느껴졌다.

"참고로 사무소 직원이 몇 명이나 됩니까?"

예상치 못한 추격타였다. 알면서 일부러 물어보는 걸 알고 오카지마의 눈이 허공을 맴돌았다.

"지금은 다섯 명 체제입니다."

"다섯 명? 이번 프로젝트 팀 말씀이십니까?"

"직원이 다섯 명이라 모두 참가합니다."

"아, 그러시군요. 그런 걸 소수정예라고 하는 거겠죠."

보다 못한 아오세가 끼어들었다.

"노세는 건강히 잘 지내죠?"

"네, 어찌나 건강하신지 젊은 직원들이 혀를 내두를 정도입니다. 아시는지 모르겠지만 사실혼 관계였던 사모님과 헤어지고 조금 기운이 없기는 했지만, 요새는 사흘이 멀다 하고 제 집처럼 긴자에 드나드시는데, 일전에는……."

흘려들을 수밖에 없는 이야기들이 이어졌다. 이제 볼일은 끝났다는 양 하토야마는 오카지마 쪽은 거들떠보지도 않았다.

"그럼 저희는 이만 가보겠습니다. 만나 뵈었다고 소장님께 말씀드려야겠군요. 분명 기뻐하실 겁니다. 아오세 씨가 참전하시면 우리 사무소는 더욱더 승산이 없어지겠는데요. 긴장감이 확 듭니다. 역시 현장 조사를 하면 얻는 게 있다니까요."

하토야마의 일방적인 공세로 동업자끼리의 첫 대면은 끝이 났다.

포르쉐가 떠날 때까지 오카지마는 말이 없었다. 메마른 배기음이 사라진 뒤로도 입을 꼭 다물고 수풀이 무성한 건설 예정지를 그저 바라보았다. 전초전은 완전한 패배로 끝났다. 하토야마에게 약점을 들키고 '무명'의 설움을 곱씹고 있는 것이 분명했다. 뭐라고 먼저 말을 꺼낼 때까지 기다리려고 아오세가 주머니에 손을 넣었을 때, 오카지마가 혼잣말하듯 중얼거렸다.

"승산은 있어. 유족은 우리 편이야."

오카지마는 재빨리 가방을 열더니 오는 길에 차 안에서 아오세에게 보여준 사진을 꺼냈다. 밑에 한 장이 더 있었다.

"아파트 외벽이야. 아까 그 사진과 달리 후지미야 하루코의 집을 밖에서 찍은 거야."

아오세는 무의식적으로 신음을 흘렸다. 벽돌을 쌓아 모르타르를 아무렇게나 덧바른 외벽. 전쟁의 화마나 비바람이 휩쓸고 지나간 폐허를 연상시키는 모습이었다. 거뭇한 모르타르의 대부분은 벗겨졌고, 드러난 적갈색 벽돌도 심하게 삭아서 금방이라도 힘없이 부서져 내릴 것 같았다. 그 벽에 창문이 하나 있었다. 세로로 긴 창문이 입을 떡 벌리고 있었다. 새까맣다. 아니, 암흑이라고 해야 할까. 800점의 그림이 잠든 실내의 풍경은 짐작조차 할 수 없었다. 창틀의 금속을 흔적도 없이 집어삼킨 녹이 창문 아래에서 바닥으로 무수한 검붉은 선을 그었다.

이곳에 살았다. 이곳에서 그렸다. 한 장의 사진으로는 알 수 없었다. 실내와 외관 양쪽을 보고 나서야 비로소 후지미야 하루코의 결의가, 준엄한 화가의 삶이 피부에 와닿았다.

"유족들은 나한테 기념관을 지어달라고 했어."

오카지마는 아득한 곳을 바라보며 말했다.

"빈말일 수도 있겠지만 제일 처음 가서 만나봤으니까. 또 같은 지역이기도 하고. 하지만 분명히 말했어. 후지미야 하루코의 동생분이 오카지마 씨가 지어주셨으면 합니다, 그렇게 되면 좋겠다고 하셨지."

그 증거로 두 장의 사진은 오카지마의 손안에 있었다. 한 장밖에 없는 사진이라 다른 사무소 사람들은 보지 못했다. 오카지마는 그렇게 믿고 싶은 듯했다.

아오세는 허공으로 시선을 돌렸다.

마음의 바늘이 흔들리고 있었다. 만일 이곳에서 하토야마와 만나지 않았더라면, 오카지마는 과연 두 번째 사진을 아오세에게 보여줬을까.

27

그날 밤, 아오세는 악몽에 시달렸다.

이불을 걷어차며 일어난 건 새벽 3시경이었다. 호흡은 가빴고, 등은 식은땀으로 축축했다.

타우트 꿈이었다.

놀랍게도 타우트는 진노하고 있었다. 얼굴이 새빨갰다. 아니, 시뻘겠다. 탁해진 안경 렌즈 위의 넓은 이마에서 김이 모락모락 솟아올랐다. 뼈마디가 불거진 열 발가락으로 센신테이의 다다미 바닥을 움켜쥐듯 서서, 천장에 머리가 닿을 만큼 큰 몸을 앞으로 한껏 내밀어 격하게 삿대질을 하며 짐승과도 같은 목소리로 누군가를 질타하고 있었다. 심기를 불편하게 만든 게 누구인지는 모르겠다. 장지문 그늘 때문에 모습은 보이지 않았다. 에리카는 아니었다. 그녀는 센신테이 밖에서, 남겨진 사진 속의 표정을 읽을 수 없는 그 얼굴로 타우트를 바라보고 있었다.

독일어였나, 러시아어였나, 영어였나, 아니면 일본어였을까. 타우트의 말은 신음과 뒤섞여 제대로 알아들을 수가 없었다. 성을 내고 있다는 건 알 수 있었다. 화산이 폭발하듯 격노했고, 화산 폭발로 사방으로 튀는 암석처럼 노성을 내질렀다. 그것은 가차 없이, 쉼 없이, 한없이 장지문 너머의 누군가를 탓하고 있었다.

끔찍한 꿈이었다. 잠에서 깨어 그것이 꿈이라는 걸 깨닫고 나서도 오감을 놓아주지 않는 잔향이 두려웠다. 바로 옆 세상에서 타우트의 노여움은 계속되고 있는 것이다. 그것은 아비규환의 지옥처럼 끝이 없었다.

한동안 침대 위에서 넋을 놓고 있었다. 해몽을 해보려 해도 내용이 너무나도 기괴해서 현실과 연결 짓기 힘들었다. 오늘 밤은 타우트의 책을 읽지 않고 불을 껐다. 잠들기 전의 의식을 건너뛴 건 후지미야 하루코 기념관의 이미지를 어둠 속에서 구상해볼 심산이었기 때문이다. 하지만 오카지마가 훼방을 놓았다. 설계보다는 공모에 참가하기로 정해지고 나서부터 극과 극을 오가는 오카지마의 말과 행동들이 아오세의 주의를 붙잡고 놓아주지 않았다. 좌우지간 타우트의 고매한 건축론에 빠져들 기분이 아니었다. 사흘 뒤에 '구 휴가 별장'에 간다. 타우트의 꿈을 꾼 계기를 굳이 찾자면, 그것밖에 답은 없는 것 같다.

소풍 전날의 초등학생이냐.

아오세는 침실을 나와 땀으로 범벅이 된 셔츠를 벗으며 욕실로 향했다. 유카리의 꿈을 꾸었다면 차라리 납득이 갔을 터였다. 잠들기 전에 노세 생각을 했다. 가상의 적에 관한 정보는 적으면 적을수록 좋다는 걸 새삼 실감했다. 상대에 대해 아는 게 없으면 진짜 적이 되지 않고 끝난다. Y주택을 극찬했다. 사실혼 관계에 있던 여자와 헤어졌다, 긴자에서 유흥 삼매경이다, 지금의 아오세에게는 모두 무의미한 정보였지만 유카리와 엮는 순간 모종의 의미를 띠기 시작했다.

샤워를 했다. 평소보다 오래 눈을 감고 있었다.

건축계 중진의 고희연 회장이었다. 이브닝드레스 차림의 유카리가 눈앞을 지나갔다. 아오세의 옆에는 노세가 있었다. 그것이 모든 일의 시작이었다. 두 남자의 마음에 동시에 불이 붙었다. 누가 먼저랄 것도 없이 같은 순간에 마음을 빼앗긴 까닭에, 둘 다 조역으로 물러날 생각 같은 건 전혀 없었다. 지금 생각해보면 유카리도 동시에 두 남자의 열렬한 구애를 받고 분명 들떠 있었다. 노세는 밤마다 전화를 했던 모양이다. 둘이서 만나는 건 좀……. 그 말은 아오세 역시 들었기 때문에, 오월동주하는 모양새로 노세와 눌이서 디자인 업계의 파티에 잠식했다. 애쓴 보람이 있는지 정기적으로 술자리를 가지는 또래 모임에 낄 수 있었다. 신사협정을 맺기는 했지만, 노세는 늘 아오세보다 두 배는 더 유카리와 대화했다. '아까 노세 씨가…….' 유카리가 그 이름을 입에 올릴 때마다 열이 올랐다. 불리하다는 건 자각하고 있었다. 당시 소장이 '쌍둥이'라 부르며 놀려댔으니 외모는 별 차이 없었고, 담당 분야는 다르지만 업무 능력도, 센스도 딱히 뒤진다는 생각은 들지 않았다. 하지만 아오세와 달리 노세는 천성이 밝고 긍정적이었다. 나이에 비해 박식하고 화술도 뛰어났다. 건축은 물론 상업 디자인, 영화와 연극, 클래식, 만화나 오컬트 등의 대중문화에 이르기까지 청산유수로 이야기가 끊이지 않았다. 무엇보다 유카리에게 푹 빠져서, 뜨개질이 취미라는 이야기를 듣자마자 관련 서적을 섭렵했고, 좋아하는 음식을 물어서 멀리까지 찾아가 콩찹쌀떡을 사다 바치기도 했다. 불리하다는 자각은 틀리지 않았다. 실제로 유카리의 마음이 노세에게 기울고 있다는 걸 느꼈던 시기도 있었다.

그래서 유카리에게 '떠돌이' 시절 이야기를 했다. 달리 꺼낼 수 있는 카드가 없었다. 노세를 쓰러뜨리기 위해 사회인이 된 뒤로, 굳이 따지자면 열등감을 불러일으킨 적이 많았던 제 성장과정을 무기 삼아 유카리를 현혹시킬 판타지로 미화했다. 과거는 바로 그것을 위해 존재했다. 영화도, 연극도, 클래식도 모르고 보낸 그 시절을, 산과 숲과 새와 들꽃과 함께 살았던 그 긴 여정을, 눈앞의 한 여자와 맞바꿨다. 기실 중요한 장면은 안개가 긴 듯 뿌옜다. 유카리가 어린 시절 이야기를 물어봐서 대답했던가, 아니면 묻지도 않았는데 먼저 이야기를 꺼냈던가. 기억이 나야 할 일을 기억해내지 못하는 걸 보면 역시 후자겠지. 히나코처럼 유카리는 한 번도 질문하지 않고 아오세의 긴 이야기에 귀를 기울였다.

흐름이 바뀌었다. 그로부터 얼마 뒤 첫 데이트에 성공했다. 유카리는 '조류'라는 단어를 재발견했다. '아오세 씨는 조류니까 모르겠지만', '와, 조류는 그런 식으로 생각하는군요' 같은 말을 썼다. 그것은 쑥스러움을 감추기 위한 말이면서 동시에 이 사람이 특별한 사람이었으면 하는 유카리의 심정을 암시하는 말이기도 했으니, 두 사람의 거리가 급속도로 가까워진 건 말할 것도 없었다. 지금은 안다. '목조 주택'의 씨앗을 품고 있던 유카리는 꿈을 꾸었다. 두 사람의 세계가 한데 어우러지리라 믿고 아오세의 가슴에 뛰어들었다.

노세는 단념하지 않았다. 전화를 받지 않자 편지를 썼다. 콘서트나 뮤지컬 티켓은 반드시 두 장씩 예약했다. 모임에서는 엉덩이를 비집고 들어와 유카리의 옆자리에 앉았다. 2시간이나 기다려 산 롤 케이크를 이거 좋아하죠, 하고 웃으며 건넸다. 역전하리라 믿는 얼굴이었다. 작은 미끼로 대어를 낚는다. 그것이 공사 상관없이 노세의 방식이었다. 그래서 그 미끼를 차버렸다. 결혼을 서두른 것이다. 이미 서로의 집을 오가는 사이로 발전하기는 했지만, 자나 깨나 디자인 생각뿐인 유카리의 머릿속에 결혼이라는 두 글자가 과연 존재하기는 하는지 의문이었다. '결혼할까?' 나란히 서서 설거지를 하며 얼굴도 보지 않고 말했다. 유카리의 손이 멈췄다. '뭐라고?' '결혼하자고.' '프러포즈야?' '그래.' '난 인류인데 괜찮겠어?' 태어나서 그렇게 웃어본 적이 없었다. 유카리는 바닥에 쭈그리고 앉아 울었다. 그렇게 기쁜 얼굴로 우는 인류를 본 건 처음이었다.

아오세는 베란다로 나왔다.

한 손에는 맥주 캔을 들었다. 날짜가 바뀌었으니 상관없겠지. 밤을 야경으로 만들어주던 불빛들은 이제 보이지 않았다. 옅은 구름이 하늘에 걸려 있었다. 새벽이 가까워진 건가? 대충 닦은 칠판 같은 밤하늘에서 그 질문에 대한 단서는 찾아볼 수 없었다.

콩그레츄레이션. 산뜻한 얼굴로 말하더니 노세는 악수를 청했다. 내민 손을 웃음이 사라질 정도로 세게 부여잡았다. 표정이 어땠는지는 기억나지 않는다. 패자에 대한 예의로 직시하지 않은 걸까, 아니면 유카리에게 '떠돌이' 생활을 이야기했을 때처럼 묘한 죄책감을 동반한 기억이라 흐리게 덧칠해버린 것일까. 노세는 왜 자신이 졌는지 이해할 수 없다는 표정을 짓고 있었을 터였다. 사랑의 라이벌이 '조류'로 둔갑해, 유카리의 바람대로 날갯짓하는 광경 같은 걸 상상이나 했으랴. '분명 앞으로도 노세 씨에게는 새소리가 들리지 않겠지.' 희미한 부채감이 있었기 때문에 노세의 존재를 지우지 못했던 것이다. 노세가 얼마나 멋진 남자인지 알기 때문에 지우지 못하는 것이다. 아오세가 유카리와 헤어진 걸 알았을 때, 노세는 무슨 생각을 했을까. 이혼하고 나서 유카리는 그와 만난 적이 있을까.

침대로 돌아왔지만 잠이 오지 않았다.

눈을 감아 밤하늘보다 짙은 어둠은 만들 수 있었지만 그것이 마음 놓고 달아날 보금자리가 되어주지는 않았다. 바로 옆에서 타우트가 계속 화를 내는 듯한 감각은 사라지기는커녕 더욱 또렷하게 구체성을 띠어가며 아오세를 괴롭혔다. 타우트에게 무관심했던 벌은 아니겠지만, 장지문 그늘에서 호통을 듣는 이는 다름 아닌 자신이라는 생각이 머릿속에 뿌리내리기 시작했다. 이 맨션 한 칸이 끝없는 아비지옥이라는 건가. 여기서 홀로 하릴없는 밤을 영원토록 반복하겠지. 새로 둔갑한 죄로. 다시없을 행복을 놓아버린 죄로.

집을 안 짓기를 잘했네.

아오세는 눈을 꼭 감았다.

타우트의 노여움은 수그러들지 않았다. 에리카에게 도움을 청했다. 누가 가르쳐준 것도 아닌데 그것이 타우트의 분노에 대항할 수 있는 유일한 방법임을 알고 있었다.

28

5월 10일.

연휴가 끝난 다음 날이었지만 여느 때처럼 도쿄 역은 북적거렸고, 수학여행을 가는 학생 무리들이 물고기 떼처럼 이동하고 있었다. 아타미를 찾는 게 얼마 만일까. 그런 생각을 하며 아오세는 9시 56분에 출발하는 고다마 열차에 올랐다. 지정석을 끊었지만 차내는 맥이 빠질 만큼 한산해서, 드문드문 앉은 회사원들도 여느 때보다 조금 여유 있게 다리를 꼬고 있었다.

아오세는 가방에서 자료를 꺼내 좌석 테이블 위에 펼쳤다. 브루노 타우트가 설계한 '구 휴가 별장'의 도면과 소개 기사 등……. 1936년에 준공된 건물로, 미술과 건축에 조예가 깊었던 사업가 휴가 리헤이가 타우트에게 설계를 의뢰했다. 하지만 수년 전에 별장 자체는 이미 완성된 상태였고, 타우트가 손댄 건 지층 부분의 개축이었다. 세계적으로 유명한 거장 건축가에게 어울리는 작업은 아니었지만, 그 배경에는 당시 일본 정부가 히틀러 정권하의 독일에서 망명해 온 타우트를 환대할 수 없었던 속사정도 있었다. 일본에 체재하는 동안 건축가로서 일한 건 두 번뿐이었고, 개축이기는 하지만 설계 전권을 일임받은 건 휴가 별장뿐이었다. 그곳에 타우트는 '사교실', '서양식 응접실', '다다미방'의 세 공간을 중심으로 지층의 세상을 만들어냈다.

자료를 넘기다 보니 '주의 사항'이라는 글자가 눈에 들어왔다. 별장을 조사, 견학할 때의 주의 사항에 대한 내용이었다. 수일 전에 J신문의 이케조노가 팩스로 보내주었다. '화기 엄금', '몸이 닿지 않게 할 것', '잡아끌지 말 것', '손대지 말 것'. 줄줄이 나열된 금지 문구들을 보니 귀중한 문화유산을 보러 간다는 사실을 새삼 실감했지만, 그보다 가슴이 더 뛰었다. 밤마다 타우트에 관한 책을 읽고 그 심오한 사상에 감복하며 나아가 꿈결에서도 불호령을 들은 까닭인지, 타우트에 대한 관심은 고개를 뻗어 올려다봐야 할 정도로 거대해졌다. 뿐만 아니라 친근한 정마저 느끼고 있는 자신을 깨닫고 아오세는 내심 놀랐다. Y주택에 있던 의자의 정체를 알아내기 위해 계획한 방문이었지만, 휴가 별장 견학을 손꼽아 기다리던 마음은 외면하려야 외면할 수가 없었다. 나아가 타우트의 작품을 접함으로써 기념관 구상에 영감을 얻을 수 있지 않을까 하는 내밀한 기대도 있었다.

열차는 정시에 아타미에 도착했다.

승강장에 내린 아오세는 그 자리에 서서 주변을 둘러보았다. 이케조노도 같은 열차를 탔을지도 모른다는 생각에서였다. 하지만 그는 다음 열차를 탔는지 조금 늦게 개찰구를 통과했다.

"오랜만입니다. 일전에는 신세가 많았습니다."

서글서글한 미소는 다루마지에서 만났을 때 그대로였다.

"다행히 약속 시간에 딱 맞게 도착하는 열차가 있더라고요. 아오세 씨는 차로 오셨습니까?"

"저는 이전 열차를 타고 왔습니다. 혹시 지각해서 혼자 남겨지면 큰일이니까요."

"그러셨군요. 깜빡했습니다. 처음부터 도쿄에서 만날 걸 그랬나 봅니다."

일부러 피했다는 걸 알아챌까 봐 아오세는 애써 웃으며 고개를 끄덕였다.

"그럼 이동할까요."

"걸어서 갈 수 있는 거리입니까?"

"네. 5, 6분쯤 걸립니다. 너무 가까워서 문화유산이라는 기분이 안 들긴 하죠."

역 앞 도로를 건너 야트막한 언덕으로 이어지는 길로 들어섰다. 기념품 가게와 민가가 늘어서 있었다. 그 끝으로 급경사의 언덕이 보였다.

"나중에 소개하겠습니다만, 이곳 지역 신문 기자 중에 가깝게 지내는 가사하라라는 사람이 있습니다. 아까 그에게 전화가 왔는데, T대 조사단은 30분쯤 전에 내부로 들어갔다는군요. 실측 조사를 보충하는 날이라니, 우리가 방해가 되지는 않을 겁니다."

이케조노는 가는 길에 그런 설명을 했다.

언덕 끝까지 올라가자 갑자기 시야가 확 트이더니 푸르른 바다가 펼쳐졌다. 사가미 만이다. 정면에 부옇게 보이는 건 하쓰시마 섬인가.

이쪽입니다. 이케조노는 내려가는 돌계단을 밟았다.

"의자에 대해 뭔가 알아내면 좋겠네요."

"아, 네, 그러게요."

당초의 목적을 잊고 단순 견학자의 마음가짐으로 있던 아오세는 얼빠진 목소리로 대답했다.

돌계단 아래에는 완만한 내리막길이 펼쳐져 있었다. "저기입니다" 하고 이케조노가 가리킨 끝에 별장의 현관과 돌로 포장된 길이 보였다. 주변에는 매화나무와 관목이 심어져 있었고, 하얀 벽에 큼지막하게 난 나무 문을 보니 멀리서도 세월의 흔적을 느낄 수 있었다. 별장은 2층 목조 건물로, 부를 축적한 사업가의 소유였던 것치고 화려한 느낌은 들지 않았다.

현관문에는 사방등풍의 가로등이 달려 있었다. 문패 대신 현재 이 별장을 소유한 회사의 이름이 적혀 있었다.

"자, 아오세 씨, 들어가시죠. 미리 허락은 맡아놨습니다."

실례하겠습니다. 누구에게랄 것도 없이 말하고 나서 아오세는 나무로 된 현관문을 지났다. 온도가 미세하게 낮아진 듯한 기분이 들었다. 어스름한 바닥에 대여섯 켤레의 신발이 가지런히 놓여 있었다. 잘 닦인 현관 턱은 묵직한 만듦새로, 발바닥에 느껴지는 감촉이 좋은 자재를 썼다는 사실을 말해주었다.

하지만 아오세가 찾는 건축 유산은 지하에 있었다. 엄밀히 말하면 '반지하'다. 휴가 별장은 원체가 퍽 특이한 구조로, 가옥은 산을 등진 곳에 지었지만 정원은 바다와 접한 경사면에 철근콘크리트로 조성한 인공지반 위에 자리했다. 타우트는 바다를 향해 튀어나온 그 인공지반 아래 공간을 증축한 것이다. 바다 쪽으로는 트여 있고, 산 쪽으로는 닫힌 반지하라는 특수한 건축 조건. 천장, 바닥, 벽 등 반지하 부분을 이루고 있는 콘크리트 구조는 기존에 있었기 때문에 타우트의 작업은 '증축'이라기보다는 '지하공간의 개축'이라 불러야 온당할지도 모른다. 한마디로 건축물이 아니라 '공간'을 만든 것이다. 아오세는 그런 해석을 머릿속에 담고 이곳을 찾았다.

"내려가시죠."

"네."

70여 년 전에 지어진 지하공간으로 내려가는 계단은 바로 왼쪽에 있었다. 아오세는 다소 긴장된 표정의 이케조노를 따라 계단을 내려갔다. 스무 계단쯤 되는 가파른 계단이었다. 보존이 잘되었는지 얄팍하게만 보이던 디딤판은 삐걱거리는 소리도 없이 단단히 성인의 체중을 받아냈다.

지하를 향해 곧게 뻗은 대나무 손잡이에서 처음으로 타우트의 디자인을 느꼈다. 그것이 개인적인 느낌이 아니라는 걸 지층의 작은 홀에 도착해서 깨달았다. 벽에 얇게 자른 대나무를 촘촘하게 붙여놓았고, 구획을 나누는 벽도 아치형으로 뚫어 대나무로 수격자(竪格子) 살을 달아놓았다.

그 옆에도 대나무가 안내자 역할을 했다. 홀에서 원형 케이크를 4분의 1로 잘라놓은 듯한 형태의 얕은 계단을 따라 '사교실'로 향했는데, 그 계단의 손잡이 역시 대나무로 만들어져 있었다. 위쪽을 구부린 대나무를 네 개 엮어서 케이크의 둥그런 부분을 잘 부각시켰다.

'사교실' 천장에는 옆방인 '서양식 응접실'을 향해 다수의 전구 장식이 달려 있었다. 그 전구들을 달아놓은 봉 역시 대나무 막대였고, 개개의 전구 코드는 사슬 모양으로 꼬아 만든 대나무로 장식되어 있었다.

열과 성을 다해.

그런 말이 아오세의 머릿속에 떠올랐다.

"타우트는 대나무라는 소재에 매혹됐던 걸까요."

이케조노가 해설자처럼 말했다.

"전에 말씀드렸던가요? 타우트는 다카사키에 머물던 시기 일본 전통 죽공예에 관심을 가진 모양입니다. 직접 대나무로 만든 전기스탠드를 고안하기도 했고요. 이곳에서는 일본미의 상징으로서 대나무가 가진 특성과 가능성을 추구한 느낌이죠."

이 지하실에 발 들인 사람이라면 누구나 그렇게 말할 것이다. 같은 소재를 반복 사용하는 데에서 타우트의 지략이 느껴졌다.

아오세가 아무 말도 하지 않아서인지, 이케조노는 마음껏 둘러보라는 말을 남기고 안쪽 방에서 이야기를 나누고 있는 남자들에게 가버렸다.

호흡을 가다듬은 뒤 아오세는 '사교실'을 둘러보았다. 넓이는 열 평이 넘는 것 같았다. 독특한 윤기가 도는 크림색 벽에는 옻칠이 되어 있었다. 지금은 텅 비었지만 자료에 의하면 당시 이곳에는 탁구대와 당구대가 설치되어 있었다고 한다. 대나무 봉에 달린 50개에서 100개쯤 되는 전구를 다시금 올려다보았다. 천장의 왼쪽과 오른쪽에 한 줄씩 달린 전구는 옆방인 응접실 쪽으로 이어져 있었다. 직선은 아니었다. 줄이 조금 흐트러져 있었고, 자세히 보면 전구 코드의 길이도 제각각이었다. 일부러 그렇게 만든 것이리라. 타우트의 술수에 넘어갔다고 해야 할까. 그 연출은 언젠가 아버지의 손을 잡고 찾았던 어느 마을의 여름 축제를 연상시켰다.

옆방인 '서양식 응접실'로 다가갔다. 들어가서 왼쪽으로 소파와 테이블이 놓여 있었고, 바다 쪽으로 난 넓은 유리문은 열려 있었다. 오른쪽으로 시선이 갔다. 방의 폭과 길이가 같은 5단 계단이 벽을 향해 이어져 있었다. 자료에는 '응접실 상단'이라는 이름이 붙어 있었다. 직접 계단을 디디니, 학예회 무대에 오르듯 마음이 들떴다. 무대는 좁지도, 넓지도 않은 신기한 공간이었다. 벽한 면에는 진홍빛에 가까운 비단 천이 붙어 있었고, 천장에는 천창을 연상케 하는 조명기구가 달려 있었다. 돌이보니 창문 너머로 사가미 만의 수평선이 보였다. 하단의 소파에서는 나무가 다소 시야를 가리지만, 눈높이가 높아지는 상단에서는 전망이 한눈에 들어오게 설계한 것이다.

건축사의 눈으로 보면 응접실 상단이 계단 구조로 된 것은 악

조건을 해결하기 위해 고민 끝에 낸 결론임을 어렵지 않게 알 수 있었다. 절벽이 경사를 이루고 있어서 등 뒤의 산과 탁 트인 바다 사이에는 1미터쯤 되는 높이차가 존재했다. 이를 하나의 실내 공간으로 만들기 위해서 단차를 메우는 설계가 필요했으리라. 타우트는 대담하게도 거대한 맞춤 가구라고 할 수 있는 계단 구조를 도입해 과제를 해결했다. 아니, 악조건을 기회로 삼아 여러 방문객들에게 동시에 바다 경치를 선보이는 '계단 의자'를 구현해 냈다.

옆방인 '다다미 방'에서도 계단 구조를 찾아볼 수 있었다. 한 평 반 남짓한 상단은 '서재'라는 명칭이었는데 역시 사가미 만이 한눈에 들어오는 특등석이었다. 계단은 갈색에 가까운 붉은색으로 칠해져 있었고, 기둥과 상인방도 같은 빛깔로 통일되어 있었다. 이 빛깔은 본 적이 있었다. 그것이 무엇인지를 떠올리고 목덜미가 뻣뻣하게 굳었다. 타우트의 얼굴이다. 꿈속에서 격노했던 타우트의 낯빛은 꼭 이런 갈색에 가까운 붉은색이었다.

"아오세 씨……."

흠칫해서 돌아보자 이케조노가 서 있었다. 그 옆의 땅딸막한 중년 남자가 "가사하라입니다" 하고 명함을 내밀었다. 오는 길에 이케조노가 말한 지역 A신문 학예부 기자였다. 뭐가 못마땅한지 퉁명스러운 표정이었는데, 얼굴 역시 불만이 눌어붙은 듯한 생김새였다.

"둘러보니 어떠셨습니까? 솔직한 감상을 듣고 싶습니다."

초면인 가사하라가 다짜고짜 던진 질문에 아오세는 살짝 기

분이 상했다. 타우트에 취했다. 솔직한 감상은 그랬지만, 무례에
는 무례로 응하겠다는 양 "좀 피곤하군요"라고 퉁명스레 대꾸했
다. 실제로 기진맥진하기도 했다.

"타우트는 현대적인 요소와 일본적인 요소의 병치라고 설명했
다는데, 그 점은 어떻게 생각하십니까?"

가사하라가 다시 질문을 던졌지만 아오세의 입은 여전히 닫혀
있었다. 찬양하는 마음은 오롯이 있었다. 하지만 그것을 지금 말
로 바꾸어 남에게 전달할 마음은 들지 않았다. 타우트가 지금 여
기서 말하는 걸 원치 않는 것 같아서였다. 천천히 시간을 들여 생
각해라. 그런 메시지를 느꼈다.

"타우트는 두 공간을 음악가에 빗대 표현했죠."

어느샌가 이케조노가 이야기에 끼어들었다.

"사교실을 베토벤, 서양식 응접실을 모차르트, 다다미방은 바
흐에."

"음악가라기보다는 세 사람의 음악성의 차이를 비유적으로 말
한 거 아냐?"

가사하라가 진지한 표정으로 대꾸하자 이케조노는 "네, 그 말
입니다" 하고 가볍게 받아쳤다. 아오세를 도와주려고 한 줄 알았
는데 아닌 모양이다. 이케조노는 타우트 이야기를 하고 싶어서
입이 근질거리는 것 같았다. 가사하라도 애매한 태도를 보이는
아오세에게 흥미를 잃었는지 완전히 이케조노 쪽으로 몸을 틀었
다.

"하지만 그런 표현도 오해의 여지가 있어. 타우트는 베토벤의

음악성을 사교실에 도입하거나, 모차르트의 분위기를 따와서 응접실을 만든 게 아니니까."

"그렇다고 적혀 있는 걸 예전에 봤는데요?"

"아, 그걸 믿었어? 아니라니까. 타우트는 각 공간에 독자적인 리듬을 부여했다고 말했을 뿐이야. 요컨대 저마다 리듬은 다르지만 음악이라는 같은 장르 안에서 세 공간을 통일했다는 취지를 말하고 싶었던 거야. 그게 병치라는 거잖아. 병치를 융합이라고 바꿔 말해도 된다고 생각해, 나는."

예전이었다면 대화에서 소외된 기분을 맛보았겠지만, 독서의 성과인지 대부분의 이야기는 알아들을 수 있었다.

"마지막 말은 너무 비약 아닙니까? 가사하라 씨는 좀 극단적인 데가 있다니까."

"뭐? 극단적이라고? 비약? 어디가 비약인데? 혈압 오르네. 일본의 고전 양식을 현대화하려는 시도가 곧 융합이라니까. 이미 이 별장에서 구현했잖아. 타우트는 각 공간에서 그러한 시도를 했고, 세 공간을 통틀어 봐도 마찬가지야. 대나무에 대한 집착 하나만 봐도, 단순히 소재의 매력에 빠졌다는 말만으로는 설명할 수 없잖아."

"음, 일본적인 것을 새롭게 해석했다는 뜻이죠? 이 지하실 전체가 그렇긴 하죠."

"그렇지? 타우트는 선(禪)의 정신을 도입해서 엄숙하고 고전적인 공간으로 만들고 싶었다고도 말했어. 음악을 선으로 치환해서 생각하는 사고방식도 흥미롭지."

"아, 그 선 이야기는 저도 좋아합니다. 뭔가 일본 문화에 대한 애정을 뛰어넘어 일본인에게 감사하는 마음이 느껴진다고 할까요."

"아마 타우트를 일본에 푹 빠지게 한 가쓰라 별궁에 감사하는 마음이 아닐까. 아무튼 나도 그런 마음이 담겼다고 생각해. 그렇게 믿고 싶지."

나는 일본 문화를 사랑한다.

센신테이에 있던 비석에 새겨진 말을 떠올렸다. 타우트의 축복을 받은 일본 문화. 그것은 역시 행복한 사건이었다. 전후는 잊혔다. 극단적인 서구화와 경제성을 우선하는 우렁찬 합창 소리에 삼켜져, 이제는 일본 문화라는 가치관 자체가 사라져 가고 있었다. 하지만 과거 브루노 타우트라는 '위대한 외부의 눈'에 극찬을 받았다는 사실이 70년 가까운 세월이 지난 지금도 여전히 '일본미의 재발견'을 소리 높여 이야기할 수 있는 근거와 자신감이 되어주고 있었다. 타우트를 못 본 척 지나칠 수는 없다. 이제껏 타우트에게 관심을 두지 않았던 아오세는 그렇게 생각했다. 건축계에 몸담으면서도, 별다른 자각 없이 일본 문화의 파괴자적 역할을 반복해서 수행해온 아오세 자신이 말이다.

아오세는 시선을 들어 다다미방에서 서양식 응접실, 사교실로 이어지는 공간을 바라보았다. '갈색에 가까운 붉은색'이라는 우연의 일치는, 어디까지나 우연의 일치일 뿐이었다. 셋이면서 하나인 이 공간이 분노와는 동떨어진 청정한 기운으로 가득 차 있는 걸 보니 그렇게 확신할 수 있었다. 이것이 타우트가 일본에 남긴 작별 선물이었다. 1936년 가을, 별장 개축을 마무리한 타우트는 채 한 달도 지나지 않아 일본을 떠났고, 초빙받은 터키에서 건축가로서 만년을 보냈다.

에리카가 쇼린 산에 데스마스크를 가지고 찾아온 건 그로부터 2년 뒤였다. 영혼이 돌아갈 장소란 생전에는 머물 수 없던 곳일까. 일본 문화를 사랑한 타우트도 당시의 일본에는 인상을 찌푸렸을 것이 틀림없다. 1936년은 2·26 사건이 일어나 일본이 급속히 군국주의의 길로 접어든 시기였다. 조국의 군사독재화로 인생이 어긋나기 시작하고, 결국 망명까지 하게 된 타우트의 속이 편했을 리 없다. 2·26 사건 당일의 일기에는 '쇼린 산의 설경은 백과 흑의 두 색으로 이루어져 있다. 하지만 도쿄에서는 여기에 붉은색이 더해져 흑, 백, 적의 삼색이 되었다'고 적혀 있다. 그 뒤로 이어진 감정을 억제한 문장에서 사태의 추이를 냉정하게 지켜보려는 타우트의 내면을 엿볼 수 있지만, 그의 눈은 진실을 꿰뚫어 본 것이리라. '어찌 되었든 전쟁은 '비상시'라는 가면 아래에서 본격적인 행보를 시작한 듯 보인다'라는 말로 일기는 마무리됐다. 터키 정부의 초청은 건축 설계에 갈증을 느끼고 있던 타우트에게 일본을 떠날 결심을 하게 했다. 하지만 이유는 진정 그뿐이었을까. '일본에서 망명'해야겠다는 생각이 마음 한구석에 있던 게 아닐까. 상상해볼 따름이지만, 설령 그것이 '제2의 망명'이었다고 하더라도, 당시 터키와 독일의 관계도 나쁘지는 않았다는 걸 고려하면, 같은 일이 또다시 반복될지도 모른다는 불안을 안고 일본을 떠났음이 분명하다. 시대는 만년에 접어든 타우트의 마음을 한시도 평온하게 놔두지 않았다. 그렇지만…….

눈앞에 펼쳐진 공간에서는 두려움도, 불안도, 분노도 전혀 찾아볼 수 없었다. 존재하는 건 의지뿐이었다. '남기겠다'는 굳건한 의지가 느껴졌다. 그래서 이 공간은 70년 가까이 '남겨진' 것이다.

처음 일을 맡아 건물 도면을 그렸을 때의 심정을 떠올렸다. 자신이 긋는 선 하나하나가 이 대도시 곳곳을 구성할 것이다. 가슴이 뛰었다. 건물을 새로이 만들어내는 기쁨은 무엇과도 비견할 수 없었다. 그때는 그 건물이 이내 사라지게 되리라고는 생각조차 하지 못했다. 하지만 사라졌다. 10년도 지나지 않아, 아오세가 설계한 수많은 상업 건축물은 철거되거나 개축되었고, 벽들은 끔찍한 색으로 덧칠되었다. 머릿속에는 만드는 것밖에 없었다. 걸어온 길을 뒤돌아보는 제 모습을 상상하지 못했다.

"후대에 남기겠다는 의지가 없는 집은 짓지 말라는 이야기를 들은 것 같습니다."

거듭되는 가사하라의 질문에 아오세는 그렇게 대답했다. 가사하라와 이케조노는 대단히 흡족해하는 표정이었다.

"가사하라 씨, 아타미 시에서 이곳을 보존한다고 들었는데, 그 프로젝트는 진행되고 있는 겁니까?"

아오세의 물음에 방금 전까지와는 딴판으로 환한 목소리가 돌아왔다.

"네, 걱정 안 하셔도 됩니다. 도쿄의 어느 여성 독지가가 건물을 보존하는 조건으로 아타미 시에 구입 자금을 기부하는 선에

243

서 마무리될 것 같습니다."

"잘됐군요."

"아, 그나저나 아오세 씨……."

이케조노가 생각났다는 듯 말문을 열었다. 무슨 말을 하려는
지는 짐작이 갔다.

"의자는 어떻게 됐습니까?"

"아무것도 알아내지 못했습니다."

아오세는 바로 대답했다.

의자는 이곳저곳에 있었다. 홀에서 나온 곳, 사교실의 벽 쪽,
서양식 응접실의 상단에도 여러 개가 놓여 있었지만, 가까이 가
서 볼 것도 없이 한눈에 그가 찾는 의자가 아님을 알 수 있었다.
오카지마의 이야기는 대체 무엇이었나 의문이 들었지만, 여기서
모든 수수께끼가 풀리리라고 크게 기대하지 않았기에 실망은 그
리 크지 않았다.

"아오세 씨 동료가 여기서 비슷한 의자에 앉아봤다고 하셨
죠?"

"네, 그렇습니다만……."

"창고에 있나?"

"관리인이 있으면 돌아가는 길에 물어보려고 합니다."

가사하라가 아, 그렇지, 하고 말문을 열었다.

"아오세 씨는 의자를 조사하러 오셨다고 했죠. 사진 있습니
까? 저도 좀 볼 수 있을까요?"

아오세는 고개를 끄덕이며 가방에서 의자 사진을 꺼냈다.

"아."

사진을 보자마자 가사하라는 작게 외쳤다.

"이 의자, 압니다. 분명 제가 아는 그 의자인 것 같은데요."

"정말로요?"

이케조노가 눈을 휘둥그레 뜨며 "어디에 있습니까?" 하고 주변을 둘러봤다.

"아니, 여기가 아니라 가미타가의 메밀국수 가게에 있어."

"아, 가사하라 씨가 전에 말했던 그 테이블 세트 말입니까?"

"그래, 그거야. 비슷한 정도가 아니라 똑같은 제품인데?"

아오세는 크게 기대하지 않기로 했다. 아마 곤혹스러운 낯을 하고 있겠지. 나카가루이자와에 이어서 또다시 메밀국수 가게라니. 그리고 나쁜 사람은 아닌 것 같았지만 갑작스레 신이 난 가사하라에 대한 신뢰도는 아직도 한없이 0에 가까웠다.

29

사가미 만은 햇빛을 반사하며 빛나고 있었다.

세 사람은 휴가 별장에서 나와 택시를 타고 가미타가로 이동했다. 차로 15분쯤 걸리는 거리라고 했다.

"실은 7년 전에 다른 지역 신문에 난 기사인데요."

가사하라는 머리를 긁적이며 말문을 열었다.

"그 메밀국수 가게 건물도 원래는 휴가 씨의 소유였습니다. 더 거슬러 올라가면 다른 곳에 있던 어떤 사람의 별장이었는데, 휴가 씨가 구입해서 1935년에 가미타가로 옮겨 지었죠. 그때 타우트에게 공사 감리를 부탁했습니다."

아오세는 어느샌가 가사하라의 말에 귀를 기울이고 있었다. 이야기가 지극히 구체적이었기 때문이다.

휴가의 의뢰를 수락한 타우트는 공사 현장 인근의 민가를 확보해 에리카와 함께 다카사키에서 거처를 옮겼다고 한다. 타우트는 그 민가에서 자신들이 쓸 의자와 테이블을 설계해, 지역 목수에게 제작을 의뢰했다. 공사가 끝나 타우트가 다카사키의 집을 정리할 때, 휴가는 의자와 테이블을 양도받아 별장에 두었다. 그로부터 건물주가 몇 번인가 바뀌었지만 의자와 테이블은 손대지 않고 다음 소유자에게 물려주었다.

"옮겨 지었다는 그 별장이 지금은 메밀국수 가게가 되었다는 겁니까?"

아오세가 캐묻자 가사하라는 고개를 끄덕였다.

"맞습니다. 그거죠. 25년 전쯤부터 메밀국수 가게가 건물주가 되었는데, 7년 전에 당시 중학생이었던 딸이 여름방학 과제로 '우리 집과 브루노 타우트'라는 글을 썼어요. 그 이야기를 모 신문이 기사로 낸 겁니다."

"가사하라 씨는 그 의자와 테이블을 실제로 보셨습니까?"

"봤습니다. 후속 기사를 쓰려고 취재하러 갔으니까요……."

"가사하라 씨도 전부터 알던 이야기잖아요."

이케조노가 가사하라를 감싸듯 말했다.

"그렇지. 타우트는 일기에도 가미타가에서 의자와 테이블을 제작했다는 이야기를 썼으니까. 머리 한구석에는 있었는데, 금방 기사로 쓸 수 있는 이야기가 아니라고 생각했지."

"아이가 방학 숙제로 쓴 글이라는 게 포인트였죠, 그 기사의."

"맞아, 한 방 먹었지. 아주 절묘한 타이밍에 기사를 냈어."

기자들의 이야기를 듣는 사이에 택시는 메밀국수 가게의 주차장으로 들어섰다.

가게는 영업 중이었지만, 안면이 있는 가사하라가 간략하게 이야기를 하자 온후한 인상의 주인이 가게 안쪽으로 안내했다. 의자와 테이블은 평소에는 안쪽에 보관하지만, 마침 친척이 보고 싶다고 해서 꺼내놨다고 했다.

"운이 좋네요."

이케조노가 귓속말을 했지만 아오세는 대답할 여유가 없었다. 오카지마의 이야기와 너무 달랐다. 그 의자는 휴가 별장의 가구로 제작된 것이 아니었던 것이다. 하지만 급부상한 이 이야기에는 현실감이 있었다. 설마가 사실이 될 것 같은 예감이 들었다.

주인이 안내한 건 세 평 남짓한 다다미방이었다.

아오세는 숨을 삼켰다. 튼튼해 보이는 사각형의 테이블이 눈에 들어왔고, 그 주변에 놓인 여섯 개의 의자에 시선을 빼앗겼다. 다가가 의자 하나를 뺐다. 사진과 비교해 볼 것도 없었다. 눈이 똑똑히 기억하고 있었다. Y주택에 있던 의자와 모양뿐 아니라 세월의 흔적까지 쌍둥이처럼 똑같았다.

"이 의자입니까?"

가사하라의 물음에 간신히 네, 라고만 대답했다.

의자를 비스듬히 기울여 보았다. 이어서 뒷면도 확인했다. '타우트 이노우에 인'은 없었다. 그도 그렇겠지. 이 의자는 상품이 아니라 타우트와 에리카가 실제로 사용하려고 만든 '하나밖에 없는 물건'이다. 퍼뜩 고개를 돌려 돌아봤다. 주인이 걱정스러운 표정을 짓고 있었다.

"아, 죄송합니다."

아오세는 꾸벅 고개를 숙이며 한층 신중한 동작으로 의자를 다시 세웠다.

"앉아봐도 되겠습니까?"

그러시라는 말에 엉덩이를 내렸다. 감개에 젖었다. 친근함과 그리움이 솟아올랐다. Y주택의 의자에 앉았을 때 느낀 감각과 정확히 일치했다. 눈을 감으니 Y주택의 2층에 있는 듯한 착각에 빠져들었다. 시야 한가득 펼쳐지는 그 푸른 하늘까지 떠올랐다. 그러나…….

다르다. 눈을 뜨고 다시 의자의 개수를 셌다. 여섯 개였다. 테이블은 그 여섯 개가 딱 들어가는 치수로 만들어졌다. 처음 개수에서 빠진 게 없다는 뜻이다. 그렇다면 Y주택에 있는 그 의자는 이 테이블과는 상관없이, 아오세가 지금 앉아 있는 의자를 본떠 만든 모조품이라는 것이다.

"오리지널이 아니라는 거군요, 겉보기엔 똑같은 의자인데."

이케조노가 아쉬운 듯 말했다.

"하지만 상품으로 판매된 의자가 복제된 것과는 다른 이야기잖아. 타우트가 집에서 잠시 쓴 뒤로 원본은 계속 이곳에 있었어. 말 그대로 문외불출로 70년 가까이 이 집에 있던 건데……."

"그래서요?"

"감이 떨어지네. 복제품을 만든 사람은 이곳에 와서 이 의자를 꼼꼼히 관찰해야 했다는 뜻이야."

"아, 날카로우시네요. 그렇지만 이곳에 온 사람을 죄다 조사해 볼 수는 없는 노릇이잖아요. 무려 70년인데요. 사진 속 의자가 꽤 오래된 물건인 건 분명하고, 5, 60년 전 일까지 조사하는 건 불가능하죠."

"어쩌면 70년 전 일일지도 모르죠."

아오세는 의자에서 일어나며 말했다. 두 사람의 이야기를 듣다가 생각이 났다. 처음에 의자는 모두 일곱 개였던 게 아닐까.

"제작 의뢰를 받은 목수가 여분으로 의자 하나를, 이를테면 본인이 쓰려고 몰래 만들었을 수도 있지 않을까요. 아니, 왠지 그 의자가 모조품이란 생각이 안 들어서요. 너무 똑같거든요."

두 기자는 고개를 끄덕이더니 이구동성으로 말했다.

"목수라."

"목수가."

"이미 이 세상 사람이 아닐 테지만, 자식이나 손자를 찾아내면…… 타우트의 일기에 목수의 이름이 있었나요?"

두 기자는 서로 견제하듯 딴청을 피웠다. 이내 이케조노가 불리한 선공에 나섰다.

"음, 이름까지는 안 쓰여 있었던 것 같은데요."

"없었어. 분명…… 별장 관련해서 '사사키 씨'라는 목수가 나오기는 하는데, 본인이 쓸 의자와 테이블은 이름 없는 목수에게 맡겼어."

"찾을 수 있을까요?"

말해놓고 아오세는 아차 싶었다. 신문사의 조사 능력에 기대고 싶은 마음은 굴뚝같았지만, 이 이상 사정을 털어놓으면 위험할 것 같다는 느낌이 들었다.

이케조노는 난감한 표정으로 대답했다.

"별장 공사를 할 때, 타우트는 근처 민가에 살고 있었으니, 목수도 그 인근 사람이겠죠. 하지만 70년 전 일이니……. 사장님께서는 뭔가 아시는 게 있습니까?"

이케조노의 질문에 가게 주인은 고개를 갸웃했다.

"거기까지 자세한 이야기는 모릅니다."

"그렇겠죠. 역시 지역 신문사의 가사하라 씨에게 인해전술로 좀 알아봐 주십사 부탁하는 수밖에 없겠네요."

가사하라는 이마를 찡그리며 팔짱을 끼고 있었다. 사내다운 기운이 넘쳐나는 걸 보니 오기로라도 타우트 전담 기자의 능력을 보여줄 것 같았다.

"그런 무리한 부탁을 드릴 수는 없습니다. 무슨 일이 있어서 찾는 건 아니니까요. 개인적으로 만나고 싶은 친구와 좀 연락이 닿지 않는 것뿐입니다."

황급히 말하자 가사하라의 온몸을 휘감던 긴장이 조금 누그러진 것 같았다. 하지만 이케조노의 도발이 먹혔는지 표정은 여전히 비장했다.

아오세는 이 이야기를 마무리 지어야겠다고 생각했다. 메밀국수 가게 주인을 보며 미리 생각한 질문을 던졌다.

"혹시 요시노 도타라는 사람이 이 의자를 보러 온 적이 있습니까?"

"아, 오셨습니다."

순간적으로 말문이 막혔다.

왔었다고?

"자그마한 체구의 남자분이시죠?"

맞습니다, 라고 대답하는 목소리가 갈라졌다.

"그분이라면 똑똑히 기억합니다. 지역 신문에 의자에 대한 기사가 났는데, 2년쯤 뒤에 오셨습니다. 의자를 보여달라고."

아오세는 우두커니 서서 듣고만 있었다.

"본인의 뿌리가 센다이에 있다고 하셨는데, 그분 맞죠?"

"그, 그럴 겁니다."

"아주 기뻐하시더라고요. 선생님처럼 의자를 만지고, 앉아보시더군요. 그러다 이 의자의 설계도를 갖고 있다는 말씀을 하셔서 깜짝 놀랐습니다."

급전직하*. 그런 사자성어가 화살처럼 머리를 꿰뚫었다.

30

돌아오는 길의 신칸센에서는 어쩔 수 없이 이케조노 옆자리에 앉았다.

---

*사태가 돌연히 바뀌어 결정적인 형국으로 치달음.

아오세는 혼자만의 시간을 갖고 싶었다. 가미타가의 메밀국수 가게에서 얻은 정보는 놀라웠다. 요시노 도타는 그곳을 찾아왔었다. 자신의 뿌리가 센다이에 있다고 밝히고, 타우트의 의자 설계도를 가지고 있다고 말했다. 이야기가 갑작스레 구체성을 띠기 시작한 데다 확실한 결과를 향해 움직인다는 느낌이 들어, 머리에 '일가족 실종'이라는 단어가 있는 아오세와 그렇지 않은 이케조노가 함께 추리하기는 어려워졌다. 이미 승강장에서 열차를 기다리는 동안에도 한 번의 위기를 겪었다.

"아오세 씨는 요시노 씨가 센다이 출신이라는 걸 모르셨습니까?"

"나가노 출신이라고 들었습니다. 뿌리라고 표현했다고 하니, 꼭 본인이 센다이 출신이 아닐 수도 있죠."

센다이에서 태어난 건가? 요시노에게 어디 출신인지 들은 기억은 없었다. 도쿄에 살면서 따로 출신지를 밝히지 않았으니 도쿄 출신이겠거니 했다. '요시노 씨'에 대해 실상 아는 게 없는 아오세는 이케조노가 무슨 말을 꺼낼 때마다 긴장할 수밖에 없었다. 하지만 일가족 실종에 얽힌 타우트의 수수께끼를 풀어야 하는 이 상황에서, 마니아 특유의 방대한 정보량으로 아오세에게 조언을 해주는 이케조노라는 기자는 지뢰만 밟지 않는다면 아오세에게 최고의 왓슨이 되어줄 게 틀림없었다.

"아쉽게 됐네요. 그 요시노 씨라는 사람이 왜 의자 설계도를 가지고 있는지 이유를 들었으면 좋았을 텐데."

아오세는 힘주어 고개를 끄덕였다. 주인은 물어봤지만, 요시노가 딴 데로 이야기를 돌렸다며 아쉬워했다.

"요시노가 가게에 온 건 5년 전쯤이라고 했죠. 지역 신문에 의자 기사가 실린 게 7년 전이고…… 그로부터 2년 후라고 했으니까요."

"충분히 그럴 수 있겠다고 생각했습니다. 실은 그 기사가 지역 신문에 실리고 1년 반에서 2년쯤 지났을 때 건축 잡지에서 타우트 특집을 냈거든요. 가미타가의 의자 에피소드도 실렸습니다. 아마 요시노 씨는 그 잡지를 보고 찾아갔을 겁니다. 지역 신문은 보통 그 지역 사람들만 읽으니까요."

납득이 가는 설명이었다. 또 하나 납득이 가는 일이 있었다. Y 주택의 2층에서 의자를 발견했을 때, '타우트의 의자'에 관한 기사를 읽은 기억이 머리를 스쳐 지나갔는데, 신문이 아니라면 아오세 역시 건축 잡지에서 본 것이리라.

"센다이는 중요한 단서입니다."

이케조노가 흥미진진한 표정으로 아오세를 보았다. 무슨 말을 하려는지 알 것 같았다.

"타우트는 한때 센다이에 있었죠."

"그렇습니다. 잘 아시는군요. 다카사키의 센신테이로 거처를 정하기 전이었죠. 구 상공성의 공예지도소가 센다이에 있었는데, 그곳에 초청을 받았습니다. 쇼와 초기의 대공황에 대처하기 위해 만들어진 시설인데, 국가에서 공예산업을 키워 수출을 늘리려고 했던 거죠. 타우트는 그 여명기의 증인인 셈이고요. 지도소 측에서는 더없는 행운이었겠죠."

"거기서는 뭘 했습니까?"

"디자인도 했지만, 애초에 타우트를 초빙한 이유는 지도소의 의식 개혁을 위해서였습니다. 타우트는 두꺼운 사업계획서를 써서 지도소에 제출했다고 합니다. 국제경쟁력을 갖춘 공예품을 생산하기 위한 사고방식을 제안한 거죠."

"오래는 안 있었죠?"

이케조노는 고개를 갸웃거리며 아오세의 얼굴을 들여다보았다.

"아오세 씨, 왠지 타우트에 대한 지식이 늘어난 것 같은데요?"

"책을 좀 읽었습니다. 이케조노 씨에게 감화받아서요."

"감화라니……."

이케조노는 환하게 웃었다.

"역시 브루노 타우트를 피해 다닐 수는 없었다는 거군요."

"딱히 피해 다니던 건 아닙니다. 그래서요?"

"아, 그래서 타우트는 채 넉 달도 되지 않아 센다이를 떠났습니다. 지도소 스태프들은 모두 타우트의 제안에 찬성했습니다만, 어쩌된 영문인지 타우트의 눈에는 직원들이 아무것도 실행하지 않고, 실행할 생각도 없는 것으로 비쳤나 봅니다. 그런 감정이 쌓이고 쌓여서……."

이케조노는 마치 자신이 혼난 듯한 표정을 지었다.

"센다이에서 의자를 만들었나요?"

이야기를 본론으로 돌리자 이케조노는 바로 고개를 끄덕였다.

"조명 스탠드를 디자인했고, 의자나 문손잡이의 시제품도 만들었습니다."

"타우트가 의자 설계를 했다고요?"

"아마 그럴 겁니다. 가미타가에서 했던 것처럼 본인이 설계해서 직원에게 만들게 했겠죠."

"그렇다면 센다이에서 설계한 의자와 메밀국수 가게의 의자가 같은 설계도에서 나왔을 가능성도 있다는 뜻이군요."

이케조노는 음, 하고 신음을 흘렸다.

"그건 확인하기 어려울 것 같네요. 설계라 해도 의자나 공예품의 경우는 건축 도면을 그릴 때와 달리 타우트가 대충 간단한 스케치를 그리고, 거기에 수치를 적어놓은 것들이 대부분이라서요. 어떤 심정에서 하신 말씀인지는 이해합니다. 상상이 부풀어 오르죠. 이를테면 센다이에서 타우트가 그 의자를 제작하라고 했지만 직원이 제대로 만들지 못했다, 그래서 가미타가에 왔을 때에 그 의자를 떠올리곤 지역의 솜씨 좋은 목수에게 제작 의뢰를 했다, 등등 추측해볼 수 있겠죠."

"그렇다고 하면 설계도 원본은 센다이의 공예지도소에 있다고 봐야겠군요."

약간의 기대를 담아 말했지만 이케조노는 고개를 가로저었다.

"그럴 가능성도 있지만, 아까 확인하기 어려울 것 같다고 말씀드린 건 지도소가 1960년대에 공업기술시험소로 명칭이 바뀌었기 때문입니다. 발전을 위한 해체라고 말은 했지만, 요컨대 지도소는 폐지된 거죠."

"자료는 남아 있지 않습니까?"

"현재는 산업기술종합연구소 도호쿠 센터입니다. 직접 문의해봐야 알겠지만, 타우트에 대해서는 그다지 신경을 쓰지 않은 것같으니 뿔뿔이 흩어졌을 가능성이 크죠."

그렇다면 요시노는 어떻게 의자의 설계도를 입수한 걸까.

"당시 지도소의 관계자가 의자 설계도를 오랫동안 보관했고, 그걸 요시노 씨가 어떤 경로로 입수했다고 생각하는 게 가장 자연스럽지 않을까요."

"그렇지 않으면 요시노의 부친이나 조부가 지도소의 직원이었든지요."

아오세의 말에 이케조노는 그럴 수 있죠, 하고 고개를 주억거렸다.

"원래 집에 설계도가 있었다는 설이군요. 그쪽이 설득력이 있네요. 아니, 전에도 말씀드렸다시피 그런 경우가 간혹 있습니다. 대대로 목수를 하던 집의 창고에서 타우트의 설계도가 뿅, 하고 나타난 적이요. 요시노 씨는 무슨 일을 하셨다고 했죠? 목수나 가구 장인은 아니겠죠?"

아오세는 순간적으로 말문이 막혔지만 이내 대답했다.

"수입 가구 도매입니다. 독립했을지도 모르지만."

"부친이나 조부께서는?"

"모릅니다. 요시노는 가족 이야기를 안 해서요."

"역시 그쪽일지도 모르겠군요. 부친이나 조부가 지도소 관계자였는데…… 아, 뭐지?"

이케조노는 진동하는 휴대전화를 꺼내더니 "잠깐 실례하겠습니다" 하고 양해를 구하고 연결통로로 나갔다.

아오세는 한숨을 내쉬었다. 갑자기 열차 소리와 덜컹거리는 차내의 진동이 한층 묵직하게 현실로 다가왔다.

동상이몽이다. 이케조노는 분명 수상쩍다 생각하겠지. 대체 요시노는 누구며, 아오세와는 어떤 관계인가…….

아오세가 묻고 싶었다. 요시노 도타는 대체 누구인지, 자신과 어떤 관계인지.

목수나 가구 장인의 집안에 태어난 건가? 그런 이야기는 처음 듣는다. 언뜻 스쳐 지나가는 말로도 들은 적이 없다. 아오세가 아는 건 다바타의 셋집 주인에게 수입 가구를 판매했다는 이야기뿐이었다.

가미타가의 의자 설계도를 가지고 있다고?

그 설계도를 바탕으로 Y주택의 의자를 제작한 건가. 누가? 요시노는 아니다. 그는 목수도, 가구 장인도 아니고, 설령 그렇다 하더라도 그가 성인이 되어 만들었다고 하기에는 원본과 제작 시기가 맞지 않는다. 부친이나 조부가 만들었다고 봐야 한다. 언제, 어디서? 원본이 만들어진 것과 비슷한 시대라고 생각해도 되겠지. 장소는 역시 센다이의 지도소인가. 지도소에서 일하던 부친이나 조부가 타우트에게 설계도를 받아 Y주택의 의자를 만든 것이다. 아니면 타우트가 떠나고 나서 남겨진 설계도를 보고 만들었다. 의자와 설계도는 집안에서 보관하고 있다가 요시노 도타가 물려받았다. 설계도가 여러 장 존재했다고 하면 앞뒤가 맞는다. 타우트는 꼼꼼한 성격에 메모광이었으니 같은 의자 설계도를 복사한 노트가 있었다 해도 이상할 건 없고, 그걸 가미타가의 목수에게 건넸다…….

아오세는 해가 뉘엿뉘엿 지는 차창 너머를 바라보았다.

평소 머릿속에 떠오르던 요시노의 얼굴에서 웃음기가 사라져 있었다. 자신의 뿌리가 센다이에 있다. 수상쩍은 표현이다. 평소에 남을 기만하며 살아온 남자의 악랄한 면모를 상상했다. 요시노를 탓하거나 원망하는 건 관뒀다. 일가족이 모여 무탈한 모습을 보여주기를, 오로지 그 바람뿐이었다. 그런데도 요시노는 끊임없이 아오세를 시험에 들게 했다. 과거의 어떤 시점으로 거슬러 올라가도 거짓말을 하고 있었다. Y주택을 무대로 밀실 탈출 마술을 선보인 느낌이었다. 아오세는 짐작도 가지 않았지만, 요시노에게는 탈출 마술을 함으로써 이득을 볼 이유가 있었고, 훌륭하게 성공시킨 것이다. 그리고 아오세는 텅 빈 밀실을 보며 어디로 사라졌나 어쩔 줄 몰라 하며 주변을 두리번거리고 있다.

"아오세 씨……."

눈을 떴다. 이케조노의 얼굴과 그 너머로 차장의 모습이 보였다. 황급히 주머니에서 표를 꺼내자 이케조노가 받아 자신의 것과 함께 차장에게 넘겼다.

"죄송합니다."

"아닙니다, 피곤하신 모양입니다."

"아, 그게 아니라…… 타우트에 취한 것뿐입니다."

"타우트에 취했다고요?"

"네. 휴가 별장을 마음껏 음미했잖습니까."

"휴가 별장을 마음껏 음미하고 타우트에 취하다. 멋진 표현이네요. 써도 되겠습니까?"

그러시라고 대답하며 아오세는 뻣뻣한 목을 돌렸다.

"저기, 만일 아오세 씨만 괜찮으시다면 제가 센다이 쪽을 좀 알아볼까요?"

이케조노가 머뭇거리며 물었다.

"센다이 M신문에 그쪽 사정을 잘 아는 기자가 있고, 전에 센다이에 갔을 때 타우트 연구자와도 친해졌거든요."

아오세는 아니라고 말했지만, 그 뒷말을 이을 수가 없었다.

"역시 불편하십니까?"

"아닙니다. 오히려 그 반대죠. 가사하라 씨께도 말씀드렸다시피 다른 분들께 폐를 끼치고 싶지 않습니다."

"폐라뇨……"

"그 타우트 연구자라는 분을 소개시켜주실 수 있습니까?"

이케조노의 눈동자에 순간 낙담한 기색이 비쳤지만 그뿐이었다.

"알겠습니다. 회사에 있는 자료를 보고 연락드리겠습니다."

"죄송합니다. 감사하고요."

"하지만 아오세 씨가 센다이에 가실 거면, 일정만 맞으면 저도 동행하고 싶군요. 그 의자의 유래와 그동안의 사연을 알아내면 재미있는 기사를 쓸 수 있을 것 같습니다."

아오세는 모호하게 고개를 끄덕일 뿐이었다.

차창 너머는 이미 땅거미가 내려앉고 있었다.

휴가 별장에서 멀어진 기분이 들지 않았다. 타우트가 만든 반지하의 공간은 그가 만든 의자를 둘러싼 소동 따위는 조금도 개의치 않는 것 같았다.

31

도코로자와에 돌아온 건 오후 8시가 지나서였다.

사무소에 들르자 마유미가 아직 남아 있었다. 책상에는 다케우치의 웅크린 뒷모습도 보였다. 공모전용 책상 위에는 사진과 자료가 산더미처럼 쌓여 있었다.

"수고하셨습니다!"

마유미는 기운이 넘쳤다. '마치 둘째를 낳은 기분'이라는데, 첫째인 유마는 계속 어머니에게 맡겨두고 있는 모양이었다. 다케우치는 눈 밑이 거뭇거뭇했다. 듣자하니 공모 참가가 발표된 날부터 미열이 있어서 밤에 제대로 잠을 못 잤다고 했다.

오카지마와 이시마키는 그저께부터 미술관 견학을 떠났는데 오늘 밤에는 고후에서 묵는다고 했다. 국내 담당인 다케우치가 픽업한 100점에 가까운 미술관과 기념관 자료를 다른 네 사람이 보고 투표하여 오카지마가 10여 곳으로 추렸다. 천편일률적인 추모관이 되지 않도록 천편일률적인 미술관과 기념관을 둘러보고 올게. 출발 전에 오카지마는 허세인지 약한 소리인지 알 수 없는 말을 남겼다. 아오세는 니시카와도 데려가는 게 좋겠다고 조언했다. 공모는 콘셉트와 프레젠테이션, 투시도의 완성도로 판가름 난다. 심사위원의 눈이 휘둥그레질 만한 투시도를 니시카

와에게 그리게 하려면, 오카지마의 머릿속 구상 과정을 조금이
라도 많이 그에게 보여줘야 한다.

"젠장, 나도 가고 싶었는데."

볼멘소리를 하는 모습에서조차 곱게 자란 티가 나는 다케우치
의 어깨를 툭 치며 아오세는 말했다.

"아쉬워하지 마. 여기서도 아이디어는 생각할 수 있으니까. 뭐
든 내봐. 쓰무라 씨도 마찬가지고."

마유미는 자신을 가리키며 물었다.

"저도요? 그래도 돼요?"

"컴퓨터로 전 세계의 건물을 봤잖아. 좋은 것, 아름다운 것을
잔뜩 본 자기 머리를 믿고 어떤 기념관을 만들고 싶은지 상상해
봐. 디자인의 조각이라도 좋아. 생각나면 말이나 그림으로 구체
화시켜서 소장님에게 자극을 줘."

"그렇구나. 알겠습니다. 이상한 아이디어라도 없는 것보단 많
은 게 좋겠죠."

마유미는 신이 난 표정이었지만, 다케우치는 여전히 풀이 죽
어 있었다.

"그리고 싶은 마음은 굴뚝같지만……."

책상을 향해 뻗은 손이 두꺼운 책을 팔랑팔랑 넘겼다. 'S시의
역사'. 오카지마가 떠나기 전에 내주고 간 숙제였다. '지역 주민
의 마음'을 사로잡을 힌트가 될 만한 상징적인 사건을 추려놓으
라고 했다. 마유미에게도 2차 세계대전이 끝난 뒤, 파리 노동자
계급의 생활상을 알 수 있는 자료를 수집해달라고 지시했다.

"S시의 역사에 착안한 건 좋은 아이디어야. 도쿄 사무소도 이런 생각은 못 했을걸."

"저도 그렇게 생각해요. 그래서 오늘도 아침부터 도서관에 다녀왔는데, 현실이 저를 가만두지 않네요. 후카야 집이 강에 걸렸어요."

"경계 문제야?"

하천에 가까운 건물을 공사할 때면 시 하수도과에서 강과의 경계를 확실히 구분하라는 지시가 내려오는 일이 흔했다.

"그게 아니고요, 어제 국교성에서 순찰을 나와서 하천구역 안이라 하우스는 안 된다고 하는 거예요."

국교성? 하우스?

"일급하천변이라 국가에서 관리한대요. 아, 하우스는 집이 아니라 원예농가의 그 하우스요. 집하고 같이 지었거든요. 집은 물론 하천구역 밖이지만, 하우스가 안쪽이었지 뭡니까. 저희 불찰이긴 하지만, 즉각 철거하라고 엄포를 놓아서 의뢰인이 겁을 먹었어요. 그래서 오늘 국교성 출장소에 담판을 지으러 갔죠."

의뢰인을 살뜰하게 챙기는 모습은 새삼스러울 것도 없었다. 다케우치의 꿈은 전국의 가난한 이들에게 저렴한 주택을 보급하는 것이라고 했다. 그래서인지 그가 일하는 방식은 자원봉사나 사회 공헌과 일맥상통하는 부분이 있었다.

"이야기는 잘 마무리됐어?"

"정식으로 서류를 제출하면 허가를 내준대요. 그런데 말이죠, 그 제출 서류라는 게 좀 어처구니가 없어요. 철거 계획서를 쓰라는 거예요. 해보신 적 있으세요?"

"없어. 하우스 철거 계획서를 제출하래?"

"네. 상류 관측소에서 하천 수위가 일정 수준을 넘으면 직접 출동하는 상황을 상정해서, 여러 명이 몇 시간 안에 어떤 기재를 써서 하우스를 철거할지 상세히 작성하라는 겁니다. 아오세 씨의 이름도 올렸습니다. 여차하면 굴착기 조종판을 잡으셔야 할 겁니다."

아오세는 웃음을 터뜨렸다.

"저도 거기 들어 있대요."

마유미도 웃으며 커피잔을 내려놓았다.

"마유미 씨는 괴력의 소유자니까 두 사람 몫으로 계산했습니다."

"아, 너무해."

마유미가 애교스럽게 말하면 다케우치는 늘 얼굴을 붉혔다. 흐뭇한 광경이었지만, 한편으로는 한가하게 웃고 있을 상황이 아니라는 생각이 번쩍 들었다. 하우스 철거 계획으로 반나절이 날아갔다. 그렇지 않아도 다케우치는 과중한 업무를 처리하면서 공모 준비에 쫓기고 있었으며 이시마키가 맡던 여러 건의 현장 감리까지 아오세와 분담해 대행하고 있었다. 그 여파는 마유미에게까지 미쳤다. 컴퓨터 화면은 파리의 옛 지도로 뒤덮여 있었고, 책상 위에는 장부와 미처리 전표 다발, 그리고 미완성의 실내 인테리어 제안서가 어지럽게 널려 있었다.

직원이 다섯 명인 사무소에서 대형 공모에 도전하면 이 꼴이

난다. '그런 걸 소수정예라고 하는 거겠죠.' 몇 번을 내쳐도 하토야마의 오만불손한 낯이 눈앞에 어른거렸다. 공모전용 책상 끝에는 마유미가 직접 만든 카운트다운용 달력이 오도카니 놓여 있었다. '오카지마 설계사무소의 90일 전쟁!'이라는 씩씩한 제목과 '79'라는 새빨간 숫자. 공모의 승패는 차치하고서라도 앞으로 79일 동안의 강행군을 직원들이 견딜 수 있을까. '90일 전쟁!' 밑에 작게 적힌 '아들 미안해♡'라는 동글동글한 글씨도 이제 더는 웃으며 볼 수 없었다.

"가신 일은 어떠셨어요? 성과가 있었나요?"

다케우치가 웃음기가 남은 얼굴로 물었다.

"성과?"

"어? 오늘 다녀오신 거 아니에요? 브루노 타우트의 휴가 별장에."

"아, 다녀왔어."

"어떠셨어요? 기념관 구상에 뭔가 도움이 될 것 같던가요?"

아오세도 공모에 대비해 답사를 간다, 오카지마가 그렇게 이야기했겠지.

"솔직히 저는 타우트에게 별 관심이 없었거든요. 왠지 오만한 느낌이 들어서요. 고작 몇 년 있었으면서 일본미의 재발견이라니."

이케조노나 가사하라가 들으면 머리끝까지 화를 낼 만한 발언이었다. 아오세도 내심 적잖이 심기가 불편해졌다.

"만일 타우트가 일본에 오지 않았다면 어떻게 됐을까 생각해 보면 조금 무서워지긴 해."

사소한 반격에 다케우치는 짐짓 놀란 표정을 지었다.

"무섭다고요? 어, 그거 엄청난 칭찬이죠? 타우트가 일본에 오지 않았다면 일본 건축사가 바뀌었다는?"

"바뀌지 않았다고 단언할 수 있어?"

"그야, 뭐, 조금은 바뀌었겠지만."

"70년 전, 아주 미미할 수도 있겠지만 타우트는 사물을 바라보는 일본인의 시각에 변화를 가져왔어. 그건 분명한 사실이야."

"왠지 아오세 씨답지 않네요."

"어디가?"

"열정적인 점이요."

말을 마치더니 다케우치는 웃음을 터뜨렸다.

"마유미 씨하고 종종 그런 얘기를 하거든요. 아오세 씨는 냉정하다, 고르고13* 같다고."

"저는 그런 말 안 했어요."

마유미가 황급히 손사래를 쳤다.

"했잖아요, 다카쿠라 겐 같다고."

"또 거짓말. 난 다카쿠라 겐이며 고르고13이라는 배우가 누군지도 모른단 말이야. 모두 다케우치가 꺼낸 얘기잖아."

아오세와 다케우치가 마주 보며 픽 웃던 찰나였다. 책상 위의 전화가 울렸다.

---

*사이토 다카오의 만화 《고르고13》의 주인공으로 냉정하고 침착하게 의뢰를 수행하는 스나이퍼. 연재 초기에는 배우 다카쿠라 겐이 모델이었으며, 실사 영화의 주인공을 맡기도 했다.

오카지마의 전화라 생각했는지 부루퉁했던 마유미의 얼굴이 순식간에 환해졌다. 날아가듯 전화기로 달려가 수화기를 들었지만, 이내 낯빛을 흐리며 고개를 갸우뚱했다.

오카지마의 전화면 바꿔달라고 해야겠다 생각하며 아오세도 책상으로 다가갔다. 마유미는 "잠깐 기다려 주세요"라고 말하더니 수화기를 손으로 막고 아오세를 보았다.

"신문사에서 온 전화인데요……."

아, 이케조노다. 도착하자마자 센다이에 있다는 타우트 연구자의 연락처를 알아봐 준 것이다.

바꿔달라고 말하며 아오세는 마유미가 든 수화기를 낚아챘다. "아, 그런데……." 마유미가 머뭇거린 이유는 금세 알 수 있었다.

"오카지마 아키히코 씨 되십니까?"

탁한 목소리였다. 이케조노와는 딴판인, 그늘이 느껴지는 질감의…….

"소장님은 출장 중이신데, 전화하신 분은 누구십니까?"

"언제 돌아오시죠?"

"그건……."

화이트보드로 눈을 돌렸다. 내일이나 늦어도 모레까지는 돌아올 예정이었다.

"오시면 연락드리라고 전하겠습니다. 성함과 연락처를 알려주시죠."

기분 나쁜 침묵이 흘렀다. 그 이유도 금방 알 수 있었다.

"지금 전화 받으신 분이 오카지마 씨 아닙니까?"

아오세는 수화기를 귀에서 뗐다. 나를 오카지마라고 의심하는 건가? 수화기 너머의 의혹이 고스란히 아오세의 의혹으로 이어졌다.

"아닙니다. 그쪽은 누구십니까?"

"도요신문의 시게타라고 합니다. 오카지마 씨는 언제 돌아오시는지 알려주시죠."

도요신문. 국내에서 1, 2위를 다투는 대형 신문사였다.

"확실히는 모릅니다. 무슨 일이십니까?"

"그럼 휴대전화 번호를 알려주시겠습니까?"

"그럴 순 없습니다. 용건을 말씀해주십시오."

"그쪽이 오카지마 씨면 말씀드릴 수 있습니다만."

능글맞은 말투에 부아가 치밀었다.

"오카지마와 연락은 되지만, 무슨 일인지 말씀해주시지 않으면 전달할 수가 없습니다."

이번에는 생각에 잠겼는지 잠시 침묵이 흘렀다. 누군가와 상의하는 중인지도 모른다. 신문사 내부에서 나는 소리일까, 수화기 너머로 잡다한 소리가 들렸다.

"취재 요청입니다."

갑작스레 대답이 돌아왔다.

"무슨 취재입니까?"

"본인에게 직접 말씀드리겠습니다. 쉽게 할 이야기는 아니라서요."

말이 전혀 통하지 않았다. 아오세는 속이 끓었지만 상대는 이름도, 신분도 모두 밝혔다. 설계사무소 간판을 내걸고 장사하는 입장에서 소장은 만날 수 없다고만 고집할 수도 없는 노릇이었다.

"전화가 왔었다고 전하겠습니다. 도요신문의……?"

"시계타입니다."

"소속은 어떻게 되십니까?"

그런 질문이 튀어나온 건 하루 종일 이케조노, 가사하라와 함께였던 까닭이리라.

"사회부입니다."

위압감이 느껴지는 목소리였다. 불길한 예감이 적중했다. 그런 생각이 들었다.

"사회부라면 뭔가 사건에 관련된 일입니까?"

"자세한 이야기는 본인에게 직접 드리겠습니다."

눈앞에서 문이 쾅 닫힌 느낌이었다.

"알겠습니다. 그 밖에 전할 말씀은?"

"꼭 만나 뵙고 싶다고 전해주십시오. 내일 다시 전화드리겠습니다."

"전달은 하겠습니다."

수화기를 내려놓았다. 무의식적으로 손길이 거칠어졌다.

"아오세 씨……."

돌아보자 걱정스러운 듯한 두 얼굴이 나란히 서 있었다. 다케우치가 흥분한 목소리로 물었다.

"사건이라니, 무슨 말입니까?"

"나도 모르겠어."

그렇게만 대답하고 아오세는 오카지마의 번호를 누르며 두 사람에게서 등을 돌렸다. 수차례의 통화대기음 끝에 맥 빠질 정도로 환한 목소리가 귓가에 울렸다.

"아오세야? 벌써 다녀왔어? 휴가 별장을 직접 보니 어때?"

거나하게 취한 것 같았다.

"그 얘긴 직접 만나서 해. 니시카와 씨하고는 합류했어?"

"했어, 어제. 니시카와 씨한테 할 말 있어?"

"아니. 방금 사무소로 도요신문의 시게타라는 기자한테 전화가 왔어. 너한테 묻고 싶은 게 있다고."

애써 별거 아니라는 투로 말했지만, 순간적으로 숨을 삼키는 기척이 느껴졌다.

"기자가 나한테⋯⋯?"

"그래, 다시 연락한다고 했어. 사회부 기자래. 뭔가 짚이는 거 있어?"

"⋯⋯아니."

있는 것이다, 짚이는 데가.

원인은 대충 짐작이 갔지만, 등 뒤에 있는 두 사람을 생각해 아오세는 화제를 돌렸다.

"그쪽은 어때?"

"어?"

"미술관 견학. 수확은 좀 있어?"

"아, 어…… 많이 참고가 됐어……. 그 기자가 무슨 볼일이라고는 말 안 해?"

"만나서 이야기하겠대. 그보다 오카지마, 타우트의 의자는 휴가 별장이 아니라 가미타가의 메밀국수 가게에 있던데. 게다가 의자는 여섯 개나 되고. 네 기억이 틀린 거 아냐?"

"가미타가……? 그럴지도. 그때는 여기저기 타우트와 관련된 곳을 돌아다녔으니까……."

오카지마는 듣는 둥 마는 둥 한 태도로 대꾸했다.

"그래서 언제 오는데?"

"내일…… 일단은."

"알았어. 너무 많이 마시지 마. 니시카와 씨에게도 안부 전하고."

전화를 끊자 옆에 달라붙어 있던 마유미가 아오세의 안색을 살피며 물었다.

"소장님은 뭐래요?"

두 눈썹이 하나로 이어질 것처럼 울상이었다.

동심매라면 굳이 물어볼 것도 없겠지. 마유미는 고후에 있는 오카지마가 느끼는 두려움을 고스란히 느끼고 있었다.

32

꽤 무리해서 지명을 따냈어.

오카지마의 그 말을 똑똑히 기억하고 있다. 들은 순간 코끝을 스친, 수상쩍은 냄새와 함께 기억이 되살아났다. 십중팔구 그 건이다. 기자가 공모 관련으로 뭔가 냄새를 맡았다. 대체 오카지마는 어떤 '무리'를 한 것일까.

아오세는 맥주 캔을 바닥에 내려놓고 텔레비전을 끄고 소파에 드러누웠다. 내일이면 알겠지. 오카지마가 돌아오면 사정을 캐물어 상황을 파악하고, 필요하다면 대책을 마련해야지. 그 수밖에 없다. 지금 할 수 있는 일은 아무것도 없었다.

눈을 감았다. 머릿속으로 되뇌었지만 뇌리에도, 망막에도 휴가 별장은 그려지지 않았다. 그런데도 그 품에 안긴 느낌이 들었다. 부름을 받고 찾아간 그 공간을 한껏 누린 여운은 남아 있었다. 있어야 할 '외관'이 없었던 까닭에 더욱 그런 느낌이 드는지도 모르겠다. 보는 게 아니라 휴가 별장을 체험했다. 70년의 세월을 뛰어넘어 아오세는 그곳의 손님 중 한 사람이 되었다.

센다이에 가봐야 하나.

공모 준비에 쫓기며, 그 공모의 향방에 드리우려는 먹구름의 기척을 느낀 지금 상황에서, 가고 싶다고 바로 가볼 수는 없었다. 요시노 도타의 뿌리를 파헤쳐 본들 그의 불성실한 면모만을 새삼스럽게 알게 되는 결과로 끝날 것 같은 예감도 들었다. 이케조노를 비롯해, 타우트와 연결된 기자들에게 너무 의지한 현 상황도 되돌아봤다. 이케조노도, 가사하라도 흡사 학예사를 연상케 하는 풍모라, 사건과는 거리가 먼 사람들처럼 느껴졌지만, '일가족 실종'을 알게 되면 그들 역시 돌변할지도 모른다. 사무소에서 시게타의 전화를 받은 탓에 경계 수준이 올라갔다. 기자들도 사람마다 다 다르겠지만, 뿌리까지 다르다는 보장은 없다. 소장이 일생일대의 패기로 임하는 공모에 훼방꾼이 끼어들고, 나아가 Y주택 건까지 세간에 알려지면 오카지마 설계사무소는 뿌리부터 흔들릴 것이다.

센다이는 나중에 가면 된다. 애초에 조사한답시고 그 먼 곳까지 가볼 필요도 없고 긴급한 사안도 아니다. 요시노는 자신에 대해 알려지기를 원치 않는다. 아오세가 여러 차례 Y주택과 휴대 전화로 연락했지만 단 한 차례도 기별이 없었다. 아무에게도 행방을 알리고 싶지 않은 것이다. 벌건 얼굴의 남자에게서 도망치기 위해 요시노는 제 의지로 행방을 감추었고, 기척을 일절 차단했다. 그렇지만⋯⋯.

아이들은?

이따금 그 생각을 했다. 중학생 두 딸과 초등학교 1학년 막내 아들. 시나노오이와케에서 두 번, 지진제와 집 열쇠를 건넬 때 만난 적이 있다. 큰딸은 부모님보다 키가 컸고, 나이에 비해 어른스러웠지만 아오세에게는 쑥스러운 미소로 벽을 만들고 있었다. 작은딸도 낯을 가리는지 말을 걸어도 '기대돼요'나 '마음에 들어요' 같은 모범 답안만 돌아올 뿐이었다. 그래도 자매는 행복해 보였다. 시종일관 저희들끼리 찰싹 달라붙어서 장난을 치며 키득거리거나 입을 삐죽거리다, 아오세를 힐끔거리며 수군거렸다. 지진제 날, 가리에의 그늘에 숨어 의혹에 찬 눈동자로 아오세를 바라보던 막내아들은 집 열쇠를 건네던 날에도 마음을 열지 않았다. 제대로 제 방을 둘러보지도 않은 채 차로 돌아가서 고개를 푹 숙이고 게임에 열중했다. 아오세 앞에서만 화목한 가족을 연기한 것이 아닌지 의심스러웠다. '키 큰 여자'가 요시노 부부를 이혼이나 별거로 몰아간 게 아닌가 상상했다. 부모와 두 딸은 꿈에 그리던 내 집을 가지게 된 행복한 가족을 완벽히 연기했지만, 막내아들만은 붕괴한 가족의 진실을 말했던 게 아닐까 생각했다. 집주인에게서 다바타 집에는 요시노 혼자 살았다는 이야기를 듣고, Y주택을 지은 건 가족의 마음을 다시 하나로 모으려는 기원이 담긴 계획이 아니었나 생각하기도 했다. 하지만 이제는 모르겠다. 어디를 봐도 분명한 건 없었고, 지금 이 순간을 긍정도, 부정도 하지 못하고 있었다. 아는 건 단 하나, 요시노 일가의 사정은 벌건 얼굴의 남자가 등장한 사실만으로 모든 것이 설명될 정도로 단순하지 않다는 것이다.

요시노 부부는 그렇다 치자. 실종. 남들이 보기에는 상식에서 벗어난 이번 행동도 문제의 시작점, 그리고 발화점이 있을 터였고 여러 일들을 겪은 끝에 스스로 선택한 길이다. 하지만 세 자녀들은 결과만 통보받았다. 그 길 끝에 무엇이 기다리고 있을까. 어느 낯선 마을에서 다섯 식구가 숨어 사는 것일까. 도망치는 건 요시노 혼자고, 가리에와 아이들은 어디에 몸을 숨기고 있는 것일까. 아니면 부부만 함께 있고 아이들은 다른 곳에 맡겨둔 걸까. 무엇이 되었든 머릿속에 떠오르는 그림에 아이들의 웃는 얼굴은 없었다. 학교는 어쩌고 있을까. 생활비는 부족하지 않을까. 가리에의 친정에 있는 거면 다행이고, 외조부모의 보살핌을 받고 있을 가능성에 한 줄기 희망을 걸어보았지만, 그렇다고 하더라도 벌건 얼굴의 남자가 위협의 손길을 뻗치지 않았으리라는 보장은 없었다. 세 손가락에 깁스를 한 남자는 어디까지 마수를 뻗쳤을까.

아오세는 소파에서 벌떡 일어났다. 하필 이럴 때, 하고 자기혐오가 들었지만, 늘 그렇듯 창작의 문은 건축과는 무관한 생각에 한창 빠져 있을 때 열렸다. 구두닦이 소년의 눈이 보인다. 이젤이 있고, 인물화가 올려져 있다. 맞은편에는 계단 구조의 '응접실 상단'이 있다. 이젤은 하나가 아니었다. 일고여덟 개, 아니, 훨씬 많이 늘어서 있었고, 저마다 정교하고 어두우면서 공포감을 주는 인물화가 놓여 있었다. 응접실 상단을 한 칸 올라갔다. 그러자 이젤의 줄 뒤에 또 이젤의 줄이 있는 것을 알아챘다. 두 단을 올라가자 그 뒤의 줄이 모습을 드러냈다. 세 단을 올라가, 네 단을 올라가, 열 단을 올라갔을 때에는 사가미 만이 모습을 드러내 듯 수백 개의 이젤 위에 놓인 수백 점의 그림이, 그 속의 이름 모를 인물들이 일제히 생의 아우성을 내질렀다. 그렇고말고, 후지미야 하루코의 세상에 권위 있는 명화 같은 건 없다. 어느 그림이 뛰어나고 어느 그림이 떨어진다거나 최상급의 그림이 한 자리를 차지하는, 그런 진부한 세상이 아니었다. 모두가 무명의 그림이었으며, 모두가 똑같이 명화의 반열에 놓였다. 그러니까 병치하자. 후지미야 하루코의 인생을 한 폭의 그림으로 보여주자. 계단을 올라갈 때마다 그녀의 속삭임을 듣고, 그녀의 일상을 목격하며, 마지막에는 그림에 바친 그녀의 혼과 그림 속 인물들의 영혼의 집적(集積)을 체감하게 되는 것이다. 그뿐이 아니다. 그것만으로는 끝나지 않는다. 그래, 응접실 상단 밑에는 '하단'이 있다. 계단 구조의 중앙은 지하로 향하는 또 하나의 계단을 품고 있다. Y 주택의 2층에 있던 타우트의 의자에 앉는 것이다. 한 단, 두 단, 계단을 내려가면 그림이 사라진다. 아사마 산이 사라진다. 시선 끝에는 푸른 하늘이 펼쳐진다. 저 멀리 벽에 난 가로로 긴 거대한 창문으로는 그저 하늘만이 보인다. 어디든 갈 수 있다. 어디로든 이어져 있다. 후지미야 하루코가 생명을 모조리 불태운 파리의 하늘까지.

전화벨이 울리고 있었다. 아오세는 두 주먹으로 두세 번 무릎을 치고 나서 일어났다. 겨우 전화기로 향했을 때 깜빡 잊고 해제하지 않은 자동응답기능이 작동했다.

"나야……. 내일 오후에 기자를 만나기로 했는데 같이 가줬으면 좋겠어."

의기소침한 목소리였다. 수화기를 들려다 동작을 멈췄다.

"부탁이야."

잠깐의 침묵 뒤에 전화가 끊어졌고, 녹음된 메시지를 알리는 붉은 램프가 깜빡이기 시작했다.

다시없는 기회야. 꽤 무리해서 지명을 따냈어. 무슨 수를 써서든 이기고 싶어.

그래도 푸른 하늘은 사라지지 않았다. 격앙된 타우트처럼 거칠게 손가락을 움직이며 아오세는 번뜩임 너머를 질주하고 있었다.

33

다음 날 아침에도 하늘에서는 새를 찾아볼 수 없었다.

아오세는 아침을 먹지 않고 집에서 나왔다. 시트로엥을 타고 시청으로 가서 건축 확인 신청을 한 건 하고, 마루이 뒤편의 레스토랑으로 발길을 옮겼다.

오카지마는 이미 도착해 안쪽 자리에 팔짱을 끼고 앉아 있었다. 전에 없이 굳은 표정이라는 걸 어두운 조명 아래서도 알아챌 수 있었다.

하지만 아오세를 보자마자 여기야, 하고 부르는 목소리는 여느 때와 다르지 않았다.

"다른 사람들은?"

아오세는 맞은편 의자를 빼며 물었다.

"고후에 두고 왔어. 오는 내내 열차에서 통화만 했네."

시작부터 질문을 유도하는 투였다.

오카지마는 천 엔짜리 점심 정식을 주문하더니, 아오세가 망설이는 사이 먼저 말문을 열었다.

"1시에 기자가 올 거야."

"어디로? 여기로?"

"그래."

아오세는 손목시계를 보았다. 12시였다.

"아까 마유미한테 연락이 왔어. 기자가 또 전화를 했다기에 통신부로 연락해서 여기로 오라고 했어."

"통신부?"

"도요신문 S통신부 말이야. 어제 통화하면서 그렇게 말 안 했어?"

"시게타라는 기자?"

"그래."

"나한테는 사회부라던데?"

오카지마는 노골적으로 혐오감을 드러내며 코웃음을 쳤다.

"겁주는 거지. 그런 기자래, 그 시게타라는 사람."

오카지마가 의기소침한 상태에서 벗어난 이유 한 자락이 언뜻 보였다. 어젯밤부터 여기저기 전화를 돌려서 '그런 기자'라 딱 잘라 말할 수 있을 정도로 적을 파악한 것이다.

아오세는 테이블에 팔꿈치를 괴고 오카지마와의 거리를 좁혔다. 기자가 올 때까지 대충 1시간. 그리 여유는 없었다.

"질 나쁜 기자라는 소리야? 어쩌다 그런 놈하고 얽혔어?"

그 물음에는 대답하지 않고 오카지마는 아오세의 눈을 빤히 들여다봤다.

"너, 사무소 관둘 거 아니지?"

아오세는 어안이 벙벙해졌다.

"관둔다고? 내가? 갑자기 왜?"

"아니면 됐고."

아오세는 시선을 돌린 오카지마를 좇으며 재차 물었다.

"똑바로 말해. 누가 내가 관두고 싶어 한다고 그래?"

"아니."

"그럼 왜 갑자기 그런 소리를 해."

"알았어."

오카지마는 손을 내저으며 아오세를 달랬다.

"얘기할 테니 진정해. 전에, 벌써 1년도 더 된 일이지만, 흥신소에서 네 뒷조사를 한다고 찾아왔었어."

제 귀를 의심했다.

"흥신소라고······?"

"탐정이지. 그런 느낌의 남자가 찾아왔어."

"왜 왔는데?"

"너한테 혼담이 들어왔다는 식으로 말하던데?"

아오세는 아연했다.

"언제 일인데?"

"그러니까 1년도 더 됐다니까."

"똑바로 말해. 정확히 언제였는지 떠올려."

"작년······ 2월이었어. 눈이 엄청 내렸잖아. 그 눈이 길에 남아 있었을 무렵이었지."

"그래서, 그 탐정은······."

"혼담은 없었던 거야?"

"없었어."

오카지마는 순순히 고개를 끄덕였다.

"나도 그럴 것 같았어. 다른 일을 조사하는 구실인가 싶었지. 그래서 내 쪽에서 떠보기도 했는데, 뭐가 목적인지 모르겠더라고. 모르겠어서 혹시 다른 사무소로 옮길 생각인가 했지. 새 사무소에서 신변 조사를 하는 건가 했어."

"바보 같은 소리. 이직할 거면 탐정이 소장인 너를 직접 찾아오겠어? 말이 되는 소리를 해야지. 만일 일이 잘 안 풀리면 몰래 움직인 나만 껄끄러워지는데."

"그렇지. 탐정이란 모름지기 뒤탈 없이 움직여야 하니까."

"대체 무슨 소리야. 왜 이 시점에 탐정 얘기를 꺼내는데? 곧 기자가 온다면서."

"아오세……."

오카지마는 다시 아오세의 눈을 보더니 말을 이었다.

"널 믿어도 되지?"

선득한 기운을 느끼고 등골이 오싹해졌다. 평소처럼 보이지만 평소와는 다른 오카지마가 눈앞에 있었다. 혹시나 했는데, 그 설마가 맞았다. 오카지마는 정말 이직하려고 했는지 확인하는 게 아니다. 도요신문에 정보를 흘린 게 너냐고 아오세에게 묻고 있는 것이다.

"너한테는 고맙게 생각해. 이곳을 그만두겠다고 생각한 적은 단 한 번도 없어."

말해야 할 말을 했다.

"알았어. 미안했어."

오카지마의 의구심은 주저앉은 것 같았다. 그와 교대하듯 아오세의 마음속에서 다시금 의혹이 솟아올랐다. 누가 무슨 목적으로 내 뒷조사를 한 거지?

주문한 식사가 나왔다. 종업원의 긴 머리카락이 금방이라도 파스타에 닿을 것 같았다.

"탐정이 나에 대해 뭘 물었어?"

식사가 다 끝나기 전까지만 이 이야기를 하자고 생각했다. 공모 이야기는 그다음에 해도 충분하다.

"이것저것. 네 고향이나 대학, 가족이나 업무 능력 같은 거."

스스로도 눈이 뾰족해지는 게 느껴졌다.

"말했어?"

"적당히."

"적당히 뭐라고?"

"그러니까……."

오카지마는 포크를 쥔 손을 멈추고 말을 이었다.

"부모님 일 때문에 전국 방방곡곡을 떠돌았다, 대학은 중퇴했다, 예전에 이혼했다, 딸 하나가 있고, 일할 때는 천재형이다. 그런 정도로."

"유카리와 히나코 이야기도 했다고?"

"좀 들어봐……."

오카지마는 소리를 내며 포크를 접시에 내려놓았다.

"탐정은 유카리 씨한테도 찾아갔었어. 내가 말하든, 말하지 않든 이미 알고 있었다고."

뭐라고……?

아오세는 당황했다.

"그, 그걸 네가 어떻게 아는데?"

"뭐가?"

"탐정이 유카리를 찾아간 걸."

"나한테 전화가 왔어. 흥신소에서 너에 대해 물어볼 게 있다고 찾아왔는데, 혹시 너 재혼하냐고."

"오카지마……."

아오세도 포크를 내려놓았다.

"너 유카리하고 연락하고 있었어?"

"그때 이후로는 없어."

"그전에는?"

"있었어. 아주 가끔이지만."

이 녀석…….

"1년에 두세 번? 그게 그렇게 이상해? 둘이 같이 살 때는 친목회에서 자주 만났는데."

"언제부터야."

"6, 7년 전인가. 도쿄의 견본시에서 우연히 마주쳤어."

이혼하고 얼마 지나지 않아서부터…….

"왜 아무 말도 안 했어."

"일부러 숨긴 거 아냐. 말을 꺼내기 껄끄러웠을 뿐이지."

무엇을 물어도 무덤덤한 목소리만 돌아왔다.

"둘이서 내 얘기를 했어?"

"그 얘긴 이쯤에서 끝내."

"했군."

"나하고 유카리 씨에게 넌 공통 지인이잖아. 지나가는 얘기 정도는 했지."

"내가 이 사무소로 옮기고 나서도?"

"어떻게 지내느냐고 물어서 잘 지낸다는 정도로 대답했어."

뇌가 요동치는 것 같았다.

어떻게 지내느냐고?

아오세는 천천히 의자 등받이에 몸을 기댔다.

3년 전, 제대로 된 일이라고는 하지 못했던 아오세에게 느닷없이 오카지마가 같이 일하지 않겠느냐고 전화를 했다. 지금 이야기를 들으니 그 전화는…….

두 사람 다 파스타를 남겼다. 식욕 같은 건 흔적도 없이 사라졌다. 오카지마는 샐러드와 요구르트에도 거의 손을 대지 않은 채 끊었던 담배를 연신 피워댔다.

"언제부터 피우기 시작한 거야?"

"어제부터."

프론티어라이트. 처음 보는 상표였다.

"가벼워. 1밀리그램이야."

"그런 문제가 아니잖아."

"그런 문제야."

아오세는 시계를 보았다. 1시 5분 전이었다. 억지로라도 사고를 전환해야 했다.

"시게타라는 기자가 취재 이유를 말했어?"

"만나서 말하겠대."

"기념관 건이지?"

"날 지목한 걸 보면 그렇겠지."

아오세는 고개를 끄덕였다. 만일 일가족 실종 건이라면 Y주택의 건축가를 찾았겠지.

"나도 같이 있는 게 나아?"

"그래, 부탁해."

무뚝뚝한 대답이 돌아왔다. 하지만 불안해서 아오세를 불러낸 건 아니었다.

"나에 대한 의심은 풀렸어?"

"마유미인가."

오카지마는 혼잣말처럼 중얼거렸다. 평소와 다름없어 보이지만 역시 평소와는 달랐다.

"마유미가 들으면 울겠군."

"글쎄다."

"동심매 어쩌고 하더니."

"걔는 약해. 나만큼이나."

아오세는 다시 손목시계를 보았다.

"질 나쁜 기자래?"

아까와 같은 질문을 던지자 오카지마는 분에 찬 얼굴로 혀를 찼다.

"시노즈카 시장을 자리에서 몰아내려는 작자들이 있어. 시게타는 그 선봉장이고."

아오세는 흠칫했다.

"정치판이 얽혔어?"

"가쓰마타라는 현의원이 있는데, 그 뒷배가 소도야. 시장은 이노구치 파잖아, 다음 총선까지 시장을 끌어내리려고 혈안이 된 거지."

소도도, 이노구치도 저명한 중견 의원이었지만 관계도가 바로 떠오르지 않았다.

"시게타는 어떻게 엮인 거야?"

"소도는 전에 국가공안위원장이었어. 시게타는 2년 전까지 도쿄 본사에서 경찰청 담당이었어서 서로 아는 사이지. 일하다 큰 사고를 쳐서 여기 통신부로 좌천된 모양이야. 여기서 소도를 도와 시장을 몰아내고, 윗선에 잘 말해달라고 부탁해 도쿄로 복귀하려는 속셈이지. 기념관은 시의 중점 사업이라 표적이 된 거고. 시장을 공격할 절호의 기회니까."

누구의 귀띔인지 청산유수로 속사정을 줄줄 읊어대는 오카지마의 모습에 위화감이 커져갔다. 도둑의 길은 도둑이 잘 안다고 했던가. 오카지마에게도 그가 비난하는 세력과 같은 부류의 '뒷배'가 붙은 것이다. 시게타에 관한 정보도 그 선을 통해 얻었고, 위기에 대처할 방법도 지시받았다. 누군가가 오카지마에게 넌지시 물었는지도 모른다. 사무소 단속은 잘 하고 있는 거냐고.

크게 잘못된 건 없었다. 오카지마 설계사무소는 '시장파' 산하에 있었다. 그래서 오카지마는 기자에게 겁먹은 기색도 없이 평소와 다름없어 보였다. 하지만······.

"기자가 왜 우리 사무소를 공격해?"

"공격하기 쉬우니까 그렇겠지."

"정치 싸움에 말려든 것뿐이야?"

"그래. 불똥이 튄 거지."

"켕기는 건 없는 거지?"

말이 나온 김에 물었다. 오카지마는 허공을 보았다. 시곗바늘은 1시를 가리키고 있었다.

"오카지마⋯⋯."

"없어."

단언하니 믿는 수밖에 없었다. 일련탁생*이라는 말이 떠올랐다. 아오세는 결심을 굳혔다.

"이것도 공모의 일환이야. 이겨내."

오카지마의 대답은 없었다. 그의 시선은 아오세의 어깨 너머, 소리 내며 열린 문을 향하고 있었다.

34

상대방도 둘이었다.

누가 시계타인지는 한눈에 알 수 있었다. 30대 중반으로 보이는 통통한 남자였다. 눈매는 날카로우면서도 옅은 웃음이 감도는 것처럼 보였다. 함께 온 남자는 대학생인가 싶을 만큼 앳된 인상이었다. 긴장했는지 뺨에 홍조가 번졌고 걸음걸이도 어딘가 어색했다.

통화로 미리 말을 맞췄는지, 오카지마는 반으로 접은 잡지로 얼굴을 가렸다. 두 사람이 알아채고 다가왔다.

아오세가 오카지마 옆으로 자리를 옮기자 두 남자는 맞은편에 앉더니 인사도 없이 명함부터 내밀었다.

---

*죽은 뒤에도 극락에서 같은 연꽃 위에 왕생한다는 불교용어로, 어떤 일이 선악이나 결과에 대한 예견에 관계없이 끝까지 행동과 운명을 함께함을 비유적으로 이르는 말.

'도요신문 사이타마 총국 S통신부 기자 시게타 미쓰루'

'도요신문 사이타마 총국 기자 후카노 신야'

오카지마는 덤덤한 태도로 안주머니에서 명함 케이스를 꺼냈다.

"오카지마 씨 되십니까?"

시게타는 오카지마의 얼굴과 명함을 번갈아 보고 나서 아오세를 보았다.

"아오세입니다. 어제 사무소에서 전화를 받은……."

"아, 그러셨군요. 어제는 실례가 많았습니다."

아오세는 명함을 꺼내지 않았다. 오카지마의 이야기를 들은 직후라 시게타에 대한 선입견은 대머리수리나 하이에나에 가까웠다.

시게타는 종업원을 불러 커피 두 잔을 주문하고 나서 "먼저 오신 분들과 계산은 따로 하겠습니다"라고 덧붙였다.

"용건만 간단히 말씀해주시죠."

오카지마가 팔짱을 끼며 입을 열었다.

"글쎄요, 간단한 이야기가 아니라……."

시게타는 거드름을 피우며 가방에서 노트를 꺼냈다. 후카노도 덩달아 노트를 꺼냈다.

"이 친구는 지금 사이타마 현경 본부 담당입니다."

기묘한 방식으로 소개된 후카노가 오카지마와 아오세를 번갈아 보았다. 한껏 허세를 부리는 모양새가 우스꽝스러웠다.

오카지마는 시게타를 노려보았다.

"시작하시죠. 이래 봬도 제가 좀 바쁜 몸입니다."

"후지미야 기념관 건 때문에요?"

시게타는 씩 웃으며 받아쳤다.

"그것도 있고요. 우리 사무소에는 대형 프로젝트라서요."

"그 지명을 따내려고 꽤 무리하셨더군요."

"뭡니까? 하실 말씀 있으면 똑바로 하시죠."

오카지마가 완강한 어조로 되받아치자 시게타는 노트 사이에서 종이 한 장을 꺼냈다. 이쪽에는 보이지 않도록 들고 내용을 훑었다.

"S시의 가도쿠라 건설부장과 여러 차례 술자리를 가지셨군요. 음, 힌게쓰 식당…… 중화요리 라쿠엔…… 한국 음식점……. 날짜도 같이 말씀드릴까요?"

"그게 어쨌다는 겁니까?"

오카지마는 표정을 바꾸지 않고 반문했다.

시게타는 웃었다.

"이러지 마시죠. 가도쿠라 부장은 지명 업체 선정의 실질적 권한을 쥔 인물입니다. 당신은 그를 접대해서 결과적으로 지명 업체에 선정됐죠. 한마디로 뇌물을 써서 이권을 따냈다는 뜻입니다."

"듣기 거북하군요. 더치페이였습니다. 뇌물이라니요."

"아하, 그러십니까."

시게타는 눈곱만큼도 납득한 것 같지 않은 표정이었다.

"하지만 공모 건이 표면화되고 나서 오카지마 씨는 가도쿠라 부장과 수차례 만남을 가졌습니다. 부장은 공모 심사위원도 맡고 있고요. 오해를 살 거란 생각은 안 했습니까?"

"어쩌다 보니 그렇게 된 겁니다. 사석에서도 공모 이야기를 한 적은 한 번도 없고요. 가도쿠라 씨와는 어디까지나 개인적으로 친분이 있을 뿐입니다."

"호오, 구체적으로 어떤 사이죠?"

"그걸 말씀드릴 필요는 없을 것 같은데요."

"참고 삼아 말씀해주시죠. 납득이 가는 설명이면 저희도 얌전히 물러날 테니까요."

오카지마는 담배에 불을 붙였다. 힘차게 연기를 뱉고 나서 말문을 열었다.

"중고등학교 시절에 축구를 했는데, 가도쿠라 씨도 그랬다고 하시더군요. 그 인연으로 예전부터 가깝게 지냈습니다. 지역 활성화 차원에서 S시에서 J2팀을 유치하려는 계획이 있어서, 그런 이야기를 나누며 술자리를 가진 겁니다."

아오세는 숨을 죽였다. 처음 듣는 이야기들이었다.

"알겠습니다. 그래서 시노즈카 시장님까지 포함해 세 분이서 축구 경기 관전을 하셨군요."

"네……?"

"가셨죠? 국립경기장에."

불길한 침묵이 흘렀다. 가로로 이동하려던 오카지마의 고개가 위아래로 움직였다.

"네…… 갔습니다. 원래 J2팀 유치 얘기를 꺼낸 게 시장님이었으니, 후학을 위해서 한번 보러 가자, 그렇게 얘기가 나온 겁니다."

"그런데 왜 J2가 아니라 J1의 개막전을 보러 간 겁니까?"

"J1을 보면 안 됩니까? 최종적으로는 J1을 염두에 두고 있으니까요."

"딱히 안 된다고는 안 했습니다. 표는 누가 샀습니까?"

시게타는 쉬지 않고 질문을 던졌다.

"접니다. 말해두지만 돈은 각출했습니다. 사기만 제가 사고 나중에 받았고요."

"교통비도요?"

"물론이죠."

"술자리에서는 안 그러시더니."

"네? 뭐라고요?"

"가도쿠라 부장과 술 마실 때는 안 그랬잖습니까. 오카지마 씨가 교통비를 댔죠."

"그런 기억은 없는데요."

오카지마가 대답하자마자 시게타의 손이 움직였다.

"실은 제가 오카지마 씨의 명함을 보는 게 오늘이 처음이 아닙니다."

두툼하고 짧은 손가락이 노트 사이에서 A4 용지를 꺼내 테이블 위에 올려놓았다.

오카지마의 명함을 확대 복사한 것이었다.

"S시의 모 택시 회사 운전기사가 갖고 있더군요. 가도쿠라 부장을 시내 자택까지 모셔다 드리고, 요금은 이 명함에 있는 사무소로 청구하라는 말을 들었다고."

아오세는 곁눈으로 오카지마의 얼굴을 힐끗 보았다. 얼굴이 벌겠다. 예기치 못한 상황이 틀림없었다. 짐작건대 그 택시 운전 기사가 시장의 정적에게 포섭된 것이다.

"기억에 없습니다."

오카지마는 완강히 부인했다.

"곤란하네요. 기억은 없어도 명함은 여기 있습니다. 어떻게 설명하실 겁니까?"

시게타는 공격의 고삐를 늦추지 않았다.

"택시비를 낸 걸 보면, 술값도 오카지마 씨가 냈다고 생각하는 게 자연스럽지 않습니까? J1 관전 때도 시장과 부장의 푯값이며 왕복 교통비를 모두 댔고요. 아닙니까?"

"아닙니다."

"하지만······."

"단순한 추측일 뿐이죠."

아오세가 옆에서 끼어들었다. 반격이라기보다는 연속으로 펀치를 얻어맞은 선수를 부축하는 세컨드의 심정에 가까웠다.

시게타가 그제야 아오세의 존재를 떠올린 듯 시선을 보냈다.

"추측이죠. 하지만 단순하지는 않습니다. 그쪽도 아실 텐데요."

"소장님은 충분히 대답했습니다. 이제 그만하시죠."

"음, 성함이······."

"아오세입니다."

"다섯 명 중 한 분이시군요."

"그래서요?"

"이상하다는 생각 안 드십니까?"

"뭐가 말입니까?"

"공중화장실과 지구대 외에는 실적이 없는, 고작 직원 다섯 명의 설계사무소가 이렇게 큰 공모에 참가하게 된 게 말입니다."

"무례한 질문에 대답할 의무는 없군요. 곧 의뢰인과 약속이 있습니다. 이쯤에서 끝내죠."

시게타는 순순히 고개를 끄덕였다.

"그러죠. 두 분 입장은 잘 알겠습니다. 지금부터 취재를 더 해봐야겠군요. 다시 뵙게 될 것 같습니다만, 그때는 잘 부탁드립니다."

거드름을 피우며 말하더니 시게타는 옆자리의 후카노에게 눈짓했다.

후카노는 오카지마와 아오세를 보며 말했다.

"이 건에는 현경 수사2과도 중대한 관심을 가지고 있습니다."

두 기자가 떠나자, 음소거를 해제한 듯 주변 테이블의 말소리가 들렸다.

"하! 중대한 관심? 시게타의 꼭두각시 주제에."

오카지마는 부러 웃음을 터뜨렸다. 하지만 진땀과 함께 뭔가 사악한 느낌이 얼굴에 딱 달라붙어 있어서 도저히 웃는 얼굴처럼 보이지 않았다.

"듣던 대로 악질 기자군. 너도 봤지?"

아오세는 그래, 라고만 대답했다. 뇌물이다, 알력 싸움이다, 평소에 그런 종류의 기사를 거의 읽지 않아서 실제로는 방금 전의 취재가 사무소에 얼마만큼의 위협이 될지 가늠하지 못했다. 시게타가 밝힌 오카지마의 뒷공작에는 솔직히 충격을 받았고, 적잖이 배신감도 느꼈지만 아카사카 시절에도 영업부 직원들은 이런 접대 이야기를 인사처럼 나누고는 했다. 시게타가 확증을 가지고 오카지마에게 들이민 건 택시비뿐이었다. 현실적으로 그것이 바로 신문에 기사로 나가거나, 경찰 조사의 대상이 되지는 않으리라. 그러나……

오카지마의 이 의기양양한 태도는 이해가 가지 않았다. 시종일관 궁여지책으로 상황을 모면했다. 반격다운 반격은 하지도 못했고, 시게타의 추측을 무너뜨릴 유효한 공격 하나 선보이지 못했다. 그런데도 위기에서 벗어났다는 양 "제 패를 다 까는 놈이 어디 있어" 하고 입을 놀리고 있었다. 본인이 압도적인 승리를 거뒀다고 생각하는 건가? KO패 당하지 않고 빠져나온 걸 기뻐하는 거야? 아니면 그건가, 이 정도의 추궁은 '뒷배'가 알아서 처리해줄 거라고 굳게 믿는 건가.

자신도 부정한 일에 함께 얽힌 기분이었다. 시게타의 질문을 되짚어 추궁하고 싶은 충동에 휩싸였다.

"계속 있을 거야? 난 여기저기 만날 사람이 많아서 그만 일어나 봐야겠어."

오카지마가 계산서를 들고 자리에서 일어났다.

"아오세, 고마워. 네 덕에 잘 풀렸어."

그 말을 들으니 부아가 치밀었다.

"기다려."

"왜?"

"나한테는 거짓말하지 마. 네 아들에게도."

35

오카지마에게서는 그 후로 연락이 없었고, 저녁이 되어도 사무소에 나타나지 않았다.

아오세는 다케우치와 마유미의 질문 공세에 시달렸다. 고후에 있는 이시마키와 니시카와도 걱정이 됐는지 전화를 했다. 소장에게 직접 물어보라고 딱 잘라 말했지만, 그 답으로 납득하지 않아서 기자가 뭔가 착각하고 찾아왔는데 문제없다, 걱정할 것 없다고 말했다. 영 뜨뜻미지근한 아오세의 대답을 듣고 공모에 관련된 일이라는 걸 모두 알아챘다. 갑자기 다들 말수가 적어진 건 어렴풋이 짐작하고 있던 오카지마의 '무리'를 저마다 상상한 까닭이리라.

집으로 돌아온 건 오후 10시가 지나서였다. 엘리베이터 앞에서 손수레를 끄는 노부인과 또 마주쳤다. 이런 시간에 편의점 비닐봉지를 들고 있는 걸 보면 혼자 사는 모양이었다.

여느 때는 목례만 건넸지만, 오늘은 안녕하세요, 하고 말을 걸었다. 오늘 밤의 그녀는 유독 왜소해 보였다.

"반창고가 없어서…… 분명 있었는데."

노부인은 변명하듯 우물거렸다.

"어디 다치셨습니까?"

"좀 긁혀서요. 나이를 먹으면 조심성이 없어지는지. 말하지 말아요."

"네……?"

"부동산에요. 나이 든 사람이 혼자 살면 귀찮은 일이 생긴다며 계약 연장을 안 해주더라고요."

"귀찮은 일이라니요."

"아들도 같이 사는 걸로 되어 있는데, 눈치챈 것 같아요."

엘리베이터 문이 열렸다. 노부인을 먼저 태우고 10층이시죠? 하고 물었다. 노부인의 얼굴에 살며시 웃음기가 돌았다.

"살던 집을 정리하고 여기로 옮겼어요."

"그러셨군요."

"마당이나 지붕 수리가 보통 일이 아니잖아요."

"그렇죠."

"잡초 같은 건 아무리 뽑아도 금방 다시 나서, 잔디하고 같이 잔디깎이 기계로 밀어버렸어요. 그랬더니 몇 년 지나니까 마당이 잡초로 뒤덮이지 뭐예요."

"잡초는 생명력이 강하니까요."

"잔디가 너무 약했던 걸까요. 나는 반대했는데 남편이 여름에 심어서."

"그럴지도요."

"여긴 편해요. 이것만 있으면 되니까."

노부인은 목에 건 열쇠를 들어 보였다.

10층에서 엘리베이터가 멈췄다. 안녕히 주무세요, 하고 말을 건넸지만 노부인은 대답 없이 손수레를 밀며 사라졌다.

12층 집에 도착할 때까지 노부인을 생각했다. 불을 켜는 순간은 늘 낯설고 움츠러들었다. 아침에 나설 때 풍경이 그대로 눈앞에 펼쳐질 때마다 현재를 살아가고 있다는 실감보다 과거의 한 장면을 목격한 기분이었다.

아오세는 부엌에서 맥주 캔을 땄다. 한 모금 마시려다 잠시 상념에 잠겼다. 이내 찬장을 열고 에도키리코* 잔을 꺼냈다. 한동안 쓰지 않아서 있는 줄도 잊고 있었다. 아카사카 사무소에서 인턴 사원으로 일하던 시절에 큰맘 먹고 구입한 잔이었다.

거실 소파에 앉아 잔에 맥주를 따랐다. 다른 집 아이들처럼 유리컵에 분말주스를 마시는 게 꿈이었다. 꿈은 이루어졌고, 이루어졌다는 사실조차 잊은 채로 지금 이렇게 무심히 잔을 기울이고 있다. 휴가 별장처럼 방 세 개로 이루어진 공간이지만, 유감스럽게도 이 공간은 말 그대로 텅 비어 있어서 오감의 바늘은 꿈쩍도 하지 않았다. 그래도 살 수 없는 건 아니다. 살아갈 수는 있다. 사람은 이런 공간조차 사랑할 수 있다. 오늘 밤도 침실 구석에 타우트가 서 있을까. 이 공간을 못마땅해하는 아오세는 질책하더라도 십자가처럼 집 열쇠를 목에 걸고 있는 노부인에게 분노의 칼끝을 돌리지는 않으리라.

낮에 기자들과 만난 일은 스스로도 놀랄 만큼 작아져 마음 한 구석에 놓여 있었다. 오카지마의 '뒷배'를 믿은 걸까, 아니면 어차피 오카지마 개인의 문제라고 선을 그은 것일까. 모두 자신의

---

*에도시대 말기부터 도쿄에서 생산된 유리공예품의 명칭.

진심이라는 생각이 들었다. 가시는 다른 데 박혀 있다는 사실을 알았기 때문이다.

흥신소에 의뢰해 아오세의 신변 조사를 한 건 누구일까.

오카지마에게 이야기를 듣고 나서 몇 번을 자문했는지 모른다. 누가, 왜? 답을 찾으려 해도 실마리조차 없었고, 머릿속에는 새하얀 답안지만 산더미처럼 쌓여 있었다.

탐정은 유카리에게도 찾아갔다. 재혼 운운하며 아오세의 사생활을 캐내려 했다. 어처구니없는 짓이다. 탐정이 미쳤다는 생각밖에 들지 않았다. 대체 유카리에게 뭘 물었을까. 성격? 돈 씀씀이? 주량? 이성 관계? 묻지도 않은 전남편의 재혼 이야기를 들은 데다 과거 생활까지 추궁당했을 때 유카리는 어떤 심정이었을까. 히나코가 알면 동요할지도 모른다고 걱정했겠지. 아오세에게 직접 확인할 수도 없어서 오카지마에게 전화해 재혼 이야기의 진위 여부를 물었다. 오카지마는 뭐라고 대답했을까. 아닐 거라고는 대답했겠지만, 단언하지는 못했으리라. 그렇다면 유카리의 심중에서 아오세의 재혼 이야기는 사라지지 않았을 것이다. 탐정이 나타난 작년 2월부터 계속 '마음의 준비를 해야 하는 일'로 가슴속에 담아둔 건 아닐까. 충동이 파도처럼 밀려왔다. 지금이라도 늦지 않았다. 유카리에게 전화해서 제 입으로 재혼 이야기는 거짓이라고……

노려보고 있던 전화가 울렸다.

호전적으로 다가가 수화기를 들었다. 머릿속에 떠오른 그 누구의 목소리도 아니었다.

"쓰무라입니다. 소장님에게 연락 왔었나요?"

마유미의 목소리는 딱딱하게 굳어 있었다. 아오세는 시계를 보았다. 11시가 다 되어가고 있었다.

"없었어. 지금 어디야, 집이야?"

"아직 사무소예요."

"다케우치는?"

"식사하러 나갔어요."

"그만 퇴근해. 소장님이 걱정할 것 없다고 했잖아."

"하지만 휴대전화는 안 받고, 집에도 안 들어왔다고 하고."

순간 관자놀이가 움찔 떨렸다.

"집으로 전화했어?"

"네. 사모님이 아직 안 들어왔다고……."

"앞으로 그러지 마. 집에서 걱정하잖아."

"별로 걱정 안 하는 것 같던데요."

싸늘한 목소리가 고막을 울렸다.

"그야 그렇겠지. 오카지마는 매일 늦으니까. 여하튼 걱정할 것 없어. 관계자들하고 만나고 있을 거야."

"공모전 관계자요?"

한 박자 늦게 대답했다.

"그래. 도요신문 기자가 괜한 생트집을 잡아서 대책을 마련하고 있는 거야."

"누구하고요?"

"자세히는 모르지만 도와주는 사람이 있어."

"무슨 생트집이요? 알려주세요."

"그러니까 자세한 건 소장님한테 물어보라고. 내가 이렇다 저렇다 할 문제가……."

"연락을 안 받잖아요!"

아오세는 수화기를 고쳐 쥐며 말했다.

"집에 들어가 봐. 유마가 기다리잖아."

"벌써 잠들었어요."

"엄마잖아, 그만 들어가. 전화 끊고 바로 정리하고 나가."

거칠게 통화를 끝냈다.

아오세는 그 자리에 털썩 주저앉았다. 맥박이 진정될 때까지 시간이 필요했다.

오카지마의 휴대전화로 전화를 걸었다. 음성사서함으로 넘어갔다. 저도 모르게 '멍청한 자식'이라 외쳤다. 오카지마에게 휘둘리고 있었다. 그의 모든 행동이 아오세의 마음을 어지럽혔다.

유카리와 연락하고 지냈다고 자백했다. 아오세와 유카리가 헤어지고 나서의 일이다. 3년 전, 오카지마는 전화로 말했다. 스스로를 싸구려로 만들지 말라고. 너만 괜찮으면 우리 사무소에서 같이 일해보지 않겠느냐고. 아오세의 힘든 상황을 알고 있었다. 제도 기술로 날품팔이를 하고 그 품삯으로 술이나 마시고 다니며 엉망진창이 된 생활을 풍문을 통해 알고 있었다. 바람이 자연스레 오카지마의 귀에 불어온 걸까. 누군가가 불어넣은 걸까.

유카리와 가깝게 지내는 사람이라면 모두 안다. 원체 곤경에 처한 사람을 그냥 지나치지 못하는 성격이다. 싸움을 하더라도 상대가 자신보다 더 상처를 입었다는 걸 알면 무조건적으로 정성을 쏟는다. 공원이나 슈퍼에서 우는 어린아이를 보면 꼭 달려가 쭈그리고 앉아 달랬다. 심각한 재해가 발생하면, 국내든 해외든 바로 성금을 보냈다. 결혼 전에 아오세가 들려준, 상처 입은 긴꼬리홍양진이를 구조한 에피소드가 인상적이었는지 이따금 그 이야기를 꺼냈다. 있잖아, 도시오 씨는 그 새를 숲으로 돌려보내 줬을까?

유카리가 오카지마에게 부탁했을지도 모른다. 아오세를 도와 달라고.

그 뒤로도 사무소의 일원이 된 아오세를 신경 썼다. '어떻게 지내요?' 그 말은 이제 오카지마가 아닌 유카리의 목소리와 걱정스러운 어조로 아오세의 귓전에서 재생되고 있었다. Y주택 작업에 몰입하고 있다는 이야기도 오카지마가 귀띔했을지 모른다. 그래서 《200선》을 구입했고, 아오세가 전화했을 때 물었던 걸까.

이거다 싶은 집은 지었어?

처음부터였다. 오카지마에게 고용되기 전부터 아오세의 재기는 이미 시작되어 있던 것이다. 귓불이 뜨거워졌다. 부끄러워서, 분해서, 그리고…….

아.

머릿속에서 번개가 번뜩였다.

뭔가가 보였다. 뭔가가 한데 어우러졌다. 말이 뭔가를 시사했다.

처음부터……? 이미 시작되어 있던 것이다?

오카지마에 관한 게 아니다. 유카리도 아니다. 생각하던 것과 다른 어딘가로 사고가 튀었다. 분명 요시노에 관한 것이다. 그래, 그것은 일가족 실종의 수수께끼를 풀기 위한······.

전화벨이 울리고 있었다. 눈앞의 전화였다. 수화기를 들었다. 무의식적으로 손이 움직였다.

"밤늦은 시간에 죄송합니다. J신문의 이케조노입니다. 엄청난 뉴스가 있어서, 이 시각에 그만 전화를 드렸습니다."

현기증이 날 정도로 밝은 목소리였다.

"아오세 씨, 놀라지 마십시오. 센다이에 요시노 씨에 대해 잘 아는 사람이 있습니다."

"네? 뭐라고요? 있다고요?"

"네. 그분이 아는 분은 요시노 씨의 아버지나 할아버지일 겁니다. 요시노, 장인, 의자 설계도. 이 세 단어를 가지고 센다이 방면에서 타우트를 연구하는 사람들에게 전화를 돌렸습니다. 그랬더니 찾은 겁니다. 야마시타 구사오라는 분입니다. 70년 전에 어디서 일했는지 아십니까?"

머리가 돌아가기 시작했다. 하지만 이케조노는 아오세의 대답을 기다리지 않았다.

"전에 말씀드린 센다이 공예지도소입니다. 타우트가 있던 시기에 그 밑에서 일하던 분이랍니다! 게다가 목공 장인인 요시노 씨를 안다, 똑똑히 기억하고 있다고 하시는 겁니다. 아, 아니, 아직 본인과 이야기해본 건 아닙니다. 워낙 고령이라 통화는 어려우시다는군요."

"하지만……."

"물론 다른 요시노 씨일 수도 있습니다. 드문 성은 아니니까요."

이케조노는 아오세의 의문을 간파한 듯 곧바로 말했다.

"그래도 동일인물이 맞는 것 같습니다. 틀림없어요. 센다이에 가볼 가치는 충분히 있습니다. 가보면 야마시타 씨에게 이야기를 들을 수 있으니까요."

"당분간은 좀 어려울 것 같습니다."

결론부터 말했다. 일단은 이케조노의 흥분을 가라앉힐 필요가 있었다. 엄청난 진전임에는 틀림없었다. 하지만 마음의 천칭은 기울지 않았다. 공모와 시게타, 그리고 정체불명의 무거운 저울추가 한쪽 접시 위에 올려져 있었다.

"네……? 바쁘십니까?"

갑작스레 목소리의 톤이 내려갔다. 그 목소리에 아오세도 평정을 되찾았다.

"네. 일이 좀 많아져서요. 가고 싶은 마음은 굴뚝같지만, 요시노 일은 급한 게 아니라……."

"하지만 아오세 씨, 급한 일이 아니라고 하셨지만…… 이런 말을 드리기는 좀 그렇습니다만 야마시타 씨는 벌써 아흔이 넘으셨습니다. 저도 예전에 마에바시 공습을 겪었던 분의 취재를 뒤로 미뤘다가, 당사자가 돌아가시는 바람에……."

"무슨 말씀인지는 압니다만."

"제가 대신 가볼까요?"

"이케조노 씨."

이제 말을 하는 수밖에 없다고 생각했다.

"사실 조금 후회하고 있습니다. 다루마지에서 이케조노 씨에게 요시노의 이야기를 하긴 했지만, 솔직히 탐정이라도 된 양 꼭 그를 찾아야 하는 건 아닙니다. 이사한 주소를 모르는 것뿐이니까요."

수화기 너머로 이케조노가 한숨을 내쉬는 소리가 들렸다.

"죄송합니다. 저도 탐정 흉내를 내려는 건 아닙니다. 하지만 타우트의 의자 이야기가 정말 매력적이라……. 요시노 씨를 찾는 데 타우트에 관한 정보가 도움이 될까 싶었던 겁니다. 불편하셨다면 사과드리겠습니다."

"아닙니다, 이케조노 씨에게는 정말 큰 도움을 받아서 감사한 마음뿐입니다. 요시노의 소재도, 의자 건도 금방 알아냈으면 좋았겠지만 생각보다 길어져서요, 생각이 많아지더군요. 요시노는 내가 찾는 걸 원하지 않는 게 아닐까, 새 주소를 말하지 않은 걸 보면 그런 것 같다는 생각이 들었습니다."

이제까지 여러 거짓말을 늘어놓았지만, 마지막에는 진심 근처에 착지했다.

"심정은 잘 알겠습니다."

힘주어 고개를 끄덕이는 이케조노의 모습이 눈에 선했다.

"그럼 한동안은 상황을 지켜보죠. 일단 야마시타 씨와 관계자들의 연락처를 메일로 보내겠습니다."

"감사합니다."

"생각이 바뀌시면 연락 주십시오. 또 아오세 씨와 함께 여행하고 싶군요. 그리고……."

이케조노도 마지막에 속내를 내비쳤다.

"의자 이야기는 다른 신문사에 비밀로 해주십시오. 기사로 쓸 수 있을 때가 되면 제가 꼭 쓰고 싶습니다."

전화를 끊고 나서 아오세는 하하, 웃었다. 처음으로 제 잇속을 챙기는 모습을 내비친 이케조노를 보니 왠지 마음이 가벼워졌다.

목이 칼칼했다. 거실로 가서 테이블 위의 잔을 입으로 가져갔다. 하지만 잔은 손가락 사이로 빠져나와 아오세의 발가락 앞에서 쨍그랑 소리와 함께 산산조각이 났다. 한동안 넋 나간 채로 있다가 간신히 걸레를 가져와야 한다는 생각을 하며 어머니 말이 옳았네, 하고 쓴웃음을 지은 찰나였다.

아……!

이번에는 입술 사이로 작은 탄성이 터져 나왔다.

이번 번개는 모든 것을 비추었다.

이번에 튀어오른 사고는 착지할 곳을 찾아냈다.

알았다. '처음부터'의 의미를. '이미 시작되어 있던 것이다'의 의미도.

Y주택 건축을 둘러싼 이야기에는 아오세가 모르는 프롤로그가 존재했다. 일은 '처음부터' 계획되어 있던 것이다. 재혼과도, 이직과도 무관하면서 아오세의 신변 조사를 의뢰한 인물이 있었다. 작년 2월의 일이다. 그리고 한 달 뒤, 요시노 부부가 사무소

에 나타났다. 그때 '이미 시작되어 있던 것이다.'

'전적으로 일임하겠습니다. 아오세 씨가 살고 싶은 집을 지어 주세요.'

기묘한 의뢰였다. 하지만 생각지도 못한 의뢰여서 아오세는 주문의 해독을 내팽개치고 마법의 세계까지 동원해 현실에서 분리했다.

하지만······.

요시노 부부는 아니었다. 아오세에게 설계를 의뢰한 현실적인 이유가 있었다. 수수께끼로 가득 찬 일가족 실종 사건은 아오세를 조사하고, 아오세를 선택해, 아오세에게 집 설계를 의뢰했을 때부터 '이미 시작되어 있던' 것이다.

발가락 끝이 따끔거렸다.

우선은 이것부터 처리해야겠군.

아오세는 바닥에 무릎을 꿇고 유리 파편에 손을 뻗었다. 마구 날뛰려는 마음을 사슬로 동여매고 에도키리코의 무늬를 쓸어 모았다.

36

이틀 뒤, 아오세는 도호쿠 신칸센을 타고 센다이로 향했다.

이케조노에게는 따로 말하지 않았다. 사무소에도 저녁에 돌아오겠다고만 전하고 어디 가는지는 밝히지 않았다. 오카지마는 그날 이후 한 번도 사무소에 나타나지 않았다. 어젯밤에 연락이 왔지만, 전화를 받은 이시마키의 말로는 뭘 물어도 말을 흐리고

"그 뒤로 시게타에게 연락은 없어?"라고만 물었다고 했다.

상황이 이랬지만 아오세는 하야테에 올랐다. 이제 요시노 일가의 실종은 일개 의뢰인의 문제가 아니라 '아오세 기원설'까지 생각하지 않으면 안 되는 상황이 되었다. 요시노가 흥신소에 의뢰해 자신의 신변 조사를 했다. 확증을 얻은 것도 아닌데 아오세는 그 상상을 거의 의심하지 않았다. '처음부터'와 '이미 시작되어 있었다'는 키워드가 단편적인 정보와 수수께끼의 나열로 수습 불가능했던 아오세의 머릿속에 합리적인 사고의 틀을 마련해 줬기 때문이다.

새로 얻은 시각으로 사안을 돌아보니, 요시노 부부가 아오세에게 설계를 의뢰한 이유부터 억지스러웠다. 아게오에 지은 집에 반했다고 했다. 당시에도 내심 의아했다. 아게오 집은 변형된 형태의 협소한 부지에 꽤 무리해서 지은 집이었다. 그 한 채를 보고 무명 건축사에게 3천만 엔이라는 큰돈을 맡길 결심을 하기는 쉽지 않다. 요컨대 일반적인 경우는 아니었다는 것이다.

하지만 이렇게 생각할 수도 있다. 부부는 순수하게 좋은 집을 짓고 싶었다. 그래서 아오세가 믿을 수 있는 건축사인지 알아본 것이다. 분명히 내 집 마련은 인생에서 가장 중요한 결정 중 하나이다. 만족할 만한 집을 짓기 위해 1, 2년이고 설계사무소를 돌아다니는 사람도 있다. 하지만 탐정을 고용해서 건축사의 신변을 조사하는 어처구니없는 경우는 없었고, 요시노는 아게오 집을 견학하고 집주인과도 만났다니 설계자의 이름과 주소를 알기 위해 조사했을 리도 없었다. 나올 수 있는 결론은 하나뿐이다.

요시노는 아게오 집을 알기 전에 아오세의 신변을 조사했다. 흥신소의 보고를 통해 아게오의 집을 알았고, 그것을 설계 의뢰의 구실로 삼아 아오세를 찾아온 것이다.

그런 줄도 모르고 의뢰를 받았다. 그 후로 막연하게 느꼈던, 불신인지 불안인지 모를 미미한 응어리는 Y주택이 완공된 뒤 일가족 실종이라는 생각지도 못한 형태로 현실이 되었다. 예전 집주인의 말이 사실이라면, 설계를 의뢰한 시점에서 이미 요시노 부부는 별거나 이혼 상태였다. 그런데도 아오세의 눈에는 금슬 좋은 부부처럼 보였다. 한마디로 이야기의 출발점에 기만이 존재하고, 그 출발점에야말로 이 이해할 수 없는 사건의 진상을 규명할 열쇠가 숨어 있는 게 틀림없다고 아오세는 줄곧 생각했다. 하지만 말할 것도 없이 그것은 요시노 가족이 안고 있는 사정에 기인한 응보일 것이며, 자신과 상관이 있을 거란 생각은 꿈에도 하지 못했다.

사실 그 역시 이해할 수 없는 사건의 출발점에 서 있었다. 하나의 역할을 맡고 있었다. 그렇게 생각하니 정체 모를 공포가 느껴졌다. 문제는 그 역할이다. 요시노는 자신이 연출한 무대에서 아오세에게 어떤 역을 맡겼는가.

그것이 의문이었다.

악의가 있는 것 같지는 않았다. 뒤에서는 어땠는지 모르지만, 집을 짓는 과정에서 사기꾼 같은 언동은 보이지 않았고, 아오세나 사무소의 사회적 지위를 위협하려 한 흔적도 없었다. 요시노는 실제로 집 설계를 의뢰했고, 설계비와 건축비도 전부 지불했다. 아오세나 사무소에 이익이 되었으면 되었지, 불이익이 돌아오지는 않았다. 결과적으로 지금 일가족 실종에 속을 태우고는 있지만, 그것도 Y주택을 보러 간 고객이 아무도 살지 않는 것 같다고 해서 알게 된 것이지, 그 일이 없었다면 지금도 문제를 인식조차 하지 못했으리라.

아오세는 차창 너머를 보았다. 전원 풍경이 흘러가고 있었다. 너무나도 광활하고 서서히 흘러가는 풍경을 바라보고 있으려니 열차 안에 있다는 사실조차 실감할 수 없었다.

어젯밤에는 과거의 인연을 하나씩 되짚어보았다. 아카사카 시절, 학창 시절, 떠돌이 시절까지 거슬러 올라가 '요시노'라는 이름을 기억에서 찾아봤지만 헛수고로 끝났다. 잊어버린 것인지, 아니면 알아채지 못한 채 지나쳐 버린 사건이 있을지도 모른다. 하지만 과거의 어떤 시점에 만났던, 악의가 수반되지 않은 인연이라면 요시노는 왜 아오세 앞에 나타난 속사정을 밝히지 않은 걸까. 역시 악의가 있었고, 앞으로 재앙이 덮쳐 올 일만 남은 건가.

'아오세 씨가 살고 싶은 집을 지어주세요.'

악의라고는 눈곱만큼도 느껴지지 않는 말이었다. 하지만 때로 그것은 지독한 비아냥으로 들리기도 했다.

안내 방송이 나왔다. 곧 센다이에 도착한다.

벌건 얼굴의 남자에 쫓겨 일가족은 사라졌다. 그 단순하고 명쾌한 추측이 옳았을 가능성은 아직 사라지지 않았다. 돈 문제인지, 키 큰 여자의 문제인지는 알 수 없지만 실종의 직접적인 원인이 계획된 것이 아니며 나중에 생겼을 가능성은 분명히 존재했다. 하지만 우발적이라고는 해도 분명 눈에 보이지 않는 원인도 존재할 것이다.

요시노를 찾아내야 한다. 그 원인을 밝혀내지 않으면 이 수수께끼가 평생 아오세를 따라다닐 것이다. 왜 자신에게 집 설계를 의뢰했나. 왜 아오세여야만 했던 건가.

37

정오가 조금 지난 시각.

아오세는 센다이 역에 내렸다. 지방 도시 특유의 한산한 신칸센 역을 상상했던 까닭에, 거대한 규모와 북적거리는 분위기에 놀랐다. 하지만 쫓기듯 분주한 분위기는 아니었다. 계절은 한 달 전쯤의 도쿄를 연상케 했다.

동쪽 출구로 나와 택시 정류장으로 향했다. 이케조노가 메일로 보내준 정보는 전화로 이야기했던 야마시타 구사오라는 노인에 대한 것이었다. 1928년에 구 상공성이 센다이에 설립한 공예지도소에서 일했다고 한다. 타우트가 지도소의 초청으로 세 달 반쯤 센다이에 머무르는 동안 직접 만났고, 지도까지 받았다고 했다. 어제 공무원으로 일하는 노인의 손자에게 연락했더니, 야마시타는 아흔이 넘어 다소 귀가 멀기는 했지만 정정하다고 했다. 손자는 흔쾌히 약속을 잡아주었다.

택시를 기다리는 손님은 없었다. 밖에서 담배를 태우던 운전기사가 싹싹하게 웃으며 뒷좌석 문을 열었다. 택시에 올라탄 아오세는 수첩을 펼쳤다.

"쓰쓰지가오카 공원은 여기서 가깝습니까?"

"10분도 안 걸립니다. 센세키 선을 타면 한 정거장인데…….
타시겠습니까?"

"네, 갑시다."

상대방이 정한 약속 장소는 쓰쓰지가오카 공원 옆에 있는 중
학교 정문이었다. 학교 부지에 공예지도소의 기념비가 세워져
있다고 하니, 야마시타 노인은 추억에 잠겨 옛이야기를 하고 싶
은 건지도 모른다.

"공원 옆에 중학교가 있습니까?"

"있습니다. 미야기노 중학교인데, 그쪽에서 내리시겠습니까?"

"부탁드립니다. 그 중학교가 공예지도소의 옛터에 세워졌나
보군요."

"공예지도소……? 아, 옛날에 있던 시설이요. 지금은 넓은 도
로가 지납니다. 주변에는 맨션도 들어섰는데, 옛터인지 아닌지
는 모르겠군요."

"기념비가 세워져 있다고 들었는데요."

"그래요? 그건 몰랐네요."

부끄러웠는지 운전기사는 목적지에 도착해 계산을 마치자 아
오세를 따라 차에서 내려 지나가는 행인에게 기념비의 위치를
물었다.

아오세는 쓰쓰지가오카 공원 쪽을 보았다. 꽃이 지고 푸른 잎
이 난 벚나무 주변에서 새 지저귀는 소리가 들렸다. 호삐리리, 삐
삐로, 삐삐로, 삐삐로.

황금새인가 생각하는데 운전기사가 부르는 소리가 들렸다.

"손님, 저긴가 봅니다."

운전기사는 장갑을 낀 손을 중학교 철조망 사이로 넣어 가리켰다. 눈에 띄지 않는 그늘진 곳에 3미터쯤 되는 자연석이 서 있었다. 다가가 철조망 너머를 들여다봤다. 푸르스름한 비석에 '공예발상'이라고 적힌 철판이 박혀 있었다. 멋들어진 휘호였다. 그 발치에 설치된 큼지막한 금속판에는 기념비의 설립 취지가 설명되어 있었다.

"저기……."

운전기사인 줄 알고 돌아봤는데 아니었다. 자그마한 중년의 남자와 그 뒤에 선 더 왜소한 노인이 눈에 들어왔다. 노인은 나무를 깎아 만든 지팡이를 짚고 있었다. 야마시타 구사오와 그 손자. 손자 역시 불혹의 나이에 접어든 것 같았다. 갑작스런 등장에 놀랐지만 둘러보니 길가에 승용차 한 대가 서 있었다.

"아오세 씨죠?"

"네, 맞습니다."

"야마시타의 손자입니다. 실은 제가 마스오 씨*라서요."

어제 통화했을 때 그가 야마시타가 아니라 오자와 성을 쓴다는 이야기는 들었다. 건넨 명함에는 N마을 총무계장이라고 적혀 있었는데 마을 이름은 처음 들었다. 말투로 보아하니 '마스오 씨'

---

*마스오 씨는 애니메이션 〈사자에 씨〉의 주인공 사자에의 남편으로, 결혼 후 처가에 들어와 살고 있다. 아내의 성으로 바꾸지 않고 처가와 동거하는 가족 형태를 마스오 씨 현상이라 부르기도 한다.

라는 표현은 입버릇인지 부끄러워하는 느낌은 조금도 없었다.

"먼 길 오시느라 고생하셨습니다."

"저야말로 갑작스레 어려운 부탁을 드려서 죄송합니다."

인사를 마친 아오세는 택시 운전기사를 향해 손을 들어 고마움을 표했다. 기사는 흡족한 표정으로 차에 올라탔다.

야마시타 노인은 아오세에게 눈길도 주지 않고, 철조망에 기대듯 서서 기념비의 금속판을 뚫어져라 바라보고 있었다.

"독일 건축가 브루노 타우트를 초빙해…… 기능 실험…… 규범 원형을 연구하는 등…… 근대 디자인 운동을…… 앞서 실천했다…… 근대 공예와 디자인 연구의 발상지이다……."

설명을 다 읽었는지 야마시타 노인은 몸을 돌려 자글자글한 주름에 가려진 눈동자로 아오세를 보았다.

"타우트 씨는 말이지, 일에는 무척 엄격한 사람이었어. 작업소도 날마다 열심히 둘러봤지. 이런 얼굴로."

야마시타 노인은 짐짓 얼굴을 찡그렸다.

아오세는 노인이 기대한 대로 웃음을 터뜨렸다. 감개와 곤혹스러움이 가슴 한가득 퍼져 나갔다. 타우트와 같은 시간을 공유한 사람이 눈앞에 있었다. 70년 전의 흥분을 아직 가슴에 담은 채 이곳에 나타났다. 하고픈 이야기가 많겠지. '요시노'란 이름을 꺼낼 때까지는 다소 시간이 필요할 것 같았다.

야마시타 노인은 작게 발을 디디며 몸을 돌리더니, 넓은 도로를 향해 두 손을 활짝 펼쳤다.

"훌륭한 지도소였어. 아주 넓었지. 육군 부지였으니까. 저쪽에

청사와 부속 건물이 있었고, 공장도 있었고, 창고에 기숙사에 수위실도 있었지."

한동안 노인의 옛이야기에 귀를 기울이기로 마음먹었다.

"우리 모두 타우트 씨를 존경했어. 얻어 갈 수 있는 건 전부 얻어 가려 했지."

할아버지는 정규 직원이 아니라 심부름꾼 비슷한 위치였습니다. 오자와가 속삭였지만 아오세는 못 들은 척했다.

"타우트 씨가 이곳을 떠날 때 아주 멋진 이야기를 했어. 뛰어난 장인이 만들어낸 근사한 공예품은 다른 어떤 예술품에도 뒤지지 않는다고. 멋진 말이지? 그리고 품질은 어느 나라에서 만들어졌든 동일하다고도 했어. 주택이든 가구든 의복이든, 서양의 문물을 도입하는 단계에서는, 일본인이 가진 우수한 감수성은 대체 어디로 사라졌나 의문이 들 정도로 무비판적으로 수용한다. 그저 서양에서 유행한다는 이유만으로 떠받든다. 유럽이나 미국에서도 일본보다 한참 뒤떨어진 엉터리 물건을 만들어내고 있다. 그런 물건들이 일본에까지 많이 들어온 것인데 서양풍 물건이라면 무엇이든 상관없다는 양 환영하지 않느냐."

70년 전에 그런 이야기를 했다니, 아오세는 내심 놀랐다.

"엉터리 물건을 생산하지 않기 위해서 잊지 말아야 할 네 가지 마음가짐이 있어. 올바른 재료 선택, 올바른 재료 조합, 올바른 재료 처리, 그리고 용도에 충실할 것. 이 네 가지 기본만 지키면 엉터리 물건은 피할 수 있다."

심부름꾼을 하며 어깨너머로 배운 것일까. 아니, 나중에 번역

된 책을 읽은 것이다. 기억 속 타우트가 일본어로 이렇게 이야기 했다고 믿어 의심치 않게 될 때까지 반복해서 읽은 것이다.

"하지만 그 네 가지를 지키기만 해서는 안 된다고, 높은 가치를 만들어내는 기반이 없으면 뛰어난 질을 담보할 수 없다고 타우트 씨는 말했어. 뛰어난 옛 전통을 가진 공방을 이은 자식들이 지금까지의 작품과 다른, 전혀 새로운 것을 만들려다가 오랜 전통을 버리고 타락한 경우를 종종 보아왔다고. 요시노는 그 부분에서 위화감을 느낀 거겠지. 나도 그랬으니."

요시노란 이름이 나와서 흠칫했지만, 야마시타 노인은 멈추지 않았다. 눈을 감고 암기하듯 말을 이었다.

"새롭고 기발한 물건을 만들려는 욕구 그 자체가 이미 품질을 추구하는 것과는 모순되어 있다는 뜻이지. 뛰어난 기술은 끊임없이 이어지는 하나의 장대한 연쇄와도 같은데, 품질은 이 연쇄 속에서 유지되며, 외부로부터의 변화는 형태나 장식 같은 부분에만 지극히 사소하게, 표면적으로만 영향을 미칠 뿐이다……. 하지만 일본에서든 유럽에서든 위대한 기술은 앞사람들의 성취를 그대로 계승하기만 해서는 결코 성립되지 않는다. 일본이 세계 여러 민족 중에서도 특수한 입지를 차지한 건……."

거기서 말이 끊겼다. 하지만 입은 아직도 오물오물 움직이고 있었다. 눈을 감은 채, 노인은 명상에 잠긴 표정을 지었다.

"저기……."

말을 걸자 옆에서 오자와가 "아오세 씨" 하고 말을 걸었다. 미간을 찡그린 표정을 보니 아오세의 질문을 막은 의도를 알 것 같았다.

"말씀하십시오."

"하나만 여쭤보겠습니다. 아오세 씨, 이번 일로 전에 제 직장에 전화를 주신 일은 없으시죠?"

말뜻을 파악하지 못한 아오세는 고개를 갸우뚱했다.

"아뇨, 야마자키 씨와 오쿠라 씨의 소개이고, 두 분께 기자님을 통해 사람을 찾고 있다는 이야기를 이미 들어서 알고 있기 때문에 의심하는 건 아닙니다만."

모르는 이름들이 이어졌다. 이케조노가 타우트와 관련 있는 사람들을 통해 야마시타 구사오를 찾아냈다던 말이 떠올랐다.

"아뇨, 전화는 안 했습니다. 실례지만 N마을이라는 이름도 오늘 처음 들었고요."

대답하고 나서야 자신의 머리가 돌아가지 않고 있다는 사실을 깨달았다.

"저 말고도 요시노에 대해 묻는 전화를 받으셨다는 말씀이십니까?"

"그렇습니다. 제가 받은 건 아닌데, 요시노 도타 씨의 이름을 말하며 고향이 그쪽이라고 들었다, 어디 있는지 모르냐고, 상당히 끈질기게 물어본 모양입니다."

벌건 얼굴의 남자다. 다바타 집 주변뿐 아니라 이곳에까지 추적의 손길을 뻗친 것이다.

"그랬군요."

아오세는 애써 태연하게 대꾸했다. 사정을 밝힐 수 없는 답답

314

함과 미안함이 표정에 드러나지는 않았는지 마음에 걸렸다.

38

뒷이야기는 차 안에서 듣기로 했다.

계속 길가에 서서 이야기를 할 수는 없는 노릇이었고, 오자와가 차를 타고 북쪽으로 30분쯤 가면 '요시노' 집안의 무덤이 있으니 가보자는 제안을 하기도 했다.

"요시노에 대해서는 아주 똑똑히 기억해."

뒷좌석에 앉자마자 야마시타 노인은 그리운 듯 말했다. 아오세는 황급히 수첩을 펼쳤다. 고령이지만 정신은 또렷하다는 말은 틀림없는 듯했지만, 그것은 자신의 페이스로 말할 때를 가리키는 것이고, 질문에 대한 답변은 못미더웠다.

"요시노 씨는 목공 장인이었다고 들었습니다."

"맞아, 부모 대에서부터. 옆 마을 사람이라 잘은 몰라. 내 자식은 N마을로 이주했지만, 그건 결혼하고 나서 일이니까."

"네."

"타우트 씨는 타이하쿠 산이 마음에 든 것 같았어. 그 삼각형의 자태가 좋다고 자주 스케치를 했지."

"요시노 씨도 지도소에서 일했습니까?"

"미끄러졌지. 어찌나 가여웠는지, 그렇게 열심이었는데."

"미끄러졌다? 그게 무슨 말씀입니까?"

"그러니까, 수습생이 되고 싶어 했지만 열다섯 살이라서."

"한마디로……"

315

운전석의 오자와가 말했다.

"당시 지도소에서는 1년에 두세 번, 젊은 공예 장인들을 대상으로 수습생 교육이라는 걸 실시했습니다. 석 달 기간으로."

그래, 그거, 하고 야마시타 노인이 말을 받았다.

"그 조건에 안 맞아서 직접 담판을 지으러 왔지. 타우트 씨에게 가르침을 받으려고 지도소로 찾아온 거야. 타우트 씨는 이 마을 저 마을 돌아다녔거든. 그래서 요시노는 독일의 유명한 선생님이 왔다는 소문을 듣고, 직접 만든 의자를 들고 찾아왔어."

"의자를?"

이야기가 이어지죠? 오자와가 빙그레 웃었다.

"실제로 요시노 씨가 타우트를 만났는지는 확실치 않습니다. 할아버지도 기억이 흐릿해서요."

"확실히 기억해. 타우트 씨는 요시노의 의자를 봤어. 그래서 뛰어난 옛 전통을 가진 공방을 이은 자식들이 지금까지의 작품과 다른, 전혀 새로운 것을 만들려다가 오랜 전통을 버리고 타락한 경우를 종종 보아왔다는 이야기가 나온 거지."

오자와는 살며시 웃었다.

"그 얘기도 확실한 건 아닙니다. 하지만 아오세 씨가 찾으시는 요시노 씨가 타우트의 의자 설계도를 가지고 있다는 이야기를 듣고 감이 왔죠. 분명 타우트가 설계도를 그려서 소년 요시노에게 건넨 거겠죠. 이런 걸 만들어보라고."

아오세는 고개를 끄덕였다. 그 소년 요시노가 요시노 도타의 뿌리다. 그건 틀림없었다.

"소년의 이름을 아십니까?"

오자와에게 한 질문이었는데 야마시타가 새된 목소리로 "이사쿠야"라고 대답했다.

"누이가 하나 있었는데, 방직 공장에 여공으로 취직해서 타지로 떠났어. 그런 시대였지."

차는 완만한 언덕에 접어들었다. 민가는 드문드문 자리하고 있었다. 이미 N마을에 들어섰는지도 모른다.

"무덤이 있다는 건 생가도 아직 있다는 건가요?"

"오래전에 없어졌지."

야마시타가 툭 내뱉었다.

"쌀 도둑질을 해서 가족이 풍비박산이 났거든. 요시노도 참 불쌍하게 됐어."

"네⋯⋯? 누가 쌀을⋯⋯?"

"이사쿠 씨의 아버지가 이웃집에서 쌀을 훔쳤다는군요."

룸미러에 비친 오자와의 표정이 어두워졌다.

"솜씨 좋은 장인이었다는데, 술독에 빠져 살아서. 가정이 풍비박산 났다는 것도 사실입니다. 쌀 도둑은 조리돌림을 당하던 시대니까요."

"그래서 요시노도 친구들에게 괴롭힘을 당했지. 냄새가 난다고 손가락질을 했어. 이름을 가지고 놀린 거지.*"

---

*냄새가 난다는 뜻의 일본어 구사이(臭い)를 거꾸로 읽으면 이사쿠(伊左久)가 된다.

"아버지는 어디로 도망쳤다는군요. 어머니는 폐병을 앓아서 산속 요양소에 있던 모양입니다만, 1년도 채 지나지 않아서 세상을 떠났고……. 소년이 그 뒤로 어디로 갔는지 아는 사람이 아무도 없습니다."

아오세는 수첩을 펼쳤다.

우울한 이야기였다. 아버지는 실종, 어머니는 사망, 요시노 이사쿠는 홀로 마을을 떠났다. 수습생이 되겠다는 꿈도 좌절된 그는 대체 어디로 갔을까. 야마시타는 누이가 방직 공장의 여공으로 취직해 타지로 떠났다고 했다. 그 누이를 찾아간 걸까. 그곳은 어디일까. 무사히 도착했을까.

아오세도 댐 건설 현장의 숙소를 떠났다. 고등학교 3학년 여름, 독립한 둘째 누나를 찾아 떠돌이 생활에서 벗어났다. 대학 입시에 열을 올렸다. 지금이 인생의 기로라 결심하고, 탐탁지 않아하는 아버지를 뿌리치고 나왔다. 요시노 이사쿠의 이야기를 듣고 당시를 되돌아보니, 그만하면 행복하고 혜택받은 홀로서기였다는 생각이 들었다.

요시노 이사쿠는 당시 열다섯 살이었다. 살아 있다면 여든이 넘었으리라. 요시노 도타는 마흔. 아들이라기에는 나이 차이가 너무 난다고 생각했지만, 손자라고 하면 이사쿠, 그 아들까지 부자가 모두 스무 살 전후로 자식을 낳지 않으면 셈이 맞지 않는다. 시대 배경이나 이사쿠가 겪었을 우여곡절을 생각하면 늦게 결혼해서 늦둥이 아들을 보았다고 생각하는 게 타당하리라. 어찌 되었든 선대의 불상사가 초래한 가정 파탄은 요시노 이사쿠

뿐 아니라 요시노 도타의 인생에도 그늘을 드리웠음이 틀림없었다. 일가족 실종과 가정 파탄. 이 역시 연쇄인가 생각하니 마음이 괴로웠다.

아오세는 야마시타를 보며 물었다.

"요시노 이사쿠 씨의 누님이 어디서 일했는지 아십니까?"

"아, 그건 들어본 적이 없군. 예쁜 처녀였다고 들었는데 키가 아주 작았대. 요시노도 체구가 작았지. 얼굴도 앳돼서 열다섯 살로는 안 보였어. 그래서 수습생이 못 된 건가."

"대충 어느 지역의 공장이라든지, 마을 처녀들이 주로 일하러 갔던 곳은 어디였는지 모르십니까?"

"모르겠네. N마을이나 우리 마을이나 주로 상점에 고용살이를 하러 갔지, 공장에 여공으로 간 처녀는 거의 없었거든. 그래서 기억하고 있던 게야. 흔한 일이 아니라서. 요시노는 정말 안됐어. 아버지가 쌀을 훔치지만 않았어도……. 하지만 의자를 만들었다면서. 타우트 씨에게 인정받지는 못했지만, 설계도를 주었다면 소질은 있었다는 뜻 아닌가. 어디서 가구 장인이 된 걸까. 어린 나이에 가구 장인 밑에서 일하면서 기술을 배운 게 아닐까, 역시."

아오세 역시 그럴지도 모른다고 생각했다.

그랬으면 좋겠다고 생각했다. 실제로 그랬던 게 아닐까. Y주택의 의자는 만듦새는 물론 세월의 흔적까지 진품과 구분이 가지 않았다. 타우트가 설계도를 그려 주었다지만, 이사쿠는 그로부터 몇 년 지나지 않아 의자를 완성시킨 것이라 봐야 한다. 어린 나이에 그런 수준의 의자를 만들 수 있는 기술이 있었다면, 일본

어디서든 일자리를 구할 수 있었을 것이다. 하지만…….

어디서든, 사람을 찾는 데 높은 벽으로 작용하는 말이었다. 막상 '어디'인지를 특정하려는 순간 사막에서 바늘 찾기가 되어버린다.

아오세는 소리 없이 한숨을 내쉬었다.

요시노 이사쿠라는 인물의 사연을 알아낸 것만으로도 센다이까지 온 보람은 충분히 있었다. 아마도 그 아들일 요시노 도타의 심중에, 그 시작점에, 쉽사리 부서지지 않는 단단한 핵이 존재한다는 것을 상상할 수 있었다. 하지만 아오세와의 접점은 여전히 묘연했다. 야마시타의 이야기에서 구태여 둘 사이의 공통점을 찾자면 '떠돌이'밖에 없었다. 요시노 또한 아버지 이사쿠를 따라 긴 방랑 생활을 했으리라고 상상했다. 이사쿠가 세상을 떠난 뒤 요시노는 한곳에 정착하기로 결심했다. 아오세의 사연을 어디선가 듣고서 탐정에게 신변 조사를 했고, 당신이 살고 싶은 집을 지어달라고 의뢰했다. 그게 말이 된다고 생각해? 지금까지 수집한 정보들이 일제히 이의를 제기했지만, 지금까지 펼쳐온 상상 중에서 가장 선량한 추리임은 분명했다. 파이프를 문 웃는 얼굴과 Y주택을 올려다보던 감개무량한 표정과도 모순되지 않는다. 처음 사무소를 찾아왔을 때의 진지한 얼굴이 떠올랐다. 요시노는 사실 아오세에게 이렇게 말한 것이다. 당신이라면 내가 살고 싶은 집이 무엇인지 알 거라고.

"아오세 씨, 센다이는 처음이십니까?"

오자와가 분위기를 띄우려는 듯 화제를 돌렸다.

"네."

"도호쿠에는 연고가 없으신가 보죠."

"아뇨……. 어릴 때 야마가타에 잠깐 살았던 적이 있습니다."

"야마가타요? 야마가타 어디 사셨습니까?"

"자오입니다. 아버지가 댐 건설 현장에서 일하셨거든요."

"댐 건설이라. 그럼 아오세 씨도 아버지를 따라 여기저기 다니셨습니까?"

"네. 전국 방방곡곡을 떠돌았죠."

"와, 부럽네요. 저는 태어나서 지금까지 반경 3킬로미터를 벗어나 본 적이 없습니다. 마스오 씨가 되고부터는 생활 반경이 더욱 좁아졌죠."

오자와를 따라 아오세도 웃었다.

이런 사람도 있고 저런 사람도 있다. 여행을 꿈꾸는 사람이 있는가 하면, 정착을 꿈꾸는 사람도 있다. 언젠가는 땅에 뿌리를 내리겠노라 다짐하는 이도, 땅에 작별을 고하고 고층 건물에 여생을 맡기는 이도.

"곧 도착합니다."

오자와의 말이 끝나고 채 30초도 지나지 않아 차가 멈췄다. 하늘과 숲, 그리고 띄엄띄엄 들어선 민가의 지붕만 어렴풋이 보이는 곳이었다.

요시노 집안의 묘는 이끼 같은 잡초로 뒤덮인 저지대 구석에 외따로이 자리하고 있었다. 조금 떨어진 곳에 공동묘지가 보였다. 쌀을 훔친 죄가 이토록 무거웠던가.

성씨를 기록한 비석도 없이, 40센티미터쯤 되는 평범한 둥근 돌이 바닥에 반쯤 묻혀 있을 뿐이었다. 버려진 무덤 같군. 멀리서 보고는 그렇게 생각했지만, 가까이 다가갔을 때 아오세는 놀라 눈을 부릅떴다.

돌 앞에 꽃이 놓여 있었다. 파릇파릇한 꽃은 아니었다. 말라 비틀어져서 이제 무슨 꽃인지도 알 수 없었다.

누가?

그렇게 생각한 찰나 온몸에 소름이 돋았다.

요시노다. 이곳을 찾아온 것이다.

아오세는 우두커니 섰다.

뺨을 쓰다듬는 바람을 느꼈다. 승강장을 통과하는 열차 같은 한 줄기 바람이 몸을 스치고 사라졌다. 그것은 평원을 질주하며 풀과 나무를 휘감고, 귓가에 바람 소리의 기억을 되살렸다.

아오세는 명함과 펜을 꺼내 한동안 생각하다 '연락주십시오'라고만 적었다. 오자와가 차에서 클리어 파일을 가져다주었다. 거기에 명함과 무성하게 자란 클로버 잎을 하나 따서 끼운 다음 묘비 앞에 내려놓고 네 귀퉁이를 돌로 고정했다.

손을 모아 합장을 올리고 눈을 감았다.

알 것 같았다. Y주택 2층의 커다란 창문 앞에 타우트의 의자가 놓여 있던 까닭을. 요시노가 아버지 이사쿠의 자리를 마련한 것이다. 어쩌면 그건 유골함이었는지도 모른다. 하늘을 보여준 것이다. 타우트의 추억과 함께 이 한촌(寒村)의 푸르른 하늘로 돌아가라는 마음을 담아 요시노는 하늘을 보여준 것이다.

아오세의 등 뒤에서 오열이 흘러나왔다.

"다행이구면, 요시노, 정말 다행이야."

39

그날 도코로자와로 돌아왔다.

하룻밤 묵고 가라는 노인의 호의를 정중히 거절한 건 오카지마의 연락 때문이었다. 오늘 밤에 꼭 만나서 할 이야기가 있다, 집에 도착하면 연락 달라. 여유 없는 목소리였다. 도요신문의 시게타가 두 번째 공격을 감행한 것이리라. 지난번과 달리 열세를 예감한 것일까.

약속대로 아오세는 집에 도착하자마자 오카지마에게 전화를 했다. 음성사서함으로 넘어갔다. 맥주는 오카지마의 것까지 사왔다. 여섯 개들이 포장을 벗겨 냉장고에 넣고 15분쯤 지나서 다시 전화를 했지만 여전히 받지 않았다. '집에 도착했다'고 메시지를 남겼다. 목소리는 조금 성난 것처럼 들렸다.

아침에 일찍 나간 탓에 돌아오는 신칸센에서는 꾸벅꾸벅 졸았다. '선량한 추리'가 머릿속에 떠올라서인지 요시노를 향한 가시 돋친 감정은 어느새 누그러져 있었다. 센다이에서 어디로 갔는지는 알아내지 못했지만, 무덤 앞에 놓인 꽃을 보았기 때문인지 요시노가 가까이 느껴졌다. 실제로 근처에 있어서 금방이라도 만날 수 있을 것 같았다.

처음 만난 그날, 사무소에서 요시노는 차표를 건넸다. 아오세는 요시노와 같은 승강장에 서서 같은 열차를 탔다. 행선지를 알 수 없는 미스터리 트레인이었다. 어디로 가는지 모르지만, 목적지가 있는 건 알고 있었다. 곧 도착한다. 열차가 정차하고 문이 열리면 모든 게 밝혀진다. 아니…….

이미 알고 있다. 진상을 알고 있다.

아오세는 혼란에 빠졌다.

안다고? 알고 있다고? 왜 그렇게 생각하지?

알고 있기 때문이다. 알기 때문이다. 진상은 바로 옆에 있다. 장지문 너머에 있다. 문을 열면 된다. 그냥 그거면 된다. 그런데 왜 그러지 않는 거지?

인터폰이 울린 건 날짜가 바뀌고 나서였다. 한계까지 돌아가던 아오세의 뇌는 결과를 얻지 못한 채 셧다운됐다. 주인을 남겨두고 폭주한 뇌의 배신을 저주하며 두통약을 먹고 소파에 힘없이 늘어져 있었다.

"나야, 열어줘."

공동현관 문을 연 아오세는 현관 잠금 장치도 풀고 기다렸다. 이내 오카지마가 문을 열었다. 한눈에도 많이 취한 걸 알 수 있었다. 비틀거리는 걸음으로 거실로 들어와 맨바닥에 털썩 주저앉아 거친 숨을 내뱉었다.

"괜찮아?"

"어."

"물 갖다줘?"

"술."

"맥주밖에 없어."

"줘."

아오세가 자리를 비운 건 30초 정도였다. 돌아왔을 때 오카지마의 얼굴에는 극적인 변화가 나타나 있었다. 잔뜩 구겨진 얼굴로 이를 악물고, 주먹을 두 무릎 위에 올려놓고 떨고 있었다.

아오세는 맥주 캔을 내밀었다.

"무슨 일이야?"

오카지마가 받으려 하지 않아서 테이블에 올려놓았다.

"시게타가 뭔가 액션을 취했어?"

"······다 끝났어."

"뜬금없이 무슨 소리야. 알아듣게 말해."

오카지마는 허공을 바라보며 말했다.

"오늘 자 도요신문에 기사가 나갈 거야."

놀라움보다 설마 하는 생각이 먼저 들었다.

"말도 안 돼. 그 정도 일이 기삿거리가 된다고?"

"된대, 그게. 꼭 마술처럼."

땅으로 추락하듯 오카지마는 힘없이 고개를 떨궜다.

"······시게타가 시의회에 찔러서 진보 계열 의원들을 움직였어. 반시장파의 보수파 시의원들도 합세했고. 오늘이라도 특별위원회가 열릴 거야. 시장과 업자의 유착을 추궁한다는 명목으로."

뭐라고······?

"그럼 그 기자는 자기가 부추겨서 일을 크게 만들고 그걸 기사로 쓴다는 거야?"

"시게타의 주특기라는군."

분노가 치밀어 올랐다. 그 정도 의혹으로 경찰은 움직이지 않는다. 움직이더라도 수사하는 데는 시간이 걸린다. 그래서 의회에 불을 붙인 것이다. 소동이 커지면 경찰도 움직일 수밖에 없을 테니까. 그런 꿍꿍이인가.

"시게타한테 다시 취재 연락은 왔어?"

"없어."

"없다고? 한다고 했잖아. 취재 한 번 하고 바로 기사를 쓴다고?"

"시게타의 독단이 아냐. 가쓰마타를 통해 소도의 의향도 반영된 거지."

그랬다. 현의원 가쓰마타, 국회의원 소도. 시장을 갈아 치우려는 세력이 있었다. 오카지마의 '뒷배'는 어떻게 된 거지? 여기 오기 전에 오카지마는 그들과 만났을 것이다. 특별위원회는 막을수 없는 건가? 이미 수면 아래의 싸움에서 진 건가. 그렇다면 기사가 나간 뒤에 어떻게 대응할 것인지 의논했는지도 모른다. 상상하고 싶지는 않지만, 아마도 말을 맞추기 위해…….

"입원하래."

오카지마는 혼잣말처럼 중얼거렸다.

"입원?"

"……."

"너한테?"

"……그래."

"누가 그래."

"……."

아오세는 오카지마의 어깨를 흔들었다.

"누가 그런 소리를 해."

시장? 부장? 아니면 현의원이나 국회의원?

오카지마의 물기 어린 눈이 반짝거렸다.

"특별위원회에 소환되기 전에 입원하래. 아프니까 설계 공모도 사퇴하고. 그렇게 정해졌어."

정해졌다고?

아오세는 말을 잃었다. 누가 정한 건가. 오카지마를 버리겠다는 결정을 내린 건 시게타보다 더 비열한 인간들일지도 모른다.

낙담은 한 박자 늦게 밀려들었다. 설계 공모가 사라졌다. 후지미야 하루코 기념관이 물거품처럼 사라졌다. 오카지마 설계사무소가, 오카지마 아키히코가, 확고한 의지를 가지고 이 세상에 남기려 한 건축물이 사라졌다.

"아오세……."

"말해."

"사무소를 부탁해. 없애지 말고 계속해줘."

말이 끝나자마자 오카지마는 손으로 입을 막으며 힘없이 몸을 구부렸다.

화장실로 데려가 구토하는 오카지마의 등을 쓸어주었다. 언제부터 이렇게 여위었나. 손바닥에 울퉁불퉁하게 불거진 등뼈가 닿았다.

거실로 돌아온 오카지마는 방금 전의 태도가 무색하게 맥주 캔을 땄다.

"그만 마셔."

"냅 둬. 날 밝으면 기사 나가. 몇 시간 안 남은 목숨이야."

"고작 종이 한 장이야. 목숨까지는 안 뺏어."

"뺏어. 난 끝났어."

"오카지마⋯⋯."

"센다이에서 뭔가 알아냈어?"

궁금해서 물어본 것은 아니리라.

"나중에 얘기해. 그보다⋯⋯."

"센다이는?"

아오세는 소리 없이 한숨을 내쉬었다.

"요시노 도타의 뿌리는 센다이에 있었어. 그뿐이야."

"휴가 별장은 어땠어."

"어땠냐니?"

"타우트와 만났어?"

그런 이야기가 하고 싶은 거라면 기꺼이 함께하겠다. 오카지마는 겁에 질린 것이다. 신문이 각 가정에 배달되기 전까지 다른 무언가로 시간을 메우려는 것이다.

"만난 것 같아. 너에게 빌린 책을 전부 읽었으니까. 그게 아니면 계속 평행선이었을지도 모르지."

"타우트는 왜 가쓰라 별궁을 칭찬했을까?"

이야기가 갑작스레 다른 데로 튀었다. 아오세는 군소리 없이 대답했다.

"가쓰라가 마음에 들었겠지. 달리 이유가 있어?"

"쇼와 초기에 대두한 모더니즘이 타우트의 발언을 이끌어낸 측면도 부정할 수 없다, 내가 배운 선생님은 그렇게 말씀하시더군."

"양식 투쟁이라는 거야?"

"그거야. 당시 일본의 모더니스트들은 가쓰라 별궁을 등에 업고 그리스양식이나 고딕양식의 벽을 부숴버리려고 했어. 그래서 타우트를 점찍은 거지. 세계적인 거장 건축가의 승인이 필요해서 가쓰라 별궁에 데려갔어. 앞뒤는 맞잖아?"

"그렇게 단순한 이야기겠어? 그리고 타우트가 별로라고 생각한 걸 좋다고 했을 것 같지는 않아."

"그건 그래. 모더니즘을 한마디로 표현하면 실용성과 기능성이지. 그 끝에 기능미가 있고. 하지만 애초에 타우트는 표현주의 건축가야. 모더니스트가 아니라. 뭐, 일본에 망명한 무렵에는 모더니즘에 가까운 사상을 가지고 있었을지도 모르고, 모더니즘과 일본 건축의 간소한 아름다움에서 공통된 부분을 발견하기도 했겠지만, 순수한 모더니스트로서 가쓰라 별궁에 찬사를 보낸 게 아냐. 그런 타우트가 가쓰라 별궁을 아름답다고 했어. 눈물이 날 정도로 아름답다고."

"그래, 가쓰라 별궁을 본 날 일기에 그렇게 기록했지. 눈물이 날 정도로 아름답다, 눈을 기쁘게 하는 아름다움이라고."

"요컨대 일본 모더니스트들의 의중이 어쨌든, 타우트가 가쓰라 별궁의 재발견자라는 사실은 변함없지. 그 복잡기괴한 남자가 아름답다, 는 가장 단순한 말로 가쓰라 별궁을 평가했어. 양식 투쟁을 비웃었던 건지도 모르지. 눈에 아름다운 사물에는 절대적인 가치가 있다. 아니, 아름다움이야말로 유일무이한 가치다. 타우트는 그렇게 말하고 싶었던 게 아닐까."

"글쎄. 타우트는 실용성과 기능성이 중요하다고 반복해서 말하잖아."

"아니. 타우트의 걸출함은 자신의 심미안을 믿고, 평생 동안 그 자신감에 일말의 망설임도 없었단 점이지……. 아무래도 상관없지만."

흠칫해서 오카지마의 눈을 보았다.

아무래도 상관없다고?

아오세는 숨을 삼켰다. 그리고 몸서리쳤다. 눈앞에 있는 건, 이제 모든 걸 내던진 듯 자포자기한 눈동자였다. 그것은 마음에 뻥 뚫린 상처 자국처럼도 보였다.

"아무래도 상관없다니."

아오세는 말했다. 오카지마의 그 말로 대화를 끝낼 수는 없었다.

"타우트든 르코르뷔지에든 라이트든, 난 뭐든 상관없었어. 몰입할 수만 있으면. 심취할 수 있는 걸 찾아다녔을 뿐이야. 그런 것과 만났다고 뭐가 달라진 건 아냐. 달라졌다고 생각했을 뿐, 샤워를 할 때마다 씻겨 내렸지. 난 내 인생밖에 살 수 없어. 어릴 적에 옆자리 짝꿍이 그림을 잘 그렸는데, 그게 부러워서 몰래 훔쳐보고 따라 그렸어. 그런 본성을 평생 못 버린 거지."

오카지마는 엉덩이를 들었다.

"가볼게. 잇소 자는 얼굴은 봐야지."

모두 떨쳐버린 듯 말하는 얼굴이 퍽 서글퍼 보였다.

"입원하지 마."

아오세는 견디다 못해 말했다.

"특별위원회에서 부르면 출석해. 네가 한 일은 했다, 안 한 일은 안 했다고 딱 잘라 말하면 돼."

"……."

"오카지마, 이걸로 끝이 아냐. 다시 언젠가 공모전에 도전하자."

오카지마는 고개를 돌리며 표정을 숨기더니 살며시 웃었다.

"이제껏 도망만 치던 너한테 그런 말을 들을 줄이야."

40

날이 밝았다.

아오세는 근처 편의점에서 도요신문 조간을 샀다. 어쩌면 오카지마의 과대망상이 아닐까, 하는 일말의 기대는 지면을 펼친 순간 사라졌다. 큼지막한 기사였다. 제목이 세 개나 달려 있다.

'시장과 설계업자가 유착?'

'후지미야 하루코 기념관 지명 업체 공모 선정 의혹'

'S시 의회, 오늘이라도 특별위원회 구성'

기사 내용은 의혹 추궁에 나선 시의회의 주장에 편향되어 있었다. 도요신문의 시게타와 반시장파가 준비한 시나리오대로라고 할까. 사무소나 오카지마의 이름은 거론하지 않았지만, 그날 우리와 나눈 '일문일답'까지 실렸다.

　－지명 업체 선정 전후로 여러 차례 가도쿠라 건설부장과 만남을 가졌다고 들었다.

　Ｏ 씨: 그게 어쨌다는 건가?

　－오해를 살 거란 생각은 없었나?

　Ｏ 씨: 계산은 더치페이였다. 뇌물이 아니다.

　－택시비는 설계사무소에서 냈다는데?

　Ｏ 씨: ……기억에 없다.

　－시노즈카 시장, 가도쿠라 부장과 셋이서 도쿄에서 축구 경기를 관전했다고.

　Ｏ 씨: 공모전과는 상관없다. 셋 다 축구를 좋아해서 간 거고, 어디까지나 사적인 관계다.

　－티켓값과 교통비는 사무소에서 냈나?

　Ｏ 씨: 아니다. 각출했다.

아오세는 온몸에 열이 오르는 걸 느꼈다.

시게타와 오카지마 사이에는 분명 이런 대화가 오갔다. 하지만 미묘하게 달랐다. 어디가 어떻게 다른지는 표현할 수 없었지만, 독자에게 '부정한 업자'라는 인상을 주기 위한 작위적인 기사라는 생각이 들었다. 기사 말미에는 못을 박듯 시의회의 코멘트가 실려 있었다.

'당연히 O 씨도 특별위원회에 소환해 이야기를 들어볼 것이다.'

사무소를 부탁해. 없애지 말고 계속해줘.

오카지마의 말이 생생하게 귓가에 되살아났다. 이런 기사가 나가버리면 업계에서도 따가운 시선을 받게 될 것이다. 경영이 어려워질 가능성도 있었다. 나갈 채비를 하며 아오세는 마음의 준비를 했다.

사무소로 들어서자 아직 8시 전인데도 직원 셋이 모두 나와 있었다. 책상 위에 사이타마 현 판 도요신문이 펼쳐져 있었다. 이시마키와 마유미는 통화 중이었다. 다케우치는 도움을 요청하는 표정으로 쭈뼛거리며 다가왔다.

"신문사에서 계속 전화가 와요."

도요신문의 기사를 읽고 다른 신문사에서 전화를 하는 건가. 내용의 신빙성은 제쳐두더라도, '특별위원회 구성'은 무시할 수 없는 사태인 것이다.

이시마키가 내던지듯 수화기를 내려놓았고, 마유미도 벌게진 얼굴로 뒤를 따랐다.

"대응은 어떻게 하고 있지?"

아오세는 두 사람을 번갈아 바라보며 물었다.

"소장님은 몸이 안 좋아서 쉬고 계신다, 우리는 아무것도 모른다고요."

마유미의 목소리는 전화를 받을 때처럼 험악했다.

"아침 일찍 집으로 전화가 왔어요. 병원에 가는 길이라고요."

아오세는 고개를 끄덕였다.

역시 입원하는 건가.

"괜찮은 건가요……?"

마유미는 어두운 표정으로 아오세를 보았다. 이 소동으로 아오세에게 전화로 혼난 일은 잊어버린 모양이었다.

"괜찮아. 큰 병도 아니고."

"진짜 열 받네! 이런 엉터리 기사나 쓰고."

다케우치가 책상 위의 도요신문을 쾅 내리쳤다.

"정말 너무해!"

마유미가 동조했지만 이시마키는 허공을 노려보더니 못마땅한 표정으로 아오세를 보았다.

"이 기사, 정말 사실무근입니까?"

"당연하죠!"

마유미가 새된 목소리로 외쳤다.

"아오세 씨한테 물어보고 있잖아."

이시마키의 낮은 목소리가 실내를 압도했다. 마유미와 다케우치의 시선도 아오세에게 쏠렸다.

"말려들었다고 봐야겠지."

아오세는 아무와도 눈을 맞추지 않고 말했다.

이시마키는 미간을 찌푸렸다.

"말려들었다고요? 그게 무슨 말입니까?"

"시노즈카 시장을 몰아내려는 세력이 있어. 녀석들에게 이용당한 거야."

"정치가가 엮여 있다고요?"

"그래."

"하지만……."

이시마키는 다시 신문을 보며 말했다.

"아니 땐 굴뚝에 연기 날까, 라는 말도 있잖아요. 정치 싸움 운운하는 이야기와는 별개로, 소장님이 시장이나 부장에게 접대를 해서 공모전 권리를 따냈다는 의혹 말입니다."

"소장님은 그런 분이 아니에요."

"그럼 묻겠는데, 술자리 끝나고 집에 갈 때 택시비, 사무소에서 냈다는 말은 거짓말이야?"

"그건 모르죠. 택시비 영수증이 한두 개도 아니고요."

"모른다는 게 말이 돼? S시 시장이니 택시를 타고 S시로 갔겠지. 찾으려면 얼마든지 찾아낼 수 있잖아. 아까 기자도 그 얘길 하던데."

"저도 들었어요. 그래서 찾아봤어요. 택시 회사에서 보낸 청구서가 여럿 있었는데, 소장님이 탄 택시겠죠."

이시마키는 어처구니없다는 듯 고개를 젓혔다.

"역시 있었구나."

"소장님이 탄 거예요."

"S시 안에서 이동한 거야?"

"그런 것도 있었고요."

"그럼 소장님 아니잖아."

"두 분 다 그만하세요. 소장님이 S 시내에서 이동할 때 탔을지도 모르고, S시 부장이라고 꼭 시내에 산다는 법은 없잖아요."

다케우치가 끼어들었다. 오카지마가 아니라 마유미를 감싸려는 것이다. 하지만 마유미는 지원사격 따위 필요 없다는 표정으로 대꾸했다.

"소장님 맞아요."

"왜 그렇게 단언하는데? 그리고 정액권을 쓰는 것도 아닌데 택시 회사에서 청구서가 오는 건 이상하지 않아? 소장님이 탔으면 내릴 때 돈을 내고 나중에 영수증을 제출하면 되는데."

"두 달 전부터 S시에서 택시를 탈 때는 모두 후불로 결제했어요. 자주 타니까요."

"소장님이 그랬어?"

"네."

마유미는 당당하게 말했지만, 의도와는 달리 오카지마가 의도적으로 접대 공작을 했다는 의혹만 짙어졌다.

이시마키는 턱수염을 긁적이며 아오세를 보았다.

"아오세 씨는 어떻게 생각하세요? 말씀해보시죠."

비난조였다. 아오세도 공범. 이시마키는 그렇게 생각하는지도 몰랐다.

"오카지마가 공을 들였던 건 분명해."

"그건 저희도 압니다. 솔직히 우리 사무소 규모로는 지명 업체 선정은 어려운데 그걸 성사시켰잖아요. 저도 소장님이 공을 들인 건 알아요. 하지만 택시비를 우리 쪽에서 내는 건 말이 안 되죠. 전 진실이 알고 싶어요. 여기 적힌 일들이 실제로 벌어진 겁니까?"

"그럴지도 모르지."

아오세는 한숨 섞인 목소리로 말했다.

"하지만 본인이 그렇다고 말하지 않는 한, 우리는 믿어줄 수밖에 없어."

그 말은 이시마키도, 마유미도 납득시키지 못했다. 뭐라 말하려던 마유미는 등 뒤에서 울리기 시작한 전화 벨소리에 목덜미를 잡혀 뒤돌았다.

"네, 오카지마 설계사무소입니다. 아, 늘 감사합니다. 네? 아, 저희 사무소가 맞는데요. 내용은 엉터리입니다. 그쪽에서 자기들 마음대로 쓴 기사예요. 걱정하실 필요 없습니다. 예정대로 시공해주세요."

통화 내용에 귀를 기울이던 이시마키가 아오세에게 다가왔다.

"어떻게 되는 겁니까?"

"뭐가?"

"사무소 말입니다. 이런 상황에서 앞으로 괜찮은 겁니까?"

건축사가 아니라 네 식구를 부양하는 가장의 얼굴이었다.

"건축주에게 연락 온 건 있어?"

"아직은 없어요."

이시마키는 '아직은'을 강조해서 말했다.

신문에는 '도코로자와 시내의 O설계사무소'라고 나와 있었

337

다. 오카지마 설계사무소가 후지미야 하루코 기념관 설계 공모에 참가하는 건 일반에 공표되지 않았지만, 이제 알려지는 건 시간문제였다.

"공모는 어떻게 되는 겁니까?"

다케우치가 물었다. 갑자기 얼굴에 불안이 서렸다.

아오세는 거칠게 숨을 내쉬었다. 물어봤으니 대답할 수밖에. 마유미도 통화를 마치고 이쪽을 보고 있었다.

"포기해야겠지."

"말도 안 돼요!"

다케우치가 비명에 가까운 목소리로 외쳤다. 그때부터 사무소에서 소리가 사라졌다. 이시마키는 의자를 돌려 벽에 붙은 포스터를 올려다봤다. 마유미는 공모전용 책상을 바라보고 있었다. '오카지마 설계사무소의 90일 전쟁!' 남은 날은 '75'.

또다시 전화벨이 울렸다. 멈춰 있던 공기가 다시 움직였다. 마유미는 손을 뻗었고, 이시마키는 자리에서 일어나 고개를 떨군 다케우치의 어깨를 토닥이더니 아오세에게 다가와 속삭였다.

"공모를 포기한다는 건 의혹을 인정한다는 거죠? 사무소는 더 어려워지겠군요."

"사퇴 이유는 오카지마의 입원이야."

"그게 통할까요? 다들 부정행위를 해서 사퇴한다고 생각할 텐데. 한 번 그런 낙인이 찍히면 이제 이 바닥에선 일 못 해요."

"그럼 새 직장을 찾아보든지."

아오세가 살짝 성을 내자 이시마키는 입을 삐죽거렸다.

"그건 아오세 씨 얘기 아닙니까?"

"무슨 소리야."

"전에 그만두려고 준비했었잖아요."

오카지마가 말한 건가. 아니면 탐정이 이시마키에게도 접근한 건가.

"그만둘 생각 없어."

"물론 저도 안 그만둡니다."

"오카지마는 사무소를 없애지 말고 계속해달라고 했어."

"하지만 소장님이 이렇게……."

"이시마키!"

아오세는 눈을 뒤집으며 말했다.

"벌써 잊었어? 오카지마가 받아주지 않았으면 자넨 지금도 장인의 안색을 살피며 비료 공장에서 사무나 보고 있었을걸. 나는 폐인으로 죽어가던 걸 구해줬고. 생각해봐. 거품에 빠져 허우적대던 비참한 패배자에게 다시 한번 건축사 명함을 쥐어준 게 누구지? 나하고 자넨 오카지마와 같이 죽어야 돼. 각오 단단히 해."

이시마키는 고개를 떨구고 입을 다물었다. 다케우치는 입을 떡하니 벌렸고, 마유미는 수화기를 꼭 쥔 채 입술을 깨물며 아오세를 바라보았다.

41

오후가 되자 이시마키와 다케우치는 저마다 현장 감리를 하러 나갔지만, 아오세는 사무소에 남았다. 신문사나 업자의 전화는 줄어들었지만, 마유미를 혼자 두고 나가기가 꺼려졌다.

2시까지 기다렸지만 오카지마에게 연락이 없어서 전화를 걸었다. 병원에 있으면 휴대전화 전원을 꺼두었겠지만, 예상과 달리 통화대기음이 울려 퍼지더니 이내 연결됐다.

"나야."

"안녕하세요, 야에코예요."

전화를 받은 건 오카지마의 부인 야에코였다. 집으로 전화하지 않은 건 그녀와 면식이 거의 없어서였다. 집에 가본 건 손에 꼽을 정도로밖에 없었고, 그때에도 그녀는 차를 내놓고 바로 사라져서 제대로 대화해본 적이 없었다.

"오카지마는 좀 어떻습니까."

"아까 입원했어요."

"그렇습니까."

아오세가 별다른 의문 없이 받아들여서인지 야에코의 톤이 바뀌었다.

"검사를 해보니까 위와 십이지장에 궤양이 심하고, 출혈도 있어서 이대로 방치했으면 위험할 뻔했다고 의사 선생님이 말씀하시더라고요."

아오세는 충격을 받았다.

꾀병이 아니었다. 극심한 스트레스가 불과 며칠 만에 위와 장벽을 엉망으로 만든 건가. 아니, 공모 지명 업체로 선정되기 위해 계속 무리를 해온 탓이리라. 어젯밤에 본 오카지마의 원통한 표정이 떠올랐다. 손바닥에 닿았던 불거진 등뼈의 감촉이 더욱 강렬하게 되살아났다.

"어느 병원입니까?"

"제2병원인데, 좀 오래 있어야 할 것 같아요. 출혈이 계속돼서 혈중 헤모글로빈 수치가 정상치의 절반 이하로 떨어졌대요. 수혈할 정도는 아니지만 수치가 회복되지 않으면 궤양도 낫지 않는다니까요."

아에코의 말투는 아오세에게 죄책감을 안겨줄 정도로 원망에 가득 차 있었다. 문병은 올 필요 없다. 그렇게 말하는 건가 싶은 생각마저 들었다. 신문 기사도, 사무소 운영에 대해서도, 아에코는 일절 말하지 않고 전화를 끊었다.

"사모님이 받으셨나요?"

목소리에 뒤돌아보자 마유미가 서 있었다. 눈빛이 심상치 않았다. 전에도 생각한 적이 있다. 아에코가 사무소나 직원들에게 무관심한 건 마유미의 존재 때문이 아닐까 하고.

"입원했대. 궤양이 심하다는군."

말이 끝나기가 무섭게 마유미의 낯빛이 창백해졌다.

"어떡해……."

"한동안 입원해 있어야 한대. 외부 대응할 때도 그렇게 전하고."

"사모님이 걱정하시던가요?"

또 한소리 듣고 싶은 건가.

부인이 남편 걱정을 안 할 리가 있나. 그렇게 쏘아붙일 생각이었는데, 마유미의 어두운 표정에는 그냥 지나칠 수 없는 뭔가가 있었다.

"걱정 안 한다고 말하고 싶어? 어째서?"

"그 사람은 믿을 수 없어요. 아내로서 최악의 행동을 저질렀으니까요."

마유미는 강한 어조에 걸맞은 눈으로 아오세를 노려보았다.

아내로서 최악의 행동? 야에코의 불륜이라도 목격한 건가? 마유미의 이혼 원인은 남편의 거듭된 외도 때문이었다고 본인에게 직접 들은 바 있다. 그런 사정이 얽혀서 마유미는 날 선 태도를 취하게 된 건가. 아니, 역시 '동심매'는 오카지마가 꾸며낸 이야기고, 순수한 질투심이 마유미를 움직이고 있다. 그런 생각밖에 들지 않았다.

"자네하고는 상관없는 일이잖아."

상관있으면 있다고 말해. 오카지마와 남녀관계라고 자백하라고.

"있어요. 저도 아오세 선생님이나 이시마키 선생님과 같은 처지예요. 소장님이 도와주지 않았으면 저도, 유마도 어떻게 되었을지 몰라요. 그래서 소장님을 위해서는 뭐든 할 수 있어요. 무슨 일이든 할 거예요."

아오세가 그 기백에 흠칫한 찰나였다. 문 두드리는 소리가 났다. 소리만 나고 아무도 들어오지 않아서 마유미가 들어오세요, 하고 말했다.

"실례합니다."

늙수그레한 남자가 굽실거리며 들어왔다.

"무슨 일이십니까?"

아오세가 물었다. 남자는 고개를 꾸벅 숙였다.

"오카지마 소장님은……."

"몸이 좀 안 좋아서 오늘 입원했습니다."

"그러십니까……."

남자는 무척 낙담한 눈치였다.

"경황이 없으실 때 찾아왔군요……. 저는 후지미야 하루코의 조카 되는 사람입니다. 일전에 오카지마 씨를 뵈었습니다. 그 인품에 무척 감명을 받아서, 오늘 신문을 보고 도저히 가만있을 수가 없어서 찾아뵈었습니다."

아오세는 황급히 남자에게 앉으라고 권했다.

야나기야 고지. 후지미야 하루코의 여동생의 아들. 남자는 자신을 그렇게 소개했다.

"어머니도 그렇고 저도 그렇고 오카지마 씨가 기념관을 설계해주셨으면 합니다. 그래서 오늘 아침에 그 기사를 보고 안타까웠다고 할까, 아무튼 걱정이 됐습니다."

"너무 일방적인 기사라고 할까……. 저희는 그 내용이 전부 사실이라 생각하지 않습니다."

어느 쪽으로든 해석할 수 있도록 신중하게 말을 골랐다고 생각했는데, 야나기야는 눈을 빛내며 물었다.

"그 기사는 엉터리입니까?"

"딱 잘라 말씀드릴 수는 없지만 사실도 아닙니다."

"그럼 기념관 설계를 맡아주실 가능성은 있는 거군요?"

"그건 뭐라고 말씀드리기 어렵습니다. 오카지마가 지금 입원 중이라……."

아오세는 말을 흐렸다.

"맡아주시면 좋을 텐데."

야나기야는 혼잣말처럼 중얼거리더니 겉옷 안주머니에서 봉투를 꺼냈다. 봉투 안에서는 낡은 그림엽서 한 장이 나왔다. 개선문 주변을 그린 소묘였다. 뒷장에는 비스듬히 휘갈겨 쓴 글자가 여러 줄 적혀 있었다. 우표도, 받는 사람의 이름도 없었다. 우편으로 보낸 엽서가 아니라는 건 한눈에 알 수 있었다.

"어머니도 걱정이 되셨는지 이 엽서를 오카지마 씨에게 전해 달라고 하셨습니다. 부적 대신에."

아오세는 빛바랜 글자를 입속에서 읊조렸다.

채운다.
부족한 것을 채운다.
채워도 채워도 부족한 것을
하염없이 채운다.

"이 엽서는……?"

"유품을 정리하다 찾았습니다. 이모님이 거리에서 팔던 그림 엽서입니다."

아오세는 고개를 끄덕였다.

"일본어로 글이 적힌 건 이 한 장뿐입니다. 오카지마 씨에게 보여드렸더니 무척 감격하셨죠. 부족한 걸 채운다. 그것이야말로 예술이라고."

빈말로 한 소리일까. 아니면 진심으로 그렇게 생각한 것일까.

"그리고 오카지마 씨는 이모님이 그림을 거의 판매하지 않은 것을 두고, 분명 특정한 누군가를 위해 그림을 그렸을 거라고도 하셨습니다. 그 말을 듣고 꼭 오카지마 씨가 기념관을 설계해주십사 했습니다. 사실 어머니와 저도 같은 생각을 했거든요."

"왜 그렇게 생각하시는지 여쭤봐도 되겠습니까?"

"무언관(無言館)을 아십니까?"

"네, 압니다."

나가노의 우에다 시에 있는 미술관이다. 전사한 미술학도들의 유작이 전시되어 있다. 오카지마도 이번 견학 리스트에 올려두었다.

"이모님은 돌아가시기 2년 전에 딱 한 번 귀국하셨습니다. 꼭 무언관에 가보고 싶으시다면서."

아오세는 잠자코 이야기에 귀를 기울였다.

"실은 할머님이 생전에 말씀해주신 적이 있습니다. 이모님이 젊었을 적 사촌 오빠가 전사했는데, 큰 충격을 받으셨다고요. 이웃에 살던 조용한 미대생이었죠. 전세가 악화되자 학도병으로 남방에 끌려갔는데, 도중에 미군의 공격으로 배가 침몰했답니다. 이모님은 그 사촌을 마음에 두고 있던 모양입니다. 당시 열대여섯 살이었지만, 전쟁터에 가기 전까지 사촌에게서 그림을 배웠다고 하더군요."

"무언관에 그분의 그림이 있습니까?"

"아뇨, 공습으로 다 타버려서 한 점도 남은 게 없습니다. 그래서 이모님은 무언관에 가보고 싶다고 하신 거겠죠. 젊은 나이에 세상을 떠난 미대생들의 모습에서 사촌을 떠올리며 그림을 감상한 게 아닐까요."

사촌 오빠를 위해 그림을 그렸다. 자그마한 사모의 정이, 젊은 이들의 비운의 죽음이, 세상에 800여 점의 그림을 남긴 것이다.

아오세는 엽서의 글자를 훑었다.

부족한 것을 채운다. 채워도 채워도 부족한 것을 하염없이 채운다…….

오카지마는 읽어낸 것이다. 누군가를 위해 만들고 남겼다는 것을. 그 마음이 불보다 뜨겁다는 걸 잘 알고 있었으니까.

오카지마 씨에게 말씀 전해주십시오. 꼭 이모님의 기념관을 설계해주셨으면 한다고요. 거듭 당부하더니, 야나기야는 후지미야 하루코의 자료를 두고 일어났다. 공모에서 사퇴한다는 걸 알면 무척 실망하겠지. 아오세는 정중히 고개를 숙이며 배웅했다.

감상에 젖어 있을 틈은 없었다. 마유미가 후지미야 하루코의 엽서를 가방에 넣고 오카지마의 병원에 가보겠다는 말을 꺼냈기 때문이었다. 눈가가 촉촉하게 젖어 있었다. 야나기야가 들려준 슬픈 사랑 이야기가 마유미의 감정을 자극한 걸까.

"오늘 입원했잖아. 좀 기다려봐."

아오세가 완곡히 말리자 마유미는 글썽거리는 눈을 치켜뜨며 대답했다.

"그러니까 가봐야죠. 필요한 물건도 챙겨줘야 할 거 아니에
요."

"같은 말 여러 번 하게 할 거야? 부인이 전부 알아서 해."

찬물을 끼얹는 심정으로 내뱉은 말이었지만, 불에 기름을 부
은 꼴이었다.

"부인 자격이 없다니까요. 위에 구멍이 뚫릴 때까지 신경도 안
쓰고."

"그건 오카지마가 제 몸을 돌보지 않아서지."

"아오세 선생님은 몰라요!"

"모르는 건 자네야!"

가방을 메고 나가려는 마유미의 팔을 아오세는 무의식적으로
붙잡았지만, 마유미는 곧바로 그 손을 뿌리쳤다.

"좀 진정해."

"지금 진정하게 생겼어요? 소장님 심정이 어떻겠냐고요."

"그러니까 심란한 사람 더 심란하게 만들지 말라고. 자네가 가
봤자 방해만 될 뿐이야."

"방해라고요?"

"그래."

"그거 아세요? 모르시죠?"

"뭘."

마유미의 얼굴이 보기 싫게 일그러졌다.

"잇소는 소장님 친자식이 아니에요. 소장님이 알고도 가만히
있으니까 그 사람, 뻔뻔하게 부인 행세 하는 거예요."

시야가 정지했다. 정지된 화면 속에서 마유미만 홀로 움직여 문을 열고 나갔다.

아오세는 꿈쩍도 할 수 없었다. 감정이 머리를 따라가지 못했다.

터무니없는 소리.

한참이 지나서야 그 한 마디가 터져 나왔다. 그것밖에는 할 수 있는 말이 없었다.

42

오카지마 설계사무소의 혼란은 날이 갈수록 극심해졌다.

시공사나 하청업자의 전화가 끊이지 않았다. 고객 문의도 잇따랐고, 다케우치가 30대 교사 부부에게 제안했던 친환경 주택도 취소됐다. 어디서 소문을 들었는지, Y주택과 똑같은 집을 지어달라던 오사카의 의뢰인에게서도 어찌된 일이냐며 연락이 왔다. 도면도 아직 완성되지 않은 상태에서 이 난리가 났으니 바짝 엎드려 비는 수밖에 없었다.

"소장님은 언제 퇴원하지?"

소파에는 험악한 인상의 야기누마라는 50줄 남자가 앉아 있었다. 전화로 '좀 물어볼 게 있다'고 하더니 채 10분도 지나지 않아 본인이 직접 찾아왔다. 특별위원회 구성을 발의한 S시 의원이라고 자기를 소개하더니, 폐품 수집 업체 사장 직함이 적힌 명함을 아오세에게 들이밀고는 권하지도 않았는데 소파에 털썩 앉아서 위압적인 모습을 보였다.

"아무래도 시간이 좀 걸릴 겁니다. 위와 십이지장 양쪽 다 좋지 않아서요."

아오세의 말에 야기누마는 눈가에 노골적으로 의혹의 빛을 내비쳤다. 꾀병이라 의심하는 것이다.

"벌써 일주일이나 병원에 있잖아. 퇴원 일정 정도는 잡혀 있을 거 아닌가. 일주일 뒤다, 열흘 뒤다."

"아직 정확한 날짜는 모릅니다. 수혈도 받아야 한다니까요."

야기누마는 도발하듯 까무잡잡한 얼굴을 내밀었다. 턱에 비스듬히 난 흉터가 자연스레 눈에 들어왔다.

"이미 알고 있겠지만, 특별위원회에 소환할 날을 정해야 해서 물어보는 거야. 시간이 얼마 없어."

"곧 진단서를 보내겠습니다."

"상태가 그렇게 안 좋나?"

"안 좋으니까 입원했겠죠."

짜증이 말투에 묻어났지만 기실 아오세도 오카지마의 병세를 정확히 파악하고 있는 건 아니었다. 지난주에 두 번 병원을 찾았다. 처음 갔던 날은 검사 중이라 가져간 물건만 두고 돌아왔고, 이튿날 다시 찾아갔을 때에는 병원 복도에 도요신문의 시게타가 어슬렁거리는 모습을 보았다. 오카지마는 도망치듯 병실로 이동한 직후라 잔뜩 격앙된 상태였고, 그 옆에 있는 야에코 역시 모든 사람을 적대시하는 표정을 짓고 있던 까닭에 자세한 이야기는 하지 못했다.

"상황이 상황인지라 차 한 잔 대접할 정신도 없군요. 오늘은 그만 돌아가 주십시오."

마유미와 다케우치는 전화를 받느라 정신이 없었다. 야기누마는 그 모습을 힐끗 보더니 혀를 차며 자리에서 일어났다.

"오카지마 소장에게 전해. 도망칠 구멍은 없다고. 언제 퇴원하든, 반드시 의회에 출석해야 할 거라고."

명백한 공갈이었다. 뇌가 과민 반응을 보였다.

"일이 댁들 시나리오대로 굴러간다는 보장은 없습니다."

"댁들······?"

야기누마는 소파에 다시 앉더니 아오세를 위협하듯 두 다리를 쩍 벌렸다.

"이봐, 무슨 뜻으로 하는 소리야? 시나리오라니, 그건 또 뭐고."

아오세는 마른침을 삼키며 말했다.

"정치하는 사람들이야 정치 싸움이 일이겠지만, 우리처럼 작은 회사까지 끌어들이지 말란 말입니다."

"하! 적반하장도 유분수라는 건 이런 걸 두고 하는 말이군. 뭘 잘했다고 큰소리야? 공무원에게 접대해서 지명 따낸 주제에."

"사실인지 아닌지는 아직 모릅니다."

"했어, 여기 소장이. 어차피 너희도 한통속이잖아."

"그쪽 패거리는 제쳐두고 저희만 다그치는 건 도리가 아니죠."

야기누마의 낯빛이 바뀌었다. 한 대 맞을 줄 알았는데, 무릎을 앞으로 당겨 앉아 테이블을 거칠게 흔들 뿐이었다. "퇴원 날짜 정해지면 연락해." 내뱉듯 말하더니 어깨를 들썩이며 사무소를 나갔다.

통화를 마친 마유미와 눈이 맞았다.

"고릴라가 따로 없네."

아오세는 너스레를 떨었지만 마유미는 "그러게요"라고만 대답하고 다시 울리기 시작한 전화기를 향해 손을 뻗었다. 병원으로 찾아가겠다고 고집을 부린 그날 이후, 눈에 띄게 말수가 줄었다. 병원에서 야에코와 무슨 일이 있었나. 불길한 상상이 떠올랐지만 다시 그 이야기를 꺼낼 마음은 들지 않았다.

"의뢰인과 미팅이 있어."

바깥은 이미 어둑어둑했다. 마유미에게 거짓말을 하고 외출하는 가슴 한구석의 죄책감을, 누구 탓으로 돌려야 할지 알 수 없었다.

43

아오세는 시트로엥을 타고 제2병원으로 향했다.

야기누마에게 추궁을 당해서가 아니라, 오늘 중으로 문병을 갈 작정이었다. 소장 대행으로서 오카지마의 병세를 정확히 파악해둘 필요가 있었고, 앞으로의 일도 상의해야 했다. 무엇보다 그의 얼굴이 보고 싶었다. 마유미가 털어놓은 잇소 이야기는, 그 속사정을 알 도리가 없기에 부정하지 못했지만, 그래도 오카지마와 만나 뭐든 좋으니 이야기하고 싶었다.

사무소 안은 살기등등한 분위기가 지배하는 것처럼 보였지만 기실 허무감에 휩싸여 있었다. 공모전이 엎어지고 목표를 잃은 지금, 소란스러움과 번잡스러움만이 패전 처리나 순위가 이미 결정된 상황에서 열리는 경기처럼 남아 있었다. 그런데도 희한하게 감정은 가슴에 얹히지 않고 밖으로, 또 밖으로 나가려 했다. 지난 며칠, 몇 주 동안 대체 몇 년 분의 진심을 내비친 걸까. 사람과 다시 관계를 맺으려 하고 있었다. 속세를 버렸다는 환상에서 깨어났고, 체념과 달관의 자승자박에서도 해방되었다. Y주택을 지었기 때문이다. Y주택을 마음에 다시 담았기 때문이다.

그렇기에 생각한다. Y주택이 이 세상에 태어난 이유는 선(善)이며, 사랑이기를 바랐다.

'아오세 씨가 살고 싶은 집을 지어주세요.'

아오세는 액셀을 밟은 발에서 힘을 뺐다. 전방의 신호가 노란불에서 빨간불로 바뀌었다. 그 너머로 제2병원의 하얀 건물이 보였다.

뇌가 다른 풍경을 보여주려 했다. 아오세는 파도치는 해변에 홀로 서 있었다. 복숭아뼈 언저리까지 진상의 파도가 밀려들었다 멀어졌다.

이미 알고 있다. 진상을 알고 있다. 아오세는 이제 그 사실을 의심치 않았다. 재료는 모두 모였다. 선은 이어져 있다. 문이 열리려 하고 있었다. 이제 남은 건…….

품 안의 휴대전화가 진동했다.

차는 병원 부지 안에 들어왔다. 핸들을 왼쪽으로 꺾어 주차장 입구 앞에 정차했다. 휴대전화는 여전히 진동하고 있었다.

"네, 아오세입니다."

"가네코 시공사입니다!"

가네코 시공사의 사장이었다.

"보고드립니다! 빗물받이와 외부등 지주는 선생님께서 지시
하신 대로 양탄자에 맞춰 보르도 컬러로 칠했습니다. 정말 근사
한 조합이라, 시로가네다이에서 볼 법한 세련된 아파트로 변신
했습니다. 고객도 아주 마음에 들어 하더라고요."

"다행이군요."

"선생님도 시간 되실 때 꼭 오셔서 한번 보십시오. 사진으로만
봐서는 이 느낌이 전해지지 않습니다."

"음, 사무소 일이 좀 정신없어서⋯⋯. 신문은 보셨습니까?"

"아, 봤습니다. 어차피 선거나 다른 사정이 얽혀서 벌어진 일
아닙니까? 저희 업계는 원체 선거철만 되면 윗사람들이 누구를
응원해라, 일손을 도우라는 둥 들들 볶아대서 진절머리가 납니
다. 선생님, 그런 기사 신경 쓰지 말고 힘내십시오. 일은 사람과
사람이 하는 거잖습니까. 저는 끝까지 선생님과 함께하겠습니
다."

코끝이 시큰거렸다.

나야말로 잘 부탁합니다. 젊은 사장의 기대에 부응하고자 아
오세는 끝까지 점잖은 건축사의 모습을 보였다.

44

저녁 면회 시간은 6시까지였다. 앞으로 1시간 남짓 남았다.

내과 병동 4층의 5호실. 병실 문이 늘어선 복도는 마치 학생

기숙사처럼 볼품없었다. 명패는 붙어 있지 않았다. 아오세는 주변을 한 바퀴 둘러보고 나서 문을 두드렸다. 답이 없어서 "아오세입니다"라고 말을 걸었다. 문에 귀를 대자 희미한 목소리가 들렸다. 남자 목소리였다.

야에코의 모습은 보이지 않았다. 실내는 비좁았다. 침대에 누워 있던 오카지마가 전동 스위치를 조작해 상반신을 일으키려하고 있었다. 링거 대가 두 대 있었지만, 아무것도 걸려 있지 않았다.

아오세는 숨을 삼켰다. 모터 소리와 함께 들어 올려진 오카지마의 얼굴이 딴사람처럼 여위어 있었다. 뺨은 푹 파였고, 피부는 버석버석해 기름기라고는 찾아볼 수 없었다. 눈 밑은 멍이 든 것처럼 거무튀튀했다.

"기름기가 쏙 빠졌네."

무난한 말을 건네자 오카지마는 힘없이 웃었다.

"중화요리나 갈비 맛 수액은 없으니까."

마주 웃으려 했지만 뺨이 떨렸다. 아오세는 고개를 숙여 표정을 감추며 침대 곁 둥근 의자에 앉았다.

"퇴원하고 실컷 먹으면 되지. 아, 억지로 일어날 것 없어."

"사무소는 좀 어때?"

"별일 없으니까 걱정 마."

"클레임이나 취소 건은?"

"문의는 꽤 많아, 격려 전화도 오고. 취소는 한 건뿐이야."

"다른 신문에서도 기사를 냈어?"

"그렇지도 않아. 상황을 관망하는 기사밖에 없어."

"이시마키와 다케우치는?"

"다케우치는 쓰무라와 전화 담당. 이시마키는 현장을 누비고 있지. 그 녀석, 이제야 제 실력을 내보이기 시작했어."

병실에 들어오자마자 사이드 테이블에 놓인 개선문 엽서가 눈에 들어왔다. 역시 마유미가 다녀간 것이다.

"아오세, 인상 좀 펴. 의사 말로는 보기보다 심하지 않대. 그냥 잠이 안 와서 괴로운 것뿐이야. 계속 잠을 못 자고 있어. 그래서 이런 몰골이고. 그 덕을 좀 보긴 했지만."

"무슨 소리야?"

"아까 왔었어, 도요신문의 시게타가."

"여기 찾아왔다고?"

"그래, 용케 알고 찾아왔더군. 노크도 없이 한 손에 카메라를 들고 벌컥 들어온 거 있지. 하지만 내 꼴을 보고 기겁했어. 때마침 야에코가 돌아와서 한소리 했더니 바로 꽁무니를 빼더군. 이번에는 뭐라고 쓸까. 쓸 말이 없겠지. 꼴좋다."

입원하지 마. 그때 했던 말이 이제는 마음을 옭아맸다.

"완쾌할 때까지 농성해. 바깥일은 나한테 맡기고. 아무 걱정도 하지 마."

"미안하지만 그럴 수밖에 없겠네."

오카지마는 잠시 숨을 돌리다 생각이 났다는 듯 담요를 젖히고 허리를 돌려 두 다리를 내렸다. 슬리퍼를 신으려는 것이다.

"왜? 화장실 가려고?"

"한 대 피우려고."

오카지마는 베개 밑에 손을 넣어 프론티어라이트와 100엔짜리 라이터를 꺼냈다.

"오카지마……!"

말릴 새도 없이 파란 환자복을 걸친 오카지마는 창가로 걸어갔다.

"여기, 왠지 후지미야 하루코의 집과 비슷하지 않아?"

화제를 돌리더니 오카지마는 허리 높이의 창문을 열었다. 창틀을 짚고 살짝 몸을 올리더니 창가에 반쯤 엉덩이를 걸쳤다. 바람에 머리카락이 나부꼈다. 환자여서인지 행동거지가 너무나도 위태로워 보였다.

"내려와. 여기 4층이야."

오카지마는 개의치 않고 담배에 불을 붙였다.

"그러다 간호사한테 혼나."

"안 들키게 피워야지."

오카지마는 언뜻 봐서도 알 수 있을 정도로 후, 하고 깊이 들이마시더니 고개를 돌려 입을 삐죽 내밀어 창밖으로 연기를 뿜어냈다.

"봤지?"

"나을 병도 안 낫겠군."

"아오세."

"왜?"

"타우트가 말했지. 가쓰라 별궁을 보고 눈물이 날 정도로 아름

356

답다고."

아오세는 담배를 피우는 오카지마의 옆모습을 바라보았다.
아무래도 상관없다. 그렇게 결론을 내린 게 아니었던가.

"알았던 거야, 타우트는. 이 세상에서 가장 아름다운 걸. 형태
를 가진 것이든, 관념적인 것이든, 절대적인 아름다움이라 불러
야 할 것이 어디에 깃드는지 알고 있었고, 그래서 자신도 아름다
운 것을 창조하려고 했지. 그건 자신의 마음을 채우는 작업이야.
채워도, 채워도 여전히 부족한 것을 하염없이 채워나가는 끝없
는 작업."

아오세는 사이드 테이블의 엽서를 보았다. 오카지마의 시선도
그곳을 향했다.

"사무소에 야나기야 씨가 찾아오셨다고."

"다녀가셨어."

유족이 보내는 기대를 이제 와서 오카지마에게 전하는 건 너
무 가혹한 것 같아서 말하지 않았다.

"야나기야 씨 집에서 원화를 구경했을 때, 전율이 일었어. 지
저분한 행색…… 길가의 쓰레기와 한데 뒤섞인 듯한 주름진 얼
굴…… 마디 사이에 담배꽁초를 끼운 울퉁불퉁한 손…… 그
런데도 모든 그림이 아름다웠어. 기법이네, 사실적이네, 호소력
이 있네, 그런 관점들은 어딘가로 사라져 버리고 그저 아름다움
에 압도됐지. 아름답다는 말은 쉽사리 입에 담으면 너무 진부해
지는 법이고, 너보다 앞서가고 싶은 바람도 있어서 말은 못 했지
만."

"잘 그려. 어두워. 무서워…… 그리고 아름다워, 인가."

오카지마는 줄어든 담배를 손가락 사이에 끼우더니 힘겹게 몸을 굽혀 창문 아래의 외벽에 비벼 껐다. 작은 불똥이 하나둘 바람에 흩날려 어둠 속으로 녹아들었다.

"후지미야 하루코의 가슴에는 흔들림 없는 아름다움의 기준이 있었으니까. 들었지? 차마 사랑이라 부르지도 못할 연정. 사춘기의 백일몽 같은 추억이지. 사촌 오빠가 죽으면서 그 아름다움은 영원이 되었어. 몇십 년 동안 한결같이 아름다운 그림을 그렸어. 그래도 가슴에 있는 절대적인 아름다움에는 손이 닿지 않아서, 결국 숨을 거둘 때까지 계속 그렸지. 믿겨져? 안 믿기지? 이길 수 있겠어? 이길 도리가 없지."

오카지마의 얼굴이 불그스름해졌다.

"이길 도리가 없지만, 난 만들고 싶었어. 그녀의 그림이 영원히 머물기에 걸맞은 아름다운 건물을 설계하고 싶었어. 아주 찰나의 순간이었지만, 후지미야 하루코와 하나가 된 기분이 들었어."

"응."

"하지만 나한테는 그녀를 에스코트할 자격이 없었지."

오카지마는 고개를 떨구더니 이내 눈을 들어 아오세를 바라보았다.

"시게타의 말은 사실이야. 부장의 택시비는 내가 냈어. 밥도 한 번 샀고. 하지만 J리그 개막전 티켓값과 교통비는 맹세코 각자 냈어. 내가 고생한 건, 부장과 시장이 뼛속까지 축구 마니아라서 그 틈을 파고들기가 쉽지 않았기 때문이야. 고등학교 때 축구부였던 건 사실이지만, 보결이었고 도중에 관뒀거든. 아무튼 시장 주변에 있는 선수 출신들과 티켓을 구해줄 수 있는 암표상 비슷한 놈들에게도 밥을 사고 술도 샀지. 상대는 공무원이 아니니까 별일 아니라 생각했는데, 여기저기 쑤시고 다닌 결과가 이 꼴이야. 직원들 다 말려들게 하고, 공모도 없던 일이 되어버려서 정말 면목이 없다."

"이제 됐어."

이미 알고 있었다. 아니, 아오세는 더 심각한 상황까지 염두에 두고 있었다.

"침대로 돌아가. 일단은 회복에 전념해."

그때 병실 문이 열렸다. 야에코의 놀란 얼굴이 보였다. 아오세는 반사적으로 엉덩이를 들었지만, 뜻밖에도 야에코가 자리를 비켜주었다. 편안히 이야기 나누라는 말이 끝나기가 무섭게 문이 닫혔다.

"괜찮겠어?"

"괜찮아."

오카지마는 창문을 닫고 침대로 돌아왔다. 담배 피운 거 들켰나, 하고 작게 웃더니 가부좌를 틀고 몸을 비틀어 아오세와 정면으로 마주봤다.

"할 얘기가 있는 거 아냐?"

"음? 보고할 건 전부 했는데. 네 상태도 대충 확인했고."

"할 얘기가 있어서 찾아왔다는 표정인데."

병실에 들어오고서부터 잇소 일은 머릿속에 없었다. 오카지마의 눈이 정확하다면, 아마 유카리 일을 말하는 것이리라. 오늘물을 생각은 없었다. 이 소동이 잠잠해진 다음에 물어보면 될 일이다.

"말해. 신경 쓰이니까. 신경 쓰면 또 밤이 길어져."

"……."

"흥신소 얘기지? 재혼 이야기가 어쩌고. 나도 그때는 정신이나갔는지 조심성 없이 입을 놀렸어."

아오세는 체념 섞인 한숨을 내쉬었다. 그렇다면 물어야지.

"유카리의 부탁을 받고 날 고용했어?"

아, 하는 소리를 내더니 오카지마는 손사래를 쳤다.

"아냐, 무슨. 그건 오해야. 내 의지로 제안한 거야. 사무소를키우고 싶었어."

"내가 사무소에 들어가기 전부터 유카리와 연락을 했지?"

"말했잖아. 1년에 두세 번 정도였다고."

"내가 얼마나 한심하게 사는지 얘기했겠지. 유카리 성격에 가만 보고 있을 리가 없어."

"걱정은 했어. 하지만 자기가 고용하면 몰라도, 남한테 고용해달라는 소리는 못 하지."

아오세는 수긍하지 않았다.

"간토에서만 놀 생각 없다고 말하고 다닌 게 그즈음이었을 거야. 네 실력은 익히 알고 있었지. 그래서 부른 거야. 알아들어?"

"하지만 생각만큼 도움이 되진 않았지."

"어? 뭐가?"

"나 말이야. 거품경기를 겪고 패기는 사라져, 시키는 대로 하는 건축사가 되었으니까."

이제껏 도망만 치던 너한테 그런 말을 들을 줄이야.

"야, 자학을 빙자한 자랑이야? Y주택 같은 집을 지었잖아."

순순히 수긍했다. 그 마음은 곧 어딘가로 이끌려 갔다. 아오세와 요시노 도타가 선 그 시발역의 승강장이 내려다보였다.

"왜? 이봐, 듣고 있어?"

"하나만 더 물어도 돼?"

"어? 그래, 뭔데?"

"흥신소 건 말이야. 탐정이 유카리를 찾아가 나에 대해 물었어. 그게 재혼 이야기였고, 놀란 유카리가 너한테 전화를 했어."

"그래."

"넌 뭐라고 대답했지?"

"아닐 것 같다고 했지. 아니라고 딱 잘라 부정할 수는 없었으니까. 네가 원체 개인적인 얘기를 안 했잖아."

아오세는 고개를 끄덕였다.

"그러고 나서 유카리한테 연락이 왔어? 그 이야기는 어떻게 되었냐고 물어봤어?"

"아니……. 그걸로 끝이었어."

"그 건이 없었어도 1년에 두세 번은 연락하고 지냈다면서."

"그러고 보니 그때부터 1년도 더 지났는데 연락이 없네."

"알았어."

전부 알았다. 진한 감정이 가슴에 밀려들었다.

"걱정은 했을 거야. 여러 번 전화하기 꺼려졌겠지."

"그럴지도 모르지."

"정말 가망이 없나?"

말이 아니라 오카지마의 눈빛으로 말뜻을 이해했다.

"가망은 무슨, 이제 와서."

제 목소리가 두개골 안에서 울려 퍼졌다.

"2분에 한 쌍씩 헤어지는 시대라잖아. 20분이나 2시간에 한 쌍은 재결합해도 이상할 건 없지."

오카지마는 진심으로 하는 소리일지도 모른다.

아오세는 작은 결의를 다지며 자리에서 일어났다.

"또 들를게."

"조금 더 있다 가지."

목소리 크기에 놀랐다. 애원하는 표정이었다. 아오세를 올려다보는 그 각도 때문에 눈 밑의 그늘이 한층 짙어 보였다. 오카지마의 정신이 불안정하다는 건 알고 있었다. 허세와 약한 내면이 번갈아 모습을 드러냈고, 말과 행동에 분명한 맥락이 없었다.

아오세는 도로 의자에 앉았다. 면회가 끝나는 시간까지 있어야겠다고 생각했다.

오카지마는 안심한 듯 웃더니 성대하게 한숨을 내쉬었다.

"뭔가 너하고 이러고 있으니 학교 다닐 때 생각이 나네."

"난 반밖에 안 다녔잖아, 그리움도 반밖에 안 되지."

"나, 재수 없는 놈이었지?"

아오세는 쓴웃음을 지었다.

"그럴지도. 언제 회개한 거야?"

"하하, 그럼 지금은 괜찮은 놈이라는 소리군."

"시게타보다는 한결 낫지."

"시꺼먼 놈. 그래, 그래야 아오세지."

"내가 그렇게 속이 검어?"

"블랙박스 같다는 거야. 뭐가 숨어 있는지, 뭐가 튀어나올지 모른다고. Y주택이 좋은 예지."

"칭찬이야?"

"글쎄. 타우트와 마찬가지야. 넌 정말 모를 놈이야."

"너무 띄워주지 마, 어지러우니까."

"아오세, 하나만 물어보자."

"뭔데?"

"너한테 가장 아름다운 건 뭐지?"

또다시 파장이 바뀌었다. 갑자기 그런 질문을 하면 바로 답이 튀어나오겠냐고 대꾸하려는데, 어디선가 머릿속을 향해 답이 던져졌다. 유일하고 절대적인 아름다움.

"노스라이트."

"그래······. 북쪽 빛이라······. 기법이 아니었군, Y주택은."

"나이가 들었나 봐. 아카사카에 있을 때는 겉보기에 좋은 게 곧 아름다움이라 생각했는데."

"그 마음 알겠어."

"넌?"

"나?"

"가장 아름다운 게 뭐야?"

반문은 예상하지 못했는지 오카지마는 생각에 잠긴 표정으로 연신 눈을 깜빡거렸다. 아오세가 불안을 느낄 정도로 긴 공백 끝에 내놓은 답은…….

"유마의 웃는 얼굴?"

제 귀를 의심했다. 설마 유마는 오카지마의…….

"야, 농담이야, 농담!"

오카지마는 손가락질을 하며 웃음을 터뜨렸다.

"뭐야, 그 표정은. 말도 안 돼. 애초에 그럴 능력이 없어."

그 말뜻을 이해하는 데 수 초가 걸렸다. 무대가 암전했다. 다음 순간 나타난 오카지마는 벌거벗은 것처럼 보였다.

"너한테는 사실을 말해두고 싶었어."

오카지마의 얼굴에서 웃음기가 가셨다.

"예전에는 종종 마유미의 집에 들렀어. 편했거든. 유마도 나를 잘 따랐고. 하지만 맹세코 마유미하고는 그런 사이가 아냐. 여동생 같은 아이야."

"마유미에게는 못 할 짓이군."

아오세는 그렇게 말했다. 이성을 잃은 마유미의 모습이 아직도 눈에 선했다.

"마유미에게 어리광을 부렸지. 그건 인정해. 서로가 서로를 너무 잘 알아서, 진심으로 동심매라 여겼어. 남자와 여자 사이의 우정이라 하면 간지럽지만, 동심매 같은 관계는 나쁘지 않다고 생각했지. 남자는, 남자에게는 절대로 할 수 없는 얘기가 있으니까. 그게 잘못이었지. 잇소 일을 알았을 때…… 잇소 얘기는 마유미한테 들었지?"

아오세는 말없이 고개를 끄덕였다.

"잇소 일을 안 날 밤, 진탕 취해서 마유미한테 다 털어놨어. 정말 못 할 짓을 했지. 내 미움과 원망의 절반을 마유미에게 떠넘긴 거야."

오카지마는 눈을 깜빡였다.

"야에코와는 그전부터 삐걱거렸어. 그야 좋았던 시절도 있었지. 하지만 야에코는 보험 일이 무엇보다 중요했어. 나는 어엿한 건축가 행세를 하며 여기저기 파티에 기웃거리던 때라 서로 어긋나기만 했지. 서로가 서로를 무시하는 부분도 있었어. 나는 보험 일을 우습게 봤고, 야에코는 벌이가 적은 나를 흰 눈으로 보기 시작했지. 그렇게 지내다가 5년 전에 잇소 일을 알았어. 친한 의사가 있는데, 그 녀석이 정자 수를 연구한다는 거야. 요도염 치료가 끝난 김에 반쯤 재미로 받은 검사에서 사실을 알았지. 반쯤 미쳤었어. 불임이 아니라 잇소 때문에. 하지만 야에코에게는 아무 말도 안 했어. 한 번 손찌검을 한 적이 있지만, 왜 때렸는지는 말하지 않았어. 추궁도 하지 않았지. 죽이고 싶었지만 이혼은 생각도 안 했어. 왜인지 알아?"

아오세는 잠자코 대답을 기다렸다.

"한심했지. 일급건축사 간판을 내걸고 예술가인 척하며 살아온 놈이, 제 마누라에게 뒤통수를 맞고, 다른 남자 자식인 줄도 모르고 애지중지하며 아들을 키웠다니, 업계 놈들에게는 죽어도 알리고 싶지 않았어. 난 그런 놈이야. 그런 놈이라고."

꼭 깨문 두 입술이 가늘게 떨렸다.

"……잇소는……착한 아이야. 똘똘하고, 심성이 고와. 애지중지 키웠는데, 자는 얼굴을 보면서 이놈이 내 아들이 아니라니, 어제까지 내 새끼였는데. 너무하잖아. 온 세상이 캄캄해졌어. 나에게 찾아온 불행을 저주했지. 차라리 집에 불이라도 질러서 우리 세 식구 같이 죽어버릴까 생각도 했어. 그런 밤도 있었지……그래도……."

오카지마의 표정이 부드러워졌다.

"예쁘더라고. 내 자식이 아니라는 걸 알고도 아이가 예뻤어. 누구 자식인지도 모르는 놈, 머리로는 그렇게 생각해도 키운 정이 어디 가겠어. 여전히 귀여운 내 새끼였지. 핏줄이 전부가 아니야, 함께 보낸 시간이 중요하지. 그건 나와 잇소 둘만의 시간이야. 그 녀석, 건축가가 되고 싶다는 거야. 학교 글쓰기 시간에 그렇게 발표했대. 아빠 같은 건축가가 되고 싶다고."

오카지마는 고개를 끄덕이는 아오세를 바라보며 말을 이었다.

"난 내가 싫었어. 나처럼 약삭빠른 놈들이 싫었지. 그래도 잇소가 예뻤어, 내 아들이 아니라는 걸 알고도 사랑스러웠어. 나한테 이런 면이 있다니, 눈물이 멈추지 않아서, 어쩐지 다시 태어난 기분이었어. 이 아이를 위해 살자, 아이를 위해 무언가 남겨야겠다. 그런 마음으로 일에 매달렸어. 널 스카우트했을 때도 그랬지. 사무소를 크게 키워서 잇소에게 물려주고 싶었어. 야에코와

는 이미 끝났지만, 용서할 수도 없지만, 한 지붕 아래에서 살 수
는 있었어. 뭔가 사정이 있었겠지. 나보다 말 못 하는 야에코가
더 괴로울지도 모른다. 그 마음으로 살았어. 그게 일상이 되었
지."

오카지마의 몸에서 힘이 빠졌다. 손으로 눈가를 훔치더니 조
금 쑥스러워하는 낯으로 두 손을 모았다.

"내 얘기는 끝났어. 들어주셔서 감사합니다."

"끝이 아냐. 앞으로도 더 들려줘."

목소리가 떨리지 않게 힘주어 또박또박 말했다.

복도가 시끌벅적해졌다. 저녁식사 시간이 되었나 보다.

아오세는 자리에서 일어났다. 오카지마는 이번에는 웃음기가
남은 얼굴로 아오세를 올려다보았다.

"다음에는 네 얘기를 들려줘."

오카지마는 악수를 청하며 말했다.

왠지 쑥스러워서 아오세는 그 손을 툭 치며 "또 올게" 하고 발
길을 돌렸다.

45

아오세는 사무소에 들르지 않고 집으로 바로 돌아왔다.

현관 불만 켜고 들어가 소파에 드러누웠다. 저녁은 먹지 않았
다. 맥주를 딸 기분도 들지 않았다. 머리가 지끈거렸다. 두통약
을 평소보다 한 알 더 털어 넣고 침을 삼켰다.

손에는 무선전화기가 들려 있었다. 거세게, 그리고 약하게. 감

정의 파도에 순응하며 연신 고쳐 쥐었다.

오카지마의 잔상이 떠다니고 있었다. 너무나도 많은 이야기를 들었기 때문이리라. 짙은 감정은 단단하게 굳어 줄어들었고, 그 과정에서 떨어져 나온 동정과 공감조차 하나의 결정이 되었다. 그것이 오카지마의 인생······.

다음에는 네 얘기를 들려줘.

그러려고 했다. 알아야 할 제 이야기를 알아야 했다. 그 결심을 하고 2시간이 지났다.

아오세는 상반신을 일으켰다. 양쪽 관자놀이를 주무르자. 두통은 다소 누그러졌다. 벽에 걸린 시계를 보았다. 8시 25분. 타임 리미트다. 더 이상 늦으면 오늘은 포기해야 한다.

무선전화기의 버튼을 눌렀다. 이 전화로 걸어도 〈사자에 씨〉 멜로디가 흘러나올까.

"네."

"아빠야."

불안이 어린 목소리를 끌어안듯 말했다.

"어? 아빠? 무슨 일이야?"

이 시간에 히나코에게 전화를 건 적은 없었다.

"지금 어디야?"

"내 방인데."

"공부하던 중이야?"

"지금 수학이 없는 나라는 없는지 조사하던 중이었어."

히나코는 너스레를 떨었다.

"그래. 방해해서 미안해. 좀……."

아오세는 우물거렸다. 히나코의 마음에 존재하는 프리즘을 떠올렸다. 어른스러운 반사각을 보여주기를 살짝 기대했다.

"좀 물어보고 싶은 게 있어서 전화했어."

"뭔데?"

히나코의 목소리가 또다시 가늘어졌다.

"별일은 아닌데."

애써 밝은 목소리로 말했다.

"일전에 집에 전화가 왔었다고 했잖아. 여러 번 왔는데 어느 날부턴가 오지 않는다면서."

"아, 응……."

"히나코 너도 그 전화를 받은 적 있니?"

"……."

"요시노 씨라는 남자였지?"

"어? 어? 아빠가 그걸 어떻게 알아?"

아오세는 눈을 감았다.

"아빠 아는 사람이야. 그러니까 걱정하지 마. 나쁜 사람도, 수상한 사람도 아냐. 알았지?"

"아빠 아는 사람이야?"

"그래. 잘 아는 사람이야."

"뭐야, 그랬구나. 괜히 나 혼자 이상한 생각했네."

히나코는 깊이 안도한 눈치였다.

"맞춰볼까? 처음 전화가 작년 2월에 왔지?"

"음……."

"눈이 많이 왔잖아."

"아, 그랬지. 그 무렵이었던 것 같아. 여러 번 왔거든. 엄마가 이상한 표정으로 전화를 들고 방으로 들어갔고……. 그 뒤로는 가끔 왔어."

"마지막으로 온 게 언제야?"

"11월. 달력에 표시해뒀을 거야. 그 뒤로는 한 번도 안 왔고."

모든 점선이 실선으로 바뀌었다.

시발역의 승강장에는 세 사람이 서 있었다. 요시노와 아오세, 그리고 유카리가.

"그런데 왜 아빠 아는 사람이 엄마한테 전화를 했어?"

"엄마하고도 아는 사이거든."

"흐음, 그랬구나……."

"무서웠지, 미안."

"아빠 때문에 무서웠던 거 아냐."

"다행이네."

진심을 담아 말했다. 이 이야기는 이제 끝이다.

"히나코, 다음에는 어디서 만날래?"

"음, 맨날 만나는 카페에서?"

"Y주택에 가볼래?"

미리 생각했던 말도 아니었다. 히나코의 기뻐하는 얼굴을 보고 싶은 마음에 툭 튀어나왔다.

"정말?"

어림도 없다. 사무소가 그 꼴인데.

"다음번에는 힘들지도 모르지만, 그다음이나, 또 그다음 번엔 괜찮아."

"갈래! 가고 싶어! 약속한 거야, 꼭 데려가 줘야 해."

"주인이 집을 비우고 없어. 청소 도구 챙기는 거 잊지 마."

"알았어! 뭐든……."

갑자기 목소리가 끊겼다.

"히나코……? 들리니?"

금방 알아챘다. 히나코가 큰 소리를 내자 유카리가 무슨 일인가 싶어서 문을 두드린 것이다. 예상대로 유카리가 방에 들어온 것 같았다. 수화기 너머로 이야기 소리가 들렸다.

금세 히나코의 목소리가 귓가에 들렸다.

"엄마야. 통화할래?"

기대와 흥분에 찬 목소리였다. 히나코로서는 기대하지도 않던 기회가 찾아왔다는 것일까.

"아니…… 괜찮아."

"왜? 그 요시노 씨라는 사람의 전화가 궁금한 거잖아. 엄마하고도 아는 사이라면서."

아직 마음의 준비를 하지 못했다. 유카리도 마찬가지겠지. 방금 히나코가 요시노의 이름을 부른 걸 보고 내심 소스라치게 놀랐으리라.

"엄마한테는 나중에 따로 전화한다고 전해줘."

뭐라고 말하려는 히나코의 목소리를 못 들은 척하고, "수학 공

371

부 열심히 해" 하고 밝은 목소리로 말한 뒤 전화를 끊었다.

묵직한 피로가 몰려왔다. 밥 먹듯이 밤을 새우던 거품경제기에도 경험해본 적 없는, 온몸의 세포를 육중한 롤러로 밀어대는 듯한 피로감이었다.

오로지 뇌세포만 깨어 있었다. 밝혀낸 수수께끼를 시작점부터 면밀히 훑어보았다.

요시노는 흥신소를 통해 아오세의 신변 조사를 했다. 그 과정에서 아오세에게 헤어진 부인이 있다는 사실을 알았다. 탐정은 유카리까지 찾아갔다. 아오세의 재혼 이야기에 놀란 그녀는 오카지마에게 연락해 사정을 물었다. 그것이 진상으로 가는 문을 여는 데 걸림돌이 되었다. 갑작스레 탐정이 찾아온 그 시점에서 유카리는 일련의 소동의 피해자일 뿐이었다. 하지만 '그 후'가 있었다. 요시노는 흥신소라는 위장용 껍데기를 벗고 직접 유카리와 접촉을 시도했다. 몇 번이나 전화로 이야기를 나눴다. 유카리는 조사의 이유가 아오세의 재혼이 아닌, 다른 무언가임을 알았다. 그래서 그 후로는 오카지마에게 연락하지 않은 것이다. 할 필요가 없어졌으니까.

요시노 또한 유카리에게 얻은 정보가 있었다. 아마도 건축에 대한 열정을 잃고 고객이 시키는 대로 관성적인 도면을 그리는 아오세의 현실을 알게 되었으리라. 그 후, 요시노는 아게오 집을 구경하고 가리에와 함께 사무소를 찾아와 아오세에게 주택 설계를 의뢰했다.

'아오세 씨가 살고 싶은 집을 지어주세요.'

그것은 유카리의 말이었다.

유카리가 아오세에게 보내는 메시지였다.

뒤늦게 깨닫고 보니, 이 세상에서 오직 유카리만 할 수 있는 말이었다. 사랑이 아니라 선의였다. 유카리 자신도 주체할 수 없는 무구하고 무분별한 선의가 그 주문을 낳았고, 아오세에게 마법을 건 것이다.

기뻐해야 할지, 슬퍼해야 할지 알 수 없었다. 어딘지도 모르는 나라의 얼굴도 모르는 사람 일이라 생각했던 동화 같은 이야기가 제 눈앞에 사뿐히 내려앉았다. 그저 바라볼 수밖에 없었다. 깊이 숨을 들이마시며 그 이야기에 몸을 맡기는 수밖에 없었다.

저마다 자기주장을 하던 수많은 정보들이 유카리의 말이 지닌 자력(磁力)에 끌려 들어왔다. 요시노는 이따금 유카리에게 전화를 해서 Y주택 건축 진행 상황을 보고했다. 마지막 통화는 작년 11월이었다. '키 큰 여자'는 유카리였으리라. 요시노가 권유했든지, 아니면 유카리가 자발적으로 Y주택을 찾은 것이다.

유카리가 신이었고, 요시노는 그 사자였나.

아니. 흥신소를 통해 아오세의 신변 조사를 시작한 건 요시노다. 3천만 엔의 거금을 준비한 것도 그렇다. 어디까지나 요시노가 주체가 되어 유카리를 끌어들인 것이다. 요시노의 의사가 먼저 있었다. 생판 모르는 남에게 3천만 엔을 건넬 이유를 유카리에게 밝혔다. 게다가 그 이유를 아오세가 모르도록 비밀리에 건네고 싶다고 했다.

유카리는 제안을 받아들였다. 그래서 그 말이 생겨난 것이다.

아오세를 재기시키고 싶다. 요시노의 계획에 내밀한 바람을 맡겼다.

요시노가 아오세에게 감춘 그 이유란 무엇일까.

아오세는 전화를 기다렸다. 분명 유카리는 오늘 밤 안에 전화할 것이다.

그래서 휴대전화가 울렸을 때 곧바로 전화를 받았다.

"오랜만이야."

노세 다쿠미였다. 목소리를 들은 건 10년 만일까. 다시금 실감했다. 이 남자는 늘 유카리와 세트라고.

"번호는 어떻게 알았어?"

"니시카와 씨에게 물어봤어. 기분 나빠?"

"아니, 괜찮아. 무슨 일이야?"

"얘기 들었어. 힘들었겠어."

"현재진행형이야."

"설계 공모는 사퇴한다고?"

"그래."

"유감이네. 모처럼 붙어보나 했더니."

"언젠가 또 기회가 있겠지. 리턴매치는 꼭 할 거야."

"다음 기회가 있을까."

손가락으로 이마를 찔린 기분이었다.

"뇌물은 치명적이야. 사무소 문은 닫아야 할걸."

"쓸데없는 참견이군. 우리에겐 우리의……."

"우리 사무소로 옮길 생각 없어?"

갑작스러운 침묵이 흘렀다.

"지금 당장 오라는 얘기는 아냐. 뒤처리가 끝나고 사태가 일단락된 후에 옮겨도 돼. 한번 생각해봐."

아오세는 눈을 감았다.

"가라앉는 배에서 탈출하라는 건가."

"선장도 아닌데 남을 의무는 없지."

"아카사카도 가라앉는 배였지."

"그때는 업계 전체가 가라앉던 시절이었고. 지금은 떠 있는 배가 있어. 망설이지 말고 뛰어내려."

"말은 고맙지만 그럴 순 없어. 소장에게 은혜를 입었거든."

"같이 죽을 생각이야?"

"아니, 오카지마와 처음부터 다시 시작할 거야. 내 걱정 말고 자기 배 걱정이나 해."

집 전화가 울렸다. 유카리겠지.

"끊는다. 좋은 기념관을 만들어줘."

휴대전화를 내려놓고 무선전화기를 귀에 댔다. 하지만······.

바람 소리······? 요시노······? 아니. 여자의 흐느끼는 소리다. 유카리가 아니다. 야에코였다.

"남편이······ 병실에서······ 창문으로······."

뛰어내렸다.

아오세는 나머지 한쪽 손을 바라보았다. 불과 몇 시간 전에 오카지마의 손과 살짝 닿았던 손가락 끝이 가늘게 떨리고 있었다.

46

아오세가 병원에 도착한 건 자정이 가까워서였다.

현관 옆에 경찰차 한 대가 서 있었지만, 그 밖에는 평소와 다를 바 없었고, 불 꺼진 1층 로비도 정적에 휩싸여 있었다. 희미한 기대가 다시 숨쉬기 시작했다. 야에코는 뛰어내렸다고만 했지 죽었다는 말은 하지 않았다. 억지 주장인지 궤변인지 모를 해석을 속으로 되뇌었다.

병실로 올라가야 할지 고민했다. 야간 접수대를 찾았다. 복도에 울려 퍼지는 제 발소리만이 귓가를 때렸다. 복도 모퉁이를 돌았을 때였다. 공중전화를 붙잡은 야에코의 모습이 눈에 들어왔다.

막 통화를 마친 참인 것 같았다. 수화기를 귀에서 떼어 내려놓더니 그대로 동작을 멈췄다. 벽에 기댄 채 미동도 하지 않았다.

바람이 불꽃을 휘감아 꺼뜨린 듯한 기분이었다. 어스름한 복도의 명도가 더 떨어졌다.

아오세가 천천히 다가가자 야에코는 새빨간 눈을 돌렸다. 눈이며 눈썹이 모두 뾰족하게 치켜 올라가 있어서, 우는 얼굴이라기보다는 화난 것처럼 보였다.

"야에코 씨……."

다음 말을 이을 수가 없었다.

"이쪽이에요."

금방이라도 꺼질 것 같은 목소리로 말하더니 야에코는 벽에서 몸을 뗐다. 오카지마는 병실이 아니라 지하 영안실에 있다고 했다.

계단 층계참에서 올라오는 경찰관과 스쳐 지나갔다. 자세한 얘기는 나중에 듣겠습니다. 경찰관이 속삭이듯 말하자 야에코는 정중히 고개를 숙였다.

살짝 열린 영안실 문 사이로 새어 나온 향냄새가 복도에 깔려 있었다. 야에코의 목덜미를 바라보며 영안실 안으로 들어갔다. 하얀 시트에 덮여 누워 있는 사람의 형상……. 얼굴을 덮은 하얀 천은 야에코가 벗겼다.

머리 한구석에서는 타우트의 데스마스크를 상상하고 있었다. 망자의 얼굴이 그러하기를 바랐다. 하지만 상상했던 것과는 너무나도 달랐다. 머리에서 이마, 귀, 입, 턱까지 붕대로 단단히 감겨 있어서, 노출된 얼굴 면적은 얼마 되지 않았다.

뺨과 코는 다친 곳 없이 깨끗했다. 눈꺼풀은 조용히 감겨 있는 것처럼 보였다. 고통이나 번뇌가 느껴지지 않는 마지막 모습이었다.

합장하는 것조차 잊고 있었다. 온몸에서 열기가 사라지고 감정은 한없이 무뎌졌다. 눈앞에 있는 건 움직일 수 없는 현실인데, 조금도 실감이 나지 않았다.

"아주 잠깐이지만 숨이 붙어 있었어요."

야에코가 불쑥 말했다. 깜빡거리는 법을 잊어버리기라도 한 양 두 눈을 부릅뜨고 있었다.

"달려갔을 때에는 아직……."

여전히 당시의 광경을 바라보고 있는 것만 같은 표정이었다.

"뭐라고 말하던가요?"

"아무것도요."

"유서는 남겼습니까?"

"없었어요."

야에코는 두 손으로 얼굴을 감쌌다.

저녁식사로 나온 죽은 거의 다 비웠다고 한다. 야에코가 집으로 돌아갈 때도 딱히 이상한 낌새는 없었고, 소등 시각인 9시 전후에도 이변을 감지한 간호사는 없었다.

사태가 발견된 건 오후 10시가 되어서였다. 5호실 창문이 열려 있는 걸 순회하던 간호사가 발견했다. 4층 창문 밑에는 진달래 화단이 있었는데, 오카지마의 하반신은 그 위로 떨어졌지만 상반신은 아스팔트 바닥에 부딪혔다. 반대였다면 목숨을 건졌을지도 모른다고 의사는 말했다. 경찰은 많이 왔지만 명백한 자살이었던 까닭에 검시도 금방 끝났다고 했다.

야에코는 얼굴에 다시 천을 덮었다. 반지가 사라진 흰 손이 이 순간 오카지마의 인생에 막을 내린 것처럼 보였다.

"잇소는……."

불현듯 물었다. 야에코는 고개를 들어 비스듬히 기울이며 아오세와 시선을 맞췄다.

"아직 몰라요. 자고 있어서. 어머니에게 집으로 와달라고 했어요."

대답하고 나서 한동안 아무 말도 없더니, 영안실에서 나와 계단을 올라 1층으로 돌아오자 어둠 속에서 걸음을 멈추고 아오세를 돌아봤다.

"남편한테 들으셨죠?"

뭐라고?

"맞아요. 내가 죽인 거예요."

아…….

밑에서 잇소 얘기를 했기 때문이라는 걸 깨달았다. 아오세는 그런 의도로 물은 게 아니었는데, 야에코는 계단을 올라가며 계속 그 생각을 했던 것이다.

야에코는 아오세를 똑바로 바라보고 있었다.

"가엾은 사람, 아오세 씨도 그 사람을 위해 울어주지 않는군요."

야에코의 두 눈에서 다시 눈물이 흘러넘쳤다.

"남편은 유일한 친구라고 했어요. 옛날부터 친했다, 가장 죽이 잘 맞았다고."

입술 사이로 피식 웃음이 새어 나왔다.

허튼소리. 우리는 그렇게까지…….

가슴에 열기가 돌았다. 순식간에 체온이 돌아오는 걸 느꼈다. 어딘가에 갇혀 있던 감정이 일제히 깃발을 쳐들었다.

죽었다. 오카지마가 자살했다.

불과 몇 시간 전까지 웃고 있었다. 이만큼 가까이서 그렇게 많은 이야기를 나눴는데.

그래. 그랬군. 죽을 작정이었던 것이다. 유서 따위 필요 없었던 것이다. 길고 긴 유언을 아오세에게 남겼다. 오카지마가 했던 이야기 하나하나가, 말 한 마디 한 마디가, 유서였고 유언이었다.

느슨해지던 눈물샘이 팽팽하게 조여왔다.

아니…….

정말 그랬던가?

오카지마는…… 병실에서 본 오카지마는…… 죽고 싶어 했던가?

아오세는 야에코에게 고개를 숙이고 힘없이 걸음을 옮겼다. 그 보폭에 차츰 단단히 힘이 실리더니 이내 잰걸음이 되었다. 바닥에 그려진 파란 선을 따라 성큼성큼 걸음을 옮겼다. 오른쪽으로, 다음은 왼쪽으로 꺾인 복도를 빠져나와 내과 병동에 들어섰다. 엘리베이터를 기다리는 시간도 아까워서 계단을 뛰어 올라갔다. 4층에 도착했을 때에는 숨이 턱 끝까지 차올랐다. 간호사실을 지나 병실 문을 열었다. 전동 침대는 사라지고 없었다. 창문으로 달려갔다. 걸쇠를 풀고 창문을 열어 상반신을 내밀어 아래쪽 외벽을 살폈다. 어둡지만 분명히 보였다. 다섯…… 여섯…… 일곱…… 아니, 여덟 개다. 담배를 비벼 끈 흔적이다. 말하는 모양새로 보아, 오카지마가 숨어서 담배를 피운 건 그때 한 번만이 아니다. 그전에도, 그리고 아오세가 돌아간 뒤에도 또 피웠을지 모른다.

사고가 아니었을까.

선명하게 기억한다. 오카지마가 창틀에 걸터앉았을 때, 슬리퍼 끝이 바닥에서 살짝 떠 있었다. 그래서 위험하다고 생각했던 것이다. 그리고 그래, 간호사에게 들키면 안 된다면서 오카지마는 창밖으로 얼굴을 내밀고 연기를 내뿜었다. 한 손으로 창틀을 붙잡고는 있었지만, 자칫 균형을 잃으면 추락할 위험이⋯⋯.

"뭐 하시는 거죠?"

날 선 목소리에 돌아보자 입구에 앳된 얼굴의 간호사가 서 있었다. 아오세는 황급히 창문을 닫고 병실을 잘못 찾았다고 둘러대며 간호사 옆을 지나쳐 나왔다. 보통 걸음으로 복도를 걸어갔다. 누가 쫓아오는 기적은 없었다.

사고든, 자살이든 오카지마가 죽었다는 사실은 달라지지 않는다. 하지만 남겨진 이들에게는, 특히 아직 6학년인 잇소에게는 다르다. 주변에서 감춰도 언젠가는 아이의 귀에 들어가겠지. 아버지가 자신을 남겨두고 혼자 편해지려 도망쳤다고. 자신의 고통이 저에 대한 애정보다 무거웠다고. 영원토록 기울어 있을 그 저울을, 문득문득 바라보게 될 것이다. 아니, 더 괴로운 경험을 하게 될지도 모른다. 만일 제가 오카지마의 자식이 아니라는 사실을 아는 날이 오면, 아버지의 죽음에 부채감을 느끼고 제 존재를 탓하며, 어머니를 증오하게 되지는 않을까.

불현듯 아버지 생각이 났다. 아버지는 도망친 구관조를 찾으러 다니다 절벽에서 떨어져 죽었다. 아오세가 슬퍼할 테니 찾아야 한다고. 당신 혼자 그렇게 생각하고 전전긍긍했을 뿐인데, 아오세의 가슴에는 아직도 날 위해서, 나 때문에⋯⋯. 당시 느꼈던 부채감이 지금도 사라지지 않고 남아 있었다. 그렇지만 아버지와의 추억은 무엇 하나 훼손되지 않았다. 유쾌하고 호방한 모습

그대로 마음속에 숨 쉬고 있었다. 불의의 사고였기 때문이다. 그 죽음이 그가 살아온 삶의 궤적과 무관하게 찾아온 까닭이다. 만일 그날, 아버지가 스스로 죽음을 택했다는 말을 들었더라면, 아오세가 알던 아버지의 모든 것이 흔들렸으리라. 웃는 모습도 성내는 모습도, 자상한 모습도 엄한 모습도 자살이라는 종착점에서부터 거슬러 올라가 다른 의미를 찾아 헤맸으리라.

오카지마가 스스로 목숨을 끊었을 리 없다. 그토록 애틋하게 잇소 이야기를 하던 그가. 그렇고 말고, 공모전에 대한 반성의 변도, 타우트나 후지미야 하루코가 추구한 아름다움에 대한 이야기도, 그 모든 것이 '앞으로'를 위한 도움닫기였다. 유언이 아니라, 인생을 처음부터 다시 시작하고자 하는, 건축의 길을 계속 걷겠다는, 오카지마의 결의 표명이었음이 틀림없었다.

내려올 때는 엘리베이터를 탔다. 1층에서 문이 열리자마자 튀어나가 전속력으로 밖으로 나갔다. 머릿속에서 번뜩였다. 추락 사고임을 입증할 방법이.

병원 야간 출입구로 나온 아오세는 주차장으로 달려갔다. 차에서 손전등을 꺼내 온 길을 되돌아가 건물로 향했다. 안내 표시판을 뚫어져라 들여다본 뒤, 대략적인 위치를 파악해 내과병동 뒤쪽으로 갔다. 그곳은 안뜰 같은 장소였다. 중앙에는 잔디 광장과 작은 동산이 있었고, 산책길과 건물 경계에 진달래가 심어져 있었다. 위를 올려다보며 걸어갔다. 허리 높이의 창문이 좁은 간격으로 늘어서 있는 걸 보니 저곳이 병실 구역인 걸 알 수 있었다. 하지만 굳이 위에서 실마리를 찾을 필요는 없었다. 아스팔트 바닥에 물이 잔뜩 고여 있었기 때문이다. 사고 후에 피를 씻어낸 흔적이 틀림없었다.

흠칫한 건 불과 몇 초에 지나지 않았다. 아오세는 허리를 굽히고 손전등으로 웅덩이 앞의 진달래를 비췄다. 잎 위, 가지 사이, 줄기로 빛을 옮겼다. 있다. 단박에 담배꽁초를 찾아냈다. 애초에 꽁초가 될 정도로 피우고 나서 벽에 비벼 껐기 때문에 남은 건 거의 필터 부분뿐이었다. 빛을 비추었다. 프론티어라이트라는 상표명이 보였다. 오카지마가 즐겨 피우던 담배다. 하지만 아오세가 찾는 건 '깨끗한 담배'였다. 피우는 도중에 오카지마가 추락했다면, 비벼 끄지 않은 상태의 담배가 같이 떨어졌을 것이다. 길이에 상관없이 온전한 상태를 유지하고 있을 것이다.

두 개…… 세 개…… 네 개…… 꽁초는 차례차례 모습을 드러냈다. 모두 뭉개져 있었다. 상상을 해봤다. 떨어진 뒤에도 꺼지지 않고 타들어갔을지도 모른다. 진달래 잎을 태웠을 가능성이 있다. 그대로 바닥에서 타들어가다 자연스럽게 꺼져서 '깨끗한 필터'를 보존하고 있을 가능성도 있었다.

다섯 개…… 여섯 개…… 뭉개지지 않은 꽁초는 없었다. 병실 외벽에는 여덟 개의 흔적이 있었다. 남은 건 두 개. 아오세는 진달래 가지와 줄기 사이에 손을 넣어 헤집었다. 찾는 범위도 넓혔다. 산책길도 샅샅이 살펴봤다. 하지만 없었다. 나머지 두 개를 도저히 찾을 수가 없었다.

젠장.

웅덩이를 넘어갔다. 물줄기가 흘러드는 배수구 입구에 빛을

비춘 그때였다. 발소리가 들렸다. 고개를 들자 조금 떨어진 가로
등 아래 남자가 서 있었다.

도요신문의 시게타였다.

"여긴 뭘 하러 왔지?"

아오세는 나지막한 목소리로 물었다. 금방이라도 노성이 터져
나올 것만 같았다.

시게타는 꿈쩍도 하지 않았다. 한쪽 손을 뒤로 돌리고 있었다.
카메라를 숨기고 있는 것이다. 현장 사진을 찍으러 온 건가.

네가 사람이냐!

아오세는 위협적인 걸음으로 시게타에게 다가갔다. 걸어가며
손전등으로 얼굴을 비췄다. 눈부셔하는 것 말고 다른 표정은 읽
을 수 없었다.

아오세는 손전등을 내던지고 두 손으로 시게타의 멱살을 잡았
다.

"여긴 뭘 하러 왔어."

"경찰에게 얘기를 듣고……."

"꺼져!"

멱살을 잡고 흔들자 툭, 하고 뭔가가 바닥에 떨어졌다.

꽃이었다. 투명한 비닐로 포장된 백합 꽃다발이 비틀거리는
시게타의 발밑에 뭉개져 있었다.

고개를 돌리자 금방이라도 눈물이 쏟아질 것 같은 두 눈이 보
였다. 헐떡이듯 뭐라고 말했다. 죄송합니다……. 그렇게 들렸
다.

분노에 진짜 불이 붙은 건 그 순간이었다.

"착각하지 마!"

시게타의 멱살을 추켜잡은 아오세는 제 몸의 무게까지 실어 진달래 화단에 밀쳐 넘어뜨렸다.

"네놈 기사 때문에 죽은 게 아냐! 그깟 기사 하나에 죽을 놈이 아니라고! 이건 사고야. 철저히 조사해서 진실을 밝혀내!"

47

이튿날은 대기가 불안정한지 아침부터 비가 내렸다 그쳤다를 반복했다.

오카지마의 죽음은 어느 신문에도 실리지 않았다. 뇌물 제공 의혹을 받던 업자가 스스로 목숨을 끊다. 그런 식의 기사가 나갈지도 모른다고 각오했지만, 늦은 시각에 일어난 일이라서 조간 마감 시간에 맞추지 못한 건지도 모른다.

오전 7시가 되기 전에 사무소에 직원들이 모두 모였다. 아오세가 전화를 돌렸다. 몇 분 전부터 침묵이 이어지고 있었다. 왜 바로 연락하지 않았죠. 마유미가 절규하듯 말한 뒤로는 아무도 입을 열지 않았다. 마유미는 그대로 책상에 엎드려 흐느꼈다. 바로 알렸더라면 야에코의 눈앞에서 오카지마의 시신을 붙잡고 통곡했을지도 모른다. 그런 막장극을 만들 수는 없다. 아오세는 어젯밤 제 판단이 옳았다고 생각했다.

"어떻게 이런 일이……."

신음하듯 이시마키가 말을 토해냈다. 눈이 시뻘겋게 충혈되어 있었다.

"견학할 때는 정말 즐거워 보이셨어요……. 세상을 깜짝 놀라
게 할 기념관을 만들자고 하셨는데……."

보기 안쓰러울 정도로 의기소침한 표정으로 웅크리고 있던 다
케우치가 이시마키의 말에 반응해 고개를 들었다. 아오세를 보
는, 눈물에 잠긴 작은 눈망울에는 분노가 배어 있었다.

"신문 기사 때문이죠. 그 기자가 그딴 기사만 안 냈어도 소장
님이 이렇게 되진 않았어요."

"공무원과 의원들도 용서 못 해."

이시마키가 분통을 터뜨리며 씩씩거렸다.

"분명 소장님이 이렇게 된 걸 알고 가슴을 쓸어내리고 있을걸
요."

아오세는 팔짱을 끼고 침묵을 지켰다.

모두가 모이자마자 곧바로 추락 사고라는 자신의 가설을 설명
했다. 하지만 납득하는 표정은 찾아볼 수 없었다. 아오세가 그렇
게 믿고 싶은 모양이라고 받아들인 것 같았다. 무리도 아니었다.
부정한 방법으로 설계 공모에 참가했다는 신문 보도가 나가고
나서 몸이 상해 입원했다. 자살할 동기가 모두 갖춰져 있었다.

경찰도 그랬다. 아오세는 진달래 화단에 시게타를 두고 떠난
뒤에 야에코와 30분쯤 이야기를 하고 경찰서로 향했다. 병원 현
장에 왔던 형사가 당직을 서고 있었는데, 때마침 잘됐다 싶었는
지 작은 방으로 불러 이것저것 질문을 했다. 공모에 관련된 이야
기를 계속 물었는데, 약한 모습은 보이지 않았나, 말과 행동이

어떠했나, 자살을 암시하지는 않았나. 핵심은 그것이었다.

중간중간에 담배 이야기를 했다. 손수건으로 싸 온 담배꽁초를 보여주며 배수구 안을 조사해달라고 호소했다. 형사는 흥미롭다는 표정으로 들었다. 투신자살이라면 창틀에 발자국이 남았을 것이다. 그 자국이 없이 깨끗하면 당신 말이 옳다는 걸 증명할 수 있다. 하지만 현장은 병실이다. 슬리퍼를 신고 있었으니 창틀에 자국이 남지 않았어도 이상할 건 없다. 그런 즉흥적인 추리를 짐짓 진중하게 늘어놓았다. 아니, 아오세가 왜 집요하게 사고라고 주장하는지, 그 이유를 꿰뚫어 보려는 꿍꿍이인 것 같았다. 보험금이 나오지 않을까 봐 걱정이십니까, 라고 묻기에, 계약한 지 얼마 안 된 게 아니라면 나오겠죠, 하고 대답하자 하긴 그렇죠, 하고 대꾸했다. 어느 쪽이든 보험금은 나오겠죠, 하고 시치미를 떼며 웃더니 부인이 베테랑 보험설계사라니 잘 아시겠지만요, 라고 은근한 뉘앙스를 담아 말하며 아오세의 반응을 살피기도 했다. 자살이라고 확신하고는 있지만, 형사의 뇌에는 불륜 남녀가 거치적거리는 남편을 창문에서 밀어 떨어뜨리는 그림이 기본으로 깔려 있는 건지도 모른다. 어찌 되었든 야에코는 평균보다 더 길게 조사를 받을 것 같다고 생각하며, 잇소의 출생의 비밀이 경찰에 알려지지 않기를 기도했다.

"사무소는 어떻게 되는 겁니까?"

이시마키가 굳은 목소리로 물었다. 부정적인 답이 돌아올 걸 예상한 표정이었다.

"사모님은 정리해달라고 했어."

아오세의 말에 이시마키는 끄덕이더니 힘없이 고개를 떨궜다. 다케우치는 긴 탄식을 내뱉더니 체념한 표정으로 사무소 안을 둘러보았다. 마유미는 고개를 돌려 이쪽을 보고 있었다. 눈물로 흐려진 눈동자에 돌연 초점이 돌아왔다.

"하지만 소장님은 계속해달라고 했잖아요."

"그러기를 바랐지. 나도 가급적 계속하고 싶다고 했고. 하지만 이 문제만큼은 어쩔 도리가 없어."

"사모님의 생각만으로 결정하는 건……."

"거기까지 해."

아오세는 일갈하고 나서 이시마키와 다케우치를 보았다.

"지금 진행 중인 일은 끝까지 마무리한다. 사무소 건은 그다음 이야."

실내는 정적에 휩싸였다. 아오세는 시야에서 마유미를 몰아냈다.

"쓰야*나 장례는 치르는 겁니까?"

"해야지."

야에코의 의향은 어제 경찰서에 가기 전에 물었다. 도저히 못 하겠다며 고개를 내젓는 걸, 그래도 해야 한다며 아오세가 강력하게 주장했다. 담배 이야기를 했다. 사고일 거라고도 했다. 그러니까 평범하게 장례를 치르면 된다고. 하지만 야에코에게는 전

---

*불교식 장례에서 본 식 전에 치르는 의식으로, 가족이 유해를 지키며 승려를 불러 경을 읽고 지인들이 찾아와 분향한다.

해지지 않았다. 그것이 도리라 설득해도 그저 울기만 할 뿐이었다. 잇소를 위해서라도…… 그 말이 목구멍까지 올라왔지만 도로 삼켰다. 집으로 돌아온 건 새벽 3시가 지나서였지만, 잠시도 눈을 붙이지 못했다. 누구나 받는 마지막 배웅을 오카지마에게 해주지 못한다는 사실이 너무나도 원통했다. 6시 조금 전에 아에코에게 전화가 왔다. 가족끼리 상의한 끝에, 쓰야는 가족끼리만 치르고, 장례식은 집이 아니라 장례식장에서 치르기로 정했다고 한다. 큰아버지가 결단을 내렸다고 한다. 죄 지은 사람처럼 숨으면 뇌물을 준 걸 가족들도 인정하는 모양새가 된다고.

"업무 관계자는 우리가 응대하기로 했어. 두 명만 있으면 돼. 나하고 또 한 명."

이시마키와 다케우치가 동시에 손을 들었다.

"알았어."

할 사람을 정하지는 않고 아오세는 파티션 뒤로 갔다. 목이 칼칼했다. 컵에 수돗물을 받아 단숨에 들이켰다.

"선생님……."

돌아보니 마유미가 힘없이 서 있었다. 너무 울어서 얼굴이 퉁퉁 부어 있었다.

"왜?"

"저도 도우러 가도 되죠?"

오지 말라고는 할 수 없었다. 하지만 온다면 물어봐야 할 것이 있었다.

"오카지마가 입원한 날에 사모님과 무슨 일 있었어?"

눈물에 젖어 있던 마유미의 눈이 뾰족해졌다.

"아무 일도 없었는데요."

"병실에는 찾아갔지? 엽서가 있던데."

"갔어요. 하지만 소장님이 돌아가라고 해서……."

마유미는 다시 울음을 터뜨릴 것 같은 표정을 지었다.

"오카지마는 왜 가라고 한 건데?"

"이런 데까지 찾아오면 너도 의심받는다고."

택시 영수증 때문에 그런 말을 한 것이다.

"상관없다고 했어요. 그랬더니 부탁이니까 돌아가라고. 정말 슬픈 얼굴로……."

"그래서 나왔어? 사모님과는 안 만났고?"

"만났어요."

"만났다고?"

"복도에서 스쳐 지나갔어요. 하지만 사모님은 날 못 알아본 것 같았어요……. 무시한 건지도 모르죠. 나한테 무슨 소리를 들을 까 봐 무서워서."

"그랬군."

이야기하는 게 좋을 것 같다고 생각했다. 아오세는 마유미에게 다가가 나지막이 말했다.

"오카지마는 후회했어. 자네한테 자기 미움을 절반 떠넘겼다고."

"왜죠?"

마유미는 아오세를 노려보았다.

"왜 저한테 그런 소리를 하세요?"

아오세는 손가락을 입술에 댔다. 파티션 너머의 기척을 살핀 뒤 말을 이었다.

"쓰무라 씨가 집착하니까."

"그 사람, 한 번도 소장님한테 사과 안 했어요."

"사과한다고 이미 일어난 일이 없었던 일이 되진 않잖아."

"소장님은 죽었어요. 너무 가엾잖아요. 그 사람이 소장님을 죽인 거예요."

울먹이는 목소리에 힘이 들어갔다.

"공모는 방아쇠가 되었을 뿐이에요. 그 사람이 소장님을 죽인 거예요."

"그건 사고였어."

"소장님을 계속 괴롭혔어요. 잇소가 누구 아들인지……."

순간적으로 손을 뻗어 마유미의 입을 막았다. 다섯 손가락에 힘을 주어 이어지는 말을 틀어막았다.

"두 번 다시 그 얘기를 입에 올리지 마. 자네는 이미 나한테 말했어. 나는 분명 누군가에게 말하겠지. 그 누군가도 또 다른 누군가에게 말할 거야. 언젠가 잇소의 귀에도 들어갈 거고. 알겠어?"

마유미는 온몸을 부들부들 떨었다. 아오세는 손을 떼지 않았다.

"오카지마 대신 원망하려고? 오카지마는 부인과 계속 같이 살수 있다고 했어. 잇소를 위해 살겠다고 나한테 말했어. 자네는 같이 못 가. 유마가 있으니까 다른 길을 갈 수밖에 없어."

"……."

"죽을 때는 혼자야. 오카지마도 그랬어."

"……."

"즉사는 아니었다는군. 한동안 숨이 붙어 있었다고 했어."

"……."

"하지만 자네 이름은 부르지 않았어. 자네 도움은 필요 없었으 니까."

마유미는 눈을 감았다. 흘러넘친 눈물이 아오세의 손등 위로 뚝뚝 떨어졌다.

흠칫해서 손을 뗐다. 마유미는 세차게 콜록거렸다. 고개를 들 더니 이번에는 목에 손을 올리고, 과호흡에 빠진 듯 가쁘게 숨을 헐떡였다. 황급히 등을 쓸어주었다. 그때 괜찮으세요, 하고 다케 우치가 나타났다. 물을 가져다 달라고 부탁했을 때 마유미가 후, 하고 길게 숨을 내쉬었다. 서서히 호흡이 정상으로 돌아오는 것 같았다.

"미안해."

아오세가 잠긴 목소리로 말하자 마유미는 두 손으로 얼굴을 가렸다. 가녀린 몸이 힘없이 반 바퀴 돌아 벽에 부딪쳤다. 그 위 로 어젯밤 보았던 아에코의 모습이 겹쳐졌다.

"정말 미안해."

한 번 더 말하고 발길을 돌렸다. 다케우치의 걱정스러운 얼굴 이 보였다. 어쩌지도 못하고 그저 마유미의 뒷모습을 바라보고 만 있었다.

아오세는 다케우치 옆을 지나 밖으로 나왔다. 다소 못미덥고, 요령이 좋지도 않으며, 여차할 때 저력을 발휘하는 성격도 아니었다. 하지만 한없이 자상한 이 청년이 마유미의 마음을 얻어내는 기적을 믿어보고 싶었다.

48

장례식 날에는 조금이지만 햇빛이 비추었다.

교외에 자리한 장례식장에는 네 곳의 식장이 있었는데, 오카지마의 고별식은 가장 작은 식장에서 거행됐다. 그렇지만 조문객이 적은 것도 아니었고, '회사 관계자' 접수처 앞에는 상복 차림의 긴 행렬이 늘어섰다. 눈가를 훔치는 이들이 많았다. 그리고 모두 말이 없었다. 그저께 신문에 일제히 기사가 났다. 대부분 '청탁 의혹 업자 자살'이라는 내용이었지만, 도요신문은 '사고와 자살 가능성을 모두 염두에 두고 조사하고 있다'고 보도했다.

접수는 아오세와 다케우치가 맡았고, 이시마키는 의자에 앉아 조의금을 확인했다. 마유미의 모습은 보이지 않았다. 그저께부터 사무소에 나오지 않았다. 무단결근이 아니라 이틀 모두 병가를 낸다는 연락이 왔다. 어제는 아오세가 전화를 받아 상태를 묻자, 아직 조금 어지럽지만 장례식에 참석하겠다고 했다. 차분한 목소리였다. 걱정하지 말라고는 했지만, 아오세는 조문객에게 조의금 봉투를 받고 답례품 교환권을 건네며 이따금 시선을 들어 상복 차림의 사람들 속에서 마유미의 모습을 찾았다.

그리고 또 다른 여자의 모습도. 유카리가 올 것이라고 마음의 준비를 하고 있었다.

은행, 신용금고 직원들 뒤로 니시카와의 부인이 미안한 표정으로 나타났다. 남편은 너무 충격을 받았는지…… 밥도 제대로 못 먹고 있답니다…… 원체 심약한 사람이라…… 제가 대신 왔어요, 죄송합니다…….

시공사 사장이며 인테리어 업자 등 낯익은 얼굴들이 이어졌다. 가네코 시공사의 젊은 사장이 지팡이를 짚은 선대 사장과 함께 찾아왔다. 눈도, 코도 새빨갰다. 접수 순서가 가까워질수록 얼굴이 구겨지더니, 조문의 말도 온전히 전하지 못하고 아오세의 손을 꼭 잡았다. 이시마키와 다케우치도 그런 조문객을 맞이하고 있었다. 오카지마 설계사무소는 착실하게 신뢰를 쌓아온 것이다.

"아오세 씨……."

옆자리의 이시마키가 속삭이는 소리에 황급히 눈앞의 손님에게 교환권을 건넸다. 잠깐 정신을 놓은 건 유카리를 발견했기 때문이었다. 줄 뒤쪽에 있었지만 검은 정장 차림의 늘씬한 모습을 놓칠 리가 없었다.

동행이 있다는 사실도 금방 알아차렸다. 속으로 혀를 내둘렀다. 노세 다쿠미는 한눈에도 명품 브랜드임을 알 수 있는 검은 양복을 빼입고 있었다. 접수처에 다가오자마자 유카리를 대신하듯 앞으로 나와 품에서 조의금 봉투를 덜렁 꺼냈다. '노세'라는 이름에 이시마키가 흠칫하며 고개를 들어 얼굴을 보았다.

"삼가……."

노세는 예의를 차려 조의를 표하더니 아오세에게 속삭였다.

"주차장에서 우연히 만났어."

뒤에 있던 유카리가 살짝 고개를 끄덕였다.

"일이 이렇게 될 줄이야. 지난번에 했던 이야기, 다시 한번 생각해봐."

작은 소리로 말하더니 노세는 옆으로 비켰다. 유카리의 모습이 또렷하게 보였다. 고개를 살짝 숙인 채 보라색 복사*에서 조의금 봉투를 꺼냈다. 가느다란 손가락에는 아무것도 빛나지 않았다.

"이따가 잠깐 얘기 좀 할 수 있어?"

아오세는 조문답례품 교환권을 내밀며 말했다.

유카리는 고개를 들더니 자신을 바라보는 아오세와 시선을 마주했다. 눈이 촉촉했다. 하지만 그 눈동자 속에 어떠한 각오인지, 체념인지 모를 의지가 깃들어 있었다. 묻지 않아도 이야기할 작정으로 온 것이다. 그렇게 보였다.

"잠깐이라면."

유카리는 등 뒤의 조문객을 신경 쓰는 눈치를 보이더니 아오세의 시야에서 사라졌다.

잔상이 한동안 망막에 맺혀 있었다. 7년 만이다. 히나코가 초등학교에 입학할 때, 부모가 함께 면담에 출석해달라는 학교 측

---

*비단으로 만든 작은 보자기. 일본에서는 축의금이나 조의금 봉투를 이 보자기로 한 번 싼다.

의 요구로 만난 게 마지막이었다. 7년 만의 재회는 고작 몇 초 만에 끝났다.

"잠깐 들여다보고 올게요."

조문객들이 뜸해지자 안절부절못하는 표정으로 다케우치가 자리를 떴다. 그 모습을 지켜보던 이시마키가 고개를 돌려 아오세를 보았다.

"아까 온 노세 씨가……"

"노세 설계사무소 소장."

이시마키는 말없이 고개를 끄덕였다. 아오세의 이직 이야기를 머릿속에 그려보는 게 틀림없었다.

독경이 시작되자마자 마유미가 나타났다. 옆이나 뒤에서 나타난 게 아니라, 정면에서 당당하게 들어와 '쓰무라'라고 적힌 봉투를 책상 위에 올려놓았다. 그리고 곧바로 책상 안쪽으로 들어와 상자 속 조의금 봉투를 정리하기 시작했다. 일을 빼앗긴 이시마키는 어안이 벙벙한 표정이었다.

의연해 보였다. 울어서 얼굴은 부었지만, 지금은 눈물을 보이지 않았다.

"힘들었지."

아오세가 말을 건네자 마유미는 아오세의 얼굴을 보지 않은 채 손을 멈추지 않고, 죄송합니다, 아프지도 않은데 이틀이나 쉬어서, 하고 대답했다.

"아픈 게 아니었어?"

"유마하고 같이 시간을 보냈어요. 요즈음 계속 퇴근이 늦어서 불만이 많았거든요."

"그랬군."

"엄마는 '공머전'이 그렇게 좋아, 라는 거 있죠."

마유미는 넉살을 떨었지만 차마 웃지는 못하고 울상을 지었다. 하지만 모델처럼 의연하게 머리카락을 쓸어 올리며 아오세를 보았다.

"걱정 끼쳐서 죄송합니다."

아, 하는 소리가 들렸다. 자리로 돌아온 다케우치가 마유미를 보고 장례식장에는 어울리지 않는 환한 미소를 지었다.

"둘러봤어?"

아오세의 물음에 다케우치의 표정이 대번에 어두워졌다. 배달된 꽃다발과 화환을 전부 확인했다고 한다.

"없었습니다. 시장과 건설부장이 보낸 근조 화환은⋯⋯."

이시마키의 눈꼬리가 치켜 올라갔다. 다케우치와 마유미는 고개를 떨궜다.

"괜찮아. 우리가 잘 보내주면 돼. 자, 교대로 분향을 해야지."

아오세는 걸음을 옮겼다. 이시마키가 말없이 뒤를 따랐다.

식장 안은 생각보다 환했다. 아까만 해도 식장 밖까지 나와 있던 조문 행렬은 이제 줄어들어 있었다. 앞으로 나아가는 조문객의 어깨 너머로 야에코의 모습이 보였다. 손수건으로 얼굴을 반쯤 가리고 있었다. 분향을 마친 조문객에게 고개를 숙여 인사했다. 옆에 잇소가 있었다. 입을 굳게 다물고 미동도 하지 않은 채 눈앞을 지나가는 조문객을 노려보듯 바라보았다. 아이는 야에코의 반보 앞에 서 있었다. 검은 상복을 빼입은 어른들로부터 어머니를 지키려는 양.

내년에는 중학생이 된다. 막 아이 티를 벗을 즈음의 얼굴이었다. 오카지마가 같이 나들이를 갔다며 사진을 보여주곤 해서 성장과정을 눈이 기억하고 있었기에 눈앞에 있는 잇소는 마치 찍은 지 얼마 되지 않은 사진처럼 보였다.

'핏줄이 전부가 아니야, 함께 보낸 시간이 중요하지. 그건 나와 잇소 둘만의 시간이야.'

아오세는 분향대 앞에 섰다. 영정 사진 속, 작은 얼굴에 한가득 번진 미소가 눈부셨다. 언제 누가 찍은 사진인지, 이렇게 싱글벙글 무방비한 모습은 이제껏 본 적이 없었다.

나, 재수 없는 놈이었지?

웃, 하는 목소리가 나왔을 때는 이미 늦었다. 눈물이 뚝뚝 떨어졌다. 멈추지 않았다. 기실 멈추고 싶지도 않았다.

49

장례식장 앞에는 돌아가는 조문객들을 기다리는 택시가 줄지어 서 있었다.

유카리는 건물 입구 앞에서 기다리고 있었다. 다가오는 아오세의 얼굴을 뚫어져라 바라보았다. 울고 난 얼굴을 보인 적은 한 번도 없었는지도 모른다.

어디 조용한 곳에서 이야기를 나누고 싶었지만, 곧 장례식 뒷정리도 해야 해서 잔디밭 근처의 나무 벤치에 자리를 잡았다. 아아오세는 유카리 쪽으로 살짝 몸을 돌렸다. 유카리는 엉덩이만 걸 치듯 앉더니 무릎을 뻗어 발끝을 바라보았다. 유카리의 옆모습 에서는 세월의 흐름이 느껴지지 않았다.

"……이렇게 일찍……. 당신하고 동갑인데."

"그러게."

"부인이 너무 안됐어……. 아들도……. 아직 초등학생이지?"

"6학년이야."

"신이 존재하긴 하는 걸까."

"존재하니까 이렇게 된 걸지도 모르지."

"무슨 뜻이야?"

"모든 운명이 정해져 있다고."

"사람들이 수군거리는 소리를 들었는데, 사실이야?"

"아니, 사고야. 병실 창문에서 실수로 추락했어."

"그렇구나……."

유카리는 어찌 되었든, 하는 표정으로 한숨을 내쉬었다.

오카지마의 죽음을 애도하는 시간이 두 사람을 가르는 강의 흐름을 완만하게 늦추었다. 다른 곳에서 만났다면 이러지는 못 했겠지. 감정을 솔직하게 표현할 수 있는 환경이 만들어졌다. 제 대로 이야기할 수 있을 것 같았다. 요시노에 관해서는 많은 것들 을 생략하고 이야기해도 통할 터였고, 그렇게 해야지 가급적 유 카리를 추궁하지 않고 넘어갈 수 있으리라 생각했다.

"요시노 씨를 찾고 있어."

아오세가 말을 꺼내자 유카리는 고개를 돌려 그를 보았다.

"찾고 있다고……?"

요시노가 누구냐고 되묻지 않았다. 유카리 역시 생략에 동의하고 있었다.

"요시노 씨가 사라졌어. 가족들과 함께 Y주택에 입주한다고 했는데, 이사를 안 했어. 다바타 집을 정리한 뒤로 가족의 행방이 묘연해."

유카리는 상당히 놀란 것 같았다. 몰랐던 것이다, 요시노가 자취를 감춘 걸.

"사실이야?"

"사실이야."

"히나코한테는 집을 비웠다고……."

"히나코한테 가족이 실종됐다고 말할 수는 없으니까."

유카리는 고개를 끄덕였다.

"언제부터야?"

"작년 11월부터. Y주택을 인도한 게 11월 초였는데, 그때 입주하지 않고 사라졌어."

유카리는 기억을 더듬는 표정을 지었다.

"뭔가 짐작 가는 거 없어?"

"없어……. 없네."

"만났지? 11월 말에 요시노 씨와."

순간 공기가 얼어붙었지만, 유카리는 이내 "그래" 하고 대답했다.

"그때 무슨 얘기 없었어? 실종을 암시하는 듯한……."

"아무 말도 없었고, 별다른 낌새도 없었어."

"평소보다 말수가 적다든지, 이상하다 싶은 건 없었어?"

"그냥 보통이었어. Y주택을 구경했고, 메밀국수를 사주셔서 먹었어. 요시노 씨는 처음부터 끝까지 즐거워 보였어. 곧 입주할 거란 얘기도 했었고."

Y주택……. 메밀국수……. 유카리가 밑그림을 그린 듯한 기분이었다. 그렇다면 아오세는 본격적으로 붓을 들어야겠지.

"이미 알겠지만…… 작년 3월에 요시노 씨와 부인이 사무소로 찾아왔어. 나를 지명해서 집 설계를 의뢰했고. 그 이유와 이번 실종이 연관이 있는 것 같아."

잠시 기다렸지만 유카리는 말이 없었다.

"연관이 없을지도 모르지만, 알고 싶어."

유카리는 곤혹스러운 표정을 지었다.

"가르쳐줘. 요시노 씨가 나에게 설계를 의뢰하게 된 경위를."

"말 못 해."

의미심장한 목소리였다.

"당신한테는 말하지 말아달라고 요시노 씨가 부탁했어."

"알았어."

아오세는 순순히 물러났다. 비밀로 해달라는 부탁을 받았으리라 예상하고 있었고, 할 수 없다면 안 해도 된다. 이제 다시는 유카리에게 날 선 말을 던지지 않겠다. 그 결심을 가슴에 품고 이곳에 왔다.

요시노에게 들으면 된다. 요시노에게 물어야 할 일이니까.

아오세는 질문을 바꿨다.

"Y주택에 다녀온 뒤에 요시노 씨에게 연락 온 적 있어?"

"그게…… 없어."

"한 번도?"

"한 번도 안 왔고, 나도 안 했어. 전화해볼까?"

아오세는 당혹감에 휩싸였지만 곧바로 "부탁해" 하고 말했다. 유카리가 전화하면 요시노도 받을지도 모른다.

유카리는 가방에서 휴대전화를 꺼냈다.

"번호 알아? 요시노 씨는 늘 집으로 전화해서, 휴대전화 번호를 몰라."

유카리는 아오세가 불러준 번호를 누른 뒤 휴대전화를 귀에 댔다. 연결음이 들리더니, 이내 음성메시지 사서함으로 연결됐다. 두 사람은 서로를 마주 봤다. 계속 전원을 꺼놓은 거야. 아오세가 빠른 목소리로 말한 직후에 삐, 소리가 났다. 유카리는 고개를 끄덕이더니 침을 꿀꺽 삼키고 말했다.

"아오세 유카리……입니다. 연락 주세요. 아오세 미노루 씨가 걱정하고 있어요."

두 사람은 동시에 긴 한숨을 내쉬었다.

"연락이 올까?"

"음성사서함으로 연결된 건 처음이었으니, 뭔가 좋은 징조일지도 몰라."

"그럼 다행이고."

"꼭 만나서 얘기하고 싶어. 의뢰 이유가 궁금한 것도 있지만,

요시노 씨를 찾아내고 싶은 것도 진심이야. 부인과 아이들은 어쩌고 있을지 걱정돼."

유카리는 힘주어 고개를 끄덕였다.

"수상쩍은 남자가 그 가족 주변을 맴돌고 있어. 요시노 씨를 찾는다고."

"나쁜 사람이야?"

"모르겠어. 하지만 요시노 씨는 그 남자에게 쫓겨서 도망치고 있는 것 같아."

유카리는 손으로 입을 가렸다.

"경찰에는 신고했어?"

"아니. 어디까지나 내 추측이야."

"요시노 씨의 행적은 전혀 파악 못 한 거야?"

"센다이에는 적어도 한 번 다녀갔을 거야. 근처 마을에 요시노 씨 선조 묘가 있거든."

"센다이에 묘가 있다고?"

유카리는 고개를 갸웃했다.

"요시노 씨 고향은 기류 아냐?"

순간 사고가 다른 곳에 착지했다. 기류…….

아오세의 낯빛이 바뀌어서인지, 유카리의 얼굴에도 긴장감이 흘렀다.

"요시노 씨가 그랬어?"

"아…… 응."

"군마 현 기류?"

"아마 그럴 거야."

"……."

"기류가 왜?"

"아버지가 돌아가신 곳이야."

"아……."

"기류 댐 건설 현장에서……."

거기까지 말했을 때 머릿속에서 생각이 꼬리를 물고 또 다른 곳으로 이동했다.

기류 견직물. 그랬다. 기류는 예부터 견직물로 유명한 지역이었다. 요시노 이사쿠의 누나가 그곳에 여공으로 취직했다면 선이 이어진다. 가족이 뿔뿔이 흩어진 뒤, 이사쿠는 누나를 찾아기류로 갔다. 그곳에 정착해 가정을 꾸렸고, 도타를 낳은 것이다…….

분명 그렇다. 일의 발단은 기류에 있었다. 그곳에서 무슨 일이 벌어진 것이다.

대학 입시를 앞두고 있던 아오세는 기류 현장에는 따라가지 않았다. 아오세보다 다섯 살 아래인 요시노는 당시 중학생이었을 것이다. 좁혀졌다. 중학생 요시노, 요시노의 아버지 이사쿠, 아오세의 아버지, 이 셋의 관계성 속에 숨겨진 인연이 있을 것이다.

"알았어. 이야기할게."

유카리의 목소리에 아오세의 의식은 벤치로 돌아왔다.

이야기한다고……?

"이제 약속 운운할 단계가 아닌 것 같아. 요시노 씨가 해준 이
야기가 그분을 찾을 실마리가 될지도 모르잖아. 다 이야기할게."

유카리의 얼굴은 상기되어 있었다.

"나도 전부 들은 건 아냐. 사실인지 아닌지도 솔직히 모르겠
고."

아오세는 계속하라고 눈짓했다.

유카리는 가슴에 손을 얹었다. 호흡을 가다듬고 침착해지려
는 것이다.

"당신한테…… 아오세 미노루 씨에게 큰 은혜를 입었다고 했
어. 아무리 보답해도 부족할 만큼 엄청난 은혜를 입었다고 요시
노 씨는 말했어."

큰 은혜……? 나한테……?

"당신은 그게 뭔지 알아?"

"모르겠어, 전혀."

"처음부터 말하면……."

유카리의 말이 빨라졌다. 이번 일이 있기 전에 요시노와 유카
리는 명함을 교환한 적이 있다고 했다. 유카리가 인테리어를 담
당한 레스토랑 바에 북유럽 가구를 납품한 인물이 요시노였다.
흔한 성은 아니기에 '아오세 유카리'라는 명함을 보고 요시노는
혹시나 했다고 한다. 전부터 '아오세 미노루'를 찾고 있었기 때문
이었다. 흥신소에 조사를 의뢰해, 유카리가 7년 전에 헤어진 전
처라는 사실을 알아냈다.

"그래서 탐정이 날 찾아왔어. 얼마 뒤에 요시노 씨가 집으로

전화를 했고, 나는 까맣게 잊고 있었는데, 북유럽 가구 이야기를 해서 아, 그러고 보니…… 하는데 아오세 미노루 씨 일로 꼭 드릴 말씀이 있다는 거야. 흥신소 건도 있었으니까 꺼림칙해서 처음에는 바로 거절했어. 헤어진 사이니까 이제 나하고는 상관없는 사람이라고. 아…….”

“괜찮아. 말해.”

“몇 번쯤 전화했을 때 요시노 씨가 흥신소에 의뢰한 건 본인이라고 고백했어. 놀라고 화도 나서 왜 그런 짓을 했냐고 쏘아붙였어. 그랬더니 아오세 미노루 씨에게 큰 은혜를 입었다는 거야. 은혜를 갚고 싶으니까 좀 도와달라고, 지혜를 빌려달라고 했어.”

유카리는 거기까지 말하고 잠시 입을 다물었다. 아오세는 아무 물음도 던지지 않았다. ‘은혜를 갚는다’는 점을 제외하고는 대략 아오세가 상상했던 대로의 전개였다.

“아오세 씨 모르게 은혜를 갚고 싶다는 거야. 본인이 은혜를 갚은 줄 모르는 형태로, 하지만 그 방법을 모르겠다고.”

은혜를 갚은 줄 모르는 형태로 은혜를 갚고 싶다…….

“이상한 얘기지? 사정은 밝힐 수 없다고 했어. 몇 번이고 물었지만 그것만큼은 말해줄 수 없다는 거야. 정말 이상한 이야기였지만, 요시노 씨는 지극정성이라고 할까, 절박하다고 할까. 아무튼 열심히 부탁했어. 그래서 마음이 약해졌어…… 요시노 씨는 목돈이 좀 있다는 말을 꺼냈어. 3천만 엔이 있는데, 그걸 당신에게 전할 방법이 없겠느냐는 거야. 난 어렵다고 했어. 그만두라고도 했지. 그런 정체 모를 돈을 덜컥 받을 사람이 아니라고, 그 사람 인생을 혼란에 빠뜨리지 말라고. 하지만 요시노 씨는 너무 곤란해 보였고, 사정을 밝히지 못하는 이상 금전적으로라도 성의를 보일 수밖에 없다고. 그렇게까지 말하니 나도 어쩔 수가 없어서……."

유카리는 다음 말을 잇지 않았다. 아오세도 묻지 않았다. 그곳에 요시노의 사정은 존재하지 않는다. 아오세와 유카리의 사정만이 존재했다.

멀리서 마유미의 모습이 보였다. 아오세를 찾는 눈치였다.

"그만 가봐야겠어."

유카리도 알아챘는지 자리에서 일어났다. 그리고 아오세를 바라보며 고개를 숙였다.

"미안해. 나도 공범이야. 결과적으로 당신을 속였어."

뭐라 말이 나오지 않았다. 택시 승강장으로 향하는 유카리를 따라 나란히 걸었다. 이제 요시노의 사정은 머릿속에 없었다. 옆에서 걸어가는 유카리를 생각했다. 하고 싶은 말이 있다. 그걸 어떻게 말해야 할지 모르겠다.

몇 걸음만 더 가면 택시 문이 열린다.

아오세는 걸음을 멈췄다. 그리고 말문을 열었다.

"Y주택이 날 살렸어."

유카리도 걸음을 멈췄다.

"당신을 위해서가 아니었어. 날 위해서였지."

"당신을 위해서였다고?"

"그래. 그뿐이야. 음, 뭐였더라. '시간을 새기는 집'?"

"어?"

"아, 내가 실수했다고 생각했어. 당신이 짓고 싶은 집을 지으라고 할걸. 외형 같은 건 뭐든 상관없었는데. 목조든 콘크리트든 벽돌이든 진흙이든, 난 어떤 집에서도 살 수 있는데."

"유카리."

8년 만에 이름을 불렀다. 가녀린 뒷모습은 이미 택시를 향해 걸어가고 있었다. 문이 열렸을 때였다. 끼이, 기. 유카리가 하늘을 올려다보았다.

"방금 그 소리……."

"아, 뭐였지."

"분명 왜가리일 거야."

유카리는 의기양양한 미소를 지었다. 그 옆모습이 슬로 모션처럼 느릿하게 택시 뒷좌석으로 빨려 들어갔다.

50

그날 밤, 타우트의 꿈을 꾸었다.

이번에도 다카사키의 센신테이에서 호통을 치고 있었다. 전과 달리 장지문 너머가 보였다. 아무도 없었다. 타우트는 허공을 향해 일갈하고 있었다.

잠에서 깨어 꿈이라는 걸 알고 아오세는 다시 눈을 감았다. 졸음이 쏟아졌다. 자도 자도 끝이 없었다.

아주 잠시 오카지마의 얼굴이 떠올랐다.

오카지마의 넋은 지금 어디 있을까. 무사히 집으로 돌아갔을까······. 아, 잊어버렸다. 오카지마에게 세상에서 가장 아름다운 것은 무엇이었을까······. 손을 잡아줄 걸 그랬다. 병실에서 헤어질 때 오카지마가 내민 그 손을 꼭 마주 잡아줄 걸 그랬다······.

희미하게 유카리의 목소리가 들렸다.

난 어떤 집에서도 살 수 있는데······. 내가 아오세를 망쳤어······. 신은 역시 없는 건가······. Y주택을 보고 나무 냄새와 노스라이트에 안겨······ 유카리는 무슨 생각을 했을까······.

희미하게 요시노의 존재가 어른거렸다.

아버지가 만든 타우트의 의자를 두고 갔다. Y주택의 특등석에 가장 먼저, 그 의자 하나만······. 인연은 이사쿠와 아오세의 아버지 사이에······. 요시노가 말한 '큰 은혜'는 아버지의 죽음과 무관하지 않겠지······.

51

장례식을 치르고 열흘쯤 지나서 야에코에게 연락이 왔다.

아오세는 사무소에서 걸어서 10분 거리에 있는 오카지마의 집으로 갔다. 사무소를 정리하는 이야기를 하려는 것이다. 아오세도 할 말이 있었다. 어떻게 이야기를 꺼낼지 생각하며 옛 정취가 묻어나는 초인종을 눌렀다.

야에코는 응접실로 안내했다. 아오세의 예상은 대부분 적중했지만, 이야기가 원만하게 마무리되지는 않았다.

"직원분들께는 섭섭지 않을 정도로 퇴직금을 지급할 생각입니다. 피해를 끼친 만큼 위로조로 얼마 더 얹어드릴 생각이고요. 이걸로 마무리하죠. 저희를 잊어주세요."

야에코의 낯은 희었고, 목소리도 싸늘해서 억양이 느껴지지 않았다.

아오세는 수긍하지도, 뭐라 맞받아치지도 못하고 눈만 끔뻑거렸다. 마무리해라. 잊어달라. 저희가 누구인가. 야에코와 잇소를 가리키는 건가.

"그날 병실 밖에서 몰래 엿들었어요."

야에코는 내리깔았던 시선을 들어 아오세를 보았다.

"잇소 일은 비밀로 해주세요. 절대로 아무에게도 이야기하지 않겠다고, 이 자리에서 약속해주세요. 쓰무라 씨에게도…… 아오세 씨가 어떻게든 약속을 받아내 주세요. 맹세하라고 해주세요. 부탁드립니다."

"물론 그건……."

"속이려던 게 아니었어요. 다른 사람을 좋아하게 된 것도 아니고, 몰래 사귀던 것도 아니에요. 보험 영업을 하다가, 해마다 신입 사원이 들어오면 가입해주는 분이 있었는데, 몇 번을 거절해도 술 한잔 하자고 끈질기게 졸라대서……. 사실대로 말할 걸 그랬어요. 도저히 입이 떨어지지 않아서……. 남편은 아무것도 묻지 않았고, 변함없이 아이를 예뻐했어요. 그런 상황에서 말을 하면, 누구하고 무슨 일이 있었는지 내 입으로 말하면, 분명 남편은 그런 일을 견디지 못할 테니까, 풍선이 터지듯이 모든 게 날아가 버릴 것 같아서 무서웠어요."

"알겠습니다. 그만……."

"그래도 말할 걸 그랬어요. 사실대로 털어놓고 이혼할 걸 그랬어요. 내가 아니었다면, 다른 사람이 곁에 있었다면, 바깥에서 그런 일이 있었어도 분명 그 사람은 안 죽었어요."

아에코에게는 북받친 설움을 울음으로 털어낼 시간이 필요했다.

아오세는 결심을 굳혔다. 자살이 아니라 사고사. 그 사실을 아에코의 마음에 단단히 새겨두기 위해 이곳에 왔다.

어제 다시 경찰서에 다녀왔다. 그날 밤에 만났던 형사를 붙잡고 30분쯤 이야기를 했다. 배수구를 조사했지만 담배꽁초는 하나도 발견하지 못했다고 한다. 감식반에 부탁해 창틀도 조사했다고 형사는 생색을 내며 말했다. 결과적으로 슬리퍼 바닥에서 떨어져 나온 섬유는 채취하지 못했지만, 신발 바닥에 묻은 얼룩이나 흙과는 달리 원래 잘 달라붙지 않고, 담배를 피운 뒤에 자살했다면 슬리퍼를 신은 발은 창틀에 닿지 않고 허공을 이동해 창밖으로 나갔다고 봐야 한다고 일방적으로 쏘아댔다. 아오세는 새로운 의문을 던졌다. 애초에 슬리퍼를 신은 채 뛰어내려 자살하는 사람도 있느냐고. 형사는 없지는 않다고 애매모호하게 대답했다. 그러다가 대부분 신발은 벗지만, 슬리퍼는 원체 사례가 얼마 없기 때문에 뭐라 딱 잘라 말할 수 없다고 궤도를 수정하더니, 유서를 남기지 않고 충동적으로 자살하는 사람은 신발이나 슬리퍼 같은 건 깊이 생각하지 않는다고 끝까지 주장을 굽히지 않았다.

어차피 남의 심중을 알 도리는 없으니, 그러한 맥락에서 형사의 추측도 타당하다. 충동적인 자살 가능성까지는 부정할 수 없었다. 병실에서 만났을 때 오카지마가 불안정한 상태였던 건 분명했고, 아오세가 돌아가려 할 때 매달리던 표정도, 목소리도 좀처럼 사라지지 않았다. 잇소를 위해 살겠다고 결심했던 건 분명하지만, 그 마음이 점점 뜨거워지면서 일이 이렇게 됐으니 잇소를 볼 낯이 없다는 절망감으로 변한 게 아닐까 하는 상상도 들었다. 자살이었을 가능성은 있다. 하지만 그렇다고 해서 사고 가능성을 제거해도 좋은 건 아니다. 유서는 없었다. 슬리퍼 건도 그렇고, 담배 연기를 바깥으로 내뿜을 때의 그 위태로운 몸의 균형을 똑똑히 보았다. 그리고……

"죄송합니다. 차 한 잔 안 내놓고……"

야에코는 눈가를 훔치던 손을 바닥에 대고 일어나려 했다.

"신경 쓰지 않으셔도 됩니다. 그냥 계세요."

아오세의 말에 야에코는 다시 자리에 앉았다. 아까보다 다소 표정이 누그러졌다. 어떤 상황에서든 눈물이 씻어 내려주는 게 있는 것이다.

아오세는 자세를 바로 했다.

"무슨 말씀인지 잘 알겠습니다. 비밀은 지키겠습니다. 책임지고 지키게 하겠습니다. 걱정하지 마십시오."

"감사합니다."

"하지만 잇소와 관련되는 일이라 말씀드리는 겁니다만, 오카지마는 자살이 아니라 사고입니다."

"그 이야기는 이제……"

"중요한 일이니 들어주십시오. 학교에서 말이 많을 겁니다. 처음에는 뒤에서 수군거리겠지만, 아버지가 비리를 저질렀다고 누군가가 말하겠죠. 자살이었다는 소문도, 부인과 친척들이 아무리 숨겨도 아이 귀에 들어가겠죠. 언젠가가 아니라 오늘일 수도, 내일일 수도 있습니다."

야에코는 손으로 입을 막았다.

아오세는 품에서 수첩을 꺼내 사이에 끼워둔 종이를 펼쳐 테이블 위에 올려놓았다. 신문 기사 스크랩이었다.

"그때는 잇소에게 이걸 보여주십시오."

'사고와 자살 가능성을 모두 염두에 두고 조사하고 있다.'

"이 기사뿐입니다. 사고라는 말이 들어간 건. 다른 신문은 모두 자살이라 내보냈습니다. 그러니 이 기사를 잇소에게 보여주면서 경찰이 조사한 결과 사고라고 밝혀졌다고 말해주세요."

"그래도……."

"속이는 게 아닙니다. 그건 정말 사고였어요. 야에코 씨가 믿어주지 않으면 의미가 없습니다. 야에코 씨가 믿지 않으면 잇소도 믿지 않을 겁니다."

야에코의 표정이 고통에 일그러졌다.

"그날 밤, 오카지마는 아직 숨이 붙어 있었다고 했죠. 아무 말도 하지 않았고요. 누구의 이름도 부르지 않았다고 하셨죠."

"……네."

"살려고 했기 때문이 아닐까요?"

"네?"

413

"죽으려고 떨어진 게 아니었다. 그래서 설마 지금 자신이 죽을 줄 모르고, 5분 뒤에도, 1시간 뒤에도, 몇 년 뒤에도 당연히 살아 있을 줄 알았기 때문에 뭔가 말을 남겨야 한다는 생각이 들지 않았다. 웃기지 마, 살아야 해, 살아야 해. 그 생각밖에 머릿속에 없어서 말하는 데 마지막 힘을 쓰고 싶지 않았던 게 아닐까요."

야에코는 힘없이 고개를 떨궜다. 굵은 눈물방울이 하나둘 신문 기사 스크랩 위로 떨어졌다.

"이제 울지 마십시오. 야에코 씨가 죽인 게 아닙니다. 누구의 책임도 아니에요. 사고였습니다."

야에코는 살며시 고개를 끄덕였다. 닦아내려는 듯 손끝이 기사를 적신 눈물을 어루만졌다.

아오세는 결심을 굳히고 말문을 열었다.

"오카지마 설계사무소를 계속하게 해주십시오. 잇소가 어른이 될 때까지 제가 끌고 가게 해주십시오. 건실한 사무소로 키워서 잇소에게 맡기겠습니다. 오카지마가 바라던 일이었습니다. 저도 그렇고요."

야에코는 싫다고도, 좋다고도 하지 않았다. 그저 똑바로 아오세를 바라보았다. 그러더니 벌떡 일어났다.

"잠깐만 기다려주세요."

복도로 사라진 야에코는 이내 돌아왔다. B4 스케치북을 들고 있었다.

아오세는 두 손으로 스케치북을 받았다. 유독 얇았다. 표지와 뒤표지의 마분지를 제외하면 속지는 열 장 정도밖에 안 됐다. 스프링 사이에 종이를 뜯어낸 부스러기가 남아 있었다.

표지를 넘기자 첫 장에 건물의 데생이 나타났다. 원경이다. 완만한 활 모양의 지붕을 올린, 작은 산 같기도, 언덕 같기도 한 건물이었다. 그 정상에 뭔지는 모르겠지만 둥그스름한 돌기가 그려져 있었다. 조형은 단순했지만 의도적으로 단순화한 것 같았다. 건축사의 눈이 이것은 스케치도, 모사도 아닌 오리지널 데생이라고 말하고 있었다. '후지미야 하루코 기념관'의 초안. 스케치북을 펼쳐보기 전부터 예상은 하고 있었지만, 실제로 그렇다는걸 알고 아오세의 가슴은 울렁거렸다.

"병실에서 그리던 거예요."

야에코의 목소리에 아오세는 고개를 들었다.

"병실에서?"

"네. 사이드 테이블과 벽 사이에 끼어 있던 걸 간호사 선생님이 발견했는데…… 경찰에서 가져갔다 오늘 돌려줬어요."

경찰에서는 유서일 거라고 속단한 걸까. 그런 생각을 하며 보았기 때문인지, 건물의 아래쪽에 조잡한 검은 동그라미가 그려져 있는 게 보였다. 두 번째 장으로 넘기자 멀리 보이던 건물이 가까워졌다. 검은 동그라미가 옆으로 늘어나 타원형이 되었다. 세 번째 장에서는 더욱 가까워져, 타원형이 직사각형이 되었고, 그제야 그것이 무엇인지 알았다.

후지미야 하루코의 방 창문이다. 아파트 밖에서 찍은, 그 사진 그대로 그린 것이다. 대충 선으로 그어놨지만, 창문을 에워싼 벽돌과 모르타르가 벗겨진 느낌까지 꼼꼼하게 묘사했다. 이미지가

잡혔다. 지붕이 활 모양으로 구부러진, 하얗고, 거대하고, 아름다운 기념관 건물 아래쪽에 아파트 창문을 실물 크기로 넣었다.

네 번째, 다섯 번째, 여섯 번째 장으로 넘겼다. 놀라움에 눈이 휘둥그레져 다시 첫 장으로 돌아갔다. 스토리가 있었다. 그 작은 창문을 향해 똑바로 난 길 하나가 그려져 있었다. 기념관을 찾은 사람은 새하얀 건물을 보며 이 길을 걸어가는 것이다. 어, 하고 생각하겠지. 멀리서 봐서는 창문이라는 건 모를 것이다. 거무튀튀한 벽의 얼룩처럼 보일 것이다. 궁금해져서 길을 따라 걷는다. 이내 그것이 창문이며 벽돌로 쌓은 벽이라는 걸 깨닫겠지. 더 가까이 가면 낡고, 초라하고, 서글픈, 사람들은 모르는 파리의 한 단면과 맞부딪치겠지. 그리고 그곳에 까맣게 뻥 뚫린 창문이 바로 고독한 화가의 준열한 영혼이 깃든 곳임을 알리라. 창문 안을 들여다보고 싶어질 것이다. 그 정도로 사람과 창문은 가까워졌다. 하지만 걸음을 옮기면 시야에서 창문과 벽은 사라진다. 길은 왼쪽으로 꺾이며 완만한 경사면으로 이어진다. 건물을 따라 이어진 길은 반지하가 되고, 양쪽 벽이 솟아오르기 시작한다. 단순한 벽이 아니다. 위에서 아래까지 타일을 빼곡히 붙여놓았다. 활기찬 타일화 회랑이었다. 거리와 사람, 간판과 노래와 술과 춤이 에마키모노*처럼 묘사된 파리 18구의 과거와 현재를 여행하는 기분을 느끼게 한다. 후지미야 하루코가 살았던 세상이다. 살

---

*일본에서 독자적으로 발전한 그림 형식. 가로 방향에 긴 일본 화지나 비단을 두고, 수평으로 이어서 장대한 화면을 만들어 정경이나 이야기를 연속적으로 표현한 것.

았던 시대다. 아아, 감탄사가 흘러나왔다. 건물 지붕의 아름다운 라인은 몽마르트르의 언덕이다. 그 꼭대기에 그려진 둥근 돌기는 언덕 위에 선 사크레쾨르 성당의 돔이었다. 고개를 끄덕이며 이번에는 경사면을 천천히 올라가 지상으로 나온다. 그곳에는 소박하지만 장엄한 후지미야 하루코 기념관의 현관이 기다리고 있다.

아오세는 감탄의 한숨을 내뱉었다.

한 편의 정밀한 르포르타주였다. 그러면서도 스토리가 가득했다. 오카지마는 후지미야 하루코의 작품을 품을 건물을 지으려던 게 아니었다. 후지미야 하루코를, 그 생애를 건물로 표현하려한 것이다.

안은 어떨까.

내부를 그린 그림은 두 장밖에 없었다. 나머지는 마지막 장까지 백지였다. 첫 장을 보고 아오세는 고개를 갸웃거렸다. 다섯 줄의 가로 직선이 일정한 간격으로 그려져 있었다. 그뿐이었다. 그 선과 선 사이 곳곳에 가로로 눕힌 연필심으로 문지른 듯한, 구름 같은…… 정말 구름일까. 그렇다면 아래에서 천장을 올려다본…… 머릿속에서 3D로 구현됐다. 곧 답이 나왔다. 톱날지붕이다. 예부터 다양한 공장에서 도입했던, 작업자의 손을 잔잔하게 비추는, 노스라이트를 우선적으로 들여오기 위한 지붕창이다.

놀라움에 말문이 막힌 아오세는 나머지 한 장의 스케치를 보았다. 이쪽은 CG처럼 인물까지 그려놓은 것이었지만, 가위표나

검게 칠해서 지운 부분이 많았다. 머릿속 시행착오가 그대로 투영된 스케치였다. 그림의 전시 방법을 여러모로 궁리했던 건 알겠다. 후보 중 하나는 기발했다. 바닥에 그림이 놓여 있었다. 투명 유리나 아크릴판으로 보이는 바닥 밑에 배치해두었다. 허리를 굽힌 인물이 바닥의 그림을 감상하고 있었다. 어린애인 듯한 작은 인물이 바닥에 엎드려 그림 위로 손을 뻗고 있었다. 그곳에 톱날지붕으로 들어온 노스라이트가 내리쬈다.

바닥에 그림을 전시한다는 기발한 아이디어를 먼저 떠올린 뒤, 빛의 반사를 최대한 줄이기 위한 수단으로 노스라이트를 도입했다. 그렇게 생각하는 게 타당하겠지만 아오세의 심정은 달랐다. 아오세의 장점을 수용한 것이다. 기꺼이 받아들였다. 오카지마는 자기애의 껍질을 깨고 나와 오카지마 설계사무소의 소장이라는 자각을 갖고 설계한 것이다.

"아오세 씨……"

야에코의 목소리가 들렸다. 계속 관찰하듯 그를 주시하던 시선은 진작 알아챘다.

"네?"

"사실대로 말씀해주세요. 같은 건축사니까 아시겠죠. 이게 남편의 유서인가요?"

야에코의 두 어깨가 뻣뻣하게 굳어 있었다. 하지만 그 눈은 부정적인 대답을 바라고 있었다.

"아닙니다."

다정하게 말했다. 야에코는 그걸로 만족하지 않았다.

"공모 참가가 좌절되고 나서, 만들지도 못할 건물을 그린 건데도요?"

"그런데도 그렇습니다. 이 스케치북 두께를 보세요. 아마 견학하면서 그린 건 죄다 찢어 버린 겁니다. 그리고 병실에서 처음부터 다시 본인의 아이디어를 짜낸 거죠. 남들이 깜짝 놀랄 외관을 떠올리고 흥이 났지만, 내부 인테리어에서 막혀서 발을 동동 굴렀습니다. 그 심정이 손에 잡힐 듯 느껴집니다. 같은 건축사니까요. 오카지마는 그 병실에서 삶을 끝낼 생각이 전혀 없었습니다."

눈앞의 두 어깨에서 힘이 빠지며 미간에 잡힌 주름도 사라졌다. 평소의 굽은 어깨로 돌아온 야에코가 한숨을 내쉬었다. 심경의 변화가 느껴지는, 긍정을 머금은 한숨이었다.

"잇소는 건축가가 될 수 있을까요?"

아오세는 살며시 웃으며 끄덕였다.

"저도 초등학생 때 글쓰기 시간에 이렇게 썼습니다. 건축가가되고 싶다, 꼭 될 것이다, 라고요."

52

아오세는 그길로 사무소로 향했다.

문을 열자 세 얼굴이 그를 보았다. 실내 분위기는 가라앉아 있었다. 폐업 결정이 난 이상 새 일은 받을 수 없었고, 애초에 작업 의뢰도 거의 들어오지 않았던 까닭에 앞이 보이지 않는 답답한 미래를 예감하고 모두 말수가 적어졌다. 이시마키는 며칠 전부터 경찰의 동향에 촉각을 곤두세우고 있었다. 소장이 죽었다고는 해도, 아니, 죽었기 때문에 경찰 수사가 본격화되는 것은 아닌지 염려하는 것이다. 사무소의 문이 열릴 때마다 얼굴에 긴장감이 흘렀다. 텔레비전 뉴스에서 종종 보는, 종이 박스를 든 수사관들이 쏟아져 들어오는 장면을 상상하는 모양이었다.

그의 걱정은 걱정으로 끝날 것이다. S시의 특별위원회 구성은 흐지부지되었다고 들었다. 반시장파의 시의원들은 오카지마가 입원했을 때까지만 해도 의기양양했다. 의혹이 짙어졌다고 거품을 물며 시장을 추궁했지만, 오카지마가 죽고 나서는 정치 쇼의 상연 무대를 잃었고, 나아가 택시비 제공 외에는 부정을 저질렀다는 확실한 사실도 드러나지 않은 탓도 있어서 한껏 몸을 낮췄다. 반시장파의 보수파 시의원들은 흥이 깨졌는지, 이제는 특별위원회가 열려도 목소리를 높이는 건 소수에 불과한 진보 계열 시의원들뿐이라는 예측이 돌았다.

아오세는 벽에 붙은 포스터를 보았다. 후지미야 하루코. 그 이름이 모든 것의 시작이었다. 공모전용 책상에 시선을 돌렸다. 정리하기 저어되는지 아무도 손대지 않았다. 달력이 쓰러져 있었다. 카운트다운을 표시하는 빨간 숫자는 '75'에 멈춘 채 종이 인형 씨름에서 진 인형처럼 나동그라져 천장을 올려다보고 있었다.

"선생님, 커피 드세요."

마유미가 커피를 가져왔다.

"고마워."

"아, 맞다. 깜빡했는데 선생님 사모님, 정말 미인이시던데요."

"전 부인이지."

"아무튼 아쉬워요."

　혼자 있을 때는 어떤지 몰라도, 다른 사람들 앞에서는 어두운 표정을 보이지 않게 됐다. 그런 마유미와 반비례하듯 다케우치는 위험수위에 다가섰다. 업자와 통화하는 중에 뜬금없이 눈물을 훔치는가 하면, 고객과의 약속을 깜빡하거나, 불러도 대답하지 않고 넋 나간 사람처럼 창밖을 바라보는 등……. 앞날에 대한 불안과 마유미와 헤어져야 하는 아쉬움도 한몫했겠지만, 역시 오카지마의 죽음이, 그 상실감이 날이 갈수록 다케우치의 마음을 잠식해 들어가는 듯한 기분이 들었다. 소장과 신입의 관계도 그렇고, 나이 차도 그렇고, 형이라기보다는 아버지와도 같은 존재를 잃었다. 자살이라 굳게 믿고 있으니, 오카지마의 죽음에 어떠한 식으로든 부채감을 느끼고 있는지도 모른다. 그것은 이시마키에게도, 마유미에게도 해당되는 일이었다.

　사무소는 앞으로도 계속한다.

　말해버리면 분위기는 극적으로 변하겠지. 마유미는 감격할 테고, 이시마키는 마음을 추스를 것이다. 다케우치의 마음에도 빛이 내리쬐며 한 달 전까지만 해도 일상이었던 모습으로 사무소는 돌아가기 시작하리라. 그러나…….

　그전에 해야 할 일이 있었다. 단순히 설계사무소로서 기능을 계속한다고 끝나는 게 아니다. '오카지마 설계사무소'로 계속되지 않으면 야에코와의 약속을 지킬 수 없다. 가슴에 타오르는 불덩이가 있었다. 그것은 오카지마의 집을 나온 순간부터 단 한순간도 식지 않았다.

아오세는 쓰러진 달력을 집어 들었다. 머릿속에서 셈을 하며 달력을 찢었다. '53'이 나타났을 때 다시 책상 위에 올려놓았다.

"뭐 하세요?"

마유미가 황급히 달려왔다.

"계속해야지."

"계속한다고요? 네? 공모를요?"

놀라움에 찬 새된 목소리에 이시마키와 다케우치가 돌아봤다.

"다들 모여봐."

두 사람을 부른 아오세는 가방에서 종이봉투를 꺼내 그 안에 든 걸 책상 위에 펼쳐놓았다. 스케치북과 아파트의 사진, 나머지는 오카지마가 야나기야 고지에게 받은 후지미야 하루코의 자료들이었다.

두 사람이 느릿하게 책상 앞으로 다가왔다. 얼굴에는 의문부호가 떠올라 있었다.

아오세는 모두의 얼굴을 둘러본 다음 입을 열었다.

"공모를 계속한다. 우리 계획을 완성시킬 거야."

"그건……."

다케우치는 힘없이 주저앉았다.

"하지만 이제……."

"아오세 씨, 무슨 말입니까? 이제 와서 갑자기 왜요?"

이시마키가 서글픈 표정으로 말했다.

"그만두죠. 모두 힘들어질 뿐입니다."

"이걸 보고도 그런 말이 나올까?"

아오세는 스케치북을 펼쳤다.

"다케우치, 일어나서 이걸 봐. 몽마르트르 언덕에서 영감을 얻은 기념관이야. 봐, 정상에 사크레쾨르 성당의 돔이 보이지? 여기 창문이 있어. 이 사진에 보이는 창문이야. 후지미야 하루코가 40년 동안 그림을 그린 파리 아파트의 외벽과 창문이 언덕 기슭에서, 이 기념관의 벽에서 앞으로도 살아 숨 쉬는 거야. 그리고 이것도 봐. 반지하의 회랑을 수놓은 타일화를. 후지미야 하루코가 살았던 거리와 시대를 멋지게 그려냈어. 기념관이야. 이것이야말로 보존해야 할 추억이자, 후세에 전해야 할 기억이야."

"아, 이건……."

마유미가 아오세를 바라보았다.

"오카지마야. 소장님이 병실에서 그린 스케치야."

이시마키와 다케우치도 아오세를 보았다. 그리고 다시 스케치북으로 시선을 돌렸다. 이시마키가 손을 뻗어 페이지를 넘겼다. 다케우치도 손을 내밀었다. 손끝이 건물의 라인을 어루만졌다. 눈빛이 진지해졌다. 이제 설명은 필요 없었다. 이건 유서도, 유작도 아닌, 지금 이 순간에도 전속력으로 돌아가고 있는 건축가의 두뇌였기 때문이다.

이내 이시마키가 신음을 흘렸다. 다케우치의 입술 사이로도 탄성이 새어나왔다. 마유미는 눈두덩이를 누르고 있었다.

"이시마키……."

"아, 네."

"도면을 그려."

"네?"

"오카지마의 플랜으로 싸워보자고."

"싸운다고요……? 아, 알겠습니다. 저도 해보고 싶습니다. 만들어보고 싶어요. 하지만 이제 공모는……."

"바로 작업을 시작해. 몽마르트르 언덕의 라인 너머에 톱날지붕이 숨어 있는 걸 잊지 말고."

"하지만 이 초안만 가지고는 어려워요."

"할 수 있어, 자네라면. 모든 지식과 상상력을 동원해서 그려지지 않은 부분을 보완해. 그거 알아? 자네가 진짜 실력을 발휘하면 나나 오카지마는 자네 적수가 못 돼."

이시마키의 두 어깨를 꽉 잡았다.

"거품이 터진 뒤 쑥대밭이 된 업계는 그만 잊어. 패전은 죄도, 수치도 아니야. 제 힘을 믿고 선을 그어."

"아오세 씨……."

"전시홀은 내가 그릴게. 기둥나누기*와 계단 배치 같은 건 모두 자네 생각대로 해. 내가 맞출 테니까. 먼저 아이디어가 떠오르면 맞춰보고 검토하자고. 다음은 다케우치."

"아, 네."

"자재를 엄선해. 평 단가를 150만 안쪽으로 맞춰."

"네?"

"놀라고 있을 시간이 없어. 저비용 주택을 지어온 노하우를 총

---

*평면 계획에서 벽이나 공간에 기둥을 적당한 간격으로 배치하는 일.

동원해봐."

"하지만 원래는 평당 200만이잖아요."

"그걸로는 못 이겨."

"못 이긴다고요? 이겨요? 누구한테요?"

"노세 설계사무소의 하토야마에게."

다케우치보다 이시마키가 과격한 반응을 보였다.

"그, 그게 무슨 말입니까?"

"노세 사무소에 가져가서 하토야마의 시안과 경쟁에 붙일 거야."

"거기서 이기라고요?"

"그래. 오카지마 플랜으로 하토야마 플랜을 뛰어넘을 거야. 내용 면에서도, 비용 면에서도. 그다음은 거기 소장 재량에 달린 거고."

"오오!"

"그러니까 초특급으로 진행해. 마감 직전에 가져가면 문전박대당할 게 뻔하니까."

아오세는 달력을 들고 다시 한 장을 찢었다. 움켜쥐고 계속해서 찢었다.

여기다. '21'……

"3주 안에 완성해서 선보인다. 알았지?"

이제 비명은 터져 나오지 않았다. 이시마키는 딱딱 손가락을 튕겼고, 다케우치는 부릅뜬 두 눈을 빛내고 있었다.

"소장님의 복수전이군요!"

"복수전이 아냐. 하지만 우리 사무소를 얕잡아 본 하토야마에게 지면 오카지마가 슬퍼하겠지. 그리고……."

아오세는 주먹을 꽉 그러쥐었다.

"S시에 오카지마의 작품을 남긴다. 시장과 건설부장, 정치가들이 죽고 나서도 오카지마의 작품은 영원히 살아 숨 쉬겠지."

찰나의 정적 뒤에 개전의 함성이 울려 퍼졌다.

"좋아!" "해보자고!" "꼭 이겨요!"

마유미의 눈물도 기쁨의 눈물로 바뀌었다.

"울고 있을 때가 아냐. 자네는 파리에 다녀와 줘야겠어."

"네? 제가요?"

"여권 유효기간은 아직 남았지? 니시카와 씨도 같이 갈 거야. 취소 대기표든 뭐든 가장 빠른 편을 예매해."

"하, 하지만……."

"걱정 마. 어머님께는 내가 사정을 말해둘 테니까."

"그게 아니라, 왜 저한테……?"

"사진만 봐서는 알 수 없는 게 있으니까. 실제로 후지미야 하루코의 아파트를 보고 눈에 담아와. 그 거리도. 타일화 회랑은 이 플랜의 중요 포인트 중 하나야. 살아 있는 소재를 보고 그림을 그려야 해."

"하지만 그건 니시카와 씨가……."

아오세는 마유미에게 속삭이듯 말했다.

"오카지마도 자기 눈으로 직접 보고 싶었을 거야. 오카지마 대신 자네가 가라고. 보고, 느낀 대로 말로 바꾸어 니시카와 씨의 투시도에 생명을 불어넣어 줘."

마유미는 휙 몸을 돌리더니 천천히 걸어 파티션 뒤로 사라졌다. 하지만 금세 빠른 걸음으로 돌아와 말했다.

"방은 두 개 잡아도 되죠?"

아오세는 웃으며 대답했다.

"그래, 니시카와 씨를 조심해. 옛날에는 아카사카의 야수라 불린 양반이니까."

네? 하고 다케우치가 반응을 보였다. 갑자기 걱정이 되었는지 들뜬 마유미를 힐끔힐끔 훔쳐보고 있었다. 이시마키는 스케치북을 보고 고개를 들어 손가락으로 허공에 선을 긋고 있었지만, 아오세가 식사를 주문한다고 말하자 단박에 손을 들었다.

"맞다, 하나 깜빡한 게 있는데."

정말 잊고 있었다.

"오카지마 설계사무소는 앞으로도 계속 운영할 거야. 이 공모전이 끝나면 새 일도 힘닿는 데까지 따 올 각오해."

그 후로 어떤 난장판이 벌어졌는지는 모른다.

아오세는 사람들을 등지고 제 자리에 앉아 눈과 귀를 닫고 사색의 문을 열었다.

53

그로부터 사흘 밤낮, 오카지마 설계사무소의 창문에는 불이 꺼지지 않았다.

이시마키는 노이로제에 걸린 동물원 우리 속 곰처럼 실내를

빙글빙글 돌았다. 스케치북과 자료가 놓인 공모전용 책상, CAD를 열어놓은 컴퓨터 책상, 그리고 제도대. 이 세 점을 이은 삼각형 속에서 살고 있었다. 그 공간의 한가운데에 식사용 테이블이 있었는데, 라멘이며 메밀국수 빈 그릇이 쌓여 있었다. 다케우치는 타일 제조업자들에게 전화를 돌리고 있었다. 구입 매수를 몇 단계쯤 제시한 뒤에 저마다 얼마나 할인이 가능한지 집요하게 물어봤다. 마유미와 니시카와는 어젯밤 나리타 공항에서 출국했다. 지금쯤 파리에 도착했으리라.

아오세의 우뇌는 메인 전시홀에 쏠려 있었다. 떠오른 계획은 모두 세 개였다. 그것들을 지금 하나로 좁히고 있었다. 세 장의 데생을 책상 위에 늘어놓은 뒤에 눈을 감고 선택했다. 눈을 감아도 이미지가 사라지지 않아야 했고, 더불어 신선한 충격을 잃지 않고 떠올라야 했다. 그것은 아오세의 주관을 그의 객관이 긍정했다는 걸 뜻했다. 보편성을 획득하는 여정의 제1단계를 통과했다는 뜻이다.

역시 이게 남았다. 휴가 별장의 '응접실 상단'에서 영감을 얻은 그 플랜이다. 가로로 죽 늘어선 이젤과 그림이 바다에서 밀려드는 파도처럼 몇 줄이고 이어진다. 계단을 한 단 올라갈 때마다 뒷줄의 그림이 모습을 드러낸다. 세 번째 줄, 네 번째 줄, 다섯 번째 줄, 그리고 마지막에는 한 장의 거대한 그림이 되어 관람객을 후지미야 하루코 본인과 마주하게 한다.

하지만 여기서부터다. 아직은 브루노 타우트라는 거인의 어깨 위에 올라섰을 뿐이다. 날아야 한다. 이미지의 세계를 무제한으로 확장해 그곳으로 날아올라야 한다.

눈을 감았다. 다카라젠느*가 무대의 대계단을 가득 채운 채 내려오는 화려한 장면을 떠올렸다. 병마용의 병사 대열에 접근하는 카메라 앵글이 되어 클로즈업을 반복하며 병사의 토용을 면밀히 관찰했다. 사막의 풍문**이 형태를 바꾸며 이동해가는 모습을 부감했다. 피에 굶주린 군중이 일어나 바닥을 구르며 주먹을 치켜드는 콜로세움의 중심에 내려앉았다. 갑주를 두른 검투사가 되어 사방을 에워싼 계단식 관람석을 둘러본다……

아오세는 종이와 연필을 가져왔다. 머릿속에 떠오른 그림을 재빨리 스케치했다. 응접실 상단의 계단에 곡선을 넣었다. 콜로세움 같은 원형에 가까워진다. 네 곳에 통로를 낸다. 중심부에 널찍한 공간을 배치한다. 그것들이 한데 모인 그림은 피라미드 형이 된다. 재미있다. 통로를 내면 관람객이 많아도 동선을 확보할 수 있다.

"우와, 아오세 씨, 메인 홀은 원형인가요!"

검토 중이다.

"큰일이네요. 톱날지붕과 겹치잖아요."

아니야.

"무리예요. 세 개의 톱날지붕으로는 홀 전체에 빛이 들지 않아요."

---

*일본의 여성가극단 다카라즈카의 배우를 칭하는 말.
**바람에 의하여 모래 표면에 생기는 물결 모양의 무늬.

네 개든, 다섯 개든 상관없으니 들게 해.

"이시마키 씨, 타일화 회랑의 거리를 빨리 계산해서 알려주세요."

"잠깐만, 지금 이야기를……."

"매수가 확정되지 않으면 교섭을 할 수 없어요."

"그런 소리 해도, 건물이 아직 정해지지 않았어. 아오세 씨, 지붕을 다섯 개로 하면 구조가 복잡해져요. 그러면 보강이며 누수 방지 시공이 들어가서 비용도 더 들고 공사 기간도 길어질 겁니다."

"네? 그건 안 되죠!"

호설(豪雪)지대도 아니잖아. 너무 예민하게 굴지 마.

"아니, 애초에 톱날지붕과 원형 홀은 궁합이 안 좋다고요. 채광은 북쪽 한 방향으로 한정되어 있으니까, 원형 전체를 커버할 수가 없습니다."

반사시키면 되잖아. 돛처럼 거대한 반사판과 특수 염료로.

"안 됩니다! 그런 쓸데없는 세공에 들일 돈은 없어요! 자연광이 아니라도 상관없잖아요. 조명으로 커버하면……."

"홀을 각형으로 하면 모두 해결되는 문제입니다. 재고해주세요."

원형으로 간다. 홀 한가득 방사형으로 이젤을 배치할 것이다. 위에서 내려다보면 엄청난 장관을 연출하리라. 그래, 그것도 재미있겠다. 손이 움직였다. 한가운데 공간에 원통형의 투명 유리 엘리베이터를 그렸다.

"어, 어, 뭐 하시는 겁니까, 아오세 씨! 구조 계산은 완전히 무시하고!"

"앗! 그런 멋들어진 엘리베이터 하나 설치하는 데 얼마나 드는지 아세요!"

"중국집입니다. 그릇 찾으러 왔습니다!"

"여기 있습니다. 아, 지금 저녁식사 주문해도 되나요?"

"당연히 되고말고요."

"그럼 전 앙카케* 볶음밥 곱빼기요."

"나도 당기네. 전 보통으로요. 아오세 씨는요?"

덴신항**.

"아, 저도 그걸로 할게요."

"덴신항으로 바꾸신다고요?"

"저도요! 덴신항 곱빼기로."

그만두자. 의미가 없다. 엘리베이터로 고도를 확보해도 그림을 감상하는 데 도움이 안 된다. 거칠게 지우개를 움직이는데 책상 가장자리에 놓아둔 트레이싱페이퍼가 팔랑팔랑 바닥으로 떨어졌다. 바닥재의 마블 모양이 어렴풋이 비쳐 보였다. 오카지마의 기발한 아이디어를 떠올렸다. 바닥에 직접 그림을 놓는다. 대체 무슨 생각을 했던 걸까. 후지미야 하루코의 그림은 바닥에 앉아 있는 인물을 그린 비중이 높다. 그린 이의 시선을 그대로 감상

---

*전분으로 만든 소스.
**밥에 중국식 오믈렛인 푸용단을 얹어 먹는 음식.

자가 체감할 수 있도록……. 아니, 그게 아니다. 그 이유도 있겠지만, 오카지마의 진짜 목적은 그게 아니다.

그럼 뭐지?

"네? 뭐가요?"

…….

"아, 엘리베이터가 사라졌어요. 이시마키 씨, 보세요."

"목숨은 건졌네. 정말이지 간이 몇 개라도 모자라겠어."

음? 어쩌면…….

"뭡니까?"

…….

"돌아왔네, 고르고13으로. 요즘 부쩍 말수가 많으시더니."

"아, 하지만 초기의 고르고13은 꽤 말이 많아요."

"그래?"

"빌려드릴까요? 집에 전권 있거든요."

그렇군, 알겠다. 바닥에, 가 아니라 바닥까지, 로 해석해야 한다. 바닥까지 사용해 전시 작품을 늘리려 했다. 그렇지? 후지미야 하루코의 작품은 누구의 눈에도 띄지 않고 수십 년 동안 잠들어 있었다. 기념관이 완성되어도 800여 점이나 되는 그림의 대부분은 수장고에서 계속해서 잠들어 있을 테지. 그런 작품을 최소한으로 줄이려 했다. 맞지? 넌 상설 전시작 수를 늘릴 방법을 찾고 있었어. 좋아, 그 방법을 살려주지. 앙각을 줘보면 어떨까? 그러면 그림이 잘 보일 테니까. 어려울까. 단차가 생겨서 관람객이 비틀거리겠군. 그럼 슬로프다. 그거다. 홀 바깥에서 2층으로 휘감으며 올라가는 슬로프를 설치하면 된다. 슬로프 좌우에 난간을 만들어 따라 걷게 하고 한가운데에 직접 그림을 놓으면 된다. 바닥에 그림을 묻고 아크릴판으로 덮으면 되겠지. 그리고······.

수장고는 축소한다.

"네? 뭐라고요?"

······.

"아오세 씨."

수장고를 줄여. 절반인 100블록만 있으면 돼.

"아, 네. 이시마키 씨, 들으셨어요?"

"들었는데, 그건 안 될 말이야. 주어진 과제 양식을 멋대로 바꾸면 공모에선 실격이라고."

"그건 그렇죠. 아, 하지만······."

"뭐?"

"그거, 제가 가져갈게요."

"가져간다고? 무슨 소리야?"

"수장고의 100블록은 고규격으로 만들고, 나머지 100블록은 유틸리티로 만들어서 규격을 떨어뜨리는 거예요."

"거기서 비용을 절감하겠다?"

"네, 그거예요."

"엄청 쩨쩨하네."

"쩨쩨하다고요? 그럼 안 쩨쩨한 분이 말씀해보시죠! 어디를 어떻게 해야 단가를 50만이나 줄일 수 있는지!"

"아, 알았으니까 소리 지르지 마. 내가 실언했어."

잊고 있었다. 창문 안은 어떻게 하지? 그 창문은 가짜인가? 그럼 흥이 깨지지. 안에 뭔가 있어야 할 거 아냐. 암, 있어야 하고말고. 그 창문 너머에 기념관 건물 안에 내부를 또 만드는 것이다. 그녀의 아파트 내부를 재현하자. 차라리 그걸 서브 전시홀로 삼자. 투명한 아크릴판으로 에워싸는 거다. 쌓아놓은 그림은 모조품으로 대체하면 된다. 하지만 가장 위에는 진품을 두어 감상하게 해야지. 그 사진 속 방뿐 아니라, 공간이 허락하는 한 다른 방도 만들자. 괜찮아, 마유미가 두 눈에 담아올 테니까. 기본설계에서는 대략적으로 그려놓고, 나중에 이야기를 들어본 뒤에 디테일을 구상하면 돼. 그렇지?

"다케우치, 잠깐 나 좀 봐."

"네? 아, 남쪽 입면도네요."

"이쪽에서는 여기가 정면이야."

"그렇겠네요. 여기가 승부처겠어요."

"어때?"

"그런데 소장님 데생보다 폭이 좁지 않아요?"

"실제로 건물을 세우면 그렇게 우아하게 옆으로 늘릴 순 없어."

"지금도 충분히 우아한데요, 몽마르트르 언덕의 라인도 살아 있고요. 마음에 안 드세요?"

"건물 전체가 사크레쾨르 대성당처럼 보이지 않나? 언덕이 아니라 성당의 돔처럼."

"듣고 보니 그렇긴 하네요……. 그 돔은 한 번 사진으로 보면 쉽게 잊히지 않으니까요."

"맞아. 지붕 꼭대기의 돔을 본뜬 디자인이 돔 꼭대기의 종탑이
나 장식으로 보여서, 언덕이 돔 본체처럼 보여. 가로 폭을 좁히니
까 한결 더."

화틀에 고정하지 않은 캔버스가 있잖아, 아주 많이.

"뭐라고?"

"그냥 뭐. 우리한테 하는 말이 아니니까. 음, 돔의 디자인이 너
무 크다는 건가? 이 정도면…… 어때?"

"음, 이건 있어도 없어도 매한가지인 수준 아닌가요."

"그렇지?"

아무리 그래도 이건 좀 그렇지? 그림을 깃발로 삼으면 학예사
들에게 호통을 듣겠지.

"중심선에서 좀 비껴나게 하는 건 어때요? 오른쪽으로 이렇
게……."

"오호……. 이 언저리에…… 이런 식으로……?"

"오."

"오!"

"좋네요! 언덕과 돔이 이제 따로따로 보여요. 원근감도 잘 드
러나고."

"그래. 이건 먹힐 거야. 고마워. 다케우치!"

아오세는 닷새째 되던 날에 제도대 앞에 앉았다. 평면도부터
그리기 시작했다. 막상 그리기 시작하니 방사형의 선이 만화경

처럼 아름다웠다. 흥이 났다. 잘될 거라는 확신이 들었다. 이시마키도 6일 째부터 CAD를 써서 본격적인 작업에 착수했다. 핵심인 입면도는 단숨에 완성했다. 하지만 현관이 있는 동쪽 면에 고전했다. 턱수염을 쓰는 버릇이 쥐어뜯는 버릇으로 바뀌어가고 있었다. 다케우치는 계속해서 전화를 걸고 있었다. 수화기를 놓으면 이번에는 부모의 원수라도 되는 양 계산기를 거칠게 두드렸다. 견적서는 날로 두께를 더해가고 있었다.

열흘이 지나자 낮과 밤의 구분이 사라졌다. 거품경기 전성기에 불야성으로 변한 사무소를 방불케 했다. 소파나 바닥에 아무렇게나 쓰러져 선잠을 잤다. 집에 돌아간 건 아오세가 두 번, 이시마키와 다케우치는 한 번뿐이었다. 그때도 잠은 자지 않고 샤워를 마친 뒤 가방에 갈아입을 옷을 잔뜩 구겨 넣고 사무소로 돌아왔다. 전개도에서 시간을 너무 잡아먹었다. 이시마키의 도면과 전개도 사이에 괴리가 발생해서 버리고 다시 그리기를 반복했다. 아오세는 의자를 걷어차며, 이시마키는 컴퓨터를 쓰러뜨리며, 다케우치는 계산기를 내리치며 코요테가 울부짖듯 괴성을 내질렀다.

빨리 끝났으면 좋겠다는 생각은 들지 않았다. 아오세는 포근한 고치 안에 있었다. Y주택의 도면을 그린 이후로 처음 느끼는 고양감에 취해 있었다. 옆에는 오카지마가 있었다. 함께 선을 긋고, 함께 도면을 찢어 버렸다. 눈물이 날 정도로 아름다운 것을 함께 갈구하고 있었다.

"봉주르!"

13일째에 마유미가 파리에서 전화를 했다. 타일화 회랑의 투시도가 완성됐다고 한다.

"방 하나만 잡을 걸 그랬어요. 날마다 밤을 새며 니시카와 씨가 투시도를 그리는 걸 도왔거든요."

"다케우치한테는 그 말 하지 마. 투시도 빨리 보내줘."

컴1 앞에서 대기했다. 사자 같은 풍모의 이시마키와 눈도 뜨지 못하는 다케우치가 책상에 달라붙었다.

처음 도착한 투시도는 후지미야 하루코의 아파트 창문이었다. 저도 모르게 눈이 휘둥그레졌다. 창문 오른쪽 위에 반원형의 화분이 걸려 있었는데, 데이지인 듯한 하얀 꽃들이 흐드러지게 피어 있었다. 니시카와의 각색은 아니리라. 그렇다면 유족이 찍은 사진의 프레임에서는 비껴나 있었거나, 또는 후지미야 하루코의 사후에 근처에 사는 주민이 장식해둔 것인지도 모른다. 어둡고 쓸쓸한 창문이 새로운 생명을 얻은 것 같았다. 죽을 때까지 한결같이 그림을 그려온 후지미야 하루코를 신이 축복하고 있다. 아오세의 눈에는 그리 보였다.

"이걸로 가죠."

다케우치가 한쪽 눈만 뜨고 말했다. 이시마키도 고개를 끄덕였다.

오카지마도 기꺼이 동의하겠지. 그녀에게 꽃을 바치는 데.

이것만으로도 두 사람을 파리에 보낸 소득은 있었다. 아오세가 그렇게 생각했을 때 두 번째 투시도가 도착했다. '타일화 회랑

(왼쪽)'이라는 설명이 붙어 있었다.

세 사람만 있어도 이렇게 웅성거릴 수 있다는 사실을 알았다. 그만큼이나 강렬한 투시도였다.

걸어가는 거인의 가죽 구두와 하이힐. 가랑이 너머로 영화 〈아멜리에〉를 방불케 하는 세련된 거리 풍경이 화려한 색채로 묘사됐다. 데포르메된 간판과 신호, 낙서들이 춤춘다. 안쪽으로 갈수록 해는 저물고 네온사인이 반짝인다. 담소를 나누는 젊은이들과 벤치에 나란히 앉은 노부부나 강아지, 고양이들이 회전목마 불빛을 받아 모습을 드러낸다. 다리가 달린 새빨간 루주가 걸어가는 길 끝에 새빨간 풍차 '물랭루주'가 눈을 찡긋하며 기다리고 있다.

다케우치의 두 눈이 어느샌가 뜨여 있었다. 이시마키는 "니시카와, 이 무서운 양반"이라며 감탄을 터뜨렸다. 아오세는 작은 발견을 했다. 회전목마의 마차에 연필을 든 작가가 앉아 있었다. 마유미의 아이디어겠지, 분명 후지미야 하루코 본인이다.

흥분이 사그라들지 않는 가운데 '타일화 회랑(오른쪽)'이 도착했다. 간담을 철렁하게 하는 건 이쪽이 더했다.

분위기가 확 바뀌어 무채색에 가까운 색 조합이었다. 낡고 초라한 아파트. 돌바닥. 가스등. 화려한 거리에서 길을 잃고 뒷골목으로 빠져든 듯한 착각이 느껴졌다. 하지만 사람이 없는 건 아니었다. 아이들이 달음박질로 좁은 골목을 내달렸다. 한눈에도 개구쟁이처럼 보이는 일고여덟 명의 아이들이 함박웃음을 지으며 줄지어 기차놀이를 하듯 이 골목 저 골목을 자유로이 쏘다녔다. 아파트나 공장 창문으로 얼굴을 내민 어른들은 모두 웃고 있었다. 세탁 바구니를 품에 안은 아주머니가 더 빨리, 하고 추임 새를 넣었다. 빠진 잇새로 담배를 끼운 노인이 흥에 겨워 박수를 쳤다. 거리의 운동회 같은 걸까. 그리고 이쪽 풍경에도 땅거미가 지기 시작했다. 하나둘 불빛이 켜지기 시작한 창문에 단란한 가족의 모습이 비쳤다. 참 잘했다고 아버지의 칭찬을 받으며 그 손길에 머리를 내미는 아이가 보인다. 너무 뛰어다녀 지쳤는지 식탁에 앉아 꾸벅꾸벅 조는 아이도 있다.

다케우치는 감상에 젖어 있었다. 이시마키도 그림 속 아이들처럼 웃는 얼굴로 꿈쩍도 하지 않았다. 아오세는 아직도 그림을 보고 있었다. 그림 속에는 딱 하나 쓸쓸한 창문이 있었다. 불빛을 등져서 반쯤 음영이 진 청년이 창밖을 바라보고 있었다. 한 손을 들고 있다. 왼쪽 그림을 다시 볼 것까지도 없었다. 청년의 정면에는 회전목마의 마차에 탄 후지미야 하루코가 있었다. 유원지에서 흔히 보는 광경이다. 그는 눈앞을 지나치는 그녀에게 손을 흔드는 것이다.

그랬다. 조카인 야나기야가 사무소로 찾아와 후지미야 하루코의 이야기를 했을 때, 마유미도 같이 있었다. 전사한 사촌 오빠……. 풋사랑……. 지금 마유미의 상황에서 추모란 가슴 아픈 모티프일 텐데. 평생토록 누군가를 마음에 품을 용기를 후지미야 하루코에게 이어받은 걸까. 그렇게 해석해도 될까?

전화벨이 울렸다. 아오세는 다케우치에게 손을 들어 보이며 직접 수화기를 들었다.

"아, 아오세? 어때?"

불안한 목소리였다.

"말이 안 나옵니다."

"왜? 별로야?"

"그게 아니라요, 셋 다 너무 멋져서 말문이 막혔다고요."

"그렇지! 우와, 나도 이게 내 최고 걸작이라 생각해. 왜냐하면……."

목소리가 도중에 흐려졌다. 국제전화라 그런 줄 알았는데 아니었다.

"아오세, 미안해. 장례식에도 못 가보고. 소장님한테 그렇게 신세를 졌는데, 얼른 가봐야지, 가봐야지 했는데…… 정말 그랬는데……."

"마음 쓰지 마세요. 쓰러질 정도로 슬퍼해주셨으니 오카지마도 고마워할 겁니다."

"고마워. 의리도 못 지킨 놈을 파리까지 보내줘서. 정말 고마워. 마유미도 얼마나 잘 해줬는지 몰라. 작업도 많이 도와줬고, 수백 번 감사해도 부족하지."

"저희가 감사하죠. 쓰무라 씨랑 통화할 수 있을까요?"

"아, 지금은 어렵겠는걸. 잠들었거든."

"네? 아까만 해도……."

"전화 끊자마자 쓰러지듯이 잠들었어. 엄청 힘들었을 거야. 날마다 거리 곳곳을 돌아다녔고, 밤에는 잠도 안 자고 내 작업을 도왔으니까. 깨울까?"

"아닙니다. 그냥 자게 두세요."

"알았어. 감기 안 들게 뭐라도 덮어줘야겠네."

"혹시라도 이상한 생각은 마시고요."

"다, 다, 당치도 않은 소리! 난 젠틀맨이라고."

"프랑스니까 무슈라고 해야겠죠. 아, 그럼 쓰무라에게 말씀 좀 전해주세요. 굿 잡, 이라고."

"아, 그것도 영어잖아!"

"하하, 죄송합니다. 니시카와 씨도 푹 쉬세요. 최고의 투시도를 그려주셔서 감사합니다. 저희도 분발하겠습니다."

통화를 마치고 방금 대화로 걱정이 이만저만이 아닐 다케우치를 돌아봤다. 하지만 예상과는 달리 이미 자리에 앉아 잡념 따위는 찾아볼 수 없는 얼굴로 마유미의 책상에서 빌려 온 계산기를 두드리고 있었다.

아오세가 메인 전시홀과 두 개의 서브 홀 도면을 완성한 건 엿새 뒤 새벽이었다. 만족스러운 완성도였다. 성취감도 상당했다. 하지만 일말의 쓸쓸함을 느꼈다. 완성이 가까워짐에 따라 뭔가가 뒷덜미를 잡아당기는 감각이 더해갔다. 이제 곧 헤어져야 한다. 오카지마를 정말 보내줘야 할 때가 왔다.

애초에 도면을 완성했다고 마음껏 기뻐할 분위기가 아니었다. 이시마키는 여전히 CAD를 붙들고 최종 라운드를 치르고 있었다. 다케우치도 마찬가지였다. 한 손에 계산기를 들고 두꺼운 견적서와 씨름하고 있었다. 이틀 전 귀국한 마유미는 몸살이 심해서 집에서 쉬고 있었다. 공모전용 책상 위의 서류 더미 꼭대기에 놓인 달력의 숫자는 '3'까지 줄어들어 있었다.

아오세는 완성된 도면을 바라보았다. 고개를 끄덕이며 테이프를 벗겨 제도판에서 떼어낸 뒤에 둘둘 말아 도면 통에 넣었다.

가슴에 꽁꽁 뭉쳐 있던 열기를 이제는 느낄 수 없었다. 진정 거짓말처럼 사라졌다. 열이 사라지자 몸이 한없이 나른했다. 집에 가서 눈을 좀 붙이겠다고 말하자 이시마키와 다케우치가 하던 일을 멈추고 일어났다.

"고생하셨습니다. 나머지 일은 저희에게 맡기십시오."

이시마키가 말했다. 〈스타워즈〉에 나오는 츄바카인 줄 알았다. 한결 더 듬직해졌다. 잇소에게 사무소를 물려줄 주인공은 바로 그일지도 모른다.

"푹 쉬세요. 공모 예선을 할 수 있게 해주셔서 정말 감사합니다."

다케우치가 말했다. 오늘 밤에도 한쪽 눈만 뜨고 있었다. 마유미가 보면 분명 그새 살이 쪘다며 놀려대겠지. 연일 외식만 했으니 그럴 법도 했다.

"끝까지 화이팅해."

목소리에 울음이 섞였다. 고개를 숙이고 도망치듯 사무소를 빠져나왔다. 무릎이 덜덜 떨려서 계단을 좀처럼 내려갈 수가 없었다. 차를 운전하며 돌아오는 길은 조금 겁이 났다. 엿새 만의 귀가였다. 가득 찬 우편함 입구로 홍보성 우편물이 삐죽이 나와 있었다. 가방을 열어 조심스레 쓸어 넣고 엘리베이터를 탔다. 집으로 들어와 맥주 캔을 땄다. 컵을 두 개 꺼내 오카지마와 건배

했지만, 절반도 마시지 못하고 잠들었다.

그래서 반나절 더 늦게 발견했다.

가방 바닥에 깔린 우편물 사이에 하얀 봉투가 하나 섞여 있었다. 보낸 사람은 '요시노 도타'와 '기타가와 가리에'였다.

54

흐린 하늘이었다.

아오세는 간에쓰도를 타고 북쪽으로 올라가 다카사키 JCT에서 기타칸토 자동차도를 탔다. 종점인 이세사키 인터체인지에서 고속도로를 빠져나와 기류 시로 향했다.

아오세의 제안으로 '기류가와 댐'을 약속 장소로 정했다. 아버지가 세상을 떠난 곳이다. 그리고 요시노 도타가 나고 자란 곳이기도 했다.

저희에 대한 불신감이 크셨을 줄 압니다. 정성껏 지어주신 시나노오이와케 집을 방치해둔 채 행방을 감췄으니까요. 그리고 무엇보다 진실을 밝히지 못하고 아오세 씨에게 집을 지어달라고 부탁드린 일, 진심으로 죄송스럽게 생각합니다.

장문의 편지였다. 오카지마의 장례식 날에 유카리가 요시노의 휴대전화에 메시지를 남겼다. 그걸 듣고 이제는 숨길 수 없다 단념하고 펜을 들었다고 한다. 고백과 사죄. 그것이 편지 내용의 전부였다.

'요시노 부부'는 처음부터 존재하지 않았다. 요시노 도타는 요시노 이사쿠의 장남이며, 가리에는 장녀였다. 아오세가 이전에 오랜 세월 동고동락한 부부는 생김새까지 닮는다는 말의 좋은 예라 여겼던 두 사람은 친남매지간이었다. '세 자녀들'은 기타가와라는 남자와 가정을 꾸린 가리에의 아이들이었다. 요시노에게도 아내와 두 아이가 있지만, 부인은 아이들을 데리고 나가노 시내에 있는 친정으로 가버려서 아오세의 사무소를 찾았을 당시에는 이혼 조정 중이었다고 한다.

편지를 읽어 내려가는 동안 '역시나'와 '설마'가 가슴을 온통 뒤덮었다.

어머니를 여의었을 때 열여섯 소년이었던 요시노 이사쿠는 기류의 방직 공장에서 여공으로 일하던 누이를 의지해 먼 길을 찾아왔다. 공장주는 딱한 사정을 듣고 한 평 반짜리 방에서 누나와 함께 사는 걸 허락해주었다고 한다. 목공 장인을 꿈꾸던 이사쿠는 방직 공장의 심부름꾼으로 일하면서 독학으로 목공 기술을 연마해 스물 언저리에 가구 공장에 취직했다. 서른 중반에 독립해서 마흔이 지나서야 늦게 혼인을 했다. 기류 시 북부의 우메타라는 지구에 공장을 차리고 아들 하나에 딸 둘을 얻었다. 훗날 기류가와 댐이 들어서는 산간 지역이었다.

생활은 궁핍했습니다. 어릴 적부터 저와 가리에는 땔나무를 주워 오고 물을 길어 오는 게 하루 일과였죠. 뼛속까지 장인이었던 아버지는 자기 작품에 일절 타협하지 않아서, 제품을 하나 만들

때마다 엄청난 공을 들였습니다. 그렇다고 유명하지도 않은 아버지가 만든 테이블이나 의자가 비싼 값에 팔려 나갈 리도 없었죠.

시트로엥은 와타라세 강을 가로지르는 다리를 건너고 있었다. 그 너머가 기류 시가지다.

어머니가 췌장암으로 세상을 떠난 뒤로 아버지는 전보다 더 자주 술을 드시게 되었습니다. 치료도 제대로 받게 해주지 못했다며 한탄했죠. 중학생이었던 저는 대를 이어 가구 장인이 되는 게 당연하다 생각하던 아버지에게 반항했습니다. 고등학교에 진학하고 싶었습니다. 이제 와서 말하기도 부끄럽습니다만, 저는 의사가 되고 싶었습니다. 어린 막냇동생은 타고나길 병약해서, 감기에 걸릴 때마다 폐렴을 앓고는 했습니다. 어머니처럼 허망하게 떠나버리는 게 아닐까 불안해서 견딜 수가 없었습니다. 그날도 그랬습니다. 동생은 열이 나서 누워 있었죠. 저녁에 마당에 나갔던 아버지가 검은 새를 안고 돌아왔습니다. 구관조였습니다. 사람을 아주 잘 따르는 새였는데 사람 말도 또박또박 잘했습니다. 동생이 얼마나 좋아했는지 모릅니다. 물론 저와 가리에도 그랬죠. 이튿날 아침에 거짓말처럼 동생의 열이 내렸습니다. 아버지는 새장을 만들어주겠다고 했습니다. 동생은 뛸 듯이 기뻐했고, 집안에는 오랜만에 웃음꽃이 피었습니다. 어머니가 돌아가시고 나서 얼마 만에 찾아온 행복이었는지 모릅니다. 그런데…….

사흘 뒤 저녁에 아오세의 아버지가 나타났다. 미노루가 슬퍼
할 거라며 '구로'를 찾아 헤매고 있었다.

작업복 차림의 아저씨는 창 너머로 구관조를 보자마자 여기 있
었군! 다행이다! 드디어 찾았네! 하고 외치며 집으로 들어왔습
니다. 정말 기뻐하더군요. 그러고는 두툼한 지갑에서 5천 엔짜리
지폐를 꺼내 구로를 찾아줘서 고맙습니다, 이건 감사의 뜻입니
다, 하고 아버지에게 내밀었습니다. 당시 우리 식구에게는 눈이
튀어나올 정도로 큰돈이었죠. 아버지는 받지 않았습니다. 됐으니
까 새를 데려가라고 말했을 뿐이었죠. 그때 이미 상당히 취해 있
었는데, 술이 들어가면 평소보다 더욱더 말수가 적어지는 사람이
었습니다. 아저씨가 구관조를 품에 안고 집을 나가자마자 여동생
은 불에 덴 듯 와락 울음을 터뜨렸습니다. 비명에 가까운 소리였
습니다. 구야! 구야! 이미 구관조의 이름까지 지어줬거든요. 가
리에까지 덩달아 울음을 터뜨렸습니다. 그 광경을 보다 못한 아
버지는 비틀거리며 일어나 울지 마라, 울지 마, 하고 여동생을 달
랬습니다. 그 모습이 너무나 서글펐습니다. 어쩌지도 못하고 있
는 아버지가 금방이라도 사라져 버릴 것처럼 연약하게 보였습니
다. 동생은 울음을 그치지 않았습니다. 아버지는 집 안을 둘러보
더니 땅이 꺼져라 한숨을 내쉬며 의자와 바꿔달라고 해야겠다는
말을 남기고 집을 나섰습니다. 봉당에 놓아둔 의자를 아저씨가
무척 칭찬했기 때문이었습니다. 아버지가 자신하는 작품 중 하나
였기에, 짬이 나면 쓸고 닦으며 소중히 여기던 의자였습니다. 센

다이에 살던 시절에 브루노 타우트에게 설계도를 받아 만들었다고 했습니다. 아버지에게는 억만금을 줘도 바꾸지 않을 물건이었지만, 그때 집에는 5천 엔이라는 금액에 걸맞은 물건은 아무것도 없었습니다.

아오세는 파란 신호에 액셀을 밟았다. 이미 차는 기류 시의 번화가에 들어서 있었다. 시야 한구석에 톱날지붕의 건물이 스쳐 지나간 걸 퍼뜩 깨달았다. 이 지역에서도 노스라이트는 그 부드러운 빛으로 장인들의 작업하는 손을 밝혀주며 기류 직물의 섬세한 결을 자아내는 데 일조해온 것이다. 오카지마가 남긴 톱날지붕 데생이 눈에 선했다. 참으로 기묘한 인연을 느끼지 않을 수가 없었다.

1시간쯤 지나서 아버지는 돌아왔습니다. 구관조는 보이지 않았죠. 어깨를 씩씩거리고 있었습니다. 저희를 등지고 앉아서는 다시 묵묵히 술을 마시기 시작했죠. 저는 "새는요?" 하고 물었습니다. 여느 때였다면 묻지 않았을 겁니다. 뭐든 금방 포기하는 버릇이 들었으니까요. 하지만 그때는 물어봤습니다. 아버지가 의자와 새를 바꿔 오겠다고 했을 때는 무척 놀랐지만 그보다는 기쁜 마음이 더 컸습니다. 보물처럼 소중히 여겼던 그 의자를 동생을 위해 내놓으려 하는 아버지의 마음에 감격했습니다. 하지만 결과는 예상과 달랐고, 저는 무척 실망한 한편 설움이 북받쳐서 견딜 수가 없었습니다. "새는요?" 하고 물어도 아버지는 대답이 없었습니다. 저는 연이은 물음에도 묵묵부답인 아버지에게 "새는 어떻게 됐냐고요!" 하고 외치며 매달렸습니다. 몸을 붙잡고 흔들었습니다. 울면서 흔들었습니다. 하지만 아버지는 끝내 한 마디도 하지 않았습니다. 눈을 굳게 감고 그저 제 악다구니를 받아주었습니다. 동생의 울음은 멎지 않았습니다. 가리에는 우는 동생을 끌어안고 머리를 쓰다듬었습니다. 집에서는 신문을 보지 않았고, 텔레비전도 잘 나오지 않아서 그 아저씨가 그날 밤에 돌아가셨다는 사실은 저도, 가리에도 모른 채 어른이 되었습니다.

차는 시가지를 빠져나왔다. 여기서부터 기류가와 댐까지는 외길이다. 길가의 민가들이 하나둘 사라졌다. 정면으로 눈부신 신록의 산등성이가 모습을 드러내자 길은 서서히 비탈이 되었다.

막냇동생은 중학생이 되지 못하고 영영 눈을 감았습니다. 구관조 이야기는 점점 슬픈 추억이 되었고, 그래서 저도 가리에도 입 밖으로 꺼내는 일 없이 기억에서 지워버렸습니다. 일의 진상을 알게 된 건 3년 전이었죠. 아버지는 뇌졸중으로 쓰러져 거동을 못하는 상태가 되었고, 입원해서 누워 있는 동안 몸도 쇠약해졌습니다. 그러던 어느 날 꼭 해야 할 이야기가 있다며 저와 가리에를 부른 겁니다.

요시노 이사쿠는 산길에서 아오세의 아버지를 따라잡아 의자와 구관조를 바꿔달라고 부탁했다고 한다. 아오세의 아버지는 아들이 아끼는 새라며 거절했다. 이사쿠가 포기하지 않고 애원하자, 아오세의 아버지는 다시 지갑을 꺼내 1만 엔짜리 지폐를 꺼내 이걸로 아이들에게 새 구관조를 사주라고 말했다. 술이 들어갔기 때문인지도 모른다. 이사쿠는 머리끝까지 피가 솟구쳤다. 누굴 돈 달라고 조르는 놈 취급을 하느냐고 달려들었다. 내심 댐 공사판에서 일하는 주제에, 하고 업신여기는 마음이 있었다. 나는 어엿한 장인이다, 공사판에서 일하는 놈에게 동정을 살정도로 어려운 형편이 아냐, 하고. 그런 자격지심이 불에 기름을 부었다. 그 의자는 당신 같은 치가 앉아도 되는 물건이 아냐. 이사쿠의 말에서 아오세의 아버지는 모욕적인 냄새를 맡았다. 긍지 높은 틀 장인은 격노했다. 노성이 오가다 감정싸움은 결국 드잡이질로까지 번졌다. 몸집만 봐서는 벼랑 아래로 떨어져야 하는 건 이사쿠 쪽이었다. 하지만 엉겨 붙어 실랑이를 벌이던 중에 구로가 품에서 빠져나와 날아올랐다. 아오세의 아버지는 반사적으로 허공에 팔을 뻗었고, 머리 뒤로 날아간 새를 쫓으려는 몸짓을 마지막으로 이사쿠의 시야에서 사라졌다.

아버지는 이렇게 말했습니다. 내가 밀어서 떨어진 건 아냐. 하지만 내 손이 그 사람 멱살을 잡고 밀쳤던 건 확실해, 라고요.

이사쿠는 그길로 자리를 떴다. 집까지 내달렸다. 범죄자가 되는 게 두려웠다. 쌀을 훔친 아버지 때문에 가정이 파탄 났던 악몽이 되살아났다. 내가 교도소에 들어가면 아이들은 어떻게 되는 거지…….

그래서 도망쳤다고 아버지는 울먹이며 우리에게 말했습니다.
그 사람을 돕지도, 구조를 요청하지도 않았다. 대체 무슨 정신으
로 그런 천인공노한 짓을 저지른 걸까. 그 사람에게도 아들이 있
었는데, 바로 구조를 요청했으면 그 사람은 죽지 않았을지도 모
르는데…….

그리고 이사쿠는 요시노와 가리에의 손을 꼭 잡고 애원했다.
그 사람의 아들을 찾아내서 대신 속죄해달라고. 아들의 이름은
알고 있었다. 구관조가 요시노의 집에 있던 동안에 몇 번이고 그
이름을 불렀으니까.

이봐, 아오세 미노루.

요시노와 가리에는 막막해졌다. 스물다섯 해 전에 댐 건설 현
장에서 잠시 일했던 사람을, 그 아들을 찾아내기란 불가능에 가
깝게 느껴졌다. 설령 찾아냈다 하더라도 어떻게 속죄하면 좋을
지 짐작조차 가지 않았다. 무엇보다 두려웠다. 먼 옛날 일이라고
하지만 제 아버지가 상대의 아버지의 죽음에 직접적으로 관여했
노라고 고백하는 장면을 상상할 때마다 마음은 뒷걸음질 쳤다.
게다가 가리에가 시집 간 기타가와 집안은 세간의 눈을 의식해
큰할머니의 정신과 치료조차 내밀히 숨겨왔을 정도였다. 정상에
서 벗어난 것을 사람들이 얼마나 꺼리는지 피부로 체감한 가리
에는 이사쿠의 고백이 남편과 시부모에게 알려질까 두려워했다.

요시노는 요시노대로 아내와의 관계가 급속히 악화된 시기여서, 한시도 마음 편할 날이 없었다. 누구나 그렇듯 과거보다 현재가 소중했다.

문병을 갈 때마다 이사쿠는 이 애비 평생소원이니 제발 들어 달라고 애원했다. 그게 괴로워서 요시노와 가리에는 그 자리를 모면하려 거짓말을 하게 되었다. 지금 찾는 중이다, 흥신소에 의뢰했다, 곧 찾을 것 같다. 그런 거짓말을 하는 동안 이사쿠는 점점 쇠약해졌다. 요양 시설로 옮기고 나서부터는 의식이 몽롱한 시간이 길어졌고, 그로부터 반년 뒤에는 말조차 제대로 못하게 되었다. 남매는 애써 자신들을 납득시켰다. 이걸로 됐다, 이걸로 아버지를 마음 편히 보내드릴 수 있겠다.

이사쿠는 그로부터 1년여를 더 버텼다. 위독하다는 연락을 받고 남매가 시설로 달려갔을 때, 이사쿠는 이승과 저승의 경계를 넘나들고 있었다. 남매는 아버지 곁에서 임종을 지켰다. 하지만……

숨을 거두시기 직전이었습니다. 아버지가 살며시 거친 숨을 내뱉었을 때, 숨결에 묻어 '미안하다'라는 말이 들렸습니다. 얼마나 놀랐는지 모릅니다. 환청인 줄 알았습니다. 하지만 가리에도 똑똑히 들었다는 겁니다. 주치의 선생님은 '잔어(殘語)'라고 했습니다. 뇌경색 등 중증질환으로 언어장애에 빠진 환자가 죽기 직전에 짧은 말을 내뱉는 경우가 있다고. 건강했던 시절 자주 했던 말이나, 마음속에 계속 담아두었던 생각이 말로 나오는 것 같다고.

그 말을 듣고 그저 아버지의 죽음을 슬퍼하는 것으로만 끝내선 안 되겠다는 생각이 들었습니다. 종일 누워 있던 침대에서 날마다, 1년이 넘도록, 이 세상을 떠나기 직전까지 '미안하다'고 되뇌어왔던 겁니다. 아버지는 그토록 괴로워했고 참회했습니다. 가리에는 막냇동생이 죽었을 때처럼 흐느껴 울었습니다. 아무것도 해주지 못했다고. 아버지의 소원을 들어줬어야 한다고. 저는 그날 밤, 당신을…… 아오세 미노루 군을 찾아내겠다 결심했습니다. 그게 작년 1월 30일의 일입니다.

편지에는 요시노가 흥신소에 조사를 의뢰해 유카리와 여러 차례 접촉한 경위가 상세히 적혀 있었다. 이사쿠가 애원한 '속죄'를 '보은'으로 바꿔치기해서, 아오세가 전혀 알아채지 못하게 일을 진행하려 했다. 당시에는 그런 식으로밖에 행동할 수 없었다고 한다.

정말 큰 잘못을 저질렀습니다. 먼저 아오세 씨에게 아버지의 이야기를 온전히 털어놓고 사죄를 구한 뒤에 시작했어야 합니다. 하지만 결심했다고는 해도 역시 두려웠습니다. 아오세 씨가 어떤 사람인지도 모르고, 진상을 털어놓았을 때 어떤 반응이 돌아올지도 몰라서 전전긍긍했습니다. 결국 우리 남매의 생활도, 아버지의 명예도 흠이 남지 않고, 아오세 씨의 인생에도 좋은 영향을 미치면 된다는 무책임하기 짝이 없는 논리로 매듭지어 버렸죠. 통할 리가 없는 억지스러운 이야기를 통하게 하기 위해 거짓말에 또 거짓말을 거듭하며 아오세 씨를 끝까지 속였습니다.

그중에서도 요시노는 여동생의 가족을 자기 가족으로 아오
세에게 소개하고 그걸 믿도록 둔 것을 깊이 뉘우치며, 지면상으
로도 몇 번이고 용서를 구했다. 아오세가 그들의 계획을 알아채
지 못하게 해야 한다는 일념뿐이었다. 가리에의 두 딸에게는 사
람을 돕기 위해 연극을 하는 거라 설득하며 몇 가지 행동을 지시
했다. 막내아들에게는 아무 언질도 주지 않고, 엄마 옆에서 떨어
지지 말라고만 당부했다. 지진제 때도, 집 열쇠를 건네받을 때
에도.

그때는 계획을 성공시켜야 한다는 일념으로 머릿속이 꽉 차 있
었지만, 지금 생각하면 정말 용서받을 수 없는 짓을 저질렀습니
다. 아오세 씨뿐 아니라 조카들에게도.

일가족 실종은 아오세의 눈에 그렇게 비쳤을 뿐이었다. 가리
에와 세 아이는 자기 집에서 평소처럼 생활하고 있었다. 요시노
홀로 자취를 감췄다. 가짜 가족이 아니라, 자신의 진짜 가족과의
예기치 못한 문제가 실종의 이유였다고 한다.

아오세 씨에게서 여러 차례 전화를 받았음에도 연락을 드리
못했습니다. 왜 Y주택에 입주하지 않았느냐, 다섯 식구가 어디로
사라졌느냐는 물음에 대답할 수 없었습니다. 온전한 대답을 드리

기 위해서는 가짜 가족과 진짜 가족이 있다는 사실을 포함해, 모든 것을 털어놓지 않으면 안 됐으니까요. 상황을 살피려고 Y주택에 전화를 했을 때, 아오세 씨가 받아서 우리를 걱정하시는 걸 듣고 가슴이 미어졌습니다. 원래도 입이 떨어지지 않았는데 더 말문이 막혔다고 할까, 이제 정말 죄스러워서 죽을 때까지 아오세 씨를 만날 수 없다고 생각했습니다.

요시노는 아오세의 누나들에게도 사죄했다. 흥신소 조사로 아오세에게 누나 둘이 있다는 걸 알았다. 하지만 그 마음을 전할 방법이 없었다. 아버지가 말한 '미노루 군'에게 속죄를 다하는 것 말고는 아무 생각도 할 수 없었다고.

차는 숲속을 지나고 있었다. 정면도, 오른편도, 왼편도 모두 뒷동산처럼 작고 푸르른 산이었다. 너무 가볍게만 느껴지는 시트로엥의 서스펜션을 신경 쓰며 완만한 커브를 굽이돌자 댐이 시야에 모습을 드러냈다. 곧 도착한다. 요시노와 재회하는 것이다.

아오세는 제 감정을 확인했다.

떠밀린 게 아니다.

사고였다. 아버지는 사고로 죽은 것이다.

마지막 순간 구로를 붙잡으려 했다. 아오세를 위해, 구로를 놓치지 않으려 했다.

알아서 다행이다. 사랑하는 아버지의 마지막을 알게 되어서 다행이다.

댐 관리사무소 주차장에 차를 세웠다. 약속 시간까지는 아직 여유가 있었다. 차에서 내려 댐 본체 위를 달리는 최상층부의 도로로 걸음을 옮겼다.

바람이 거셌다. 왼편으로 인공호가 펼쳐져 있었고, 멀리 다리가 보였다. 그 앞 호숫가에 수많은 오렌지빛 부표가 하나의 선이 되어 기슭과 기슭을 잇고 있었다. 저건 말이다, 망장(網場)이라고 한단다. 인공호에 흘러든 고목이 방류 시설에 들어오지 못하도록 지켜주는 장치지. 아버지는 뭐든 가르쳐주었다.

댐의 인력을 느꼈다. 힘껏 저항하지 않으면 마음은 이곳에 빨려든다.

아오세 미노루 군.

누군가가 저를 부르는 소리가 들린 듯해서 아오세는 뒤돌아봤다.

요시노 도타가 서 있었다. 전신주처럼 직립부동 자세로 뻣뻣하게 서 있었다. 그 옆에는 기타가와 가리에가 있었다. 목덜미가 보일 만큼 깊이 머리를 조아린 모습이었다.

55

가리에의 얼굴은 새파랗게 질려 있었다. 만나기 전에 이미 심적으로 한계에 다다른 모양이었다.

아오세의 얼굴을 보자마자 힘없이 주저앉아 눈물을 뚝뚝 흘렸다. 사죄의 말은 입 밖으로 나오지 못하고 번번이 오열에 삼켜졌고, 가리에는 다시 몸을 들썩이며 흐느꼈다. 요시노와 둘이서 부축해 요시노의 차로 데려가 조수석에 눕혀 재웠다. 그 귓가에 아오세는 나직하게 말했다. 걱정하실 것 없습니다. 저는 화나지 않았고, 오히려 감사하는 마음뿐입니다.

요시노도 그 말을 듣고 있었다. 그에게 한 말이기도 했다. 그래도 요시노의 긴장은 실낱만큼도 누그러지지 않았다.

"아오세 씨, 지금까지 정말…… 죄송했습니다. 생각이 짧고, 용기도 없고, 정직하지도 않은 저희 남매 때문에…… 아오세 씨에게 엄청난 폐를 끼쳤습니다……. 아오세 씨의 진심을 짓밟아버린 걸 이제 와서 사죄드린다고 달라질 건 없습니다만 부디 들어주십시오. 정말 죄송했습니다. 진심으로 사죄드립니다."

요시노는 머리를 조아렸다.

아오세는 소리 없는 한숨을 내뱉은 뒤 한 박자 쉬고 말문을 열었다.

"고개를 드세요. 사죄의 말은 받겠습니다. 이제 됐습니다. 이걸로 끝내죠."

"네…… 알겠습니다……."

아오세는 차 안의 가리에를 보았다. 훌쩍이고 있었지만 아까보다는 다소 진정된 것 같았다. 다시 요시노를 보았다.

"잠시 걷지 않으시겠습니까?"

요시노와 나란히 댐 꼭대기의 인도를 걸었다. 한층 바람이 거세졌다. 바람이든 비든, 자연이 가져오는 건 모두 감정을 언어로 바꿀 수 있도록 등을 밀어준다.

"완성된 뒤에 Y주택은 어쩌실 생각이었습니까?"

먼저 묻고 싶었다. Y주택은 아오세에게 속죄하기 위해서 지은 건가.

요시노는 질문의 의도를 파악한 눈치였다.

"아오세 씨에게 속죄하겠다는 목적만으로 의뢰한 건 아니었습니다. 저에게도 나름대로 이유가 있었죠. 꿈이라고 할까, 도박이라고 할까, 다시 한번 가족들과 새 출발하고 싶어서 그 집을 지었습니다."

"새 출발이라고요?"

"네. 아오세 씨에게 의뢰한 즈음에는 아내와 이혼 조정 중이었습니다. 이혼 얘기는 아내가 꺼냈고, 저는 어쩔 줄 모르고 쭈뼛거릴 뿐이었습니다. 일이 바쁘다 하는 동안에 놀이방에 아이를 데리러 가는 걸 깜빡하거나 기념일을 그냥 넘어가는 등 사소한 엇갈림이 어느샌가 까마득히 올려다봐야 할 정도로 쌓였더군요. 그러는 동안 제가 적금을 해약한 사실을 들켜서…… 속사정이 있었지만, 이미 아내는 머리끝까지 화가 나서 아이들을 데리고 나가노 시내의 친정에 가버렸습니다. 아내의 오빠, 형님과는 전부터 영 불편한 관계였는데, 몇 번을 찾아가도 동생을 만나게 해줄 수 없다, 이혼 서류에 도장을 찍으라고만 우격다짐을 해서……. 죄송합니다. 이런 얘기를 해서."

"말씀하십시오."

"네……. 지금 생각해보면 그렇게 일중독자처럼 일할 필요도 없었죠……. 사실 저는 거품이 꺼진 뒤에 승부수를 뒀습니다."

아오세는 요시노의 옆모습을 보았다. 거품이 꺼진 뒤에?

457

"사람들은 지갑을 닫았고 팔리는 건 아무것도 없었죠. 수입 잡화점은 제일 먼저 문을 닫았습니다. 그런 상황에서 저는 사들였습니다. 적금을 깨고 빚을 져가면서, 거저나 다름없는 잡화를 사들였습니다. 가구나 식기, 스포츠용품, 저렴한 수입품이라면 뭐든 구입했습니다. 독립을 생각하고 있었으니까요. 물론 다니던 회사에는 비밀로요. 양다리를 걸치고 있던 상황이라, 집안일에는 전혀 신경을 못 썼죠……. 하지만……."

요시노는 걸음을 멈추고 먼 곳을 바라보았다.

"오래전 일이지만 시나노오이와케의 그 땅은 아내의 동의를 얻어 구입했습니다. 지금은 나가노 시내에 살지만, 장인, 장모님은 예전에 그곳 근처에 있던 기업 휴양시설에서 관리인으로 일했거든요. 아내는 중학교를 졸업할 때까지 시나노오이와케에서 자랐습니다. 그래서 언젠가 그곳에 집을 지어 살자, 아이들이 마음껏 뛰놀게 키우자, 하고 부부가 함께 미래를 꿈꾸던 시절도 있었습니다."

요시노는 고개를 돌려 아오세를 보았다.

"그래서 Y주택을 의뢰한 겁니다. 그 땅에 진짜 집을 지어서, 아내를 만나러 가야겠다고 생각했습니다. 그 집에서 다시 시작해보지 않겠느냐, 한 번만 더 기회를 달라고 말할 작정이었습니다. 맞습니다. 미련을 버리지 못하고 아오세 씨에게 속죄하는 김에 제 꿈을 이루려 한 겁니다. 정말 죄송했습니다."

"약속했잖습니까. 이제 사과는 더 하지 않기로요."

"아, 죄송…… 아."

아오세는 씩 웃었다. 덩달아 요시노의 얼굴도 누그러졌다.

"하지만 제 마음처럼 되지 않더군요······. 12월에 들어서야 형님이 없는 틈을 타서 겨우 아내를 만날 수 있었습니다만, 말을 붙일 여지도 주지 않았다고 할까, Y주택 이야기도 끝까지 들어주지 않았습니다. 상의 한마디 없이 적금을 깬 당신을 도저히 용서할 수 없다고 했습니다. 이제껏 제가 경제권을 쥐고 있었던지라, 아내는 10년 가깝게 해약한 줄도 몰랐죠. 아내 입장에서는 10년 동안 속아온 셈이니까요······. 저는 저대로 가족의 미래를 위해 내렸던 결단이었습니다. 사들인 잡화나 가구를 팔아서 원금의 세 배로 불렸습니다. 하지만 아내에게 결과는 상관없었습니다. 당신은 우리 식구의 미래를 승패를 가늠할 수 없는 도박에 걸었다, 난 안다, 당신은 원래 그런 사람이다, 라고요. 아내 말대로 달떠 있었습니다. 입으로는 가족을 위해서라고 말하면서 제 사업 감각을 시험해보고 싶었죠. 뭔가 엄청난 일을 하고 싶었습니다."

쓸쓸한 이야기였다. 거품경기의 승자도, 패자도 모두 같은 말로를 걸었다는 결말이라니.

"아내와 이야기하면서 적금 건은 단순히 계기에 지나지 않았다는 걸 깨달았습니다. 저한테 정이 떨어진 겁니다. 이제 갈 데까지 간 거죠. 제 앞에 이혼 서류를 들이밀었습니다. 도장을 찍을 수밖에 없다고 생각했습니다. 하지만 마지막으로 시나노오이케의 집이라도 한번 봐달라고 애원하는데 형님이 돌아왔습니다. 서슬 퍼런 얼굴로 들이닥쳐 멱살을 잡고 밀쳤습니다. 대학 시절에 스모 선수였거든요. 아무튼 당해낼 재간이 없었습니다."

요시노가 현관에 엉덩방아를 찧으며 나동그라지자 손위처남은 신발장 옆에 세워둔 금속 배트를 집어 들었다. 요시노는 기겁해 신발도 제대로 신지 못하고 현관문을 열고 굴러 나왔지만, 쫓아오는 기척을 느끼고 있는 힘껏 문을 닫았다. 무시무시한 절규가 일대에 울려 퍼졌다. 세 손가락이 문 사이에 껴 있었다. 튼튼해 보이는 스테인리스 문이었다. 요시노는 맨발로 달아났다. 잡히면 죽는다는 생각에 꽁무니가 빠져라 도망쳤다.

손위처남은 경찰에 신고했다. 아내에게 이미 주소를 말한 탓에 Y주택에 들를 수도 없어서, 요시노는 오우메 시내에 숨어 있었다. 상품 잡화나 가구를 보관하기 위해 예전부터 친구 아버지에게 대여한 창고가 있었다. 다바타 집 가재도구도 그곳에 옮겨두었다. 아오세가 언제 찾아올지 몰랐기 때문에 다바타 집에는 있을 수 없었다. 창고에서 기거하며 짬이 날 때마다 처갓집에 들렀다. 사고를 치고 나서는 회사에 사표를 내고 인터넷 판매업에 전념했다. 손위처남은 다바타까지 쫓아왔다. 품에는 도장이 하나 덜 찍힌 동생 부부의 이혼 서류가 들어 있었겠지.

"한 달 전쯤에 결국 도장을 찍었습니다. 형님과 실랑이하고 싶지 않아서 변호사에게 수속을 맡겼고, 그러고 나서 경찰서에도 출두했습니다. 반나절 조사를 받고 검찰 송치될 거란 이야기를 들었습니다. 하지만 형님은…… 이제 형님도 아니지만, 아무튼 원래부터 경찰에서 예의주시하고 있었다고 하는군요."

이혼 문제를 마무리 짓고 나서 줄곧 꺼두었던 휴대전화의 전원을 켰다. 그것이 아오세와의 엇갈림에도 종지부를 찍을 계기가 되어주었다.

아오세는 난간에 팔을 올렸다. 요시노도 같은 자세였다. 바람이 지난 호수면에 잔물결이 일었다.

"Y주택은 어떻게 하실 작정입니까?"

첫 질문에서 이어지는 질문이었다. Y주택의 '시작'과 '미래'에 대한……

요시노가 곤혹스러운 낯을 짓는 걸 보고 아오세는 말을 이었다.

"이렇게 된 이상 매각하는 수밖에 없겠군요."

"네……. 하지만……."

요시노는 아오세의 눈빛을 살폈다.

"이제 와서 이런 말씀드리기도 송구스럽지만, 저는 아오세 씨가 받아주셨으면……."

아오세는 고개를 가로저었다.

"저한테 파십시오. 은행에서 대출을 받겠습니다."

"사신다고요? 아오세 씨가요?"

"네. 그렇게 결심하고 이 자리에 나왔습니다."

"그래도 아버지는……. 아버지에게 혼이 날 겁니다."

이제야 말할 수 있었다. 말할 타이밍을 고르고 있었다.

"아버님 일은 참으로 유감입니다. 오랫동안 괴로우셨을 텐데."

"아오세 씨……."

침묵이 이어졌다. 요시노는 눈을 끔뻑거리고 있었다.

"저 언저리였습니다."

요시노가 눈가를 훔친 손으로 망장 너머를 가리켰다.

"아버지가 지은 나무 창고가 있었습니다. 예전에는 거기서 작업도 했죠. 그곳이 댐 공사로 수몰되게 되어 보상금이 나왔습니다. 워낙 가난했으니, 조금이라도 살림에 보태 썼으면 좋았을 걸 한 푼도 안 쓰시고 저와 가리에에게 고스란히 물려주셨습니다."

요시노는 후, 한숨은 내쉬었다.

"Y주택 건축 자금에 그 돈도 썼습니다. 가리에는 상속을 포기하고 저에게 맡겼습니다. 그만큼 속죄하고 싶다고 바라셨으니, 거기에 보태면 아버지도 기뻐하실 거라고요. 그러니 팔 수는 없습니다. 돈을 받을 수는 없어요."

"잊으셨습니까?"

아오세는 힘주어 말했다.

"저는 제가 살고 싶은 집을 지었습니다. 그걸로 족합니다. 아버님의 유지는 분명히 전해졌습니다. 가리에 씨에게 그렇게 전해주십시오."

요시노는 한동안 아오세의 눈을 바라보다가 자세를 바로 하고 다시 고개를 숙였다.

"돌아갈까요."

아오세는 그렇게 말했다. 가리에가 괜찮은지 조금 걱정이 됐다.

걸음을 옮기기 시작하자 요시노가 다가와 나란히 섰다.

"그날, 집 열쇠를 받은 날이 떠오르더군요."

뜬금없는 이야기였다. 그날……?

"저와 가리에는 아버지와의 약속을 지켰다는 생각에 감개무량했습니다. 하지만 Y주택에 매료된 것도 사실입니다. 그 감격을 그날 다시 떠올렸습니다."

"그날이라 하시면……?"

"유카리 씨는 3시간이나 계셨습니다."

아오세가 걸음을 멈췄다. 요시노는 아오세를 보지 않고 말을 이었다.

"Y주택에 같이 갔던 날 말입니다. 한참을 밖에서 바라보시더니, 성큼성큼 뒷걸음을 쳐서 몸이 작아질 만큼 멀리 떨어져서 다시 한참 바라보시는 겁니다. 집에 들어가서는 위쪽만 올려다보시더군요. 부드러운 빛이 얼굴을 감싸는 그 광경은 뭐랄까, 너무나도 아름다웠습니다. 맞춤 제작한 그 테이블도 직접 만져보셨고요. 너무 오랜 시간 그러고 계셔서, 저는 왠지 제가 방해꾼이 된 기분에 밖에 나와 있었습니다. 그때부터 2시간이나 더 계셨습니다. 유카리 씨가 안에서 뭘 하셨는지는 모릅니다. 저는 차에서 기다리다 깜빡 졸았거든요. 창문 두드리는 소리에 정신을 차려보니 감사합니다, 그만 갈까요? 하시는 겁니다. 그렇게 말하고 나서도 유카리 씨는 또 한동안 뒤돌아 Y주택을 바라보셨습니다."

눈앞에 생생하게 그려졌다. 마치 자신 역시 그곳에 있었던 듯.

집을 안 짓기를 잘했네.

그 말을 사이에 두고 아오세와 유카리는 같은 곳에 서 있었다.

떠나려 하지도 않고 지금도 우두커니 서 있었다.

아오세는 다시 걸음을 내디뎠다. 요시노가 기세를 몰아 말했다.

"저는 실패했지만, 아오세 씨는……."

"타우트의 의자는 어쩌실 겁니까?"

"네?"

"오우메 창고로 옮길까요? Y주택에 두면 도난당할 위험이 있으니까요."

"아, 네, 그렇죠. 내버려 두면 아버지와 타우트 씨에게 혼이 날 테니까요."

"그 말을 들으니 생각이 났습니다."

아오세는 짝, 손뼉을 쳤다.

"요시노 도타, 가리에, 두 분의 성함이 봉투에 나란히 적힌 걸 보고 아, 했습니다."

요시노가 웃음을 터뜨렸다.

"알아채셨습니까? 부끄럽네요."

"아버님께서 어릴 적에 이름 때문에 놀림을 당하셨다고 들었습니다."

"맞습니다, 거꾸로 읽으면 냄새 난다는 뜻이라고요. 그래서인지……."

"그뿐만은 아닐 겁니다. 아버님에게 센다이에서 타우트와 만났던 일이 무척 인상적인 경험이었겠죠."

"의자 설계도도 받았으니까요. 난 타우트 씨의 제자다. 완성된 의자나 책상이 마음에 들면 늘 입버릇처럼 그 소리를 하셨죠. 어찌나 기쁜 얼굴로 그러시는지, 우리까지 절로 기뻐지는 겁니다. 에리카 씨 이야기도 자주 하셨습니다. 어릴 적 사탕을 받았다고요. 손바닥에 세 개를 놓더니 손을 살포시 감싸 쥐어줬다고요, 그때 받은 사탕이 얼마나 달콤했는지 모른다고."

요시노의 표정은 더없이 환했다.

"아버지는 좋은 장인이었습니다. 타우트와 만나, 사실은 만났다고 할 수도 없는 스치듯 지나간 인연이었지만, 평생 가구를 만들었죠. 더 잘 만들어서 타우트 씨에게 칭찬을 듣고 싶다, 인정받고 싶다, 그 일념으로 정진했을 겁니다."

"네, 분명 그러셨을 겁니다."

70년 전 '건축가의 휴가'가 가져온 기적이었다. 센신테이에서 타우트는 괴물이 되어 자기 자신을 질타했던 것이리라. 내면의 분노를 남김없이 불태우기 위해서. 분노 따위로 휴가를 망쳐버리지 않으려고. 요시노 이사쿠 같은 인재들이 제 뜻을 이어받아 주리라 굳게 믿고.

저 멀리 가리에의 모습이 보였다. 차에서 내려 다시 머리를 조아리고 있었다. 하지만 이제 괜찮겠지. 귓가에 속삭인 아오세의 말이 수액처럼 서서히 온몸에 퍼져 나가기 시작했으리라.

"요시노 씨, 아직 이런 말씀을 드릴 단계도 아니고, 황당하다 여기실지도 모르지만, 꼭 초대하겠습니다. 언젠가 가리에 씨와 Y주택에 놀러 오십시오."

아오세가 손을 내밀자 요시노는 두 손으로 단단히 잡았다.

"감사합니다…… 이렇게 말씀드려도 되겠죠. 지금까지 폐만 끼쳤지만."

아오세는 고개를 끄덕이고 나서 바람이 향하는 하늘을 올려다보았다.

J신문의 이케조노에게 전화해야겠다고 생각했다.

덕분에 요시노를 찾았다고. 하지만 의자 이야기는 한 마디도 하지 않고 바람의 마타사부로*처럼 다시 어디론가 떠나버렸다고.

56

오늘은 종일 맑게 개었으면. 그런 생각을 진심으로 해본 게 언제일까.

아침 일찍 아오세는 시트로엥을 타고 아카사카 주변을 빙빙 돌았다. 주차장의 빈자리를 찾느라 한참이나 걸렸다. 차에서 내리고 나서도 골몰하느라 길을 하나 잘못 들어서 사무소를 찾는데 또 시간을 잡아먹었다.

"어허, 휴일 아침에 사람을 불러내 놓고 지각이라니, 언제 그런 거물이 됐지?"

노세 다쿠미가 웃음기 없는 성난 낯으로 말했다.

저도 모르게 두리번거릴 정도로 실내는 널찍했다. 제도대가 공간을 많이 차지하는 걸 고려하면 설계사무소는 넓은 평수가

---

*미야자와 겐지의 단편소설 〈바람의 마타사부로〉에 등장하는 바람 신의 아들.

성공의 증표라 해도 좋았다. 하지만 지금은 컴퓨터 작업으로 바뀌었다. 일견 어떤 종류의 사무실인지 알아볼 수 없었다.

"그래서 전화로 했던 그 어처구니없는 얘기는 뭔데?"

"불만이나 조롱은 보고 나서 말해."

"대단한 자신감이군."

"자신 없이 이런 걸 만들어내지는 못하지."

아오세는 도면 통에서 도면과 투시도를 꺼냈다. 일단은 기념관의 입면도, 다음은 타일화 회랑의······.

"이리 내봐."

"다 꺼낼 때까지 기다려."

세 장, 네 장, 다섯 장······. 적절한 각도로 컴퓨터 모니터 화면에 세워놓았다.

"마음대로 뭐 하는 거야."

아오세는 아랑곳하지 않고 작업을 계속했다. 여덟 장, 아홉 장, 열 장째 도면은 메인 전시홀의 평면도였다.

어느샌가 뒤에서 들리던 목소리가 사라졌다. 허세나 자아도취가 아니라는 건 한눈에 알아봤겠지. 이내 몸이 앞으로 나온다. 아오세의 어깨보다 노세의 어깨가 앞으로 나왔다. 고개도, 그리고 눈도.

노세의 몸이 옆으로 이동했다. 한 장씩 시간을 들여 음미하고 있다. 빠져들었다. 누가 가져온 것인지, 출처가 어디인지, 이제 그런 건 의식에 없었다. 도면과 투시도의 조형. 노세의 머릿속에 비친 건 그뿐이리라.

15분은 족히 보고 있었다. 음, 그 유일한 감상을 아오세는 놓치지 않았다.

노세는 소파로 돌아왔다. 아오세에게도 앉으라 권했다. 테이블 위에 신경질적으로 깍지 낀 손이 놓였다.

"평 단가는?"

"149만 7천 엔."

"그게 가능하다고?"

아오세는 가방에 손을 넣었다.

"확인해봐."

그 《200선》에도 뒤지지 않는, 두터운 견적서를 테이블 위에 올려놓았다.

서로의 눈이 맞았다. 실내에 쏟아지는 볕이 한결 환해졌다.

오랜 침묵을 깨고 노세가 입을 열었다.

"미안하지만 도로 가져가."

"노세……."

"아무리 그래도 힘들겠어. 하토야마한테 말 못 해."

"그럼 날 고용해."

"뭐라고?"

"너희 사무소로 오라면서. 일시적으로 고용해. 그러면 나와 하토야마의 위치는 같아지지."

"아오세……."

"난 여기 혼자 온 게 아냐. 한 번 더 들여다봐. 저 도면과 투시도를 부전패당하게 둘 셈이냐?"

468

이번 침묵은 방금 전보다 더욱 길었다.

노세가 속에서부터 한숨을 내뱉었다.

"하토야마가 그만둔다는 얘기라도 꺼내면 어떻게 책임질 건데?"

진지한 물음에 진지하게 답했다.

"내버려 둬. 건축이 아니라 사적인 감정 때문에 관두는 녀석은 어차피 별 볼 일 없어. 옛날에 그런 놈들 많이 봤잖아."

노세는 코웃음을 쳤다.

"재미있군. 하토야마의 도량을 시험해보지. 그걸 우리한테 넘기는 조건은?"

"없어. 무상으로 양도하지. 초안이나 제작 협력에 이름 올려달라고도 안 할게. 하지만 부탁이 하나 있어."

"부탁이라고? 겁부터 나네. 말해봐."

"만일 예선과 본선을 통과해 그 허허벌판에 이 기념관이 세워지면…… 말인데."

"그만 뜸 들이고 말해."

"오카지마의 아들에게 이건 네 아버지가 지은 건물이라고 말하게 해줘."

노세는 수긍하지 않았다.

어떠한 감정을 곱씹는 표정이었다. 그날 장례식장에서 본 잇소의 모습이 뇌리에 떠오른 건지도 모른다.

그 눈이 아오세를 향하더니 느릿하게 위아래로 움직였다. 승낙…….

품 안에서 진동 소리가 들렸다.

아오세는 자리에서 일어났다. 창문을 향해 걸어가며 통화 버튼을 눌렀다.

"아, 아빠, 나야. 걸레만 챙겨 가면 되지?"

"그래. 빗자루하고 대걸레는 아빠가 가져갈게."

"어떤 집일지 기대돼!"

"바닥 청소할 각오 단단히 해."

어젯밤에 혼자 다녀왔다. 도둑의 발자국만큼은 깨끗이 지워두었다.

"엄마는 같이 못 간대. 미팅이 있어서."

아오세는 내심 당황했다. 유카리한테 말했다고?

"히나코, 오늘은 우리 둘이……."

"일이 있어서 오늘은 못 간대."

오늘은…….

"그럼 빨리 데리러 와!"

통화가 뚝 끊겼다.

히나코가 달리기 시작했다. 그걸 구실 삼아 하나의 작은 계략이 마음속에서 움트고 있었다.

아오세는 입가에 웃음을 머금고 고개를 끄덕였다. 그래, 좋다. 그건 그거대로 좋겠지. 히나코 본인이 자신을 미끼로 쓰기를 누구보다 바라고 있으니까.

휴대전화를 다시 품에 넣고 돌아섰다. 노세는 다시 도면 앞에 서 있었다. 전보다 세월의 흔적이 느껴지는 옆모습을 향해 마음속으로 정중히 고개를 숙였다.

따로 말을 걸지 않고 사무소에서 나왔다.

휴일의 아카사카 거리는 아직 잠들어 있었다. 잰걸음으로 주차장으로 향했다. 히나코를 만나기 전에 전화를 한 통 해야겠다. 오사카의 의뢰인 부부에게 말해야지. 고객님 가족만을 위한 집을 지읍시다, 더 많은 이야기를 들려주십시오.

삐, 삐삐.

아오세는 하늘을 올려다보았다.

투명한 푸른 하늘을 가로지르는 제비 한 마리가 보였다. 둥지를 지을 재료를 그 부리 사이에 꼭 물고 있었다.

참고문헌

《타우트 전집》 (시노다 히데오, 후지시마 가이지로, 미즈하라 요시유키 옮김, 이쿠세이샤코도 가쿠, 전 6권, 1942~1944년)

《일본의 가옥과 생활》 (시노다 히데오 옮김, 슌쥬샤, 2008년)

《일본의 가옥과 생활》 (시노다 히데오 옮김, 이와나미쇼텐, 1995년)

《일본 유럽인의 눈으로 보다》 (시노다 히데오 옮김, 슌쥬샤, 2008년)

《일본잡기》 (시노다 히데오 옮김, 주코클래식스, 2008년)

《잊혀진 일본》 (시노다 히데오 옮김, 주코분코, 2007년)

《일본미의 재발견 증보개정판》 (시노다 히데오 옮김, 이와나미신쇼, 1962년)

《건축이란 무엇인가》 (시노다 히데오 옮김, SD센쇼, 가고시마출판회, 1974년)

《건축예술론》 (시노다 히데오 옮김, 이와나미쇼텐, 1948년)

《화첩 가쓰라 별궁》 (시노다 히데오 옮김, 이와나미쇼텐, 1981년)

《일본 타우트의 일기 1933년~1936년》 (시노다 히데오 옮김, 이와나미쇼텐, 전 3권, 1975년)

《일본문화사관 유럽인의 눈으로 본》 (모리 도시오 옮김, 고단샤학술문고, 1992년)

《일본 유럽인의 눈으로 본》 (모리 도시오 옮김, 고단샤학술문고, 1991년)

《새로운 주거 창작자로서의 여성》 (사이토 오사무 옮김, 주오코론미술출판, 2004년)

《일주택》 (사이토 오사무 옮김, 주오코론미술출판, 2004년)

《도시의 관》 (스기모토 도시마사 옮김, 주오코론미술출판, 2011년)

《브루노 타우트의 일본관》 (후지시마 가이지로, 일본방송출판협회, 1940년)

《브루노 타우트로의 여행》 (스즈키 히사오, 신쥬샤, 2002년)

《브루노 타우트와 현대 〈알프스 건축〉에서 〈가쓰라 별궁〉으로》 (줄리어스 포제너 외 지음, 도이 요시오, 이키마쓰 게이조 엮고 옮김, 이와나미쇼텐, 1981년)

《브루노 타우트 1880~1938》 (SD편집부, 가고시마출판회, 1982년)

《타우트 예술 여행 알프스 건축에의 길 〈여행과 토포스의 정신사〉》 (도이 요시오, 이와나미쇼텐, 1986년)

《브루노 타우트》 (다카하시 히데오, 신초샤, 고단샤학술문고, 지쿠마학술문고, 1991년, 1995년, 2005년)

《가쓰라 별궁 브루노 타우트는 증언한다》 (미야모토 겐지, 가고시마 출판부, 1995년)

《만들어진 가쓰라 별궁 신화》 (이노우에 쇼이치, 고단샤학술문고, 1997년)

《타우트가 찍은 일본》 (사카이 미치오, 사와 요시코, 히라키 오사무 편저, 무사시노미술대학 출판국, 2007년)

《건축가 브루노 타우트—인물과 그의 시대, 건축, 공예》 (다나카 다쓰아키, 유모토 레이, 오무샤, 2010년)

《브루노 타우트 일본미를 재발견한 건축가》 (다나카 다쓰아키, 주코신쇼, 2012년)

《브루노 타우트의 회상》 (우라노 요시오, 나가사키쇼텐, 1940년)

《군마와 브루노 타우트》 (미즈하라 요시유키 엮음, 아사오샤, 1976년)

《또 하나의 브루노 타우트 문명비평가론의 창조적 제언》 (아사구모 히사오미, 조모신문사, 1990년)

《돌아온 브루노 타우트 발견과 출발의 서사시》 (아사구모 히사오미, 후도키출판위원회, 1993년)

《건축가 브루노 타우트의 모든 건 일본미의 재발견자 브루노 타우트 1880~1938》 (무사시노미술대학 타우트전 위원회 엮음, 무사시노미술대학 외 탄생 100주년 기념 유럽 일본 순회전 도록, 1984년)

《브루노 타우트의 공예와 회화》 (군마 현립역사박물관, 조모신문사 출판국, 1989년)

《브루노 타우트 1880~1938》 (만프레드 슈파이델, 세종미술관(이치조 아키코, 니이미 류) 엮고 지음, 1994년)

《브루노 타우트 가쓰라 별궁과 유토피아 건축》 (만프레드 슈파이델 감수, 와타리움미 술관 엮음, 옥타브, 2007년)

취재협력

요리오 겐지

후지이 히로시

《빛의 현관》은 요코야마 히데오가 전작《64》이후 7년 만에 발표한 장편소설로, 화려한 청춘이 지나간 뒤, 삶의 방향을 잃고 스스로를 '패잔병'으로 칭하는 중년 건축사의 일과 가족에 대한 고민, 그리고 재생의 이야기를 작가 특유의 선 굵은 필치로 정중하게 그려냈다. 작품의 내력이 다소 특이한데, 원래 여행 잡지 〈타비〉에 2004년부터 2006년까지 연재했던 것을, 단행본으로 출간하기 전에 7년에 걸쳐 전면적으로 개고했다고 한다. 작가의 말에 따르면 원래 문장 중에 남아 있는 건 10퍼센트도 되지 않을 것이며, 스토리도 전반의 흐름은 비슷하지만 중반 이후로는 완전히 달라졌다고. 한 번 마침표를 찍었던 작품을, 7년에 걸쳐 수정하는 과정의 지난함은 감히 상상조차 하기 어렵다. 지독한 슬럼프를 겪으면서도, 차라리 새로 쓰는 편이 수월할지도 모르는 작업에 천착할 수 있었던 건, 작품과 테마에 대한 일종의 확신이 있었기 때문일 테고, 나아가 그보다 더 큰 애정이 있었기 때문이리라.《빛의 현관》은 작가 요코야마 히데오의 집념과 애정, 고민의 흔적이 고스란히 담긴 복잡한 작품인 것이다.

그래서일까, 결코 읽기 쉬운 이야기는 아니었다. 살인이나 유괴 같은 심각한 사건이 전면에 등장하지 않는데도, 서사와 문장의 밀도는 결코 느슨해지는 법이 없어서 매 순간 집중력을 요했고, 중심인물들의 내면과 감정은 손에 잡힐 듯하면서도, 이따금 종잡을 수 없는 곳으로 튀기도 해서, 읽는 이의 감정도 시종일관 하나의 방향으로 흘러가지만은 않았다. 거품경제기의 영광을 뒤로하고 무기력하게 하루하루를 그저 살아내는 남자의 남루한 내면을 포장하지 않고 그대로 내보이면서, 그 회한과 울분을 이야기의 추동력으로 삼는 방식도 이전 작품들과 비슷한 듯하면서도 어딘가 낯선 느낌이라 초반에는 좀처럼 익숙해지지 않았다. 그야말로 오르락내리락하는 산길을 걷는 것 같았다고 할까. 하지만 책을 덮고 나서는, 산 정상에 올랐을 때 느끼는 고양감과도 비슷한 충만감이 느껴졌다. 전작인《64》만큼 압도적인 파괴력을 가지고 다가온 건 아니었지만, 멈추어 생각해보게 하는 지점들은 더욱 많았다. 그것은 아마 작가의 시야가 '조직과 개인'이라는 테마에서 '집과 가족'이라는 조금 더 보편적인 주제로 확장되었기 때문일지도 모른다. '새로운 경지'라는 홍보 문구는 결코 빈말이 아니었다.

특히 인상적이었던 건 '인간'과 '주(住)'에 대한 주인공의, 그리고 작가 자신의 집요한 시선이다. 자신이 지은 집에 살아야 할 일가족이 사라졌다. 독자의 궁금증을 유발하는 작은 수수께끼로부터 시작된 이야기는, 사라진 사람들의 흔적을 더듬어가는 주인공의 여정을 따라 '유랑'과 '정주'라는 삶의 두 양식을 우리 앞에 제시하며 궁극적으로 '살다'라는 것의 의미를 되묻게 한다. 집은 단순한 물질 공간이 아니라 개인 정체성의 근간이 되는 상징적인 장소로 묘사되지만, 아오세나 타우트가 그러했듯 모든 이들이 정주하는 삶을 살 수 있는 건 아니고, 이제는 그러한 집을 가지는 것이 만만치 않은 꿈이 되어버린 시대이다. 평생 일해도 집을 가질 수 있을지 불투명한 시대, 삶의 터전보다는 부동산으로서 집의 가치가 중시되는 시대, 자의 반 타의 반으로 한곳에 오래 머물지 못하고 이곳저곳 떠돌며 살아야 하는 시대. 이러한 시대에 '집'이란, '산다'는 것은 무엇일까. 일본뿐 아니라 동시대의 한국 사회에도 시사하는 바가 많은 작품이다.

7년의 침묵을 깨고 새로운 경지에 들어선 작가가 다음으로 보여줄 풍경은 어떤 것일까. 기도하는 마음으로 기다려본다.

2020년 9월
최고은

옮긴이 **최고은**

도쿄대학교 대학원 총합문화연구과에서 석사학위를 받았고, 현재 동 대학원 박사과정에서 일본 전후 문학을 중심으로 공부하면서 전문 번역가로 활동하고 있다. 옮긴 책으로 무라타 사야카의 《적의를 담아 애정을 고백하는 법》, 기리노 나쓰오의 《천사에게 버림받은 밤》, 히가시노 게이고의 《옛날에 내가 죽은 집》, 요네자와 호노부의 《부러진 용골》, 미카미 엔의 '비블리아 고서당 사건수첩 시리즈', 요코야마 히데오의 《64》, 이사카 고타로의 《서브머린》 등 다수가 있다.

빛의 현관

초판 1쇄 발행일 2020년 10월 23일
초판 4쇄 발행일 2021년 10월 22일

지은이 요코야마 히데오
옮긴이 최고은

발행인 박헌용, 윤호권
편집 김혜정 **디자인** 박지은
발행처 ㈜시공사 **주소** 서울시 성동구 상원1길 22, 6-8층(우편번호 04779)
대표전화 02-3486-6877 **팩스(주문)** 02-585-1755
홈페이지 www.sigongsa.com / www.sigongjunior.com

이 책의 출판권은 (주)시공사에 있습니다. 저작권법에 의해
한국 내에서 보호받는 저작물이므로 무단 전재와 무단 복제를 금합니다.

ISBN 979-11-6579-228-2 03830